TAYLOR JENKINS REID

Zwei auf Umwegen

Zum Buch

An einem gewöhnlichen Sommertag erkennt Lauren, dass sich ihr Leben ändern muss. Mitten in einem Streit greift sie nach einer Vase, schleudert sie gegen die Wand – und weiß plötzlich, dass sie ihren Mann nicht mehr liebt. Ryan, den sie auf dem College kennenlernte, der ihr den romantischsten aller Heiratsanträge machte, mit dem sie eine wunderschöne Hochzeit hatte. Nun, Jahre später, ist von der Liebe nicht mehr viel übrig. Zögerlich stimmt sie Ryans Vorschlag zu: Sie trennen sich auf Probe, um wieder atmen zu können und vielleicht neu zueinanderzufinden. Ein Jahr lang wollen sie nicht miteinander sprechen, sich nicht sehen. Für Lauren beginnen Monate der Trauer und Wut, aber auch der Aufregung und der großen Veränderungen …

Zur Autorin

Taylor Jenkins Reid ist Schriftstellerin, Journalistin und Drehbuchautorin und lebt mit ihrem Mann in Los Angeles. Im Diana Verlag erschien bereits ihr erfolgreiches Debüt *Neun Tage und ein Jahr.*

Taylor Jenkins Reid

ZWEI AUF UMWEGEN

Roman

Aus dem Amerikanischen von
Babette Schröder

DIANA

Von Taylor Jenkins Reid sind im Diana Verlag erschienen:
Neun Tage und ein Jahr
Zwei auf Umwegen
Das Glück und wir dazwischen

Der Verlag weist ausdrücklich darauf hin, dass im Text enthaltene externe Links vom Verlag nur bis zum Zeitpunkt der Buchveröffentlichung eingesehen werden konnten. Auf spätere Veränderungen hat der Verlag keinerlei Einfluss. Eine Haftung des Verlags ist daher ausgeschlossen.

MIX
Papier aus verantwortungsvollen Quellen
FSC® C014496

Verlagsgruppe Random House FSC® N001967

Taschenbucherstausgabe 06/2017

Die Originalausgabe erschien 2014
unter dem Titel *After I Do* bei Washington Square Press,
a division of Simon & Schuster, Inc., New York

Redaktion: Uta Rupprecht
Umschlaggestaltung: t.mutzenbach design, München
Umschlagmotiv: © Shutterstock
Satz: Leingärtner, Nabburg
Druck und Bindung: GGP Media GmbH, Pößneck
Printed in Germany

ISBN 978-3-453-35940-6

www.diana-verlag.de

Für Mindy Jenkins und Jake Jenkins
(Das ist das letzte Wort zu diesem Thema:
Ich habe die besten Füße in der Familie.)

ungeheuerlich, *adj*

Vor meinen Augen verlässt du das Bad,
ohne die Zahnpastatube zuzuschrauben.

DAS LEXIKON DER LIEBENDEN

TEIL EINS

Wohin entschwindet das Gute?

Wir befinden uns auf dem Parkplatz des Dodger-Stadions, und Ryan hat wieder einmal vergessen, wo wir den Wagen abgestellt haben. Wiederholt erkläre ich, dass er in Bereich C steht, doch Ryan glaubt mir nicht.

»Nein«, widerspricht er zum zehnten Mal. »Ich erinnere mich genau, dass ich beim Reinfahren rechts abgebogen bin, nicht links.«

Es ist unglaublich dunkel hier, der Weg vor uns wird nur von wenigen Straßenlaternen beleuchtet, die wie überdimensionale Baseballs wirken. Ich habe auf das Schild gesehen, als wir geparkt haben.

»Du täuschst dich«, erwidere ich gereizt und mit schneidender Stimme. Das dauert alles schon viel zu lange, und ich hasse das Durcheinander im Dodger-Stadion. Wenigstens ist es ein warmer Sommerabend, dafür sollte ich dankbar sein. Doch um zehn Uhr abends strömen auch die übrigen Fans von den Tribünen. Seit ungefähr zwanzig Minuten kämpfen wir uns durch ein Meer aus blau-weißen Trikots.

»Ich täusche mich nicht«, entgegnet er, läuft voran und

dreht sich beim Reden noch nicht einmal zu mir um. »Du bist diejenige mit dem schlechten Gedächtnis.«

»Ach, na klar«, höhne ich. »Nur weil ich heute Morgen meine Schlüssel verloren habe, bin ich plötzlich eine Idiotin?«

Er dreht sich zu mir um, und ich nutze den Augenblick, um ihn einzuholen. Der Parkplatz ist hügelig und steil. Ich bin langsam.

»Ja, Lauren, genau das habe ich gesagt. Ich habe ganz bestimmt gesagt, dass du eine Idiotin bist.«

»Im Grunde schon. Du hast gesagt, du wüsstest, wovon du sprichst, als wüsste *ich* es nicht.«

»Hilf mir doch einfach, den verdammten Wagen zu finden, damit wir nach Hause fahren können.«

Ich sage nichts mehr und folge ihm, während er sich immer weiter von Bereich C entfernt. Es ist mir ein Rätsel, warum er überhaupt nach Hause will. Zu Hause wird es kein bisschen besser sein. Seit fünf Monaten geht das schon so.

Er schlägt einen großen Bogen und läuft die Hügel des Parkplatzes hinauf und hinunter. Ich gehe dicht hinter ihm, warte mit ihm an den Fußgängerüberwegen und überquere sie in seinem Tempo. Wir sagen nichts. Wie gern würde ich ihn anschreien. Wie gern hätte ich ihn auch gestern Abend angeschrien. Vermutlich werde ich ihn auch morgen anschreien wollen. Ich kann mir vorstellen, dass es ihm ähnlich geht. Und dennoch herrscht zwischen uns absolute Stille, keiner von uns unterbricht sie, indem er seine Gedanken ausspricht. In letzter Zeit werden jeder Abend und jedes Wochenende von einer enormen Anspannung bestimmt, die nur nachlässt, wenn wir uns voneinander verabschieden oder uns eine gute Nacht wünschen.

Nachdem der erste Besucherschwung den Parkplatz verlassen hat, können wir leichter feststellen, wo wir uns befinden und wo wir geparkt haben.

»Da ist es«, bemerkt Ryan, ohne sich die Mühe zu geben, in die Richtung zu deuten. Ich wende den Kopf und folge seinem Blick. Da steht er. Unser kleiner schwarzer Honda.

Mitten in Bereich C.

Ich lächele ihn an. Aber es ist kein freundliches Lächeln.

Er lächelt zurück. Und auch er sieht dabei nicht freundlich aus.

Elfeinhalb Jahre zuvor

Es war in der Mitte meines zweiten Jahres auf dem College. Im ersten Jahr war ich ziemlich einsam gewesen. Die UCLA nahm mich nicht so herzlich auf, wie ich es mir bei meiner Bewerbung dort vorgestellt hatte. Es fiel mir schwer, Leute kennenzulernen. Oft fuhr ich am Wochenende nach Hause, um meine Familie zu besuchen. Na ja, eigentlich fuhr ich hin, um meine jüngere Schwester Rachel zu sehen. Meine Mom und mein kleiner Bruder Charlie interessierten mich weniger. Mit Rachel konnte ich über alles reden. Sie fehlte mir, wenn ich allein im Speisesaal aß, und das war häufiger der Fall, als ich zugeben mochte.

Mit neunzehn war ich wesentlich schüchterner, als ich es mit siebzehn gewesen war. In der Highschool war ich beliebt gewesen, ich hatte als Klassenbeste abgeschlossen und fast einen Krampf in der Hand bekommen, so viele Jahrbücher musste ich signieren. In meinem ersten Jahr auf dem College fragte meine Mutter mich immer wieder, ob ich wechseln wollte. Es sei durchaus in Ordnung, sich woanders umzusehen, betonte sie, aber ich wollte nicht. Der

Unterricht gefiel mir. »Ich habe mich nur noch nicht richtig eingelebt«, sagte ich jedes Mal, wenn sie mich fragte. »Aber das wird schon noch.«

Es gelang mir, als ich einen Job in der Poststelle annahm. In den meisten Nächten arbeiteten dort außer mir nur noch ein oder zwei andere Leute, eine Konstellation, in der ich aufblühte. Bei kleinen Gruppen war ich gut. Ich glänzte, wenn ich mich nicht anstrengen musste, gehört zu werden. Und während ich ein paar Monate lang Schichten in der Poststelle schob, lernte ich eine Menge Leute kennen. Einige von ihnen mochte ich sehr. Und einige mochten mich auch. Als wir uns in jenem Jahr für die Weihnachtstage verabschiedeten, freute ich mich darauf, im Januar zurückzukehren. Ich vermisste meine Freunde.

Als der Unterricht wieder begann, führte mich der geänderte Stundenplan in ein paar neue Gebäude. Da ich den Großteil der Basiskurse bereits abgeschlossen hatte, belegte ich Kurse in Psychologie. Und durch den neuen Stundenplan lief ich auf einmal ständig demselben Typen über den Weg – im Fitness-Center, im Buchladen, in den Aufzügen von Franz Hall.

Er war groß und hatte breite Schultern. Seine Arme waren so kräftig, dass sein Bizeps gerade noch unter den Ärmel seines T-Shirts passte. Er hatte hellbraune Haare und häufig einen Bartschatten. Stets lächelte er, und stets unterhielt er sich mit jemandem. Und auch, wenn ich ihn allein sah, zeigte er das Selbstvertrauen eines Menschen, der wusste, was er wollte.

Als wir schließlich miteinander ins Gespräch kamen, stand ich in der Schlange zum Speisesaal. Ich trug dasselbe graue T-Shirt wie am Vortag, und als ich ihn ein Stück vor mir in der Schlange entdeckte, schoss mir durch den Kopf, dass ihm das womöglich auffallen könnte.

Nachdem er am Eingang seinen Ausweis durch das Gerät gezogen hatte, blieb er hinter seinen Freunden zurück und unterhielt sich mit dem Typen, der das Gerät bediente. Als ich den Kopf der Schlange erreicht hatte, unterbrach er seine Unterhaltung und sah mich an.

»Verfolgst du mich, oder was?«, fragte er lächelnd und blickte mir in die Augen.

Ich wurde sofort verlegen und war überzeugt, dass er mir das ansah.

»Tut mir leid, dummer Scherz«, meinte er. »Ich sehe dich in letzter Zeit nur überall.« Ich nahm meine Karte wieder entgegen. »Darf ich dich begleiten?«

»Ja«, antwortete ich. Ich wollte mich mit meinen Freunden aus der Poststelle treffen, konnte sie aber noch nirgends entdecken. Und er war süß. Das gefiel mir.

»Wo stellen wir uns an?«, fragte er. »In welcher Schlange?«

»Wir gehen zum Grill«, erwiderte ich. »Natürlich nur, wenn du dich mit mir zusammen anstellen willst.«

»Das ist perfekt. Ich möchte unbedingt einen Patty Melt Burger.«

»Dann auf zum Grill.«

In der Warteschlange schwiegen wir zunächst, dann bemühte er sich, die Unterhaltung erneut in Gang zu bringen.

»Ryan Lawrence Cooper«, stellte er sich vor und streckte mir die Hand entgegen. Ich lachte und nahm sie. Sein Griff war fest. Ich bekam fast das Gefühl, ich würde ihn nie wieder los, wenn er das Händeschütteln nicht von sich aus beendete.

»Lauren Maureen Spencer«, erwiderte ich. Er ließ los.

Ich hatte ihn mir gewandt und selbstsicher, gelassen und charmant vorgestellt, und in gewisser Weise war er das auch. Doch als wir nun miteinander sprachen, schien er auch ein bisschen unsicher zu sein und nicht immer genau zu wissen, was er sagen sollte. Der süße Typ, der so viel selbstbewusster gewirkt hatte als ich, entpuppte sich als durch und durch menschlich. Er war einfach gut aussehend, vermutlich lustig und schien sich in seiner Haut schlichtweg wohlzufühlen, wodurch er wirkte, als verstünde er die Welt besser als wir anderen. Doch das stimmte nicht, er war genau wie ich. Und plötzlich mochte ich ihn deutlich mehr, als ich mir eingestehen wollte. Das machte mich nervös. Ich spürte Schmetterlinge im Bauch, und meine Handflächen wurden feucht.

»Na, ist schon okay. Du kannst es ruhig zugeben«, sagte ich in dem Bemühen, lustig zu sein, »eigentlich läufst du *mir* hinterher.«

»Ich gebe es zu«, erklärte er, widersprach sich jedoch gleich. »Nein! Natürlich nicht. Aber es ist dir auch aufgefallen, stimmt's? Es ist, als wärst du plötzlich überall.«

»*Du* bist plötzlich überall«, entgegnete ich und machte einen Schritt nach vorn, da die Schlange sich vorwärtsbewegte. »Ich bin nur da, wo ich immer bin.«

»Du meinst, du bist da, wo *ich* immer bin.«

»Vielleicht sind wir einfach kosmisch verbunden«, scherzte ich. »Oder wir haben denselben Stundenplan. Zum ersten Mal habe ich dich auf dem Hof gesehen, glaube ich. Ich habe mir dort die Zeit zwischen der Einführung in Psychologie und dem Statistikkurs vertrieben. Du musst also ungefähr um dieselbe Zeit einen Kurs auf dem Süd-Campus haben, stimmt's?«

»Jetzt hast du mir unbeabsichtigt zwei Dinge verraten, Lauren.« Ryan lächelte.

»Tatsächlich?«

»Ja.« Er nickte. »Weniger bedeutend ist, dass ich nun weiß, dass du im Hauptfach Psychologie studierst, und zwei Kurse kenne, an denen du teilnimmst. Als Stalker wäre ich damit auf eine Goldmine gestoßen.«

»Na gut.« Ich nickte. »Als richtiger Stalker hättest du das allerdings bereits gewusst.«

»Trotzdem, Stalker ist Stalker.«

Schließlich waren wir ganz vorn in der Schlange angelangt, doch Ryan schien mehr an mir interessiert als an seiner Bestellung. Ich wandte mich kurz ab, um meinen Essenswunsch aufzugeben. »Könnte ich bitte einen Grillkäse haben?«, sagte ich zum Koch.

»Und du?«, fragte der Koch Ryan.

»Einen Patty Melt Burger mit extra Käse«, antwortete Ryan, beugte sich vor und streifte mit seinem Ärmel versehentlich meinen Unterarm. Es fühlte sich wie ein ganz leichter Stromschlag an.

»Und die zweite Sache?«, fragte ich.

»Hm?« Ryan drehte sich zu mir um, offenbar hatte er den Faden verloren.

»Du meintest, ich hätte dir zwei Dinge verraten.«

»Ah!« Ryan lächelte und schob sein Tablett auf dem Tresen dichter an meins. »Du hast gesagt, dass du mich im Innenhof bemerkt hättest.«

»Stimmt.«

»Da habe ich dich aber nicht gesehen.«

»Okay«, erwiderte ich, nicht sicher, worauf er hinauswollte.

»Streng genommen hast du mich also zuerst bemerkt.«

Ich lächelte ihn an. »Touché.« Der Koch reichte mir den Grillkäse und Ryan seinen Burger. Wir nahmen unsere Tabletts und gingen zur Sodamaschine.

»Nun«, meinte Ryan, »da du mich verfolgst, muss ich vermutlich nur warten, bis du mich fragst, ob wir uns verabreden wollen.«

»Was?«, fragte ich halb schockiert und halb verletzt.

»Hör zu«, fuhr er fort, »ich kann sehr geduldig sein. Ich weiß, dass du erst den Mut dazu aufbringen musst. Du musst dir erst überlegen, wie du mich fragst, denn es soll natürlich möglichst locker klingen.«

»Aha«, bemerkte ich. Ich nahm mir ein Glas und schob es unter die Eismaschine. Das Gerät lärmte und produzierte dann drei lumpige Eiswürfel. Ryan schlug gegen die Maschine, woraufhin eine Unmenge Eiswürfel in mein Glas polterten. Ich bedankte mich.

»Keine Ursache. Was hältst du davon«, fragte er, »wenn ich bis morgen Abend warte? Wir treffen uns um sechs Uhr im Eingangsbereich von Hendrick Hall. Ich lade dich zu einem Burger ein und vielleicht auch noch zu einem Eis. Wir unterhalten uns. Und dann kannst du mich um eine Verabredung bitten.«

Ich lächelte ihn an.

»Das ist nur fair«, meinte er. »Du hast mich schließlich zuerst bemerkt.« Er war sehr charmant. Und das wusste er.

»Okay. Eine Frage habe ich allerdings. Dort drüben in der Schlange«, ich deutete zu dem Mann mit dem Kartenlesegerät, »worüber hast du mit ihm gesprochen?« Ich war mir ziemlich sicher, dass ich die Antwort kannte, und wollte sie von ihm hören.

»Mit dem Typen, der die Karten durchzieht?«, fragte Ryan lächelnd und wusste, dass ich ihn erwischt hatte.

»Ja, ich bin neugierig, worüber ihr zwei euch unterhalten habt.«

Ryan sah mir direkt in die Augen. »Ich habe gesagt: ›Tu so, als würden wir uns unterhalten. Ich muss Zeit gewinnen, bis das Mädchen in dem grauen T-Shirt hier ist.‹«

Was sich eben noch wie ein ganz leichter Stromschlag angefühlt hatte, durchfuhr mich jetzt als heftiges Brennen, entflammte mich. Ich fühlte es bis in die Fingerspitzen und die Zehen.

»Hendrick Hall, morgen um sechs«, bestätigte ich und sagte damit zu. Doch war uns beiden längst klar, dass ich es kaum erwarten konnte. Ich wünschte mir, es wäre schon so weit.

»Komm nicht zu spät!«, sagte er lächelnd im Weggehen.

Ich stellte mein Getränk aufs Tablett und ging beschwingt durch den Speisesaal. Dann setzte ich mich allein an einen Tisch, denn ich war noch nicht bereit, meinen Freunden zu begegnen. Mein Lächeln war zu breit, zu stark, zu strahlend.

Um fünf vor sechs am nächsten Abend stand ich im Eingangsbereich von Hendrick Hall.

Ich wartete ein paar Minuten und versuchte so auszusehen, als würde ich nicht sehnsüchtig auf jemanden warten.

Ich hatte ein Date. Ein echtes Date. Und zwar nicht so wie bei den Typen, die einen fragten, ob man mit ihnen und ihren Freunden am Freitagabend auf irgendeine Party gehen wolle, von der sie zufällig gehört hatten. Und auch nicht so wie mit dem Typen von der Highschool, den man schon seit der achten Klasse kannte, und der einen endlich küsste.

Ich hatte ein echtes Date.

Was sollte ich mit ihm reden? Ich kannte ihn doch kaum! Was, wenn ich Mundgeruch hatte oder etwas Dummes sagte? Was, wenn meine Wimperntusche verschmierte und ich den ganzen Abend nicht merkte, dass ich wie ein Waschbär aussah?

Panisch versuchte ich in einer Scheibe einen Blick auf mein Spiegelbild zu erhaschen, doch da trat Ryan bereits durch die Eingangstür in die Halle.

»Wow«, sagte er, als er mich sah. Von diesem Moment an machte ich mir keine Gedanken mehr, ich könnte vielleicht nicht perfekt aussehen. Ich scherte mich weder um meine knochigen Hände noch um meine schmalen Lippen. Stattdessen dachte ich daran, wie meine dunkelbraunen Haare glänzten und wie hübsch der Grauton meiner blauen Augen war. Und an meine langen Beine, zu denen Ryans Blick glitt. Ich war froh, dass ich mich für das kurze schwarze Jersey-Kleid entschieden hatte, das sie zur Geltung brachte; darüber trug ich ein Sweatshirt mit Reißverschluss. »Du siehst toll aus«, fügte er hinzu. »Du musst mich wirklich mögen.«

Ich lachte, und er lächelte mich an. Er trug Jeans und T-Shirt, darüber ein UCLA-Fleece.

»Und du bemühst dich sehr, mir nicht zu zeigen, wie sehr du *mich* magst«, erwiderte ich.

Daraufhin lächelte er mich an, und es war anders als das Lächeln zuvor. Nicht so, als wollte er, dass ich seinem Charme erlag. Sondern als wäre er *meinem* Charme erlegen.

Es fühlte sich gut an. Richtig gut.

Während wir Burger aßen, fragten wir uns gegenseitig aus, woher wir stammten und was wir mit dem Rest unseres Lebens vorhatten. Wir sprachen über unsere Kurse und stellten fest, dass wir im Vorjahr denselben Rhetoriklehrer gehabt hatten.

»Professor Hunt!« Ryan klang ganz sehnsüchtig, als er von dem alten Mann sprach.

»Erzähl mir nicht, dass du Professor Hunt mochtest!«, erwiderte ich. Niemand mochte Professor Hunt. Der Mann war so interessant wie ein Pappkarton.

»Wie kann man den Kerl nicht mögen? Er ist nett. Er ist höflich! Das war der einzige Kurs, bei dem ich in dem Semester eine Eins hatte.«

Ironischerweise war Rhetorik der einzige Kurs, bei dem ich in dem Semester eine Zwei bekommen hatte. Aber das zu sagen war mir unangenehm.

»Es war mein schlechtester Kurs«, sagte ich stattdessen. »Rhetorik ist nicht meine Stärke. In Recherche, Aufsätzen und Multiple-Choice-Tests bin ich besser. Ich bin nicht gut mit dem Mund.«

Nachdem ich das ausgesprochen hatte, sah ich ihn an und spürte, wie meine Wangen feuerrot brannten. Es war ein absolut peinlicher Satz, wenn man ein Date mit jemandem hatte, den man kaum kannte. Ich hatte Angst, er würde einen Witz darüber machen. Doch Ryan tat so, als hätte er die Mehrdeutigkeit nicht bemerkt.

»Du kommst mir vor wie ein Mädchen, das nur Einsen hat«, meinte er. Ich war überaus erleichtert. Irgendwie hatte er es geschafft, den peinlichen Augenblick zu überspielen und zu meinen Gunsten zu wenden.

Ich errötete erneut. Diesmal aus einem anderen Grund. »Na ja, ich bin ganz gut«, gab ich zu. »Aber ich bin beeindruckt, dass du eine Eins in Rhetorik hattest. In dem Kurs ist das nicht leicht.«

Ryan zuckte die Schultern. »Ich glaube, ich kann einfach gut reden. Große Menschenmengen machen mir keine Angst. Ich könnte vor einem Raum voller Menschen sprechen und würde mich dabei kein bisschen unwohl fühlen. Was mich nervös macht, sind Vier-Augen-Gespräche.«

Ich legte den Kopf schräg, ein Zeichen, dass meine Neugierde geweckt war. »Du wirkst nicht so, als hättest du in irgendeiner Situation Probleme, etwas zu sagen, ganz egal, wie viele Menschen anwesend sind.«

Lächelnd aß er den Rest seines Burgers. »Lass dich nicht von meiner lässigen Art täuschen. Ich weiß, dass ich teuflisch gut aussehe und wahrscheinlich der charmanteste Typ bin, dem du je begegnet bist, aber es hat einen Grund, dass ich so lange gebraucht habe, dich anzusprechen.«

Dieser Typ, der so cool wirkte, mochte mich! Und ich machte ihn nervös!

Ich glaube, nichts fühlt sich so gut an wie herauszufinden, dass man die Person, die einen selbst nervös macht, ebenfalls nervös macht. Das stimmt zuversichtlich und macht selbstbewusst. Man hat das Gefühl, alles auf der Welt erreichen zu können.

Ich beugte mich über den Tisch und küsste ihn. Ich küsste ihn mitten in einem Burger-Laden, und der Ärmel von meinem Sweatshirt hing im Ketchup. Es war kein perfektes Timing, in keiner Beziehung. Ich traf seinen Mund nicht richtig, sondern küsste ein wenig daneben. Und ich hatte ihn ganz offensichtlich überrascht, denn er erstarrte einen Moment, bevor er sich entspannte und mich zurückküsste. Er schmeckte salzig.

Als ich mich von ihm löste, wurde mir schlagartig klar, was ich gerade getan hatte. Ich hatte noch nie zuvor jemanden geküsst. Stets war ich geküsst worden. Küsse hatte ich immer nur erwidert.

Er sah mich verwirrt an. »Ich dachte, das müsste ich tun«, sagte er.

Jetzt schämte ich mich fürchterlich. Das war einer dieser Momente, über den ich als Mädchen in der Teenie-Zeitschrift YM gelesen hatte. »Ich weiß«, sagte ich. »Tut mir leid. Ich bin so … Ich weiß nicht, warum ich …«

»Es tut dir leid?«, erwiderte er erschrocken. »Nein, das sollte dir wirklich nicht leidtun. Das war vielleicht der großartigste Moment meines Lebens.«

Ich blickte ihn an und musste unwillkürlich lächeln.

»Alle Mädchen sollten so küssen«, meinte er. »Alle Mädchen sollten genau so sein wie du.«

Als wir nach Hause gingen, zog er mich ständig in Hauseingänge und Nischen, um mich erneut zu küssen. Je näher wir dem Wohnheim kamen, desto ausdauernder wurden die Küsse. Bis wir vor dem Eingang zu meinem Haus standen und uns gefühlte Stunden küssten. Es war etwas kühl draußen, die Sonne war schon vor Stunden untergegangen. Ich fror an den nackten Beinen. Doch ich spürte nichts als seine Hände auf mir, seine Lippen, konnte an nichts anderes denken als daran, wie sich sein Nacken unter meinen Händen anfühlte und dass er nach frischer Wäsche und nach Moschus roch.

Als es Zeit wurde, entweder einen Schritt weiterzugehen oder sich zu verabschieden, löste ich mich von ihm, ließ meine Hand jedoch in seiner. Ich las in seinen Augen, dass er gern von mir aufs Zimmer eingeladen worden wäre. Doch ich tat es nicht. Stattdessen sagte ich: »Wollen wir uns morgen sehen?«

»Na klar.«

»Kommst du vorbei und holst mich zum Frühstück ab?«

»Na klar.«

»Gute Nacht.« Ich küsste ihn auf die Wange.

Ich zog meine Hand aus seiner und wandte mich zum Gehen. Beinahe wäre ich stehen geblieben und hätte ihn doch noch gefragt, ob er mitkommen wollte. Unsere Verabredung sollte noch nicht zu Ende sein. Ich wollte nicht aufhören, ihn zu berühren, seine Stimme zu hören, herauszufinden, was er als Nächstes sagen würde. Doch ich drehte mich nicht um. Ich ging weiter.

Ich wusste, dass es mich erwischt hatte: Ich war verknallt. Ich würde mich ihm hingeben, ihm meine Seele offenbaren, er würde mir womöglich das Herz brechen.

Es bestand also keine Eile, sagte ich mir, als ich allein in den Aufzug stieg.

Als ich in mein Zimmer kam, rief ich Rachel an. Ich musste ihr alles berichten. Wie süß er war, was er gesagt hatte, wie er mich angesehen hatte. Ich musste den Abend noch einmal mit jemandem durchleben, der verstand, wie aufregend das alles war.

Und Rachel verstand das vollkommen.

»Ich frage mich, wann du mit ihm schlafen willst«, meinte sie. »Es hört sich an, als wäre es da draußen auf dem Bürgersteig ganz schön heiß hergegangen. Vielleicht solltest du ein Datum festlegen? Dass du nicht mit ihm schläfst, ehe du nicht so und so viele Wochen oder Tage oder Monate mit ihm zusammen bist.« Sie lachte. »Oder Jahre, wenn es das ist, was du dir vorstellst.«

Ich erklärte ihr, dass ich es einfach auf mich zukommen lassen würde.

»Das ist keine gute Idee«, meinte sie. »Du brauchst einen Plan. Was, wenn du zu früh oder zu spät mit ihm schläfst?«

Aber ich konnte mir nicht vorstellen, dass es ein »zu früh« oder »zu spät« überhaupt geben konnte. Was Ryan und mich anging, war ich mir so sicher, mir war, als könnte gar nichts schiefgehen. Als würden wir so gut zusammenpassen, dass wir es gar nicht vermasseln konnten, selbst wenn wir uns Mühe gaben.

Und das fand ich einerseits enorm aufregend, und auf der anderen Seite gab es mir eine große Ruhe.

Als es passierte, waren Ryan und ich in seinem Zimmer. Sein Mitbewohner war das Wochenende über nicht in der Stadt. Wir hatten einander noch nicht gesagt, dass wir uns liebten, doch es war offensichtlich.

Ich staunte, wie gut er meinen Körper verstand. Ich musste ihm nicht sagen, was ich wollte, er wusste es. Er wusste, wie er mich küssen musste, wo er seine Hände hinlegen, wo und wie er mich berühren musste.

Bis dahin hatte ich das Konzept des Miteinanderschlafens nicht ganz verstanden. Es kam mir kitschig und albern vor. Doch in dem Moment begriff ich es. Es geht nicht nur um die Bewegungen. Es geht darum, dass einem, wenn der andere einem nahe ist, das Herz übergeht. Dass sich sein Atem anfühlt wie ein warmes Feuer. Dass das Gehirn völlig abschaltet und das Herz die Führung übernimmt.

Mich interessierte nichts anderes mehr, ich wollte nur ihn fühlen, seinen Geruch, seinen Geschmack wahrnehmen. Ich wollte mehr von ihm.

Hinterher lagen wir nackt und verletzlich nebeneinander, hatten jedoch das Gefühl, weder das eine noch das andere zu sein. Er nahm meine Hand.

»Ich möchte dir etwas sagen, aber ich will nicht, dass du denkst, es wäre wegen dem, was wir gerade getan haben.«

Ich wusste, was es war. Wir beide wussten es. »Dann sag es später«, antwortete ich.

Er schien enttäuscht von meiner Antwort, und ich erklärte sie ihm.

»Wenn du es sagst, sage ich es auch.«

Er lächelte, dann schwieg er einen Moment. Ich dachte schon, er sei eingeschlafen, doch dann meinte er: »Es ist gut, oder?«

Ich wandte mich ihm zu. »Ja«, bestätigte ich. »Das ist es.«

»Nein«, korrigierte er, »was wir haben, ist perfekt. Wir könnten irgendwann heiraten.«

Ich dachte an meine Großeltern, das einzige verheiratete Paar, das ich kannte. Wie meine Großmutter meinem Großvater manchmal das Essen schnitt, wenn er sich zu schwach fühlte, es selbst zu tun.

»Irgendwann«, sagte ich. »Ja.«

Wir waren neunzehn.

Elf Jahre zuvor

In den Sommerferien fuhr Ryan nach Hause, nach Kansas. Wir telefonierten jeden Tag. Außerdem schickten wir in einem irren Tempo E-Mails hin und her und warteten ungeduldig darauf, dass der andere antwortete. Jeden Tag saß ich auf meinem Bett, bis er von seinem Praktikum nach Hause kam und mich anrief. Früh in jenem Sommer besuchte ich ihn und lernte seine Eltern und Geschwister kennen. Wir verstanden uns gut. Sie schienen mich zu mögen. Ich blieb eine Woche, in der Ryan und ich einander an unseren Lippen hingen und er sich jede Nacht zu mir ins Gästezimmer schlich. Als er mich zum Flughafen brachte und bis zur Sicherheitskontrolle begleitete, hatte ich das Gefühl, mir würde das Herz herausgerissen. Wie konnte ich ihn verlassen? Wie konnte ich ins Flugzeug steigen und mich so viele Meilen von der anderen Hälfte meiner Seele entfernen?

All das versuchte ich Rachel zu erklären, die nach ihrem ersten Jahr an der USC ebenfalls den Sommer zu Hause verbrachte. Ich jammerte, wie sehr ich ihn vermisste, und sprach unverhältnismäßig viel von ihm. Ich war vollkommen fixiert. Meist reagierte Rachel auf diese oberdramatischen Liebesbekundungen, indem sie sagte: »Ach, das ist toll. Ich freue mich wirklich für dich«, und dann so tat, als müsste sie sich übergeben.

Mein Bruder Charlie war inzwischen vierzehn und würde im Herbst auf die Highschool wechseln, daher wollte er nichts mit Rachel oder mir zu tun haben. Er tat noch nicht einmal so, als würde er sich für irgendetwas interessieren, was ich sagte. In dem Moment, in dem ich zu reden begann, setzte er sich Kopfhörer auf oder stellte den Fernseher an.

Ein paar Wochen, nachdem ich von meinem Besuch bei seiner Familie zurückgekehrt war, bestand Ryan darauf, mich zu besuchen. Es war ihm egal, dass die Tickets teuer waren oder dass er kein Geld verdiente. Er meinte, das sei es ihm wert. Er müsse mich sehen.

Als er am Flughafen von L.A. gelandet war, sah ich ihn mit anderen Passagieren die Rolltreppe hinunterkommen. Suchend ließ er den Blick über die Menge schweifen, bis er mein Gesicht entdeckte. In dem Augenblick erkannte ich, wie sehr er mich liebte, wie erleichtert er war, dass er mich gefunden hatte. Und ich sah all diese Gefühle, weil ich genauso für ihn empfand.

Er rannte auf mich zu, ließ seine Tasche fallen und hob mich hoch. Er wirbelte mich herum und hielt mich fester, als mich je jemand gehalten hatte. So traurig ich vor Wochen auch gewesen war, ihn verlassen zu müssen, so froh war ich jetzt, wieder mit ihm zusammen zu sein.

Er setzte mich ab, umfasste mein Gesicht und küsste mich. Als ich schließlich die Augen öffnete, bemerkte ich eine ältere Frau mit Kindern, die uns beobachtete. Zufällig trafen sich unsere Blicke, sie lächelte und wandte sich verlegen ab.

Der Ausdruck auf ihrem Gesicht sagte mir, dass sie einst wie ich gewesen war.

Dann war meine Familie da, sie hatten endlich einen Parkplatz gefunden. Alle hatten darauf bestanden mitzukommen, teilweise wohl deshalb, weil ich eindeutig nicht gewollt hatte, dass sie mitkamen.

Ryan wischte sich die schweißnasse Hand an der Jeans ab und streckte sie meiner Mutter hin.

»Mrs. Spencer«, begrüßte er sie, »wie schön, Sie wiederzusehen.« Sie waren sich einmal kurz begegnet, als meine Mutter mir beim Auszug aus dem Wohnheim geholfen hatte.

»Ryan, ich habe doch gesagt, du sollst mich Leslie nennen«, erwiderte meine Mutter lachend.

Ryan nickte und deutete auf Rachel und Charlie. »Rachel, Charlie, freut mich, euch kennenzulernen. Ich habe viel Gutes von euch gehört.«

»Ehrlich gesagt«, gab Charlie zurück, »wäre es uns lieber, Sie würden uns Miss und Mr. Spencer nennen.«

Ryan nahm ihn beim Wort. »Verzeihen Sie, Mr. Spencer, mein Fehler. Miss Spencer.« Er tippte sich an einen imaginären Hut und verneigte sich vor Rachel. Dann schüttelte er Charlie fest die Hand.

Und vielleicht, weil ihn jemand ernst nahm, entschied Charlie sich, bessere Laune zu haben.

»Okay, gut«, meinte er. »Du darfst mich Charles nennen.«

»Du kannst ihn Charlie nennen«, schaltete sich Rachel ein.

Wir gingen alle zusammen zum Gepäckband. Und so gern Charlie ein Spielverderber gewesen wäre, er redete den ganzen Heimweg über ununterbrochen auf Ryan ein.

Neuneinhalb Jahre zuvor

In unserem letzten Jahr am College hatten Ryan und ich die Frühjahrsferien eigentlich in Los Angeles verbringen wollen. Doch in letzter Minute entdeckte meine Mutter ein günstiges Angebot für Flüge nach Cabo San Lucas und beschloss, großzügig zu sein. So kam es, dass wir fünf – meine Mom, Rachel, Charlie, Ryan und ich – in einem Flugzeug nach Mexiko saßen.

Seltsamerweise schien Charlie sich am meisten darüber zu freuen. Als wir im Flugzeug unsere Plätze einnahmen – Mom, Ryan und ich auf der einen Seite des Gangs, Rachel, Charlie und ein merkwürdiger, glatzköpfiger Mann auf der anderen –, erinnerte Charlie Mom unablässig daran, dass man in Mexiko bereits mit achtzehn Alkohol trinken durfte.

»Das ist schön, Herzchen«, erwiderte sie, »ändert aber nichts daran, dass du erst sechzehn bist.«

»Aber es wäre weniger illegal«, meinte er und schloss seinen Sicherheitsgurt, während die Stewardessen mit prüfendem Blick durch die Gänge gingen. »Es ist weniger illegal, wenn ich mich in Mexiko betrinke als hier.«

»Ich bin mir nicht sicher, ob es Abstufungen von illegal

gibt«, bemerkte Rachel und drückte sich fest in den mittleren Sitz, um auf keinen Fall den Glatzkopf zu berühren. Er war bereits eingeschlafen.

»Ich glaube allerdings, dass Prostitution in Mexiko legal ist«, warf ich ein. »Stimmt doch, oder?«

»Nun ja, nicht für Minderjährige«, erwiderte Ryan. »Tut mir leid, Charlie.«

Charlie zuckte die Schultern. »Ich sehe nicht aus wie sechzehn.«

»Ist eigentlich Gras in Mexiko legal?«, erkundigte sich Rachel.

»Entschuldigt mal!«, schaltete sich Mom aufgebracht ein. »Das ist doch ein Familienurlaub! Ich nehme euch nicht alle mit nach Mexiko, damit ihr high werdet oder euch Huren nehmt.«

Natürlich lachten wir alle. Wir hatten nur Spaß gemacht. Zumindest dachte ich das.

»Du bist zu naiv, Mom!«, sagte Rachel.

»Wir machen nur Spaß«, fügte ich hinzu.

»Sprich für dich selbst!«, bemerkte Charlie. »Mir war es ernst. Vielleicht servieren sie mir da unten Alkohol.«

Ryan lachte.

In dem Moment wurde mir klar, wie anders Charlie war. Es war nicht nur das Übliche, nicht nur der Unterschied zwischen Brüdern und Schwestern, Schülern auf der Highschool und Collegestudenten. Er war ganz anders als Rachel und ich.

Rachel und ich waren etwas mehr als ein Jahr auseinander. Wir erlebten Dinge ähnlich, sahen sie durch die gleiche Brille. Als unser Dad fortging, war ich viereinhalb, Rachel war gerade drei geworden. Mom war damals mit Charlie schwanger. Rachel und ich mochten uns vielleicht nicht mehr wirklich an unseren Vater erinnern, aber wir hatten Zeit mit ihm verbracht. Wir kannten seine Stimme. Charlie kam auf die Welt und hatte nur meine Mutter.

Manchmal fragte ich mich, ob Charlie vielleicht durch die Nähe zwischen Rachel und mir gar keine Chance hatte, zwischen uns zu kommen. Als er geboren wurde, hatten wir bereits unsere eigene Sprache, unsere eigene Welt. Doch in Wahrheit war Charlie einfach nicht an uns interessiert. Schon als kleines Kind machte er sein eigenes Ding, spielte seine eigenen Spiele. Er wollte nicht so sein wie Rachel und ich, nicht über die Dinge reden, über die wir sprachen. Er ging immer seinen eigenen Weg und wies alles zurück, was wir ihm anboten.

Doch trotz unserer Differenzen war es verblüffend, wie ähnlich wir drei uns sahen, je älter wir wurden. Charlie besaß zwar nicht dasselbe Temperament oder denselben Charakter wie wir, doch rein äußerlich konnten wir unsere Verwandtschaft nicht leugnen.

Wir hatten alle drei die gleichen hohen Wangenknochen, die dunklen Haare und die blauen Augen unserer Mutter. Zwar war Charlie groß und schlaksig, Rachel klein und zierlich und ich breiter, kurviger. Aber wir gehörten zusammen, so viel war klar.

Das Flugzeug hob ab, und wir sprachen über andere Dinge. Als das Anschnallzeichen erlosch, stand meine Mutter auf und ging zum Waschraum. Ryan beugte sich über den Gang und flüsterte Charlie etwas zu. Charlie lächelte und nickte.

»Was hast du gesagt?«, fragte ich. Ryan grinste breit. »Du willst es mir nicht sagen?«

»Das ist eine Sache zwischen Charlie und mir«, erwiderte Ryan.

»Ja«, tönte Charlie. »Das bleibt unter uns.«

»Du darfst ihm dort keinen Alkohol kaufen«, mahnte ich. »Habt ihr etwa darüber gesprochen? Das darfst du nicht.« Ich klang wie ein Drogenfahnder.

»Wer hat gesagt, dass irgendjemand für irgendwen Alkohol kauft?«, fragte Ryan vielleicht ein bisschen zu unschuldig.

»Na ja, warum darf ich dann nicht wissen, worüber ihr gesprochen habt?«

»Es gibt Dinge, die gehen dich nichts an, Lauren«, entgegnete Charlie provozierend.

Mir blieb der Mund offen stehen. Meine Mutter war auf ihrem Weg zurück zu uns.

»Du willst meinen sechzehnjährigen Bruder betrunken machen!«, flüsterte ich und kreischte dabei doch irgendwie.

Schließlich hatte Rachel genug: »Ach, Lauren, hör doch auf.« Ryan hatte sich zu ihr gebeugt und gesagt: »Mal sehen, ob ich deine Schwester dazu bringe, wegen nichts auszurasten.«

Ich blickte Ryan an und wartete darauf, dass er das bestätigte. Er lachte. Charlie ebenfalls.

»Also ehrlich«, meinte Rachel zu mir. »Du bist genauso naiv wie Mom.«

Etwas mehr als neun Jahre zuvor

Ich schloss mit »magna cum laude« ab und verfehlte das »summa cum laude« nur um Haaresbreite, doch Ryan sagte mir, ich solle mich deshalb nicht grämen. »Ich mache nur ein ganz normales Examen«, meinte er, »ohne ein einziges lateinisches Wort dahinter, und ich bin zufrieden. Du kannst also mehr als zufrieden sein.«

Auch meine Zukunftschancen waren kein Argument, denn ich hatte bereits einen Job im Alumni-Büro der UCLA. Ich wusste nicht genau, was ich mit meinem Psychologieabschluss anfangen wollte, aber ich nahm an, das würde sich zu gegebener Zeit finden. Das Alumni-Büro schien mir für den Anfang ein angenehmer, vertrauenswürdiger Ort zu sein.

Am Tag der Abschlussfeier befanden Ryan und ich uns an entgegengesetzten Enden des Hörsaals, sodass wir nur am Morgen miteinander sprachen und uns dann während der Zeremonie Gesichter schnitten. Im Publikum entdeckte ich Mom mit ihrer riesigen Kamera und neben ihr Rachel und Charlie. Rachel winkte mir zu und hob den Daumen. Ein paar Reihen dahinter sah ich Ryans Eltern und seine Schwester.

Während ich dort saß und darauf wartete, dass mein Name aufgerufen wurde, begriff ich, dass an diesem Tag vieles zu Ende ging. Und dass, wichtiger noch, nun mein Leben als Erwachsene begann.

Ryan und ich hatten ein kleines Apartment in Hollywood gemietet. Nächste Woche, am Ersten des Monats, würden wir einziehen. Es war eine winzige hässliche Bude, eng und dunkel. Aber sie gehörte uns.

Am Abend zuvor hatten Ryan und ich darüber gestritten, welche Möbel wir anschaffen wollten. Er fand, dass es genügte, wenn wir eine Matratze auf den Boden legten. Ich war der Ansicht, da wir nun erwachsen waren, sollten wir zumindest ein Bettgestell besitzen. Ryan erklärte, für unsere Klamotten bräuchten wir nur ein paar Pappkartons, ich bestand auf Kommoden. Es wurde hitzig. Ich warf Ryan vor, knauserig zu sein. Und nicht zu verstehen, was es bedeute, erwachsen zu sein. Er entgegnete, ich würde mich benehmen wie ein verwöhntes Gör, das glaubte, Geld würde auf den Bäumen wachsen. Es wurde so schlimm, dass ich anfing zu weinen; er bekam vor Wut ein knallrotes Gesicht.

Und dann, ehe wir es uns versahen, waren wir an dem Punkt, an dem wir beide zugaben, unrecht zu haben, und den anderen mit einer Leidenschaft um Verzeihung baten, die nur mit der bei unserem letzten Streit vergleichbar war. So ging das immer bei uns. Das »Ich liebe dich« und »Tut mir leid«, das »Ich werde es nie wieder tun« und das »Ich weiß nicht, was ich ohne dich tun würde!« überlagerten stets die Sache, über die wir eigentlich gestritten hatten.

An jenem Morgen wachten wir mit einem Lächeln auf und hielten einander fest im Arm. Wir frühstückten zusammen. Wir kleideten uns gemeinsam an. Wir halfen einander, unsere Mützen aufzusetzen und in die Mäntel zu schlüpfen.

Unser Leben begann. Wir waren erwachsen.

Zusammen mit meiner ganzen Reihe stand ich auf und ging hinauf zum Podium.

»Lauren Spencer.«

Ich trat vor, schüttelte dem Rektor die Hand und nahm mein Diplom entgegen. Aus dem Augenwinkel sah ich Ryan. Er hielt ein Schild hoch, das so klein war, dass nur ich es sehen konnte. »Ich liebe dich«, stand darauf. Und in dem Moment wusste ich, dass es toll sein würde, erwachsen zu sein.

Siebeneinhalb Jahre zuvor

Zu unserem vierten Jahrestag fuhren Ryan und ich zum Campen in den Yosemite-Nationalpark.

Das College hatten wir seit eineinhalb Jahren hinter uns, ich verdiente anständig im Alumni-Büro, und auch Ryans Gehalt war okay. Allmählich behielten wir Geld übrig und konnten ein wenig sparen. Daher beschlossen wir, dass eine Reise zum Yosemite uns nicht zu sehr zurückwerfen würde. Wir hatten uns die Camping-Ausrüstung von meiner Mutter geliehen und Essen von zu Hause mitgenommen.

Am späten Freitagnachmittag kamen wir an und schlugen unser Zelt auf. Sobald es aufgebaut war, ging die Sonne unter, und es wurde kühl, also legten wir uns ins Bett. Am nächsten Morgen wollten wir die Vernal Falls hinaufwandern. Im Reiseführer stand, dass die Wanderung zwar anstrengend, der Blick von dort oben jedoch unvorstellbar sei. Dazu sagte Ryan: »Ich habe Lust, etwas Unvorstellbares zu sehen.« Also zogen wir die Wanderschuhe an und stiegen in den Wagen.

Ich wusste, dass er eine Woche vor der Reise meine Mutter angerufen und sie um ihren Segen gebeten hatte. Er hatte ihr erzählt, er habe einen Ring ausgesucht. Meine Familie konnte keine Geheimnisse bewahren. Wir versuchten es, aber wir waren immer zu aufgeregt, um etwas Gutes für uns zu behalten. Es platzte aus uns heraus, wir flossen über wie eine geborstene Wasserleitung. In gewisser Weise rechnete ich also damit, dass Ryan oben bei den Vernal Falls vor mir auf die Knie fallen würde.

Die Beschreibung aus dem Reiseführer war jedoch ziemlich irreführend. Die Wanderung zu den Wasserfällen war nicht nur anstrengend, der Aufstieg schien geradezu unmöglich. Ständig dachte ich, bald hätten wir es geschafft, bald hätten wir den Gipfel erreicht. Doch der Weg schlängelte sich immer noch weiter die Berge hinauf, man bog um eine Kurve und stellte fest, dass man noch Stunden vor sich hatte. Es gab tückische Pfade, steile Anstiege, Gelände, wo man nicht stehen bleiben durfte. An einer Stelle riss ich mir an einem Felsen den Knöchel auf. Obwohl der Schnitt in meinen Socken blutete, konnte ich nichts tun, ich musste einfach weitergehen.

Und dennoch trafen wir auf der gesamten Wanderung auf Gruppen von Leuten, die vor oder hinter uns gingen und ganz zufrieden aussahen. Es kamen uns auch Menschen mit strahlenden Gesichtern entgegen, stolz, dass sie es bis nach oben geschafft hatten. Ich war versucht, sie mir zu schnappen und zu fragen, was noch vor uns lag. Aber wozu? Vielleicht war es besser, wenn ich es nicht wusste, sonst würde ich womöglich aufgeben.

In der zweiten Stunde standen Ryan und ich auf in den Fels geschlagenen Stufen, so wackelig und steil, dass noch nicht einmal der ganze Fuß auf eine der Stufen passte. In der Nähe gab es einen Wasserfall, und ich weiß noch, dass ich dachte: Das ist ein wunderschöner Wasserfall, aber es ist mir egal, ich bin einfach zu fertig. Ich hatte das Gefühl, diesen Berg nie hinaufzukommen, und die Aussicht, die ich mir angeblich nicht vorstellen konnte, tja, die war mir inzwischen auch ziemlich egal. Die Haare klebten mir an der Stirn, mein T-Shirt war schweißnass, mein Gesicht rot wie eine Tomate. So sollte man sich nicht verloben. Und ich war noch nicht einmal sicher, ob das überhaupt Ryans Absicht war. Allmählich kam es mir vor, als wäre das doch nicht der Fall.

Ich überlegte, Ryan zu fragen, ob er nicht doch umkehren wolle. Wenn er Ja sagte, würde ich wahrscheinlich nichts verderben. Wenn er Nein sagte, würde ich bis zum Gipfel hinaufsteigen und sehen, was passierte.

»Wollen wir umdrehen?«, fragte ich. »Ich weiß nicht, ob ich das schaffe.«

Ryan stand ein paar Stufen unter mir und bekam kaum noch Luft. Eigentlich war er fitter als ich, aber er bestand darauf, hinten zu bleiben, damit er mich auffangen konnte, falls ich ausrutschte.

»Klar«, meinte er. »Okay.«

Plötzlich war ich geknickt. Erst, als er sagte, wir könnten umkehren, merkte ich, wie sehr ich auf seinen Antrag gewartet hatte. So wie man erst merkt, dass man unbedingt einen Burger zum Abendessen haben möchte, nachdem jemand anders Chinesisch vorgeschlagen hat.

»Ach, gut«, sagte ich, zog langsam meine Füße zurück und drehte mich um. Dieser Augenblick fühlte sich an wie eine doppelte Niederlage. Ich dachte an all die Menschen, die ich vom Berg hatte herunterkommen sehen. Sie hatten siegreich gewirkt. Mir war klar, wenn ich den Berg hinunterstieg, würde ich auf all die Menschen, denen ich auf dem Weg nach unten begegnete, ebenfalls siegreich wirken. Niederlage und Erfolg konnten sehr ähnlich aussehen. Und manchmal kannte man nur selbst die Wahrheit.

»Ach, warte«, bat Ryan. Er beugte sich hinunter, um seinen Rucksack zu richten, und ich bekam Angst, weil er so gefährlich nah am Rand der Treppe stand. Es sah aus, als würde er gleich in den Wasserfall rutschen.

Doch er streckte die Hand aus und stemmte vorsichtig ein Knie auf eine der wackeligen Stufen. Dann sah er mich an und sagte: »Lauren, ich liebe dich mehr als alles andere in meinem Leben. Du bist der Grund, warum ich auf dieser Erde bin. Du machst mich unsagbar glücklich. Ich kann nicht ohne dich leben.« Er lächelte, doch seine Mundwinkel bebten. Seine Stimme verlor ihre Selbstsicherheit und wurde zittrig. Ich bemerkte, dass sich die Gruppe vor uns umgedreht hatte. Ein paar Stufen hinter Ryan waren ein paar Kids stehen geblieben und warteten.

»Lauren«, fuhr er fort, ohne seine Gefühle zu verbergen, »willst du mich heiraten?«

Plötzlich kam mir der Wasserfall vor wie der prächtigste Wasserfall überhaupt. Ich lief die Stufen zu ihm hinunter und flüsterte »Ja!« in sein Ohr. Ich zögerte keinen Moment. *Ja. Ja. Ja. Bist du verrückt? Ja.*

Ryan umarmte mich, und ich schluchzte. Auf einmal besaß ich Energie für zehn. Wenn wir jetzt weitergingen, konnte ich die Stufen bewältigen. Ich konnte es bis zu diesem blöden Gipfel schaffen.

Ryan wandte sich um und rief: »Sie hat Ja gesagt!« Die Umstehenden klatschten. Das Echo von Ryans Stimme hallte durch den Canyon. Eine Frau rief: »Glückwunsch!«

Ich schwöre, es fühlte sich an, als wäre der ganze Yosemite dabei.

Wir gingen weiter, und innerhalb einer Stunde hatten wir den Gipfel erreicht. Die Vernal Falls waren noch viel eindrucksvoller, als ich sie mir vorgestellt hatte. Ryan und ich blieben dort oben, steckten unsere Füße in den wilden Strom, erfrischten uns an dem rauschenden Wasser, sahen den Eichhörnchen beim Nüsseknacken zu und den Vögeln, die über uns schwebten. Wir sprachen von der Zukunft und aßen dabei unsere belegten Brote. Wir redeten über mögliche Hochzeitstermine, wann wir Kinder haben wollten, ob wir uns ein Haus kaufen würden. Wir stellten uns vor, dass die Hochzeit ungefähr in einem Jahr stattfinden könnte. Die Kinder hätten Zeit, bis wir dreißig waren. Das mit dem Haus würden wir später entscheiden. Vielleicht lag es daran, dass ich mich hoch in den Wolken befand, im wörtlichen wie im übertragenen Sinn, denn ich hatte das Gefühl, dass die Sonne an jenem Nachmittag heller schien. Dass ich die Welt erobern konnte. Die Zukunft erschien mir leicht.

Als wir schließlich aufbrachen, gingen wir schweren Herzens. Was sich zunächst angefühlt hatte, als könnte ich es nicht schaffen, als wäre es den Aufstieg nicht wert, schien mir nun das einzig Bedeutende zu sein, was ich je getan hatte.

Etwas mehr als sechs Jahre zuvor

Zwei Monate vor der Hochzeit wollten wir uns ein neues Bett kaufen. Ein Queen-Size-Bett. Mit Matratze, Federn, Bettgestell und Laken war es billiger als ein King-Size-Bett. Es war praktisch. Doch als wir ins Matratzengeschäft gingen und uns die Betten ansahen, reizte es uns, aufs Ganze zu gehen. Wir sahen uns die beiden nebeneinanderliegenden Matratzen an, eine breite und eine schmale. Ryan stand hinter mir, hatte den Arm um meine Schultern gelegt und flüsterte mir ins Ohr: »Lass uns die große nehmen. Lass all unseren Sex Hotelsex sein.« Mein Herz bebte, und ich wurde rot und sagte dem Verkäufer, wir würden das King-Size-Bett nehmen.

Sechs Jahre zuvor

Unsere Hochzeit fand im Juli statt, auf der großen Wiese eines Hotels am Stadtrand von Los Angeles. Ich trug ein weißes Kleid und warf meinen Brautstrauß. Wir tanzten die ganze Nacht, Ryan wirbelte mich umher, zog mich fest an sich und führte mich stolz vor. Am Morgen nach dem Fest setzten wir uns ins Auto und fuhren in die Flitterwochen. Wir hatten an Orte wie Costa Rica oder Paris gedacht, vielleicht eine Kreuzfahrt an der italienischen Riviera. Aber dafür fehlte uns das Geld. So entschieden wir uns für eine einfache Alternative, wir würden hinauf nach Big Sur fahren und dort eine Woche lang ungestört in einer Hütte im Wald wohnen. Ein Kamin und ein wundervoller Blick – mehr Luxus brauchten wir nicht.

Wir brachen frühmorgens auf und hofften, den Mittagsverkehr zu umgehen und gut durchzukommen. Zum Frühstücken machten wir eine Pause und später noch einmal zum Mittagessen. Wir spielten Zwanzig Fragen, und ich stellte am Radio jeweils die Lokalsender ein. Wir waren verliebt und berauscht von dem neuen Gefühl, verheiratet zu sein. Von den Worten »mein Mann« und »meine Frau«

schien ein Glanz auszugehen. Es machte einfach so viel Spaß, sie auszusprechen.

Zwei Stunden von Big Sur entfernt platzte ein Reifen. Der laute Knall riss uns beide aus dem Zauber des Frischverheiratetseins. Ryan steuerte schnell an den Straßenrand. Ich sprang zuerst aus dem Wagen, Ryan gleich nach mir.

»Mist!«, fluchte er.

»Beruhige dich. Das kommt wieder in Ordnung. Wir müssen nur Triple A anrufen. Die Pannenhelfer kommen und regeln das für uns.«

»Wir können Triple A nicht rufen«, widersprach er.

»Na klar können wir!«, beharrte ich. »Ich habe die Karte in meiner Brieftasche. Ich hole sie.«

»Nein.« Er schüttelte den Kopf und verschränkte resigniert die Hände im Nacken. »Ich habe vergessen, die Gebühr zu bezahlen.«

»Oh«, sagte ich. Die Enttäuschung war mir deutlich anzuhören.

»Die Rechnung ist letzten Monat gekommen. Da stand, dass man sie bis zum Fünfzehnten bezahlen muss, aber – mit der Hochzeit und allem, was bei der Arbeit los war, ist es mir einfach durchgerutscht.« Er zuckte die Schultern und klang abwehrend. »Ich habe es vergessen, okay? Es tut mir leid. Ich habe es einfach vergessen.«

Ich war nicht sauer auf ihn. Er hatte eben einen Fehler gemacht. Ich machte mir allerdings große Sorgen, was wir jetzt tun sollten. Unsere Lage frustrierte mich. Wie repariert man einen Reifen, wenn man Triple A nicht anrufen kann? Wir gehörten nicht zu jenen Leuten, die wussten, wie man so etwas selbst machte. Wir gehörten zu denen, die Triple A brauchten. In dem Moment gefiel mir überhaupt nicht, dass wir wie zwei nutzlose Idioten am Straßenrand herumstanden.

»Du weißt nicht, wie man einen Reifen wechselt, stimmt's?«, fragte ich. Das wusste ich schon. Ich hätte nicht fragen müssen.

»Nein«, erwiderte er. »Das weiß ich nicht. Danke, dass du mich darauf aufmerksam machst.«

»Tja, Mist«, fluchte ich nun ebenfalls, mein höflicher Ton wich einer Gereiztheit. »Was sollen wir jetzt machen?«

»Ich weiß es nicht!«, sagte er. »Es war ein Unfall.«

»Ja gut, also, was machen wir? Wir stehen im Nirwana am Straßenrand. Wie kommen wir zu der Hütte?«

»Ich weiß es nicht, ja? Ich weiß nicht, was wir tun sollen. Ich glaube, im Kofferraum ist ein Ersatzreifen.« Er ging nach hinten, um sich davon zu überzeugen. »Ja«, bestätigte er, als er den Boden heraushob. »Aber hier ist kein Wagenheber. Ich weiß nicht, was wir machen sollen.«

»Wir müssen uns etwas ausdenken.«

»Vielleicht könntest du dir ja auch mal etwas ausdenken«, zischte er. »Das ist schließlich nicht nur mein Problem.«

»Das habe ich auch gar nicht gesagt, Mensch.«

»Ach ja? Und wie lautet dein brillanter Vorschlag?«

»Weißt du was?« Dann lenkte ich ein. »Ich ... Ach, warum streiten wir uns jetzt? Wir sind in den Flitterwochen.«

»Ich weiß! Das ist mir klar!«, stieß er hervor. »Weißt du eigentlich, wie fertig mich das macht, dass uns so was in den Flitterwochen passiert? Hast du eine Ahnung, wie unglücklich ich bin, dass ich versaue, worauf wir uns seit Monaten gefreut haben?«

Es war mir absolut unmöglich, wütend auf Ryan zu sein, wenn er wütend auf sich selbst war. Wenn ich merkte, dass er sich wegen etwas schuldig fühlte, schmolz ich augenblicklich dahin wie ein Eis am Stiel. Deshalb fiel es mir so schwer, mit ihm zu streiten. Ich stritt mit ihm, bis er zugab, dass er etwas falsch gemacht hatte, und dann verbrachte ich den Rest der Nacht damit, ihn von seiner Schuld freizusprechen und ihn davon zu überzeugen, dass er nichts weniger als perfekt war.

»Nein, Schatz, nein«, versuchte ich ihn zu besänftigen. »Nein, du hast nicht alles versaut. Alles kommt in Ordnung. Ganz bestimmt. Absolut in Ordnung.« Ich umarmte ihn, vergrub meinen Kopf an seiner Brust und hielt seine Hand.

»Es tut mir leid«, sagte er und meinte es ernst.

»Nein!«, widersprach ich. »Es muss dir nicht leidtun. Du bist nicht allein dafür zuständig, die Rechnung von Triple A zu bezahlen. Das hätte uns beiden passieren können. Wir hatten so viel mit der Hochzeit zu tun. Komm schon.« Ich hob sein Kinn. »Davon lassen wir uns nicht unterkriegen.«

Ryan lachte. »Nein?«

»Teufel, nein!« Ich versuchte, ihn aufzuheitern. »Machst du Witze? Ich für meinen Teil amüsiere mich blendend. Was mich angeht, haben die Flitterwochen schon begonnen.«

»Haben sie?«

»Ja«, bekräftigte ich. »Wir machen ein Spiel daraus. Ich versuche den nächsten Wagen anzuhalten, der vorbeikommt, okay? Wenn er hält, einen Wagenheber hat und ihn uns leiht, habe ich gewonnen. Beim nächsten Wagen bist du dran. Wer den Wagenheber bekommt, hat gewonnen.«

Ryan lachte erneut. Es war so schön, ihn lachen zu sehen.

»Keiner von uns weiß, wie man mit einem Wagenheber umgeht«, bemerkte er.

»Tja, das finden wir heraus! Wie schwer kann das schon sein? Das können wir sicher googeln.«

»Okay, du fängst an, Süße«, meinte er.

Er kam nicht mehr zum Zug. Die Insassen des ersten Wagens, den ich anhielt, liehen uns einen Wagenheber. Sie zeigten uns sogar, was zu tun war, und halfen uns, das Rad anzubringen.

In null Komma nichts waren wir wieder auf der Straße, ohne eine Spur von Ärger oder Frust. Ich legte meinen Kopf an Ryans Schulter und lehnte mich dabei etwas ungelenk über die Mittelkonsole. Ich wollte ihm nah sein, ihn berühren. Es war mir egal, ob es unbequem war.

Der Reifen brachte uns bis zur Hütte in Big Sur. Auf der rechten Seite waren wir von Bäumen umgeben, links fielen riesige Felsen zum Pazifik hin ab. Der Himmel über uns färbte sich von Blau zu Rosaorange.

Wir checkten ein, ein weiteres Flitterwochenpaar in den Hütten von Big Sur. Die Frau am Empfangstresen wirkte, als könnte sie nichts mehr überraschen. Wir waren nichts Neues für sie, und doch war für uns alles neu.

Unser Hotelzimmer erwies sich als klein und gemütlich, auf der einen Seite gab es ein Gasfeuer. Als wir unsere Taschen abstellten, scherzte Ryan, unser Bett zu Hause sei größer als das Bett in der Hütte. Und doch fühlte sich alles so vertraut an. Ryan gehörte mir, ich gehörte ihm. Der schwierige Teil war vorüber: die Hochzeit mit den ganzen Details, der Planung, den Familien. Jetzt gab es nur noch uns, und vor uns lag unser gemeinsames Leben.

Bevor wir die Taschen ausgepackt hatten, fanden wir uns bereits auf dem Bett wieder. Ryan lag auf mir und drückte mich mit seinem Gewicht tief in die Matratze. Ich hatte mir einen männlichen Mann ausgesucht, einen starken Mann.

»Süße, es tut mir leid«, sagte er. »Ich werde die Mitgliedschaft bei Triple A erneuern, sobald wir zu Hause sind. Ach was, jetzt gleich! Ich kann es jetzt gleich machen.«

»Nein«, protestierte ich. »Nicht jetzt. Ich will nicht, dass du das jetzt machst. Ich will nicht, dass du je wieder von mir weggehst.«

»Nicht?«

»Nein.« Ich schüttelte den Kopf.

»Tja, was sollen wir dann tun?«, fragte Ryan. Das machte er immer, wenn er Sex haben wollte. Er brachte mich dazu, es auszusprechen. Er liebte es, mich Dinge sagen zu lassen, die er eigentlich selbst sagen wollte.

»Ich weiß nicht«, neckte ich ihn. »Was sollten wir denn tun?«

»Du siehst aus, als hättest du schon so eine Idee.« Er küsste mich.

»Ich habe gar keine Idee. Mein Kopf ist völlig leer.« Ich grinste breit, wir wussten beide ganz genau, was wir nicht aussprachen.

»Das stimmt nicht«, meinte er. »Du denkst daran, dass du Sex mit mir haben willst, du scharfe Braut.«

Ich lachte laut auf, so laut, dass es durch das kleine Zimmer schallte. Ryan küsste mich aufs Schlüsselbein. Zunächst zärtlich, dann strich er mit der Zunge meinen Hals hinauf. Und als er mein Ohrläppchen erreichte, verging mir das Lachen.

Drei Jahre zuvor

Ich hatte gerade eine neue Stelle angetreten, zwar noch immer in einem Alumni-Büro, jetzt jedoch am Occidental College.

Meine ehemalige Kollegin Mila hatte mich empfohlen. Wir hatten zusammen im Alumni-Büro der UCLA gearbeitet, und sie war vor einem Jahr ans Occidental gewechselt. Ich freute mich, wieder mit ihr zusammenzuarbeiten und neue Erfahrungen zu machen. Ich liebte die UCLA, aber ich hatte dort mein ganzes Erwachsenenleben verbracht, nun wollte ich neue Leute kennenlernen. Außerdem fand ich es auch nicht gerade abschreckend, dass der Campus des Occidental atemberaubend war. Wenn man nach Neuem Ausschau hält, sollte man sich eine schöne Umgebung aussuchen.

Und da ich dort mehr verdiente, beschlossen Ryan und ich umzuziehen. Als wir beim Vorbeifahren entdeckten, dass in Hancock Park ein Haus zur Miete angeboten wurde, hielten wir an. Es war eindeutig zu groß und zu teuer für uns, im Grunde brauchten wir kein zweites Schlafzimmer oder einen Garten. Aber wir wollten es. Also holte Ryan sein Telefon heraus und rief die Nummer an, die auf dem Schild stand.

»Hallo, ich stehe hier vor Ihrem Haus in Rimpau. Wie hoch ist die Miete?«, erkundigte sich Ryan und hörte dann aufmerksam zu.

»Aha«, machte er. Was die Person am anderen Ende sagte, konnte ich nicht hören. Ryan lief auf und ab. »Und darin sind alle Nebenkosten enthalten?«

Ich wollte unbedingt wissen, welchen Betrag man ihm genannt hatte.

»Nun, das ist uns leider zu viel«, erklärte Ryan. Enttäuscht setzte ich mich auf die Motorhaube unseres Wagens. »Mir ist allerdings aufgefallen, dass das Schild hier schon eine Weile steht.« Er bluffte. Das wusste er überhaupt nicht. »Deshalb frage ich mich, ob Sie uns vielleicht noch etwas entgegenkommen würden.« Er lauschte und sah mich dabei an, ich lächelte ihm zu. »Okay, ist es denn jetzt offen? Dürfen meine Frau und ich einen Blick hineinwerfen?«

Ryans Blick wanderte zu einem Abflussrohr. »Ja, das sehe ich. Wir besichtigen es, und ich rufe Sie zurück.« Er legte auf, und wir rannten zur Eingangstür. Ryan holte den Schlüssel aus dem Abflussrohr und schloss die Tür auf.

Während viele Stadtteile von Los Angeles von überfüllten Straßen und engen Gebäuden beherrscht werden, ist Hancock Park eine Wohngegend mit meist breiten Straßen und Häusern mit Vorgärten. Der Großteil der Bauten in der Gegend stammt aus den Zwanzigerjahren, dieses Haus auch. Es war alt, doch es war wundervoll. Rauputz außen, eindrucksvolle bogenförmige Durchgänge innen, Holzfußboden und in der Küche Schachbrettfliesen. Die Zimmer waren klein und schmal, aber perfekt für uns. Ich sah mein Leben dort bereits vor mir. Wo unser Sofa stehen würde. Wie ich mir über dem Keramikwaschbecken aus der Vorkriegszeit die Zähne putzen würde.

»Das können wir uns nicht leisten, oder?«, fragte ich Ryan.

»Wenn du willst, kriege ich das hin«, antwortete Ryan, mitten im Haus stehend. Es war so leer, dass seine Stimme bis in die hintersten Winkel tönte. »Ich bringe diese Frau dazu, so weit mit der Miete herunterzugehen, dass wir es uns leisten können.«

»Wie?«, fragte ich. Ich wusste nicht, welchen Preis sie genannt hatte, und Ryan verriet es mir nicht. Das sagte mir, dass er deutlich über der Summe lag, die wir im Kopf gehabt hatten.

»Willst du es haben?«, fragte er.

»Ja, unbedingt.«

»Dann besorge ich es dir.« Ryan ging nach draußen, zurück auf den Bürgersteig. Ich lief durch die Küche und öffnete die Glasschiebetüren, die zum Garten hinausführten. Er war klein und bestand nur aus einer Rasenfläche mit ein paar Sträuchern. Doch in der Ecke stand ein alter Zitronenbaum. Die Früchte lagen um den Stamm verstreut, die meisten von ihnen mit fauligen Stellen, wo sie auf dem Boden aufgeschlagen waren. Es sah aus, als hätte sich lange niemand um den Baum gekümmert, ihn gewässert oder die Früchte geerntet. Niemand hatte sich für ihn interessiert. Ich ging hinaus und streckte mich nach einer Zitrone hoch über meinem Kopf, die noch am Zweig hing. Ich pflückte sie und roch an ihr. Sie duftete frisch und sauber.

Ich nahm sie mit vors Haus, um sie Ryan zu zeigen. Er

war noch immer am Telefon und lief auf dem Bürgersteig auf und ab. Aufmerksam beobachtete ich ihn und versuchte herauszufinden, wie die Unterhaltung verlief. Schließlich blickte er zum Himmel und lächelte, stieß die Faust in die Luft und sah mich an, als hätten wir im Lotto gewonnen. »Zum ersten September? Ja, das geht.«

Als er aufgelegt hatte, lief ich in seine Arme, sprang hoch und schlang die Beine um seine Taille. Er lachte.

»Du hast es geschafft!«, jubelte ich. »Du hast mir das Haus besorgt!« Ich reichte ihm die Zitrone. »Wir haben einen Zitronenbaum! Wir können frische Limonade und Zitronenschnitten und – anderen Zitronenkram machen! Wie hast du das geschafft?«, fragte ich. »Wie hast du sie überredet?«

Ryan schüttelte den Kopf. »Ein Zauberer verrät seine Tricks nicht.«

»Nein, ernsthaft, wie hast du es gemacht?«

Er lächelte und wich mir aus. Und aus irgendeinem Grund war es mir sogar lieber, es nicht zu wissen. Er hatte das Unmögliche möglich gemacht. Das brachte mich auf den Gedanken, dass vielleicht auch andere unmögliche Dinge möglich waren. Dass ich, wenn ich mir etwas nur fest genug wünschte, es vielleicht auch bekommen konnte.

An jenem Abend suchte ich bereits Farben aus und dachte über den Umzug nach. Ich war so auf das neue Haus fixiert, dass ich den Anblick unserer Wohnung nicht mehr ertrug.

Ich saß am Computer, richtete im Geiste das Haus ein und kaufte online ein, als Ryan neben mich trat und meinen Laptop zuklappte.

»He!«, sagte ich. »Ich habe gerade etwas nachgesehen.«

Er lächelte. »Nun, sieht aus, als könntest du den Computer

nicht mehr benutzen«, meinte er. »Womit sollten wir uns stattdessen die Zeit vertreiben?«

»Hä?«, machte ich. Ich wusste genau, worauf er hinauswollte.

»Ich meine, es ist spät, wir sollten ins Bett gehen. Und was sollen wir dort tun?« Er wollte Sex haben. Und er wollte, dass ich es sagte.

»Ich habe aber gerade etwas nachgesehen!«, beharrte ich. Meine Stimme klang abweisend, ich war wirklich nicht in der Stimmung.

»Bist du sicher, dass du nicht an etwas Bestimmtes denkst? An etwas, was du gern tun möchtest?«

Vielleicht hätte ich nachgegeben, wenn er gesagt hätte, was er wollte. Aber es war nicht das, was ich wollte. Und ich würde nicht so tun, als ob dem so wäre.

»Ja, ich weiß genau, was ich will«, beharrte ich. »Ich will weiter nach Vorhängen gucken!«

Ryan seufzte und klappte den Computer wieder auf. »Du bist eine Spaßbremse«, beschwerte er sich lachend und küsste mich auf die Wange, dann verließ er das Zimmer.

»Aber du liebst mich trotzdem, oder?«, rief ich ihm scherzend hinterher.

Er streckte erneut den Kopf durch die Tür. »Immer. Bis zu meinem Tod.« Dann warf er sich auf den Boden, schloss die Augen und streckte die Zunge heraus, als wäre er tot.

»Bist du etwa tot?«, foppte ich ihn.

Er schwieg. Das konnte er erschreckend gut, absolut unbeweglich dazuliegen. Selbst seine Brust hob und senkte sich nicht beim Atmen.

Ich kauerte mich neben ihn auf den Boden und stieß ihn spielerisch an.

»Sieht aus, als wäre er wirklich tot«, sagte ich laut. »Na ja …« Ich seufzte. »Dann habe ich wenigstens mehr Zeit für mich und kann in Ruhe nach Vorhängen suchen.«

Da packte er mich, zog mich an sich und kitzelte mich unter den Achseln. Ich lachte und kreischte.

»Und wie ist es jetzt, hm?«, fragte er, als er mich genug gekitzelt hatte. »Was willst du jetzt machen?«

»Das habe ich dir doch gesagt«, erwiderte ich, stand auf und lächelte ihn an. »Ich will nach Vorhängen sehen.«

Am Tag nach unserem Einzug, als ich noch dabei war, Kisten auszupacken und darüber nachzudenken, ob ich jetzt das Schlafzimmer streichen sollte, kam Ryan herein und fragte: »Was würdest du sagen, wenn ich dir erzählte, dass ich einen Hund haben möchte?«

Ich warf die Klamotten, die ich in der Hand hielt, zurück in den Karton und ging in den Flur, um meine Schuhe zu holen. »Ich würde sagen, dass es Sonntagmorgen ist und man jetzt bestimmt einen Hund adoptieren kann. Hol deine Schlüssel.«

Ich tat das halb im Spaß und halb im Ernst, aber er hielt mich nicht auf. Wir stiegen in den Wagen und fuhren auf der Suche nach Schildern durch die Gegend. Zurück kamen wir mit Butter, einem drei Jahre alten gelben Labrador. Er pinkelte und schiss das ganze Haus voll und hielt uns die Nacht über wach, weil er sich mit dem Hinterbein ständig am Hals kratzte, doch wir liebten ihn. Am nächsten Morgen tauften wir ihn um in Klopfer.

Ein paar Wochen später bauten Ryan und ich eine Hundeklappe ein, und kaum dass wir damit fertig waren, schoss Klopfer in den Garten. Wir sahen zu, wie er eine Runde nach der anderen über den Rasen sauste, am Zaun hochsprang und sich dann ein Plätzchen in der Sonne suchte.

Als er endlich zurück ins Haus kam, saß ich gerade auf dem Boden und machte Dehnübungen. Er lief direkt auf mich zu und kuschelte sich in meinen Schoß. Er hatte genug draußen gespielt und wollte jetzt bei mir sein.

Ich weinte eine halbe Stunde lang, fassungslos, dass ich so tiefe Gefühle für einen Hund empfinden konnte. Als ich mich schließlich wieder gefasst hatte, bemerkte ich, dass überall in meinem Schoß und an seinen Tatzen feuchte Erde hing. Allerdings roch er sauber und angenehm.

Es stellte sich heraus, dass Klopfer gern mit Zitronen spielte.

Zwei Jahre zuvor

Eines Abends zog ich die Laken ab und fand, dass es an der Zeit war, auch die Matratzenauflage mitzuwaschen. Also warf ich alles in die Maschine.

Als ich die Auflage wieder aufs Bett zurücklegte, bemerkte ich eine große Stelle ungefähr in der Mitte, die seltsam abgenutzt aussah; ein länglicher, grau verfärbter Bereich, der sich vom strahlend weißen Rest abhob.

Ich zeigte Ryan die Auflage.

»Komisch, oder?«, fragte ich. »Woher kommt das?«

Während Ryan die Stelle genau untersuchte, kam Klopfer ins Zimmer. Er sprang aufs Bett und legte sich mit seinem braunen Pelz genau auf die abgewetzte graue Stelle, kreuzte die großen dreckigen Tatzen über der schwarzen Nase und blickte uns aus seinen großen dunklen Augen an. Rätsel gelöst. Wir hatten den Schuldigen gefunden.

Wir blickten uns an und lachten. Ich sah es zu gern, wenn Ryan von ganzem Herzen lachte.

»Er ist derart dreckig, dass er den Stoff durch das Laken hindurch dauerhaft verfärbt hat«, stellte Ryan fest.

Klopfer beachtete uns kaum, und dass wir über ihn

lachten, störte ihn nicht. Er lag mitten auf dem Bett und war selig.

Wir jagten ihn kurz hinunter, damit wir das Laken aufziehen konnten, sammelten Kissen und Decken ein, stiegen ins Bett und sagten Klopfer, er könne jetzt wiederkommen.

Er sprang geradewegs zurück auf die besagte Stelle.

Ryan schaltete das Licht aus.

»Ich habe das Gefühl, mir genügt das.« Ich deutete auf Ryan und mich mit Klopfer zwischen uns. »Ist das schlimm? Ich meine, ich habe das Gefühl, dass wir drei, du und ich und dieser Hund, alles sind, was wir brauchen. Ich sehne mich nicht nach einem Kind. Das ist schlimm, oder?«

»Na ja, wir haben immer gesagt, erst mit dreißig«, meinte Ryan, als wäre das noch ewig weit entfernt.

»Ja, ich weiß«, erwiderte ich. »Aber du bist achtundzwanzig. Und ich bald auch. Bis dreißig sind es nur noch zwei Jahre.«

Ryan dachte darüber nach. »Ja, zwei Jahre kommen einem nicht richtig lang vor.«

»Meinst du, dass wir in zwei Jahren wirklich bereit sind für Kinder? Hast du das Gefühl, wir sind schon so weit?«

»Nein«, gab er offen zu, »ich glaube nicht.«

Eine Weile war es still, und da wir bereits das Licht ausgeschaltet hatten, war ich mir nicht sicher, ob das Gespräch vielleicht beendet war und wir jetzt einschliefen.

Ich war gerade dabei, wegzudämmern und in einen Traum zu gleiten, als ich Ryan sagen hörte: »Als wir dreißig gesagt haben, war das ja auch nur ein grobes Ziel. Wir könnten vielleicht zweiunddreißig sagen. Oder vierunddreißig.«

»Ja«, pflichtete ich ihm bei. »Oder sechsunddreißig. Viele

Leute bekommen sogar erst Kinder, wenn sie schon über vierzig sind.«

»Oder gar keine«, bemerkte Ryan. Es klang nicht abschätzig. Seine Stimme war nicht scharf. Er unterstrich lediglich eine Tatsache. Manche Paare bekamen keine Kinder. Daran war nichts falsch. Es war nichts falsch daran, noch nicht so weit zu sein, nicht zu wissen, ob man es überhaupt wollte.

»Stimmt«, sagte ich. »Ich meine, wir können es einfach spontan entscheiden. Nur weil wir einmal dreißig gesagt haben, muss es nicht mit dreißig sein.«

»Genau.« Sein Wort hing in der Luft.

Wir hatten noch jede Menge Zeit zu entscheiden, was wir wollten. Wir waren jung. Und dennoch spürte ich eine Enttäuschung, die ich zuvor noch nie empfunden hatte: eine Ahnung, dass die Zukunft vielleicht doch nicht genau so verlaufen würde, wie wir sie uns vorgestellt hatten.

»Ich liebe dich«, sagte ich in die Dunkelheit.

»Ich dich auch«, erwiderte er, und dann schliefen wir ein, Klopfer in der Mitte zwischen uns.

Eineinhalb Jahre zuvor

Ich lag im Bett und las in einer Zeitschrift. Ryan sah fern und kraulte Klopfer. Es war fast Mitternacht, und ich war müde, aber etwas arbeitete in mir. Ich legte die Zeitschrift fort.

»Weißt du noch, wann wir das letzte Mal Sex hatten?«, fragte ich.

Ryan wandte weder den Blick vom Fernseher ab noch schaltete er ihn aus oder stellte den Ton ab.

»Nein«, erwiderte er, ohne weiter darüber nachzudenken. »Warum?«

»Na ja, findest du nicht, dass das, na ja, nicht so toll ist?«

»Vermutlich.«

»Kannst du mal einen Moment den Fernseher ausschalten?«, bat ich, was er widerwillig tat. Er sah mich an. »Ich meine nur, vielleicht sollten wir daran arbeiten.«

»Daran arbeiten? Das klingt furchtbar.« Ryan lachte.

Ich musste ebenfalls lachen. »Ja, ich weiß, aber es ist wichtig. Früher hatten wir andauernd Sex.«

Er lachte erneut, aber diesmal war ich mir nicht sicher, warum. »Wann war das?«, neckte er mich.

»Was? Andauernd! Es gab doch Zeiten, da haben wir es viermal am Tag gemacht.«

»Du meinst, als wir es im Wäscheraum getrieben haben?«, fragte er.

»Ja!« Ich setzte mich auf, erfreut, dass er mich endlich verstand.

»Oder als wir es dreimal in fünfundvierzig Minuten gemacht haben?«

»Ja!«

»Oder als wir in einer Seitenstraße in Westwood geparkt haben und Sex auf dem Rücksitz hatten?«

»Genau davon spreche ich!«

»Süße, das war, als wir noch auf dem College waren.«

Ich hielt seinem Blick stand und überlegte, ob das stimmte. War das alles auf dem College gewesen? Wie lange lag die Collegezeit eigentlich zurück? Sieben Jahre.

»Wir haben aber auch danach noch verrückte Sachen gemacht, oder?«

Ryan schüttelte den Kopf. »Nein, haben wir nicht.«

»Doch, natürlich«, widersprach ich und klang dabei noch immer beschwingt.

»Das ist nicht weiter tragisch.« Er nahm die Fernbedienung und schaltete den Fernseher wieder ein. »Wir sind seit fast zehn Jahren zusammen. Wir mussten irgendwann aufhören, ständig Sex zu haben.«

»Tja«, sagte ich in den Fernsehton hinein, »vielleicht sollten wir wieder mehr Schwung in die Sache bringen.«

»Okay«, meinte er. »Dann bring Schwung in die Sache.«

»Vielleicht mache ich das!«, entgegnete ich schäkernd und schaltete das Licht aus. Aber … Na ja, dann habe ich es doch nicht getan.

Ein Jahr zuvor

Es war ein Freitagabend mitten im Sommer, auf dem Höhepunkt der langen, sonnigen Tage. Ryan wollte sich nach der Arbeit mit ein paar Freunden treffen und würde nicht so bald nach Hause kommen. Anstatt gleich heimzufahren, machte ich mich deshalb auf den Weg nach Burbank zu IKEA. Ich wollte einen neuen Couchtisch kaufen. An dem alten hatte Klopfer ein Bein durchgekaut.

Nachdem ich einen neuen Tisch ausgesucht und bezahlt hatte, war es später, als ich dachte. Ich fuhr auf den Freeway und stellte fest, dass sich der Verkehr dort anscheinend über Meilen zurückstaute. Ich ging die Radiostationen durch, bis ich auf einer die Information erhielt, dass sich auf der Fünf ein Unfall ereignet hatte, an dem drei Wagen beteiligt waren. Ich würde noch eine Weile dort stehen.

Es dauerte ungefähr eine dreiviertel Stunde, bis sich der Stau auflöste, und als er das tat, hellte sich meine Stimmung merklich auf. Ich flog über den Freeway, als ich sah, dass ein paar Wagen vor mir bremsten. Erneut kam der Verkehr zum völligen Stillstand.

Ich bremste gerade noch rechtzeitig ab und spürte im

nächsten Moment, dass ich von hinten heftig gerammt wurde. Der gesamte Wagen machte einen Satz.

Mein Herz klopfte wie wild, ich geriet in Panik. Ich blickte in den Rückspiegel und sah in der Dämmerung einen dunkelblauen Wagen abdrehen.

Ich fuhr auf den Seitenstreifen, doch als ich dort stand, war der Wagen, der mir aufgefahren war, bereits über die Standspur davongerast und nicht mehr zu sehen.

Ich rief Ryan an. Er hob nicht ab.

Ich stieg aus und ging langsam um den Wagen herum. Hinten war die gesamte rechte Seite demoliert. Die Bremslichter waren zerbrochen, der Kofferraum eingedrückt.

Ich rief erneut Ryan an. Noch immer keine Antwort.

Verzweifelt stieg ich wieder in den Wagen und fuhr nach Hause.

Als ich dort ankam, saß Ryan auf dem Sofa und sah fern.

»Du bist die ganze Zeit über hier gewesen?«, fragte ich.

Er schaltete den Fernseher aus und sah mich an. »Ja, wir haben das Treffen auf ein anderes Mal verschoben.«

»Warum bist du nicht ans Telefon gegangen, als ich dich angerufen habe? Zwei Mal?«

Ryan machte eine vage Geste und deutete auf sein Telefon, das auf der anderen Seite des Zimmers lag. »Tut mir leid«, meinte er, »es muss auf stumm geschaltet sein. Was ist los?«

Schließlich stellte ich meine Tasche ab. »Mir ist jemand hinten aufgefahren, und der Schuldige hat Fahrerflucht begangen. Aber mir geht's gut.«

»O mein Gott!« Ryan lief zum Fenster, um einen Blick auf den Wagen zu werfen. Ich hatte zwar gesagt, es gehe mir gut. Dennoch störte es mich, dass er nicht zuerst zu mir lief und einen Blick auf mich warf.

»Der Wagen sieht schlimm aus«, bemerkte ich. »Aber ich bin sicher, dass die Versicherung das übernimmt.«

Er wandte sich zu mir um. »Du hast doch das Kennzeichen von dem, der dich angefahren hat, oder?«

»Nein«, erwiderte ich. »Das konnte ich nicht sehen. Es ging alles viel zu schnell.«

»Die werden nicht dafür aufkommen, wenn du denen nicht sagen kannst, wer das war.«

»Tja, tut mir leid, Ryan! Es tut mir leid, dass mir jemand reingefahren ist und es nicht für nötig gehalten hat, mir sein Kennzeichen zu hinterlassen.«

»Na ja, du hättest es aufschreiben können, als er abgehauen ist. Nur das habe ich gemeint.«

»Tja, das habe ich aber nicht, okay?«

Ryan blickte mich nur an.

»Mir geht es übrigens gut. Mach dir um mich keine Sorgen. Ich hatte einen Autounfall, aber wen interessiert das schon? Hauptsache, die Versicherung übernimmt alles.«

»So habe ich das nicht gemeint, und das weißt du. Ich weiß, dass dir nichts passiert ist. Du hast gesagt, dir geht es gut.«

Er hatte recht, das hatte ich gesagt. Dennoch wollte ich, dass er mich noch einmal fragte. Ich wollte, dass er mich umarmte und Mitgefühl zeigte. Dass er sich um mich kümmerte. Und tief in meinem Inneren war ich extrem sauer, dass er vor dem Fernseher gesessen hatte, während ich auf dem Standstreifen stand und nicht wusste, was ich tun sollte.

»Okay«, sagte ich, nachdem ich einen Augenblick geschwiegen hatte. »Dann rufe ich wohl mal die Versicherung an.«

»Soll ich das für dich übernehmen?«, fragte er.

»Geht schon, danke.«

Die Frau, die meine Schadensanzeige aufnahm, fragte mich, wie es mir gehe. »Ach, Sie Arme«, meinte sie. Ich war mir sicher, dass sie das zu jedem sagte, der in einen Unfall verwickelt war. Bestimmt wurde sie dazu angehalten, sich besorgt und verständnisvoll zu geben. Dennoch fühlte es sich gut an. Nachdem ich mit ihr alle Informationen durchgegangen war, erklärte sie mir, dass die Versicherung den Schaden übernehmen würde. Wir müssten nur die Selbstbeteiligung zahlen.

Als ich vom Telefon zurückkam, ging ich ins Wohnzimmer zu Ryan.

»Sie übernehmen die Kosten«, berichtete ich. Ich versuchte, höflich zu klingen, aber in Wahrheit wollte ich ihm sagen, dass er sich getäuscht hatte.

»Cool«, meinte er.

»Wir müssen nur die Selbstbeteiligung zahlen.«

»Alles klar. Hört sich an, als wäre es besser gewesen, wenn wir das Kennzeichen hätten. Nächstes Mal wissen wir das.«

Ich musste mich mit aller Kraft zusammenreißen, um ihn nicht als Arschloch zu beschimpfen.

Sechs Monate zuvor

»Wo willst du zum Essen hingehen?«, fragte ich Ryan, als er zwanzig Minuten zu spät von der Arbeit nach Hause kam. Er schien in letzter Zeit immer zu spät von der Arbeit zu kommen. Manchmal rief er an, manchmal nicht. Jedenfalls hatte ich immer einen Mordshunger, wenn er schließlich da war.

»Ist mir egal«, meinte er. »Was willst du essen? Ich möchte nur nicht zum Italiener.«

Ich stöhnte. Nie nannte er einfach einen Laden. »Vietnamesisch?«, schlug ich vor. Ich stand bereits an der Haustür und griff nach meinem Mantel. Sobald wir uns auf ein Restaurant geeinigt hatten, wollte ich aufbrechen.

»Ach nein«, machte er. Er klang mürrisch. Offenbar wollte er nicht zum Vietnamesen.

»Griechisch? Thai? Indisch?«

»Bestellen wir uns einfach eine Pizza.« Er zog sein Jackett aus, um zu Hause zu bleiben. Aber ich wollte ausgehen.

»Du hast gerade gesagt, du möchtest nicht Italienisch essen«, wandte ich ein.

»Es ist doch Pizza«, entgegnete er etwas scharf. »Du hast mich gefragt, was ich essen will. Ich will Pizza.«

»Tut mir leid, habe ich etwas falsch gemacht?«, fragte ich. »Du wirkst irgendwie gereizt.«

»Dasselbe wollte ich dich gerade fragen.«

»Nein.« Ich lenkte ein und versuchte, freundlich zu bleiben. »Ich möchte nur etwas essen.«

»Ich hole die Pizzakarte.«

»Warte.« Ich hielt ihn zurück. »Können wir nicht ausgehen? Ich habe das Gefühl, in letzter Zeit esse ich nur noch dieses Zeug. Ich würde gern irgendwohin gehen.«

»Na ja, dann ruf Rachel an. Es tut mir leid. Ich hatte einen langen Tag. Ich bin total erledigt. Darf ich mal aussetzen?«

»Gut. Okay. Ich rufe Rachel an.«

Ich nahm das Telefon und ging aus der Tür.

»Hast du Lust, mit mir etwas essen zu gehen?«, fragte ich, bevor Rachel überhaupt Hallo sagen konnte.

»Heute Abend?«, fragte Rachel überrascht.

»Ja. Warum nicht heute Abend?« Na gut, ich hatte sie am Tag zuvor zum Mittagessen getroffen, und zwei Tage davor waren wir zusammen etwas trinken gewesen, aber na und? »Darf ich meine Schwester nicht dreimal in vier Tagen sehen?«

Rachel lachte. »Nein, du weißt ganz genau, dass ich dich *sieben Mal* in vier Tagen treffen würde. *Acht, neun, zehn Mal* in vier Tagen. Ich meine nur, es ist Valentinstag. Ich dachte, du und Ryan, ihr hättet etwas vor.«

Valentinstag. Es war Valentinstag. Selbst meiner eigenen Schwester gegenüber konnte ich nicht zugeben, dass Ryan und ich das vergessen hatten.

»Stimmt, ja klar, aber Ryan muss länger arbeiten«, schwindelte ich. »Also dachte ich, dass wir vielleicht etwas essen gehen könnten, du und ich.«

»Na klar, ich bin dabei!«, sagte sie. »Ich bin wie immer ohne Valentin. Komm vorbei.«

Vier Monate zuvor

Ryan sollte demnächst für eine Woche geschäftlich nach San Francisco reisen. Er würde von Montagabend bis Samstagmorgen fort sein.

Und er fragte mich, ob ich ihn begleiten wollte.

»Nein«, sagte ich, ohne zu zögern. »Ich hebe mir den Urlaub lieber auf.«

»Alles klar«, erwiderte er. »Dann sage ich der Reiseabteilung, dass ich allein fahre.«

»Ja, das ist doch gut.«

Die Wochen vergingen, und ich stellte fest, dass ich es kaum abwarten konnte, allein zu sein. Ich freute mich darauf wie als Kind auf eine Reise nach Disneyland.

Und dann, eine Woche, bevor er reisen sollte, rief er mich bei der Arbeit an und sagte, die Reise sei abgesagt worden.

»Abgesagt?«, fragte ich.

»Ja«, bestätigte er. »Ich bin also die ganze nächste Woche zu Hause.«

»Das ist ja toll!« Ich hoffte, dass meine Stimme überzeugend klang.

»Ja.« Seine tat es nicht.

Drei Monate zuvor

Ich verlor meine Brieftasche. Im Kaufhaus hatte ich sie noch gehabt, ich hatte ein Kleid bezahlt. Ryan war unterdessen in der Herrenabteilung gewesen.

Anschließend waren wir noch ein bisschen herumgelaufen, in den Wagen gestiegen und nach Hause gefahren. Dort bemerkte ich, dass sie verschwunden war.

Wir suchten im Wohnzimmer hinter den Sofakissen, im Wagen und in der Einfahrt. Ich wusste, dass ich sie im Kaufhaus noch gehabt hatte. Also musste ich unseren Weg vom Geschäft zum Wagen zurückverfolgen.

»Ich glaube, wir müssen zurück zum Kaufhaus«, erklärte ich in schuldbewusstem Ton. Es war mir unangenehm. Es war nicht das erste Mal, dass ich meine Brieftasche verlor. Vielmehr passierte mir das im Schnitt alle sechs Monate. Aber nur drei Mal hatte ich sie nicht wiedergefunden.

»Du fährst«, antwortete Ryan und ging zurück ins Haus. Wir hatten gerade das Auto durchsucht. »Ich bleibe hier.«

»Du kommst nicht mit?«, fragte ich. »Wir könnten irgendwo zu Abend essen, wenn wir schon unterwegs sind.«

»Nein, ich esse hier etwas.«

»Ohne mich?«

»Hä?«

»Du willst ohne mich essen?«

»Dann warte ich eben«, meinte er, als ob er mir einen Gefallen täte.

»Nein, ist schon okay. Du wirkst irgendwie sauer. Bist du sauer?«

Er zuckte die Schultern.

Ich lächelte ihn an und versuchte, ihn versöhnlich zu stimmen. »Früher fandest du das süß, weißt du noch? Dass ich immer meine Brieftasche verliere? Du hast gesagt, meine Unorganisiertheit sei liebenswert.«

Er sah mich ungeduldig an. »Na ja, nach elf Jahren wird das langsam langweilig.«

Und dann ging er ins Haus.

Als ich in den Wagen stieg und gerade losfahren wollte, rutschte die Brieftasche unter dem Beifahrersitz hervor.

Das spielte jedoch keine Rolle mehr. Ich weinte trotzdem.

Sechs Wochen zuvor

Es war Ryans dreißigster Geburtstag. Wir verbrachten den Abend mit Freunden und zogen von einer Sportsbar zur nächsten.

Als wir nach Hause kamen, wollte Ryan mich im Schlafzimmer ausziehen. Er knöpfte meine Bluse auf, dann löste er das Band aus meinen Haaren und ließ sie auf meine Schultern fallen. Plötzlich sah ich genau vor mir, wie alles ablaufen würde. Er würde meinen Hals küssen und mich aufs Bett schieben. Er würde dasselbe tun wie immer, dasselbe sagen wie immer. Und ich würde an die Decke starren und die Minuten zählen. Ich war nicht in Stimmung. Ich wollte schlafen.

Ich fasste die Seiten meiner offenen Bluse und zog sie um mich. »Ich habe keine Lust«, erklärte ich, ließ ihn stehen und griff nach meinem Schlafanzug.

Er seufzte. »Es ist mein Geburtstag.« Er nahm die Hände nicht von meiner Bluse und blieb dicht hinter mir.

»Nicht heute Abend, tut mir leid, ich habe Kopfschmerzen, und ich bin müde. Wir sind den ganzen Abend in diesen verrauchten Bars gewesen, und ich fühle mich nicht sehr sexy.«

»Wir könnten unter die Dusche gehen«, schlug er vor.

»Vielleicht morgen.« Ich schlüpfte in meine Shorts und beendete die Diskussion. »Wäre das okay? Morgen?«

»Lauren, ich habe Geburtstag.« Er klang weder schäkernd noch bittend. Er erwartete, dass ich meine Meinung änderte. Und plötzlich machte mich das wütend.

Ich blickte ihn ungläubig an. »Na und? Bin ich dir das schuldig, oder was?«

Letzte Woche

Ryan fragte mich, wo der Rest seines Burgers vom Vorabend geblieben sei.

»Den habe ich Klopfer zum Abendessen gegeben«, antwortete ich. »Ich habe ihn unter sein Hundefutter gemischt.«

»Den wollte ich aber noch essen.« Er sah mich an, als hätte ich ihn bestohlen.

»Tut mir leid.« Ich lachte, weil er so ernst aussah. »Der war schon ganz schön eklig«, fügte ich hinzu. »Ich glaube nicht, dass du den noch gewollt hättest.«

»Als ob du wüsstest, was ich will«, entgegnete er, griff nach einer Flasche Wasser und ging.

Jetzt, gerade eben

Die Rückfahrt vom Dodger-Stadion fühlt sich kühl und einsam an, obwohl es draußen sechsundzwanzig Grad sind und wir zu zweit im Wagen sitzen. Wir schalten das Radio ein, um einander eine Weile lang würdevoll zu ignorieren, doch irgendwann wird klar, dass daran nichts Würdevolles ist.

Als wir in der Einfahrt halten, bin ich erleichtert, von Ryan wegzukommen. Wir gehen auf die Eingangstür zu und hören Klopfer dahinter jaulen. Er kann gut allein bleiben, aber sobald er uns hört – und ich schwöre, dass er uns schon mehrere Querstraßen entfernt wahrnimmt –, ist er plötzlich völlig auf uns angewiesen. Sobald wir da sind, vergisst er, dass er auch ohne uns leben kann.

Ryan steckt den Schlüssel ins Schloss, wendet sich zu mir um und sagt: »Es tut mir leid.«

»Ja, mir auch«, erwidere ich. Doch eigentlich weiß ich überhaupt nicht, wofür ich mich entschuldige. Mir ist, als würde ich mich seit Monaten grundlos für irgendetwas entschuldigen. Was mache ich denn falsch? Was passiert mit uns? Ich habe Bücher darüber gelesen. Und Artikel in diversen

Frauenzeitschriften – über den Ehetrott und wie man seine Ehe wieder in Schwung bringt. Doch die helfen einem nicht wirklich weiter. Dort findet man keine Antworten.

Ryan öffnet die Tür, und Klopfer springt auf uns zu. Seine Freude macht unser Unglück nur umso deutlicher. Warum können wir nicht sein wie er? Warum bin ich nicht so leicht zufriedenzustellen? Warum freut Ryan sich nicht so, mich zu sehen?

»Ich gehe duschen«, erklärt Ryan.

Ich erwidere nichts. Er geht ins Bad, und ich setze mich auf den Boden und kraule Klopfer. Sein Fell tröstet mich. Er leckt mein Gesicht und schnüffelt an meinem Ohr. Für einen Augenblick ist alles okay.

»Verdammt!«, flucht Ryan laut aus dem Bad.

Ich schließe kurz die Augen und sammele mich.

»Was denn?«, rufe ich zurück.

»Es ist kein heißes Wasser da. Hast du den Vermieter nicht angerufen?«

»Ich dachte, das wolltest du machen!«

»Warum muss immer ich mich um solche Dinge kümmern? Warum bleibt so etwas immer an mir hängen?«, fragt er. Er hat die Badezimmertür geöffnet und sich in ein Handtuch gewickelt.

»Ich weiß es nicht«, antworte ich. »Normalerweise tust du es einfach. Deshalb habe ich angenommen, dass du dich auch diesmal darum kümmerst. Tut mir leid.« Mir ist deutlich anzuhören, dass es mir nicht leidtut.

»Warum tust du nie, was du sagst? Wie schwer ist es, das gottverdammte Telefon zu nehmen und den Vermieter anzurufen?«

»Ich habe nie gesagt, dass ich das mache. Wenn du willst,

dass ich mich darum kümmere, hättest du es mir sagen müssen. Ich kann keine Gedanken lesen.«

»Ach, schon klar. Verstehe. Meine Schuld. Ich dachte, wenn wir kein heißes Wasser haben, wäre es klar, dass jemand den Vermieter anrufen muss.«

»Ja«, bestätige ich. »Das ist offensichtlich. Und ich habe angenommen, dass du das machst. Weil du derjenige bist, der das normalerweise tut. Genau wie ich diejenige bin, die sich um die ganze Scheißwäsche kümmert.«

»Ach, du kümmerst dich um die Wäsche und bist dadurch so eine Art Heilige?«

»Na, gut. Dann kümmere dich doch selbst um deine Wäsche, wenn es ohnehin egal ist, wer es macht. Weißt du überhaupt, wie man eine Waschmaschine bedient?«

Ryan lacht mich aus. Nein, er verhöhnt mich.

»Weißt du es?«, frage ich noch einmal. »Kein Scherz. Ich wette um hundert Dollar, dass du nicht weißt, wie sie funktioniert.«

»Ich bin mir sicher, dass ich es herausfinde«, entgegnet er. »Ich bin nicht der Volltrottel, zu dem du mich machen willst.«

»Ich will dich zu gar nichts machen.«

»Aber doch, Lauren. Doch, doch. Du tust, als wärst du der perfekteste Mensch auf der ganzen Welt und mit einem dummen Ehemann geschlagen, der es noch nicht einmal schafft, den Vermieter anzurufen. Weißt du was? Ich werde das heiße Wasser selbst reparieren. Weil du dich ja um all die komplizierten Dinge für intelligente Menschen kümmerst, wie um die Wäsche.« Wütend zieht er sich wieder an.

»Wo willst du hin?«, frage ich.

»Ich gucke, ob ich das blöde Ding reparieren kann!« Ebenso wütend wie hastig schlüpft er in seine Schuhe.

»Jetzt? Es ist fast Mitternacht. Bleib hier und rede mit mir.«

»Vergiss es einfach, Lauren.« Er geht zur Haustür, seine Hand ist bereits auf dem Knauf. Klopfer liegt zu meinen Füßen und ahnt nicht, was um ihn herum vor sich geht.

»Wir können es nicht einfach vergessen, Ryan«, widerspreche ich. »Ich vergesse es nicht. Wir haben es monatelang einfach ›vergessen‹.«

Das ist es, was wirklich besorgniserregend ist. Wir streiten uns nicht um das heiße Wasser oder den Parkplatz vom Dodger-Stadion. Wir streiten nicht wegen Geld oder Eifersucht oder fehlender Kommunikationsfähigkeiten. Wir streiten uns, weil wir nicht wissen, wie wir glücklich sein können. Weil wir nicht mehr glücklich sind. Weil wir einander nicht mehr glücklich machen. Und ich glaube – zumindest gilt das für mich –, dass wir ziemlich wütend darüber sind.

»Wir müssen uns damit auseinandersetzen, Ryan. Seit drei Wochen zicken wir uns an. Den ganzen letzten Monat haben wir vielleicht einen Abend in guter Stimmung verbracht. Die übrigen waren wie jetzt.«

»Meinst du, das wüsste ich nicht?« Ryan gestikuliert wild. Wenn er wütend ist, wird sein sonst so selbstbewusstes und kontrolliertes Auftreten angespannt und gezwungen. »Meinst du, ich wüsste nicht, wie unglücklich ich bin?«

»Unglücklich?«, frage ich. »Unglücklich?« Inhaltlich kann ich ihm nicht widersprechen. Es ist die Art, wie er es sagt. Er sagt es, als würde ich ihn unglücklich machen. Als ob ich es wäre, die an der ganzen Sache schuld ist.

»Ich sage nichts, was du nicht schon selbst gesagt hast. Bitte beruhige dich«, sagt er.

»Beruhigen?«

»Hör auf, alles, was ich sage, als Frage zu wiederholen.«

»Dann versuch bitte, dich klarer auszudrücken.«

Ryan seufzt und fasst sich mit Daumen und Fingern an die Stirn, als wären sie der Schirm einer Baseballkappe. Er reibt sich die Schläfen. Ich weiß nicht, seit wann er so theatralisch ist. Irgendwann hat er sich von einem superruhigen, ausgeglichenen Menschen in diesen Typen verwandelt, der laut seufzt und sich die Schläfen reibt, als wäre er Jesus am Kreuz. Als würde ihm sonst was passieren. Ich weiß, dass er etwas sagen will, aber er tut es nicht. Er hebt an, hält jedoch inne.

Ich bin mir nicht sicher, warum ich darauf bestehe, dass er alles ausspricht. Aber wenn wir uns streiten, kann ich es nicht ertragen, dass er etwas zurückhält. Doch – ich weiß schon, warum. Wenn man etwas wirklich nicht sagen will, setzt man auch nicht dazu an. So verhält er sich aber nicht. Er macht dieses ganze Trara, tut so, als wollte er etwas nicht sagen, dabei ist klar, dass er es schließlich doch tun wird.

»Spuck es einfach aus«, fordere ich ihn auf.

»Nein. Das ist es nicht wert.«

»Tja, offenbar doch. Denn du kannst dich kaum beherrschen. Also los. Ich habe nicht die ganze verdammte Nacht Zeit.«

»Warum schaltest du nicht einen Gang runter?«

Ich schüttele den Kopf. »Manchmal bist du so ein Arsch.«

»Na ja, und du bist eine Schlampe.«

»Wie bitte?«

»Da haben wir's. Ihre Königliche Hoheit ist beleidigt.«

»Es ist nicht schwer, beleidigt zu sein, wenn man als Schlampe bezeichnet wird.«

»Es ist nichts anderes, als wenn du mich als Arsch bezeichnest.«

»Doch. Das ist etwas ganz anderes.«

»Lauren, krieg dich wieder ein, ja? Es tut mir leid, dass ich dich eine Schlampe genannt habe. Tu so, als hätte ich dich genannt, wie auch immer du genannt werden willst. Der Punkt ist, ich habe die Nase voll. Ich habe es satt, dass jede Kleinigkeit sich zur Katastrophe von epischem Ausmaß auswächst. Ich kann nicht einmal zu einem gottverdammten Dodgers-Spiel gehen, ohne dass du nach jeder Runde sauer bist.« Klopfer erhebt sich von meinen Füßen und geht hinüber zu Ryan. Ich versuche, mir keine Sorgen zu machen, dass er die Seite wechselt.

»Wenn du nicht willst, dass ich mich aufrege, dann hör auf, Dinge zu tun, die mich aufregen.«

»Das ist genau das Problem! Ich tue nichts, um dich aufzuregen.«

»Klar doch. Du besorgst Karten fürs Dodgers-Spiel, obwohl ich dir gesagt habe, dass mir nicht danach ist. Das tust du nicht, um mich aufzuregen, das machst du – warum genau?« Ich bewege mich zum Esstisch, um ihn besser sehen zu können, um ihm direkt in die Augen blicken zu können, aber dabei achte ich nicht auf die Geschwindigkeit und Kraft meines Körpers. Dadurch stoße ich so heftig mit der Hüfte gegen den Tisch, dass ich fast die Vase umwerfe, die dort in der Mitte steht. Sie gerät ins Wackeln, doch ich halte sie fest.

»Weil ich die Dodgers sehen will und es mir verflucht noch mal egal ist, ob du Lust dazu hast oder nicht. Eigentlich habe ich die zusätzliche Karte nur gekauft, weil ich nett sein wollte.«

Ich verschränke die Arme. Ich weiß, dass das keine gute Geste ist. Dass sie alles nur schlimmer macht. Doch ich weiß nicht, wohin sonst mit meinen Armen. »Um nett zu sein? Du wolltest den Freitagabend eigentlich allein zum Baseball gehen? Du wolltest noch nicht einmal, dass ich mitkomme?«

»Ehrlich gesagt, Lauren«, Ryans Stimme klingt jetzt ganz ruhig, »nein, ich wollte nicht, dass du mitkommst. Ich will schon seit Monaten nicht mehr, dass du irgendwo mit mir hingehst.«

Das ist die Wahrheit. Er sagt das nicht, um mich zu verletzen. Das lese ich in seinen Augen, in seinem Gesicht, in der Art, wie sich seine Lippen entspannen, nachdem er es ausgesprochen hat. Es ist ihm egal, ob es mich verletzt. Er sagt es, weil es wahr ist.

Manchmal tun Leute etwas, weil sie wütend oder aufgelöst sind oder weil sie sich rächen wollen. Das kann verletzend sein. Aber am meisten schmerzt es, wenn jemand etwas aus Gleichgültigkeit tut. Wenn jemand nicht mehr so viel für einen empfindet, wie er es damals auf dem College getan hat. Wenn er nicht mehr so fühlt, wie er es bei der Hochzeit versprochen hat. Wenn man ihm vollkommen egal ist.

Und weil es in mir einen winzigen Teil gibt, der noch etwas für ihn empfindet, und weil seine Gleichgültigkeit diesen winzigen Teil in mir in Rage bringt, mache ich, was ich noch nie zuvor getan habe. Was ich nie für möglich gehalten hätte. Was ich sogar in dem Moment, in dem ich es tue, nicht glauben kann.

Ich packe die Glasvase und schleudere sie hinter ihm gegen die Tür. Mit Blumen und allem.

Ich sehe, wie Ryan sich duckt und die Schultern hochzieht. Wie Klopfer alarmiert aufspringt. Wie das Wasser durch die Luft fliegt, Stiele und Blütenblätter auf den Boden regnen und das Glas in so viele Teile zerschellt, dass ich nicht einmal mehr weiß, wie die Vase vorher ausgesehen hat.

Und als alle Scherben gelandet sind, als Ryan mich fassungslos ansieht, als Klopfer ins andere Zimmer flieht, ist der winzige Teil in mir, der noch etwas empfunden hat, verschwunden. Jetzt bin auch ich gleichgültig. Das ist ein beschissenes Gefühl. Aber es tötet zugleich jedes auch noch so kleine liebevolle Gefühl vollständig ab.

Ryan starrt mich einen Augenblick an, dann nimmt er die Schlüssel vom Beistelltisch. Er schiebt Wasser und Scherben mit den Schuhen aus dem Weg. Und dann verschwindet er durch die Haustür.

Ich weiß nicht, was er denkt. Wohin er geht. Wie lange er wegbleiben wird. Alles, was ich weiß, ist, dass dies womöglich das Ende meiner Ehe ist. Vielleicht ist es das Ende von etwas, von dem ich dachte, dass es niemals enden wird.

Nachdem Ryan fort ist, starre ich eine Weile auf die Tür. Ich kann nicht glauben, dass ich eine Vase gegen die Wand geschmettert habe. Dass ich den Glashaufen auf dem Boden verursacht habe. Ich wollte Ryan nicht verletzen. Ich habe nicht auf *ihn* gezielt. Und dennoch erschreckt mich die Gewalttätigkeit. Ich wusste nicht, dass ich zu so etwas fähig bin.

Schließlich stehe ich auf und gehe in die Küche, um Besen und Kehrblech zu holen. Ich ziehe mir Schuhe an und wische alles auf. Währenddessen kommt Klopfer ins Zimmer gelaufen, und ich befehle ihm zu bleiben, wo er ist. Er gehorcht, setzt sich und beobachtet mich. Das Klirren der Scherben klingt fast tröstlich, als ich sie in den Mülleimer werfe.

Ich nehme ein paar Papiertücher und fahre damit über den Boden, um die letzten Scherben und das Wasser aufzuwischen, dann sauge ich. Ich zögere, den Staubsauger auszuschalten, weil ich nicht weiß, was ich anschließend tun soll. Was ich mit mir anfangen soll.

Ich packe alles weg und lege mich aufs Bett. Ich muss daran denken, wie wir es gekauft haben, warum wir es gekauft haben.

Was ist bloß mit uns geschehen?

In meinem Kopf meldet sich eine Stimme, klar und deutlich. *Ich liebe ihn nicht mehr.* Das sagt sie. *Ich liebe ihn nicht mehr.* Und was vielleicht noch erschütternder ist, tief im Inneren weiß ich, dass auch er mich nicht mehr liebt.

Plötzlich passt alles zusammen. Darum geht es die ganze Zeit. Darum streiten wir uns. Deshalb widerspreche ich ihm ständig. Deshalb kann ich alles, was ich früher ertragen habe, nicht mehr ertragen. Deshalb haben wir keinen Sex mehr. Deshalb versuchen wir nicht mehr, dem anderen zu gefallen. Deshalb sind wir nie zufrieden mit dem anderen.

Ryan und ich sind zwei Menschen, die sich einmal geliebt haben.

Wie schön das gewesen ist.

Wie traurig es jetzt ist.

Ryan muss spät in der Nacht oder am frühen Morgen zurückgekommen sein. Ich weiß es nicht, ich bin nicht aufgewacht.

Als ich wach werde, liegt er auf der anderen Seite des Bettes, zwischen uns Klopfer. Ryan hat mir den Rücken zugewandt. Er schnarcht. Es erschreckt mich, dass wir nach einem solchen Krach schlafen können. Früher haben uns Streitereien die ganze Nacht bis in den frühen Morgen hinein wachgehalten. Wir konnten mit unserer Wut nicht schlafen, konnten sie nicht zähmen. Jetzt stehen wir kurz vor dem Aus – und Ryan schnarcht.

Geduldig warte ich, bis er aufwacht. Als es schließlich so weit ist, sagt er nichts. Er steht auf und schlurft ins Bad, dann geht er in die Küche, macht sich einen Becher Kaffee und kommt zurück ins Bett. Er liegt neben mir, aber nicht bei mir. Wir sind beide im Bett, aber wir teilen es nicht.

»Wir lieben uns nicht mehr«, stelle ich fest. Der Klang dieser Worte verursacht mir eine Gänsehaut und treibt Adrenalin durch meinen Körper. Ich zittere.

Ryan starrt mich einen Augenblick an, zweifellos geschockt.

Dann umfasst er mit den Händen sein Gesicht und vergräbt die Finger in den Haaren. Er ist ein attraktiver Mann. Wann habe ich aufgehört, das zu sehen?

Als wir geheiratet haben, an unserem Hochzeitstag, war er fast schöner als ich. Unsere Hochzeitsfotos, auf denen er wie ein kleiner Junge lächelt und seine Augen wie Sterne funkeln, waren auch so schön, weil *er* schön war. Doch mir kommt er nicht länger außergewöhnlich vor.

»Ich wünschte, du hättest das nicht gesagt.« Ryan sieht nicht auf, löst die Hände nicht vom Kopf. Wie gebannt blickt er auf die Bettdecke.

»Warum?«, frage ich. Plötzlich will ich unbedingt hören, was er denkt, will wissen, ob er sich vielleicht an etwas erinnert, woran ich mich nicht erinnere. Ob er meint, dass ich unrecht habe. Vielleicht kann er mich überzeugen, vielleicht habe ich ja unrecht. Ich möchte gern unrecht haben. Es würde sich herrlich anfühlen, unrecht zu haben. Ich würde in meinem Unrecht schwelgen, mich darin suhlen, es einatmen, meine Lungen damit füllen, meinen Körper, ich würde es hinausweinen. Meine Tränen wären von tiefer Erleichterung so angefüllt, dass sie wie Taufwasser wirken würden.

»Weil ich nicht weiß, wie wir weitermachen sollen«, antwortet er. »Ich weiß nicht, wie wir da je wieder herauskommen können.«

Schließlich hebt er den Blick und sieht mich an. Seine Augen sind blutunterlaufen. Als er die Finger aus den Haaren nimmt, stehen sie ihm wild vom Kopf ab. Ich will gerade sagen: »Wie meinst du das?«, doch stattdessen frage ich: »Wie lange weißt du es schon?«

Auf Ryans Gesicht erscheint ein Ausdruck, der weniger unglücklich als vielmehr leblos wirkt. »Spielt das eine

Rolle?«, fragt er, und ehrlich gesagt bin ich mir nicht sicher. Doch ich hake nach.

»Ich habe es gerade erst herausgefunden«, sage ich. »Ich frage mich nur, wie lange dir schon klar ist, dass du mich nicht mehr liebst.«

»Ich weiß es nicht. Ein paar Wochen, glaube ich.« Er blickt erneut auf die Bettdecke. Sie ist bunt gestreift, und dafür bin ich dankbar. Sie fesselt seine Aufmerksamkeit. Vielleicht sieht er dann nicht mehr mich an.

»Ungefähr einen Monat?«, frage ich.

»Ja.« Er zuckt die Schultern. »Oder ein paar Wochen, wie gesagt.«

»Seit wann?« Ich weiß nicht, warum ich das Bett verlasse, aber ich tue es. Ich muss aufstehen. Mein Körper verlangt danach.

»Ich habe dir gerade gesagt, wann«, erwidert er. Er rührt sich nicht aus dem Bett.

»Nein«, entgegne ich, den Rücken an die Schlafzimmerwand gelehnt. »Woran hast du es gemerkt?«

»Woran hast *du* es gemerkt?«, fragt er zurück. Die Streifen der Decke haben ihre Aufgabe verfehlt; Ryan sieht mich an. Ich zucke zusammen.

»Ich weiß es nicht«, antworte ich. »Es ist mir einfach durch den Kopf geschossen. Im einen Moment wusste ich nicht, was los ist, und im nächsten war es mir plötzlich klar.«

»Genau«, bestätigt er. »Genauso ging es mir auch.«

»Aber an welchem Tag war das? Was haben wir da gemacht?« Ich weiß nicht, warum ich das unbedingt wissen will. Es fühlt sich irgendwie an wie – seine Sicht der Dinge. »Ich bemühe mich, einen Zusammenhang herzustellen.«

»Lass es doch, okay?« Zurück zu den Streifen.

»Sei einfach ehrlich, ja? Wir machen hier reinen Tisch. Lass es raus. Es kommt sowieso alles raus, jedes hässliche Detail. Lass es einfach raus. Lass es …«

»Ich liebe keine andere Frau, wenn du darauf hinauswillst«, unterbricht er mich.

Darauf wollte ich nicht hinaus.

»Aber ich habe …«, fährt er fort, »ich habe gemerkt, dass ich sie mit anderen Augen betrachte.«

»Andere Frauen?«

»Ja. Ich sehe sie jetzt an. Das habe ich sonst nie getan. Ich habe eine von ihnen angesehen und gemerkt, dass ich nicht so an dich denke, wie ich an sie denke.«

»An andere Frauen?«

»Ja.«

Ich lasse die Information sacken. Klopfer springt vom Bett und kommt zu mir. Spürt er, was vor sich geht? Er sitzt zu meinen Füßen neben der Tür und blickt zu Ryan. Mein Herz bricht. Am Ende könnte ich Klopfer verlieren.

»Was heißt das?«, frage ich ruhig und freundlich. Indem ich die Worte laut ausgesprochen habe, habe ich unser Schicksal verändert. Ich habe uns in Bewegung gesetzt, uns ein für alle Mal aus diesem bequemen Gefängnis gerissen. Ich werde dieses Problem lösen. Ich habe eine Menge anderer Probleme, und ich weiß, dass auch das jetzt eine Reihe neuer Probleme aufwerfen wird, aber mit jemandem zusammenzuleben, den ich nicht mag, gehört dann nicht mehr dazu.

Ryan tritt auf mich zu und nimmt mich in den Arm. Ich wünschte, es würde sich besser anfühlen. Seine Stimme klingt genauso ruhig und leise wie meine. »Das kann nicht das Ende sein, Lauren. Das ist nur eine schwierige Phase oder so etwas.«

»Aber«, ich blicke zu ihm auf, endlich bereit, das Allerletzte zu sagen, was ich so lange in meinem Herzen bewahrt habe, »ich kann dich nicht mehr ertragen.«

Es ist unglaublich erleichternd, doch kaum haben die Worte meinen Mund verlassen, wünschte ich, ich hätte sie nie ausgesprochen. Ich wünschte, ich würde zu jenen Menschen gehören, die ihren Schmerz für sich behalten und die Gefühle anderer schonen können. Aber so bin ich nicht. Meine Wut muss raus. Sie soll widerhallen von den Wänden und in den Ohren jener Person, die ich am meisten verletzen kann.

Ryan und ich lassen uns auf den Boden sinken. Wir lehnen mit den Rücken an der Wand, die Knie angezogen, die Arme verschränkt, unsere Haltung ist absolut identisch. Wir haben genügend Jahre miteinander verbracht, wir wissen, wie man sich synchron bewegt, auch wenn wir das gar nicht wollen. Klopfer liegt auf meinen Füßen und wärmt sie mit seinem Bauch. Ich möchte Ryan so lieben, wie ich Klopfer liebe. Ich möchte ihn lieben und beschützen und an ihn glauben und bereit sein, mich für ihn vor einen Bus zu werfen, wie ich es auch für meinen Hund tun würde. Doch das sind zwei völlig verschiedene Arten von Liebe, oder? Das sollte noch nicht einmal derselbe Begriff sein. Jedenfalls, die Art, die Ryan und ich geteilt haben, geht zu Ende.

Schließlich sagt Ryan: »Ich habe keine Ahnung, was wir jetzt tun sollen.« Er sitzt noch immer neben mir, sein Rücken ist gebeugt, seine Körperhaltung wirkt vollkommen niedergeschlagen, sein Blick ist starr auf einen herausstehenden Nagel im Holzboden gerichtet.

»Ich auch nicht.« Ich sehe ihn an und erinnere mich, wie ich früher bei seinem Geruch dahingeschmolzen bin. Er sitzt so dicht neben mir, dass ich vorsichtig einatme. Kann ich ihn einatmen, kann ich erneut dieses Glück empfinden? Wird, wenn ich nur tief genug einatme, sein Geruch vielleicht durch meine Nase in mein Herz strömen? Vielleicht wird er mich erneut infizieren. Vielleicht kann ich wieder glücklich sein, wenn ich nur intensiv genug seinen Geruch einatme. Doch es funktioniert nicht. Ich fühle nichts.

Ryan fängt an zu lachen. Er schafft es tatsächlich zu lachen. »Ich weiß nicht, warum ich lache«, sagt er, als er seine Fassung wiederfindet. »Das ist der traurigste Moment meines Lebens.«

Und dann bricht seine Stimme, und er weint, und zum ersten Mal seit vielleicht einem Jahr sieht er mich wirklich an. Bewusst und langsam wiederholt er noch einmal: »Das ist der traurigste Moment in meinem ganzen Leben.«

Einen Augenblick lang erwarte ich, dass wir zusammen weinen. Dass dies der Beginn unserer Heilung sein könnte. Doch als ich gerade meinen Kopf an seine Schulter lehnen will, steht Ryan auf.

»Ich rufe den Vermieter an«, erklärt er. »Wir brauchen heißes Wasser.«

Ich habe ›Paarberatung‹, ›getrennt leben‹ und ›offene Ehe‹ aufgeschrieben«, sage ich. Ich sitze an unserem Esstisch, vor mir ein Blatt Papier. Ryan hat ebenfalls ein Blatt Papier vor sich. Ich bin nicht offen für die offene Ehe, ich provoziere nur. Doch ich bin zuversichtlich, dass eine offene Ehe ohnehin nicht zur Disposition steht.

»Offene Ehe?«, fragt Ryan. Er ist neugierig.

»Vergiss das Letzte«, antworte ich. »Mir ist nur nichts anderes eingefallen.«

»Das ist keine schlechte Idee.«

In dem Moment hasse ich ihn. Klar, dass er sich ausgerechnet das herausgreift. Er ignoriert, dass ich »Paarberatung« gesagt habe, und stürzt sich auf die Gelegenheit, jemand anders zu vögeln. »Sag einfach, was du aufgeschrieben hast«, entgegne ich gereizt.

»Okay.« Ryan blickt auf sein Papier. »Ich habe aufgeschrieben: ›Wieder daten‹ und ›Trennung auf Probe‹.«

»Ich weiß nicht, was das beides heißen soll«, entgegne ich.

»Na ja, das Erste ist so ähnlich wie dein ›getrennt leben‹.

Wir würden ausprobieren, wie es ist, wenn wir getrennt wohnen, uns ab und an mit jemand anders verabreden und uns weniger sehen. Vielleicht funktioniert das. Vielleicht nimmt das etwas den Druck raus. Vielleicht wird es dann wieder aufregender, sich zu sehen.«

»Okay. Und das zweite?«

»Wir trennen uns für eine Weile.«

»Du meinst so, als wäre es aus?«

»Ja, das meine ich. Ich ziehe aus, und du ziehst aus, und wir probieren, wie es uns ohne den anderen geht.«

»Und dann?«

»Ich weiß nicht. Wenn wir einige Zeit getrennt sind, sind wir vielleicht, na ja, wieder bereit, es noch einmal zu versuchen.«

»Wie lange würden wir uns trennen? Ein paar Monate?«

»Ich dachte an länger.«

»Wie lange?«

»Ich weiß nicht, Lauren. Herrgott!« Bei all meinen Fragen verliert Ryan die Geduld. Es ist ein paar Wochen her, seit wir uns gegenseitig erklärt haben, dass wir uns nicht mehr lieben. Wir sind auf Zehenspitzen umeinander herumgeschlichen. Jetzt ziehen wir das Heftpflaster ab. Ein sehr großes, sehr klebriges Heftpflaster.

»Ich bitte dich lediglich, deinen Vorschlag genau zu erläutern«, sage ich. »Tu nicht so, als wäre das die spanische Inquisition.«

»Ein Jahr. Ein Jahr Trennung.«

»Und wir schlafen mit anderen?«

»Ja«, erwidert Ryan, als wäre ich ein Idiot. »Darum geht es.«

Ryan hat mir offen gesagt, dass er nicht länger an mich

denkt, wie er an andere Frauen denkt. Das tut weh. Doch als ich versuche herauszufinden, warum es wehtut, finde ich keine Antwort. Ich denke auch nicht mehr auf diese Art an ihn.

»Lass uns später darüber reden«, sage ich und stehe auf.

»Ich will aber jetzt darüber sprechen«, entgegnet Ryan. »Geh nicht weg.«

»Ich frage dich höflich«, erwidere ich klar und deutlich, »ob wir das bitte später besprechen können.«

»Gut.« Ryan steht vom Tisch auf und wirft sein Blatt Papier in die Luft. »Ich gehe raus.«

Ich frage nicht, wohin er geht. Er geht jetzt oft weg, und ich weiß, dass die Antwort ungefährlich ist. Dass er so berechenbar ist, nehme ich ihm übel. Er wird in eine Bar gehen und etwas trinken. Er geht ins Kino. Ruft seine Freunde an, um Basketball zu spielen. Es ist mir egal. Er wird zurückkommen, wenn ihm danach ist. Und wenn er kommt, wird die Atmosphäre im Haus angespannt und gereizt sein, sodass ich das Gefühl habe, kaum noch Luft zu bekommen.

Ich liege stundenlang auf dem Sofa und stelle mir ein Jahr ohne meinen Mann vor. Es fühlt sich befreiend und beunruhigend zugleich an. Ich stelle mir vor, dass er mit anderen Frauen schläft, doch der Gedanke weicht rasch der Vorstellung, dass ich mit einem anderen Mann schlafe. Ich weiß nicht, wer der Mann ist, aber ich sehe seine Hände auf mir. Ich spüre seine Lippen. Ich stelle mir vor, wie er mich ansieht. Dass er mir das Gefühl gibt, die einzige Frau im Raum zu sein, die wichtigste Frau der Welt. Ich stelle mir seinen schlanken Körper und seine dunklen Haare vor. Seine tiefe Stimme. Und dass ich nervös bin, so nervös wie seit Jahren nicht mehr.

Als Ryan schließlich wieder nach Hause kommt, erkläre ich ihm, dass er recht hat. Wir sollten uns ein Jahr lang trennen.

Ryan seufzt laut auf und lässt die Schultern sinken. Er versucht zu sprechen, doch seine Stimme bricht. Ich gehe zu ihm und schlinge die Arme um seine Schultern, fange an zu weinen. Endlich sind wir wieder im selben Team. Wir genießen eine Weile das Gefühl der Erleichterung, das wir einander gegeben haben. So fühlt es sich an: wie eine enorme Erleichterung. Wie kaltes Wasser auf einer Verbrennung.

Als wir uns voneinander lösen, bietet Ryan an auszuziehen. Er sagt, ich könne das Haus das Jahr über behalten. Ich nehme sein Angebot an, widerspreche nicht. Er macht mir ein Geschenk. Ich nehme es an. Gefühlte Stunden sitzen wir schweigend nebeneinander auf dem Sofa und halten uns an den Händen, ohne einander anzusehen. Es fühlt sich so gut an, nicht mehr zu streiten.

Dann wird uns klar, dass jeder von uns dachte, er werde Klopfer behalten.

Bis fünf Uhr morgens streiten wir uns um den Hund.

Die meisten von Ryans Sachen sind gepackt. Überall im Wohnzimmer und im Bad sind Kartons verteilt, auf denen mit schwarzem Edding »Bücher« oder »Badezimmersachen« steht. Der Umzugswagen wird gleich da sein. Ryan packt im Schlafzimmer Schuhe ein. Ich höre, wie er jeden einzeln in einen Karton wirft.

Ich schnappe mir ein paar Sachen, ich werde verschwinden. Ich kann nicht bleiben und dabei zusehen. Ich bin froh, dass er auszieht. Wirklich. Das sage ich mir immer wieder. Ich denke an meine neue Freiheit. Aber ich merke auch, dass ich nicht weiß, was das eigentlich bedeutet – Freiheit. Über die praktischen Folgen meiner Entscheidung weiß ich nichts. Wir haben nur das Wichtigste besprochen. Nicht, wie sich unser neues Leben anfühlen, wie es aussehen wird. Wir haben uns auf Zahlen und Fakten konzentriert und besprochen, wie wir unser Bankkonto aufteilen. Wie wir uns zwei Mieten leisten können. Wie Ryan über mich versichert bleiben kann. Ob wir uns offiziell trennen sollten. »Über diese Brücke gehen wir, wenn es so weit ist«, hatte Ryan gesagt, und ich beließ es dabei. Mit dieser Antwort konnte ich leben. Ich wollte ganz bestimmt nichts schriftlich festhalten.

Ich habe Ryan gestern Abend gesagt, dass ich nicht hier sein will, wenn er auszieht. Er stimmte mir zu, dass es wohl das Beste sei, wenn ich übers Wochenende wegfahre, damit er in Ruhe umziehen kann, wie er will. »Das Letzte, was ich gebrauchen kann, ist, dass du an mir herumkritisierst, weil ich meine Zahnbürste nicht richtig einpacke.« Das hatte er zwar scherzhaft gesagt, es jedoch ernst gemeint. Ich spürte die Anspannung und seine unterschwellige Ablehnung. Das Lächeln auf seinem Gesicht war das eines Autoverkäufers, der vorgibt, alles sei in Ordnung, obwohl man sich in Wahrheit im Krieg befindet.

Ich nehme mein Deo und mein Gesichtswaschgel, packe nur die wichtigsten Dinge in meinen Kulturbeutel. Dann greife ich nach meiner Zahnbürste, streife die Schutzkappe über die Borsten, und packe sie ebenfalls ein. Ryan stopft seine normalerweise in eine Plastiktüte und nimmt zu Recht an, dass mir seine Art, Zahnbürsten einzupacken, nicht gefällt. Er macht es falsch. Ich stecke alles in meine Reisetasche und ziehe den Reißverschluss zu. Wie dem auch sei, ich bin bereit zum Aufbruch.

Ich werde zu Rachel fahren. Rachel weiß, dass es zwischen Ryan und mir nicht gut läuft. Ihr ist aufgefallen, wie angespannt ich bin. Wie oft ich ihn kritisiere und wie selten ich etwas Nettes über ihn sage. Doch ich habe darauf beharrt, dass alles in Ordnung sei. Ich weiß nicht, warum es mir so schwer gefallen ist, es ihr gegenüber zuzugeben. Wahrscheinlich habe ich es ihr verschwiegen, weil ich dachte, wenn ich es Rachel mitteile, würde es irgendwie erst real. Mila hatte ich schon davon erzählt. Von der Spannung, den Streitereien, der verschwundenen Liebe, dem Plan, sich zu trennen. Aus irgendeinem Grund fand ich, dass Mila es wissen durfte. Dass es dann nicht gleich in Stein gemeißelt war. Doch wenn ich es Rachel sagte, wurde es offiziell. Dann gab es eine Zeugin. Dann konnte ich mich nicht mehr umdrehen und so tun, als wäre es nie geschehen. Vielleicht ist das der Unterschied zwischen einer Freundin und einer Schwester; eine Freundin hört sich einfach nur die aktuellen Probleme an, aber eine Schwester erinnert einen zugleich an alles Vergangene. Oder vielleicht ist das doch nicht der Unterschied zwischen Freundinnen und Schwestern. Vielleicht ist es der Unterschied zwischen Mila und Rachel.

Es passiert aber wirklich. Der Umzugswagen kommt. Und wenn ich das überstehen will, brauche ich Rachel. Rachel, die meine Hand hält und mir sagt, dass alles wieder gut wird. Die an mich glaubt. Ich muss ihr gestehen, dass meine Ehe auseinanderbricht. Dass ich versagt habe. Dass ich nicht die erfolgreiche ältere Schwester bin, die ich vorgegeben habe zu sein. Dass ich nicht mehr diejenige bin, die ihren Kram immer auf die Reihe kriegt.

Ich finde Ryan im Schlafzimmer, wo er Kartons mit Klamotten holt. Die Möbel haben wir bereits aufgeteilt. Wir müssen beide ein paar Dinge anschaffen. Ich brauche einen neuen Fernseher, Ryan Töpfe und Pfannen. Was einst ein Ganzes war, ist nun in zwei Hälften geteilt.

»Okay«, sage ich. »Ich gehe jetzt.« Ryans Freunde werden ihm helfen. Er braucht mich nicht.

Er braucht mich nicht.

»Okay«, erwidert er und blickt unverwandt in den Kleiderschrank. Unseren Kleiderschrank. Meinen Kleiderschrank. Als er mir schließlich das Gesicht zuwendet, sehe ich, dass er geweint hat. Er atmet ein und aus und versucht, sich zu beherrschen, die Kontrolle über seine Gefühle zurückzuerlangen. Plötzlich fließt mein Herz über. Ich kann ihn nicht einfach so verlassen. Ich kann nicht. Ich kann ihn nicht leidend zurücklassen.

Er braucht mich.

Ich laufe zu ihm und lege die Arme um ihn. Er vergräbt das Gesicht an meinem Hals. Ich halte ihn, während er weint, dann sage ich: »Weißt du was? Das ist doch alles Quatsch. Ich bleibe.« Die ganze Idee ist abwegig und absurd. Wir haben nur einen Weckruf gebraucht. Wir brauchten das alles, um zu erkennen, wie albern wir sind. Natürlich lieben wir uns! Wir haben uns immer geliebt. Wir hatten es nur vorübergehend vergessen, aber jetzt wird alles wieder gut. Wir haben am Abgrund gestanden und unsere Lektion gelernt. Wir müssen das nicht durchziehen. Es ist vorbei. Wir können dieses merkwürdige Experiment sofort beenden und wieder zum Gewohnten zurückkehren. Ehen bestehen eben nicht nur aus Rosen und Sonnenschein. Das wissen wir. Das war dumm. »Vergiss es«, sage ich. »Du ziehst nirgendwohin, Schatz. Du musst nicht ausziehen.«

Er schweigt einen Moment, dann schüttelt er den Kopf. »Nein«, entgegnet er und trocknet sich die Tränen. »Ich muss ausziehen.« Ich sehe ihn an, noch immer halte ich ihn in den Armen. Er geht sogar noch weiter. »Du solltest jetzt gehen«, sagt er und wischt sich die Tränen ab. Er hat sich wieder gefangen.

Das ist der Moment, in dem ich zusammenbreche. Ich schmelze nicht wie Butter oder sacke zusammen wie ein Reifen, aus dem die Luft entweicht, ich zerspringe wie Glas. In tausend Stücke.

Mein Herz bricht. Und ich weiß, selbst wenn es jemals wieder heilt, wird es anders aussehen, wird sich anders anfühlen und anders schlagen.

Ich stehe auf und nehme meine Tasche. Klopfer folgt mir zur Haustür. Mit der Hand auf dem Knauf blicke ich zu ihm hinunter. Er sieht naiv und voller Verwunderung zu mir hoch. Er denkt, wir würden ein Stück spazieren gehen. Ich weiß nicht, für wen es mir mehr leidtut – für Ryan, für Klopfer oder für mich. Ich ertrage das keine Sekunde länger, ich kann ihn nicht zum Abschied streicheln. Ich drehe den Knauf, trete aus der Tür und schließe sie hinter mir. Ich bleibe nicht stehen, um Luft zu holen oder mich zu sammeln. Sondern steige einfach ins Auto, wische mir die Augen und fahre zu Rachel. Ich kann nicht mehr aus eigener Kraft auf meinen zwei Beinen stehen.

Ich brauche meine Schwester.

TEIL ZWEI

Novemberregen

Du musst mir einfach nur zuhören und nicht versuchen, es mir auszureden. Verurteile mich nicht. Und sag mir nicht, dass ich einen Fehler mache, auch wenn du das denkst. Dass ich einen Fehler mache, meine ich. Denn wahrscheinlich tue ich das. Du musst mir einfach nur zuhören und dann sagen, dass alles wieder gut wird. Das brauche ich jetzt. Du musst sagen, dass alles wieder gut wird, auch wenn das wahrscheinlich nicht der Fall ist.«

»Okay«, willigt Rachel sofort ein. Ihr bleibt nicht wirklich eine Wahl. Ich meine, an einem Samstag um neun Uhr morgens stehe ich unangekündigt und weinend auf ihrer Türschwelle.

»Verurteile mich nicht!«

Sie muss sich fügen. »Willst du reinkommen? Oder …«

Ich warte nicht, bis sie zu Ende gesprochen hat. »Ryan und ich trennen uns.«

»O mein Gott«, sagt sie fassungslos. Sie sieht mich einen Augenblick entgeistert an, dann hält sie die Tür weit auf, damit ich eintreten kann. Was ich tue. Sie ist noch im Schlafanzug, das scheint mir vernünftig. Wahrscheinlich ist sie gerade erst aufgewacht. Möglicherweise hat sie etwas sehr Schönes geträumt, als ich geklingelt habe.

Als ich an ihr vorbeigegangen bin und sie die Tür hinter mir geschlossen hat, sieht sie, dass ich eine Reisetasche dabeihabe. Nun begreift sie das ganze Ausmaß.

Sie nimmt mir die Tasche von der Schulter und stellt sie auf dem Sofa ab. »Was hast du … Ich meine, wie ist das … Was habt ihr zwei … Wie geht es dir? Das ist wichtig. Wie fühlst du dich?«

Ich zucke die Schultern. Wenn ich die Schultern zucke, bedeutet das meist, dass mir etwas gleichgültig ist. Jetzt drückt mein Schulterzucken unzählige Gefühle zugleich aus, doch keins davon ist Gleichgültigkeit.

»Willst du mir sagen, warum ihr euch trennt?«, fragt Rachel ruhig. »Oder soll ich dir nur etwas … Ich weiß nicht. Was essen Leute, wenn sie sich scheiden lassen?«

»Wir lassen uns nicht scheiden«, widerspreche ich, gehe an ihr vorbei und lasse mich auf dem Sofa nieder.

»Ach«, sagt sie und setzt sich neben mich. »Du hast gesagt, ihr würdet euch trennen. Deshalb dachte ich …« Sie zieht die Füße hoch und geht mir gegenüber in den Schneidersitz. Ihre Pyjama-Shorts sind weiß mit blauen und lachsfarbenen Streifen. Ihr Trägerhemd ist lachsfarben gestreift wie die Hose. Sie hat beides zusammen gekauft, als Set. Meine Schwester ist genau der Typ, der ein solches Set trägt. Ich dagegen finde nie etwas, das zusammenpasst.

»Wir trennen uns. Das heißt, wir werden uns eine Weile nicht sehen, doch dann versuchen wir es noch einmal.«

»Dann ist es eine Trennung auf Probe?«

»Nein.«

»Lauren, was verstehe ich hier nicht?«

»Du solltest mich nicht verurteilen.«

»Das tue ich nicht«, erwidert sie und nimmt meine Hand. »Ich versuche es nur zu verstehen.«

»Wir machen eine Pause. Wir können nicht mehr am selben Ort zusammenleben. Wir ertragen einander nicht mehr.« Ihre Miene bestätigt, dass ihr das schon seit einer Weile klar ist, doch ich gehe nicht darauf ein.

»Und ihr lasst euch nicht scheiden, weil …?«, fragt sie. Ihre Stimme klingt sanft. Das ist es, was ich gerade am meisten brauche. In der Hinsicht funktioniere ich ganz ähnlich wie ein Hund, was sie eigentlich sagt, spielt keine Rolle. Ich lausche nur auf die hohen Töne, die Geräusche, die sanft und tröstend klingen. »Ich meine, wenn ihr zwei schon eine Weile Probleme habt, wenn es so schlimm ist, dass ihr nicht länger zusammenwohnen wollt, was hält euch dann davon ab, euch endgültig zu trennen?«

Ich nehme mir Zeit, über die Antwort nachzudenken. Das Wort »Scheidung« ist nie gefallen.

Ganz offensichtlich war es in meinem Kopf. Ich habe daran gedacht. Aber ich habe es nie auf das Papier mit den Optionen geschrieben. Und weil ich mir nicht vorstellen kann, dass Ryan nicht ebenfalls daran gedacht hat, es nicht in Erwägung gezogen, es nicht ebenfalls fast gesagt hätte, hat auch ihn etwas davon abgehalten.

Ich glaube, es ist wichtig, dass keiner von uns davon gesprochen hat. Keiner von uns hat gesagt, dass wir das, was wir miteinander hatten, diese Sache, die wir kaputt gemacht haben und die jetzt nicht mehr funktioniert, wegwerfen sollten.

»Ich weiß nicht, warum«, antworte ich schließlich. »Weil ich ein Versprechen gegeben habe, schätze ich. Oder – ich weiß nicht – weil ich hoffe, dass es eine dritte Option für uns gibt, abgesehen von unglücklich sein oder ganz aufgeben.«

Rachel denkt darüber nach. »Wie lange ist die Pause?« Sie sagt »Pause«, als wäre das ein neues Wort, das ich mir ausgedacht habe.

Ich atme ein. Und wieder aus. »Ein Jahr.« Meine Fassung schwindet. Meine Beherrschung bekommt Risse. Langsam dringt der wahre Schmerz über das, was ich da tue, zu mir durch, ähnlich wie die Sonne, die an einem bedeckten Tag durch die Wolken bricht.

Rachel sieht bereits, dass ich weinen muss, bevor mir tatsächlich Tränen in die Augen steigen. So etwas macht sie noch sanfter und zu genau der Rachel, die ich brauche. Zu der, die nicht alle Einzelheiten wissen muss. Die mich einfach in den Arm nimmt und mir sagt, dass alles wieder gut wird, auch wenn dem nicht so ist. Sie hält mich und streicht mir durch die Haare. Und sie sagt, worauf ich schon den ganzen Morgen gewartet habe.

»Es wird wirklich alles wieder gut«, sagt sie fast gurrend. »Ich weiß, dass ich das sagen soll. Aber es stimmt. Alles kommt wieder in Ordnung.«

»Woher weißt du das?« Ich sollte sie so etwas nicht fragen. Ich habe ihr gesagt, was sie sagen soll. Sie hat es gesagt. Jetzt darf ich sie nicht drängen, Dinge zu sagen, die ich ihr nicht vorgeschrieben habe. Aber sie wirkt gerade so zuversichtlich, so sicher, dass alles wieder in Ordnung kommt, dass ich wissen möchte, wie ihre Vision aussieht. Wie kommt die Lauren in ihrem Kopf wieder in Ordnung? Und wie kann ich zu dieser Lauren werden?

»Ich weiß, dass alles wieder gut wird, weil am Ende

immer alles gut ist. Und wenn es nicht gut ist, ist es noch nicht das Ende.«

Ich rücke von ihr ab und sehe sie an. »Ist das nicht ein Spruch von einem deiner Becher?«

Rachel zuckt die Schultern. »Nur weil es auf einem Becher steht, heißt das nicht, dass es nicht stimmt.«

»Nein.« Ich lege mich hin, mein Kopf in ihrem Schoß. »Ich glaube, du hast recht.«

»Weißt du, was ich sonst noch weiß?«, fragt sie.

»Was?«

»Ich weiß, dass du ein wirklich tolles Jahr vor dir hast.«

»Es fällt mir schwer, das zu glauben. Ich werde dreißig und stehe kurz vor der Scheidung.«

»Ich dachte, du würdest dich nicht scheiden lassen.«

Ich verdrehe die Augen. »Das ist eine Übertreibung, Rachel. Ein rhetorisches Mittel.« Wenn ich unsicher bin, werde ich äußerst überheblich. Eigentlich weiß ich nicht, ob es wirklich so übertrieben ist. Ich werde allen gegenüber, einschließlich meiner Schwester, behaupten, dass es nicht zur Scheidung kommt. Aber was, wenn doch? Ich meine, wenn es tatsächlich passiert?

»Nein, ich meine es ernst«, sagt sie. »Es ist hart. Aber ich kenne dich, und du tust nichts, was du nicht tun solltest. Du gehst mit so etwas nicht leichtfertig um. Und Ryan ebenso wenig. Er ist ein guter Mann. Und du bist eine gute Frau. Wenn ihr zwei beschlossen habt, dass das eine gute Idee ist, dann ist es eine gute Idee. Und gute Ideen sind nie schlechte Ideen.«

Es ist einen Moment still, dann brechen wir beide in Gelächter aus.

»Okay, der letzte Teil war nicht sehr überzeugend, aber du weißt schon, was ich meine.«

Ich blicke zu ihr hoch, und sie sieht zu mir herab. Ich weiß immer, was sie meint. Wir haben uns immer verstanden. Vielmehr haben wir immer aneinander geglaubt. Und ich brauche jetzt jemanden, der an mich glaubt.

»Ich bin froh, dass du da bist«, sagt Rachel. »Natürlich nicht über die Umstände. Aber ich bin froh, dass du hergekommen bist.«

»Ja?«

»Ja, es ist schön, dich zu sehen, einfach nur dich.«

»Ohne Ryan?«

»Ja. Ich mag Ryan, aber dich mag ich noch mehr. Es wird schön, ein Jahr lang nur dich zu haben.«

Sie ist besser mit Worten, als sie meint, denn zum ersten Mal sehe ich etwas, worauf ich mich in diesem Jahr freuen kann. Es wird schön, ein Jahr einfach nur für mich zu haben.

»Ich habe eine etwas heikle Frage«, sagt Rachel. Wir sitzen an ihrem Küchentisch. Sie hat Arme Ritter mit einer wunderbaren Zimtkruste und frischer Schlagsahne gemacht. Ich möchte das Gericht fotografieren, so fantastisch und dekadent sieht es aus. Sie stellt den Teller vor mir ab, und schon höre ich ihr nicht mehr zu. Ich weiß, dass dieser Toast noch besser schmeckt, als er aussieht. Was wirklich etwas heißt. Aber das ist Rachels Stärke. Sie macht Oreo Pancakes und rote Velvet-Crêpes mit Frischkäsefüllung. Sie kann absolut keinen Eintopf kochen, aber für alles, was einen Haufen Zucker und schwere Creme enthält, ist sie die Richtige.

»Das sieht unglaublich gut aus«, schwärme ich und nehme meine Gabel. Ich drücke sie in das Brot und teile ein Stück ab. Es schmeckt genau so, wie ich es mir vorgestellt habe. Als wäre alles in Ordnung. »O mein Gott«, stöhne ich.

»Das kann ich, was?« Rachel hat überhaupt keine Skrupel zuzugeben, dass etwas, was sie zubereitet hat, großartig schmeckt. Sie sagt das auf eine Weise, als hätte sie überhaupt nichts damit zu tun. Man kann sie loben, ihr Kürbiskuchen sei das Köstlichste, was man je gegessen habe, und sie erwidert so etwas wie: »Wem sagst du das. Er ist die reine Sünde«, und man hat den Eindruck, sie lobe das Rezept und nicht sich selbst.

»Aber«, frage ich, nachdem ich zu Ende gekaut habe, »wie lautet deine heikle Frage?«

»Na ja«, erwidert sie und schleckt Schlagsahne von ihrer Gabel. »Wer bekommt …« Sie zögert, dann gibt sie auf. Sie weiß nicht, wie sie es sagen soll.

»Klopfer?«, sage ich an ihrer Stelle. »Wer bekommt Klopfer?«

»Genau. Wer bekommt Klopfer?«

Ich hole tief Luft. »Ich behalte ihn die ersten zwei Monate, damit sich für ihn nicht gleich alles auf einmal ändert.« Ich komme mir albern vor. Ryan und ich behandeln Klopfer wie ein Kind, das zeigt sich an den kleinsten und peinlichsten Dingen. Doch Rachel zuckt nicht mit der Wimper.

»Und dann bekommt Ryan ihn?«

»Ja, für zwei Monate. Dann ist Januar, und wir werden neu verhandeln.«

»Verstehe.«

»Klingt albern, stimmt's?« In Wahrheit habe ich Ryans Vorschlag nur allzu gern zugestimmt. Denn das bedeutet, dass wir uns in zwei Monaten sehen werden, egal, was passiert, und das gibt mir ein Gefühl von Sicherheit. Es fühlt sich an, wie mit Stützrädern Radfahren zu lernen.

»Nein«, erwidert Rachel, ohne mich dabei anzusehen. Sie isst ihr Frühstück weiter. »Überhaupt nicht. Jeder hat seine eigene Weise, die Dinge zu regeln.«

»Aber?«, frage ich. Etwas geht in Rachels Gesicht vor. Sie sieht aus, als würde sie mit etwas hinterm Berg halten.

»Was meinst du?«, fragt sie zurück.

»Du denkst etwas, sagst es aber nicht.«

»Ich dachte, ich soll dich unterstützen«, verteidigt sich Rachel halb lachend. »Ich kann dir nicht jeden kleinen Gedanken mitteilen und dir zugleich all das sagen, was du hören willst.«

Ich lache ebenfalls. »Ja, stimmt.«

Wir schweigen einen Moment. Ich habe mein ganzes Essen verputzt. Ich starre auf meinen weißen Teller und schiebe mit der Gabel die Krümel zusammen.

»Aber was denkst du denn?«, bohre ich nach. Ich will es wissen. Ich weiß nicht, warum. Vielleicht brauche ich doch eher die Wahrheit als das, was ich gern hören würde. Vielleicht gibt es eigentlich überhaupt keine Zeit, in der man die Wahrheit nicht braucht. Oder vielleicht ist man auf die Wahrheit sogar in den Zeiten, in denen man sie eigentlich nicht hören möchte, am dringendsten angewiesen. »Sag es einfach. Ich komme schon damit klar.«

Rachel seufzt. »Ich …« Sie blickt zu mir hoch. »Ryan tut mir leid.«

Ich weiß nicht, was ich erwartet habe, jedenfalls nicht das. Ich dachte, sie würde sagen, dass ich die Sache mit Klopfer nicht so schwer nehmen soll oder dass Ryan und ich es noch einmal versuchen sollten. Oder dass ich – was, wie ich befürchte, tatsächlich stimmt – ein weinerliches Baby bin und jede Ehe hart ist. Und dass ich darum einfach den Mund halten, nach Hause gehen und diesen ganzen Mist lassen sollte, weil es gar kein so großes Problem ist, nicht glücklich zu sein.

Doch das sagt sie nicht. Sie bekommt feuchte Augen und fügt hinzu: »Er hat an einem einzigen Tag seine Frau, sein Haus und seinen Hund verloren.«

Ich antworte nichts. Ich sehe sie nur an und lasse ihre Worte sacken.

Sie hat recht. Früher habe ich diesen Mann über alles geliebt. Ich habe dafür gesorgt, dass er alles hatte, was er wollte. Wann bin ich zu derjenigen geworden, die ihm alles nimmt?

Ich beginne zu weinen, lege den Kopf auf den Tisch. Rachel eilt zu mir.

»Es tut mir leid«, sagt sie. »Es tut mir leid! Siehst du? Ich bin nicht gut in so etwas. Ich bin total beschissen in so etwas. Du bist ein guter Mensch, und du tust das Richtige.«

»Klopfer ist ja bloß für zwei Monate weg«, erwidere ich. »Und die ganze Sache dauert nur ein Jahr.«

»Ich weiß!« Rachel drückt meine Schultern. »Ryan kommt schon zurecht, das weiß ich. Er gehört zu diesen Typen, die immer zurechtkommen.«

»Meinst du?«, frage ich und hebe den Kopf vom Tisch. Es ist eigentlich schrecklich, sich vorzustellen, dass er zurechtkommen wird. Es ist fast genauso schrecklich wie die Vorstellung, dass er unglücklich ist. Also, dass es ihm gut geht, ist ebenso unerträglich, wie dass es ihm nicht gut geht.

»Nein.« Ich spüre, dass sie verzweifelt versucht, sich aus

der Affäre zu ziehen. Sie kann nicht das Richtige sagen, und das weiß sie, und vielleicht ist sie ein bisschen gereizt, weil ich sie in diese Lage gebracht habe. »Ryan kommt zurecht. Es geht ihm nicht total gut.«

»Stimmt.« Ich fasse mich wieder. »Wir kommen beide zurecht.«

»Genau«, bestätigt sie und nimmt meinen ruhigen Ton auf. »Gut.«

Das ist also mein Ziel. Ich will, dass es mir ganz gut geht.

Mir geht es gut.

Ryan geht es gut.

Uns wird es gut gehen.

Eines Tages wird alles wieder gut.

Es besteht ein großer Unterschied zwischen etwas, was gut ist, und etwas, was gut sein wird, aber ich beschließe, fürs Erste so zu tun, als wäre es ein und dasselbe.

»Du solltest es Mom bald sagen«, meint Rachel.

»Ich weiß.«

»Und Charlie. Aber bei Charlie weiß man nie, wie er reagiert.«

Ich nicke und verliere mich bereits in meinen Gedanken, stelle mir vor, wie ich es ihnen sage. Wie Charlie einen Witz machen wird. Ich frage mich, ob meine Mutter enttäuscht sein wird. Ob sie wie ich das Gefühl hat, dass ich versagt habe. Nach einem Moment erkenne ich, dass mich dieser Gedankengang nicht weiterbringt. »Weißt du was?«, wende ich mich an Rachel.

»Was?«

»Die werden damit schon zurechtkommen.«

Rachel lächelt. »Ja. Die kommen damit zurecht.«

Am Sonntagabend um sieben Uhr fahre ich nach Hause, auf diese Zeit hatten Ryan und ich uns verständigt. Damit ich sicher sein konnte, dass er nicht mehr da ist. Nur darum ging es. Doch als ich die Tür zu meinem leeren Haus öffne, trifft mich die Tatsache, dass er weg ist, wie ein Schlag. Ich bin allein.

Das Haus sieht aus, als wäre ich ausgeraubt worden. Ryan hat nichts mitgenommen, was nicht vereinbart war, und dennoch kommt es mir vor, als hätte er alles mitgenommen, was wir besaßen. Klar, die großen Möbel sind noch da, aber wo sind die DVDs? Wo ist das Buchregal? Wo die Karte von Los Angeles, die wir gerahmt und aufgehängt hatten? Alles weg.

Klopfer läuft auf mich zu, seine braunen Schlappohren hüpfen auf und ab, und als er mit den Tatzen gegen meine Hüften springt, verliere ich das Gleichgewicht und falle um. Dumpf schlage ich auf dem Holzboden auf, merke es jedoch kaum. Ich spüre nur, dass der Hund mich liebt, mir das Gesicht leckt und auf mich springt. Er stupst mir mit der Schnauze gegen das Ohr, ist glücklich, mich zu sehen.

Ich bin zu Hause. Es sieht zwar nicht mehr so aus. Aber es ist mein Zuhause.

Ich gehe nach hinten und füttere Klopfer. Einen Augenblick sieht er zu mir hoch, dann frisst er.

Im Esszimmer schalte ich das Licht ein und bemerke, dass Ryan mir dort eine Nachricht hinterlassen hat. Damit habe ich nicht gerechnet. Aber als ich den Brief entdecke, will ich ihn sofort öffnen. Was gibt es noch zu sagen? Ich will es unbedingt wissen. Ohne nachzudenken, reiße ich den Umschlag auf.

Seine Handschrift ist so kindlich. Die Handschrift von Männern ist selten an einer gewissen Männlichkeit zu erkennen, eher an einem Mangel an Reife. Ab dem sechsten Schuljahr müssen sie sich um andere Dinge kümmern.

Liebe Lauren,
in einem kannst du dir sicher sein: Ich liebe dich. Dass ich die Liebe in meinem Herzen nicht mehr spüre, heißt nicht, dass sie nicht noch da ist. Sie ist noch da. Ich gehe, um sie wiederzufinden. Das verspreche ich dir.

Bitte ruf mich nicht an und schicke mir keine SMS. Ich muss allein sein. Und du auch. Ich meine es ernst mit dieser Zeit der Trennung. Wir müssen das durchhalten, auch wenn es uns schwerfällt. Es ist der einzige Weg, wie es wieder besser werden kann. Wenn du mich anrufst, werde ich nicht abheben. Ich will keinen Rückzieher machen. Ich will nicht dahin zurück, wo wir waren.

Deshalb wünsche ich dir jetzt schon »Alles Gute zum Geburtstag«, auch wenn es bis dahin noch ein paar Wochen sind. Ich weiß, dreißig wird ein schweres Jahr, aber es wird auch ein gutes Jahr, und da ich an dem Tag nicht mit dir sprechen werde, wollte ich dich wissen lassen, dass ich an dich denke.

Sei lieb zu meinem Jungen, zu Klopfer. Ich rufe dich in zwei Monaten an, um mit dir die Übergabe abzusprechen. Vielleicht können wir uns an einem Rastplatz treffen, wie geschiedene Eltern – obwohl wir weder das eine noch das andere sind.

In Liebe
Ryan

P.S. Ich habe dem Hund sein Abendessen gegeben, bevor ich gegangen bin.

Ich blicke hinunter zu Klopfer, der jetzt neben meinen Füßen steht und zu mir aufsieht.

»Du kleines Schlitzohr. Du hattest schon gefressen.«

Immer und immer wieder lese ich den Brief. Ich nehme die Wörter auseinander. Sie verletzen mich und geben mir zugleich Hoffnung. Sie bringen mich zum Weinen und machen mich wütend. Schließlich falte ich das Blatt wieder zusammen und werfe es in den Müll. Ich starre es an, da oben auf dem Haufen. Es fühlt sich falsch an, den Brief wegzuwerfen. Als ob ich ihn in einem Skizzenbuch unserer Beziehung aufheben sollte.

Ich gehe ins Schlafzimmer und suche nach dem Schuhkarton, den ich ganz oben im Kleiderschrank aufbewahre. Ich komme nicht dran. Darum gehe ich zum Flurschrank und hole die Trittleiter. Zurück im Schlafzimmer strecke ich die Finger nach oben, um eine Ecke des Kartons zu fassen. Er fällt hinunter auf den Boden des Kleiderschranks und platzt auf. Papiere ergießen sich über den Teppich. Eintrittskarten.

Alte Haftnotizen. Verblasste Fotos. Und dann finde ich, wonach ich gesucht habe.

Den ersten Brief, den Ryan mir je geschrieben hat. Es war ein paar Wochen, nachdem wir uns im Speisesaal am College kennengelernt hatten. Er hatte ihn auf Notizpapier geschrieben. Die Seite ist so oft gefaltet worden, dass die Schrift jetzt nur noch mit Mühe zu lesen ist.

Was ich an dir mag:

1. *Wenn ich etwas Lustiges sage, lachst du so laut, dass ich auch lachen muss.*
2. *Wie du neulich »Potz Blitz« gesagt hast.*
3. *Deinen Hintern. (Tut mir leid, das sind Tatsachen.)*
4. *Dass du dachtest, Chili con Carne bedeutet Chili mit Körnern.*
5. *Dass du klüger und lustiger und hübscher und toller bist als alle anderen Mädchen.*

Ein paar Wochen, nachdem ich den Brief erhalten hatte, fand Ryan heraus, dass ich ihn aufgehoben hatte. Er entdeckte ihn in meinem Schreibtisch im Wohnheim. Und als ich nicht hinsah, hat er *mag* durchgestrichen und durch *liebe* ersetzt. *Was ich an dir liebe.*

Mit einem andersfarbigen Stift fügte er noch einen sechsten Punkt hinzu:

6. *Dass du an mich glaubst. Und dass du dich so gut anfühlst. Und dass die Welt für dich ein wunderschöner Ort ist.*

Deshalb hatte ich überhaupt mit dem Schuhkarton angefangen. Aber ich kann den Brief, den er mir heute Abend hinterlassen hat, nicht in diesem Schuhkarton aufbewahren. Ich kann es einfach nicht. Er muss im Müll bleiben.

Ich packe alles zurück in den Karton und stelle ihn weg. Dann putze ich mir die Zähne, ziehe mir einen Schlafanzug an und gehe ins Bett.

Ich rufe nach Klopfer. Er kommt angelaufen und legt sich neben mich. Ich schalte das Licht aus und liege mit offenen Augen in der Dunkelheit. Ich liege so lange wach, bis sich meine Augen an die Dunkelheit gewöhnen. Die Dunkelheit scheint zu verblassen; was zunächst undurchdringlich schwarz wirkte, weicht einem durchscheinenden Grau. Und ich sehe, dass neben mir ein warmer Körper liegt, ich jedoch allein im Haus bin.

Ich bin nicht traurig. Ich fühle mich noch nicht einmal melancholisch. Ich habe vielmehr Angst. Zum ersten Mal in meinem Leben bin ich allein. Eine alleinstehende Frau, die mitten in der Nacht allein zu Hause ist. Wenn jemand einzubrechen versucht, hängt alles von einem freundlichen Labrador und mir ab. Wenn ich ein seltsames Geräusch höre, bin ich diejenige, die dem nachgehen muss. Ich fühle mich wie damals als Kind, wenn am Lagerfeuer Geistergeschichten erzählt wurden.

Ich weiß, dass alles in Ordnung ist. Aber es kommt mir absolut nicht so vor.

Am Montagmorgen gehe ich wieder zur Arbeit und bin überrascht, wie leicht es ist, nicht über all das zu sprechen. Die Kollegen wissen, dass ich verheiratet bin, aber wir reden selten darüber. Fragen wie »Wie war dein Wochenende?« oder »Hast du was Schönes unternommen?« kann ich ehrlich beantworten und dabei die wichtigen Fakten für mich behalten. »Es war gut. Wie war deins?« und »Oh, ich war mit meiner Schwester unterwegs. Und du?« scheint zu genügen. Bis zum Mittag habe ich bereits gelernt, dass man fast alle Fragen nach dem Privatleben verhindern kann, indem man selbst fragt.

Doch Mila kennt mich. Sie kennt mich wirklich. Monatelang ist sie mein Resonanzboden gewesen. Sie weiß alles. Als wir ins Auto steigen, um zum Mittagessen zu fahren, senkt sie die Stimme und fragt, während sie den Wagen startet, ganz offen: »Und? Wie geht es dir?«

»Mir … Gut«, antworte ich. »Wirklich. Das Wochenende war schlimm, ich habe viel geweint. Den ganzen Samstagabend habe ich heulend im Bett meiner Schwester gelegen, während sie eine Sendung über Zombies gesehen hat. Doch dann bin ich gestern Abend nach Hause gekommen und – mir geht's gut.«

»Aha«, sagt Mila. »Hast du dich im Bett breitgemacht? Dir einen Wein eingeschenkt und ein Bad genommen, ohne dass dich jemand gestört hat?«

Mila ist seit fünf Jahren mit ihrer Partnerin Christina zusammen. Die beiden haben dreijährige Zwillingssöhne. Vermutlich ist das ein Szenario, von dem sie träumt.

»Nicht ganz«, erwidere ich. »Ich bin einfach nach Hause gekommen und ins Bett gegangen.«

Sie fährt in eine Parklücke in der Nähe des Eingangs, und wir gehen hinein.

»Ich an deiner Stelle würde das Jahr genießen. Ein Jahr kommt einem sehr lang vor, geht aber schnell vorbei. Du bist jetzt frei! Du hast dein eigenes Leben. Du kannst alles tun, was dir gefällt. Du kannst dir eine geblümte Tagesdecke kaufen.«

»Erlaubt Christina nicht, dass du eine geblümte Tagesdecke hast?«

»Sie hasst geblümte Sachen. Sie liebt Blumen, aber Geblümtes hasst sie.«

Es ist albern, aber plötzlich habe ich das Gefühl, dass ich unbedingt eine geblümte Tagesdecke haben muss. Als Erwachsene habe ich noch nie allein gelebt. Ich habe mir das Schlafzimmer immer mit diesem Mann geteilt. Doch jetzt kann ich mir eine Decke mit großen Blumen kaufen. Oder mit einer Schleife. Oder was eben mädchenhaft ist und was Männer nicht mögen. Das will ich haben. Ich möchte meine mädchenhafte Seite ausleben und mir etwas Blassrosafarbenes kaufen, nur weil ich es kann. Ich muss mich vor niemandem wegen der Ausgaben rechtfertigen. Ich muss nicht erklären, warum ich diese Tagesdecke brauche. Ich kann sie mir einfach kaufen.

»Was zum Teufel habe ich getan?«, frage ich Mila, als wir in der Schlange stehen, um zu bestellen. »Warum um alles in der Welt habe ich nicht sofort umdekoriert, sobald er weg war?«

»Ich habe eine Idee!«, sagt Mila. »Du musst sofort nach der Arbeit einkaufen gehen. Kauf all den Mist, den du immer haben wolltest, den er aber albern fand.«

»Das mache ich!«

Mila klatscht mich ab. Wir essen unsere Sandwiches und schaffen es, über andere Dinge zu sprechen. Wir reden beide nicht mehr von Ryan, bis Mila den Wagen wieder auf dem Campus parkt.

»Ich bin so neidisch auf dich!«, gesteht sie. »Wenn Christina weg wäre, würde ich in jedem Zimmer im Haus eine Vanilleduftkerze anzünden. Ich würde in jedes Zimmer gehen und …«, sie atmet durch die Nase ein und wieder aus, »… ahhh.« Dann fügt sie hinzu, als sei es ihr gerade erst eingefallen: »Ach, und du musst keine unbequemen sexy Höschen mehr tragen. Du kannst in großer, bequemer Unterwäsche leben.«

Ich lache. »Trägst du keine bequeme Unterwäsche?«

»Ich trage jeden Tag einen Spitzen-BH mit passendem Slip«, antwortet Mila. »Ich mache meine Frau glücklich.« Dann rudert sie zurück. »Ich meinte nicht, dass du nicht … Tut mir leid. War nur ein Scherz.«

Ich lache erneut. »Schon gut. Ich verarbeite noch immer, dass du jeden Tag sexy Unterwäsche trägst.«

Mila zuckt die Schultern. »Sie mag das. Und mir gefällt es, weil es ihr gefällt. Aber Mensch, ich bin so neidisch, dass du jetzt Oma-Schlüpfer tragen darfst.«

»Ich weiß noch nicht mal, ob ich überhaupt Oma-Schlüpfer besitze«, erwidere ich. »Ich meine, ich trage einfach normale Unterwäsche. Halt, warte«, mir fällt etwas ein, »ich habe diesen einen Slip, den ich nie anziehe, weil Ryan sich immer über ihn lustig macht. Er hat ihn immer mein Fallschirm-Höschen genannt.«

»Supergroß? Fühlt sich an, als hättest du eine Wolke an?«

»Ich liebe ihn!«

»Tja, geh nach Haus und zieh ihn an, Mädchen! Das ist deine Zeit.«

Meine Zeit. Ja, das ist meine Zeit.

Nach der Arbeit gehe ich einkaufen und erstehe ein großes, puffiges weißes Kopfkissen, zwei gestreifte Überwürfe und eine rosafarbene Tagesdecke mit dem Umriss einer überdimensionalen Mohnblume. Ich blicke aufs Bett und finde, es sieht aus wie aus einer Zeitschrift. Sehr hübsch.

Ich dusche, verbrauche das gesamte heiße Wasser und singe mir die Kehle aus dem Leib, weil mich niemand hört. Als ich fertig bin, trockne ich mich mit einem Handtuch ab und gehe ins Schlafzimmer. Ich grabe hinten in meiner Schublade, hinter den Bikinihöschen und den gelegentlich nötigen Tangas, und finde es. Mein Fallschirm-Höschen.

Ich ziehe es an und stehe mitten im Schlafzimmer. Es ist nicht ganz so magisch, wie ich es in Erinnerung hatte. Es fühlt sich wie normale Unterwäsche an. Dann erhasche ich zufällig einen Blick auf mein Spiegelbild und sehe, was Ryan meinte. Der Slip beult sich am Po und im Schritt, und zusammen mit dem breiten Bund unter meinem Bauchnabel sieht das aus, als würde ich eine Windel tragen.

Ich sehe das Bett mit neuen Augen. Ich mag gar keine Blümchenmuster. Was mache ich da bloß? Ich mag Blau.

Gelb. Grün. Aber kein Rosa. Ich mochte es noch nie. Diese »Freiheit« fühlt sich sehr schnell ganz mickerig an. Darauf habe ich mich gefreut? Eine geblümte Decke zu kaufen? Sackartige Unterwäsche zu tragen?

Mila darf im Haus keine Duftkerzen anzünden, weil Christina das nicht mag, und es ist ihr wichtiger, dass Christina glücklich ist, als die gottverdammten Kerzen anzuzünden. Das ist die eigentliche Wahrheit. Sie ist nicht mit Handschellen an Christina gefesselt, sie möchte mit ihr zusammen sein. Sie möchte lieber mit ihr zusammen sein als Duftkerzen anzuzünden. Ohne Christina hätte sie Liebeskummer, und die Kerzen wären nur ein kleiner Lichtblick. Das ist so etwas nämlich. Nur ein Lichtblick.

Nur eine kleine nette Sache in einer absolut beschissenen Situation.

Eines späten Abends ruft mich Charlie an. So spät, dass ich mich wundere, dass noch jemand anruft. Mit wild pochendem Herzen springe ich zum Telefon. Ich bin überzeugt, dass es Ryan ist. Ich trage ein T-Shirt und Unterwäsche. Auf dem T-Shirt ist seit Tagen ein Kaffeefleck. Wenn niemand mehr da ist, der sieht, dass man schlampig ist, findet man erst heraus, wie unendlich schlampig man sein kann.

Als ich beim ersten Blick aufs Telefon feststelle, dass es Charlie und nicht Ryan ist, bin ich überrascht, wie traurig mich das stimmt. Richtig traurig. Und dann mache ich mir sofort Sorgen. Charlie ruft nie an. Er befindet sich noch nicht einmal in unserer Zeitzone.

Charlie hat L.A. bei der erstbesten Gelegenheit verlassen. Er ist nach Washington aufs College gegangen und anschließend nach Colorado gezogen. Irgendwie hat es ihn letztes Jahr nach Chicago verschlagen. Ich bin mir sicher, bald erzählt er uns, dass er in den hintersten Winkel von Maine zieht.

»Charlie?«, melde ich mich.

»Hallo«, sagt er. Charlies Stimme klingt rau und heiser. Als Teenie hat er seine Zigaretten vor uns versteckt. Als Rachel und ich das herausgefunden haben, er war damals ungefähr siebzehn, konnten wir es nicht fassen. Nicht nur, dass er rauchte, sondern dass er es vor uns verheimlichte. Wir konnten verstehen, dass er es Mom nicht gesagt hatte, aber uns? Vor ein paar Jahren hat er damit aufgehört. »Habe ich dich geweckt?«

»Nein«, antworte ich, »ich bin noch wach. Was gibt's? Wie geht es dir?«

»Gut«, erwidert er. »Mir geht es gut. Und dir?«

»Ach«, ich hole tief Luft, während ich überlege, was ich sage und wie ich es sage, »mir geht es gut.« Ich glaube, ich will es ihm überhaupt nicht erzählen.

»Gut?«

»Ja, gut.«

»Na, da habe ich aber etwas anderes gehört. Ich habe gehört, dass du dich S-C-H-E-I-D-E-N lässt.«

Verdammte Rachel.

»Hat Rachel dir das erzählt?«

»Nein.«

»Rachel muss es dir erzählt haben. Sonst weiß es niemand.«

»Entspann dich, Lo. Ryan hat es mir erzählt.«

»Du hast mit Ryan gesprochen?«

»Er ist mein Schwager. Ich dachte, es wäre okay, mit ihm zu sprechen.«

»Nein, ich meine nur …«

»Ich habe ihn angerufen, und da hat er mir erzählt, dass ihr zwei euch S-C-H-E-I-D-E-N lasst.«

»Warum buchstabierst du das dauernd? Und wir lassen

uns nicht scheiden. Hat Ryan das gesagt? Hat er gesagt, wir würden uns scheiden lassen?« Ich klinge panisch und aufgelöst.

»Er hat gesagt, ihr würdet eine Pause machen. Und als ich gefragt habe, ob es eine Trennung auf Probe sei, hat er gesagt: ›Genau.‹«

»Na ja, es ist ein bisschen etwas anderes. Keine offizielle Trennung.«

»Lauren, kennst du ein einziges Paar, das sich getrennt hat und dann wieder zusammengekommen ist? Sie haben sich alle scheiden lassen.«

»Was willst du, Charlie? Oder rufst du nur an, um mich fertigzumachen?«

»Zwei Dinge. Ich wollte wissen, ob alles okay ist. Ob ich etwas tun kann.«

»Alles okay. Danke«, antworte ich. »Und das Zweite?«

»Tja, da wird es kompliziert.«

»Das klingt vielversprechend.« Inzwischen liege ich wieder im Bett.

»Ein Grund, weshalb ich Ryan überhaupt angerufen habe, war, dass Mom eine Überraschungsparty für dich veranstalten will.«

Das ist ein seltsamer Scherz. »Sehr witzig«, bemerke ich.

»Nein, Mensch, ich meine es ernst.«

»Warum sollte sie das tun?« Ich bin wieder aufgestanden. Wenn ich nervös bin, laufe ich auf und ab.

»Sie hat das Gefühl, wir machen nicht oft genug etwas Traditionelles, glaube ich. Und sie wollte eine Party veranstalten.«

»In ihrem Haus?«

»In ihrem Haus.«

»Und was hast du mit der ganzen Sache zu tun?«

»Tja, sie fliegt mich ein.«

»Du kommst mit dem Flugzeug aus Chicago, nur um meinen dreißigsten Geburtstag zu feiern?«

»Glaub mir, ich würde es nicht tun, wenn ich das Ticket selbst bezahlen müsste.«

»Du bist so reizend.«

»Nein, ich meine, du hasst Geburtstage. Das weiß ich. Ich habe versucht, Mom das zu erklären, aber sie will es nicht hören. Und du kannst von Glück reden, dass ich sie erwischt habe, bevor sie Ryan angerufen hat. Sie hat mir erzählt, sie wolle ihn morgen anrufen, und da habe ich gesagt, ich würde das übernehmen, weil ich ohnehin vorhatte, ihn anzurufen. Was, wie sich herausgestellt hat, gut war. Ich bin mir ziemlich sicher, du willst nicht, dass Mom es auf die gleiche Weise erfährt wie ich.«

»Weiß Rachel schon davon?«

»Von der Party?«

»Ja.«

»Ich bezweifle es. Mom hat es mir erst vor ein paar Stunden erzählt. Sie meinte, es würde alles davon abhängen, ob ich kommen kann und ob Ryan es schafft, dich zu ihr zu lotsen, ohne dass du etwas merkst. Deshalb habe ich es mit ihm thematisiert.«

»Das muss ein ziemlich unangenehmes Gespräch gewesen sein.« Langsam beruhige ich mich. »Mit Ryan, meine ich.«

»Es war nicht so toll, nein. Er hat allerdings nach dir gefragt.«

»Hat er?«

»Ja. Er hat gefragt, wie es dir geht. Und ich musste sagen: ›Kumpel, ich weiß noch nicht einmal, dass ihr zwei euch getrennt habt. Woher soll ich das wissen?‹«

Wir lachen, und dann habe ich das Bedürfnis, etwas richtigzustellen. »Wir haben uns nicht getrennt«, erkläre ich.

»Ja, natürlich«, erwidert Charlie. »Hör zu. Du musst es Mom vor der Party sagen. Sie wird sich wundern, wo Ryan ist, und dann wird alles total komisch. Jedenfalls wollte ich dir Bescheid sagen. Du hast noch drei Wochen Zeit. Das ist noch ein bisschen hin.«

»Stimmt. Na ja, aber wie schön, dass du nach Hause kommst.«

»Ja. Ich freu mich, euch zu sehen.« Einen Augenblick herrscht Stille, bevor er hinzufügt: »Und, Lauren, ich weiß, dass du Rachel hast und alles, aber – du hast auch mich. Ich bin auch für dich da. Ich liebe dich.«

Weil mein Bruder so ein Idiot sein kann, kann er einen umso besser aufbauen. Wenn er sagt, dass er einen liebt, meint er es auch so. Wenn er sagt, dass er immer für einen da sein wird, stimmt das.

»Danke«, erwidere ich. »Danke. Ich komme schon zurecht.«

»Machst du Witze? Es wird dir richtig gut gehen«, sagt er, und es fühlt sich besser an als all die anderen Male, die ich diese Worte schon gehört habe.

Wir beenden das Gespräch, und ich gehe zurück ins Bett. Ich schalte das Licht aus, fasse nach Klopfer und dämmere gerade ein, als mein Telefon erneut klingelt. Ich weiß bereits, wer es ist, bevor ich auf das Display gesehen habe.

»Hallo, Rach«, begrüße ich meine Schwester.

»Mom veranstaltet eine Überraschungsparty für dich«,

berichtet sie. Ihre Stimme klingt nicht nur ein bisschen schadenfroh, sie ist die pure Schadenfreude.

»Ich weiß«, entgegne ich. »Ich habe eben mit Charlie gesprochen.«

»Sie lässt Charlie einfliegen, damit er dabei sein kann.«

»Ich weiß. Ich habe gerade mit ihm gesprochen.«

»Sie lässt auch Oma Lois einfliegen. Und Onkel Fletcher.«

»Das wusste ich noch nicht.«

»Offenbar will sie, dass alle ihren neuen Freund kennenlernen.«

»Sie hat einen neuen Freund?«

»Rufst du Mom überhaupt noch an?«

Zugegeben, ich habe seit Wochen nicht mit meiner Mutter gesprochen. Sie wohnt bloß dreißig Minuten entfernt, aber es ist leicht, nicht mit jemandem zu sprechen, wenn man nie ans Telefon geht.

»Er heißt Bill. Anscheinend ist er Automechaniker.«

»Ist er ihr Automechaniker?«

»Das weiß ich nicht«, antwortet Rachel. »Warum ist das wichtig?«

»Ich weiß nicht. Ich kann mir nur nicht vorstellen, dass Mom ihren Automechaniker abschleppt.«

»Sie meint, er sei scharf.«

»Scharf?«

»Ja, sie meint, er sei scharf.«

»Das ist alles total seltsam.«

»Ach, es ist absolut erstaunlich, wundervoll seltsam.«

»Ich gehe schlafen«, erkläre ich. »Ich muss das alles in meinen Träumen verarbeiten.«

»Okay«, meint Rachel. »Aber du musst Mom sagen,

dass du getrennt bist, oder? Ich meine, du musst es ihr vor der Party sagen. Andernfalls wird es eine Katastrophe.«

»Wann hat Mom das letzte Mal eine Party gegeben?«, frage ich.

»Ich habe keine Ahnung. Es war mit Sicherheit in den frühen Neunzigern.«

»Genau. Es wird also ohnehin eine Katastrophe, egal, was ich mache.«

»Meinst du, dass sie Bowle ansetzt?«

»Was?«

»Passt es nicht zu Mom, Bowle zu machen?«

Und aus irgendeinem Grund finde ich das unglaublich lustig, es ist das Lustigste, was ich heute gehört habe. Meine Mutter wird auf jeden Fall eine Bowle machen.

»Okay, jetzt schlafe ich aber wirklich.«

»Luftschlangen. Ich wette, es gibt Luftschlangen.«

»Ich gehe schlafen.«

»Wollen wir um fünf Dollar wetten, dass es Luftschlangen gibt?«

»Ich gehe jetzt ins Bett«, erinnere ich sie ein letztes Mal.

»Ja, gut. Ich meine ja nur, fünf Dollar, dass sie Luftschlangen hat. Bist du dabei oder nicht?«

»Was ist los mit dir?«

»Bist du dabei oder nicht?«

»Ich bin dabei«, gebe ich nach. »Ich bin dabei. Gute Nacht.«

»Gute Nacht!«, erwidert Rachel endlich und legt auf. Ich sinke auf mein Kopfkissen und rieche Klopfer. Er riecht furchtbar. Hunde riechen furchtbar, und dennoch ist es herrlich, Klopfer zu riechen. Sein Geruch kommt mir himmlisch vor. Ich schließe die Augen und gleite in den Schlaf, wo mein Gehirn versucht, in all den Neuigkeiten einen Sinn zu finden. Ich träume, dass ich auf meine Geburtstagsparty komme, und alle kreischen: »Überraschung!« Ich sehe meine Mutter mit einem Typen herumknutschen, der wie ein Rennfahrer gekleidet ist. Rachel und Charlie sind da. Und dann, gerade als das Kreischen erstirbt, blicke ich durch die Menge und entdecke Ryan. Er bahnt sich einen Weg zu mir, küsst mich und sagt: »Ich könnte nie deinen Geburtstag verpassen.«

Als ich aufwache, weiß ich, dass es nur ein Traum war. Doch irgendwie hoffe ich, dass es vielleicht, nur vielleicht, eine Vorahnung war.

»Na, Herzchen, was hast du an deinem Geburtstag vor? Die große Drei-null steht bevor!«, sagt meine Mutter, als ich sie schließlich anrufe. Sie klingt fröhlich. Meine Mutter ist immer fröhlich. Sie gehört zu jenen Frauen, die selten zugeben, dass sie unglücklich sind, und meinen, die ganze Welt mit einem Lächeln täuschen zu können.

»Äh.« Habe ich eine Chance, diese Katastrophe noch abzuwenden? Ich könnte ihr erzählen, dass ich etwas vorhabe, dann würde sie die ganze Geschichte vielleicht vergessen. Aber sie hat schon Charlies Ticket bezahlt. Und Onkel Fletcher kommt. »Nein, nichts. Ich habe nichts vor«, antworte ich etwas resigniert.

»Wunderbar! Warum kommst du nicht mit Ryan vorbei, und ich koche uns was zum Abendessen?« Sie sagt das, als hätte sie gerade die Probleme der Welt gelöst. Als wir jünger waren, hat meine Mutter abends eigentlich nie für uns gekocht. Dazu war schlicht keine Zeit. Neben ihrer Vollzeitstelle als Immobilienmaklerin tat sie ihr Bestes, uns in die Schule und wieder zurück zu befördern und uns dazu zu bringen, jeden Abend unsere Hausaufgaben zu machen.

Darum bestellten wir ziemlich häufig Pizza. Wir hatten viele Babysitter und sahen sehr viel fern. Das hatte nichts damit zu tun, dass sie uns nicht liebte, man kann nur nicht an zwei Orten gleichzeitig sein. Wenn meine Mutter dieses rein physische Problem hätte lösen können, hätte sie es getan. Doch das konnte sie nicht. Obwohl ich also weiß, dass meine Mutter mir nicht wirklich ein selbst gekochtes Abendessen servieren wird und das nur ein Trick ist, ist es eine schöne Vorstellung. Allerdings nicht auf eine nostalgische, sondern eher auf überraschende Weise. Als sähe man eine Ente in Hosen.

»Okay, das klingt gut.« Jetzt sollte ich erwähnen, dass ich allein komme. Das ist die Gelegenheit, das Thema anzusprechen.

»Oh, ich wollte dich noch fragen«, hakt meine Mutter sofort ein, »ob es okay wäre, wenn ich meinen Freund einlade. Er heißt Bill.«

Dass meine Mutter mit ihren neunundfünfzig Jahren das Wort »Freund« benutzt, klingt irgendwie unangenehm. Wir brauchen ein neues Wort für zwei ältere Menschen, die zusammen sind. Sollte unser Wortschatz nicht mit der Zeit wachsen? Wer kümmert sich um dieses Problem?

»Äh, nein, kein Problem. Ich wollte gerade sagen, dass Ryan nicht mitkommt.«

»Was?« Die vormals fröhliche Stimme meiner Mutter klingt jetzt scharf.

»Ja, Ryan ist …«

»Weißt du was? Was auch immer für euch zwei in Ordnung ist, ist es auch für mich. Ich weiß, dass ich manchmal zu erpicht darauf bin, euch immer alle beide zu sehen.«

»Ja«, sage ich. »Und ich weiß, dass Ryan …«

»Ich würde mich wirklich freuen, wenn er Bill auch kennenlernt«, fährt meine Mutter unbeirrt fort. »Wenn es passt. Ich weiß, dass ihr zwei viel zu tun habt. Aber einer von Bills Söhnen ist mit einer derartigen Xanthippe verheiratet, und ich habe Bill erzählt, dass ich mit Ryan wirklich den Jackpot gewonnen habe. Ich glaube, Schwiegersöhne und Schwiegertöchter kann man nicht vergleichen, aber Ryan ist wirklich ein Gewinn für unsere Familie. Eines macht mir allerdings Sorgen: Mit wem wird Rachel irgendwann ankommen? Oder noch schlimmer, Charlie! Ich wette, der Junge hat zehn Kinder in sechs Staaten, und wir werden es nie erfahren. Aber du, mein Mädchen, hast so eine gute Wahl getroffen.«

Das gehört zu den Dingen, die meine Mutter mir am häufigsten sagt. Es ist ihre Art, Ryan und mir gleichzeitig ein Kompliment zu machen. Als Ryan und ich frisch verheiratet waren, hat er mich immer damit aufgezogen. »Du hast eine so gute Wahl getroffen!«, tönte er auf dem Weg von ihr nach Hause. »So gut, Lauren!«

»Ja«, sage ich zu meiner Mutter. »Ja.«

Und mit diesen zwei Worten reite ich mich noch tiefer hinein. Ich kann es ihr jetzt nicht sagen. Ich kann es ihr niemals sagen.

»Was hat Ryan vor, das wichtiger ist als der Geburtstag seiner Frau?«, erkundigt sich meine Mutter, der langsam dämmert, dass an der Sache etwas seltsam ist.

»Was?« Ich versuche, etwas Zeit zu gewinnen.

»Ich meine, wie kann er deinen Geburtstag verpassen?«

»Er muss arbeiten. Es ist ein großes Projekt. Superwichtig.«

»Dann feiert ihr zwei an einem anderen Abend?«

»Ja, genau.«

»Na, das sind gute Neuigkeiten für mich!«, stellt sie erfreut fest. »So habe ich dich ganz für mich allein. Und du lernst Bill kennen!«

»Ja, ich freu mich. Ich wusste nicht, dass du mit jemandem zusammen bist.«

»Oh«, erwidert sie. »Wenn man immer nur wartet, passiert nichts. Er ist so charmant.« Ich höre geradezu, wie sie rot wird.

Ich lache. »Das ist toll.«

»Dann sind wir also du, Bill und ich?«, fragt meine Mutter.

»Und was ist mit Rachel?« Ich weiß nicht, warum ich mich auf dieses Spiel einlasse. Ich weiß, dass jeder auf Gottes grüner Erde dort sein wird.

»Klar«, sagt Mom. »Das hört sich gut an. Meine Mädchen und mein Mann.«

Pfui. Meine Mom hat keine Ahnung, wie sie sich anhört, wenn sie so etwas sagt. Ich meine, vielleicht weiß sie, wie sie sich anhört, aber sie weiß nicht, wie es für mich klingt. So unanständig.

»Mein Mann! Nun mal langsam«, mahne ich lachend.

Sie lacht ebenfalls. »Ach, Lauren. Sei ein bisschen locker.«

»Ich bin locker, Mom.«

»Na ja, dann eben noch lockerer«, entgegnet sie. »Und lass mich lächerlich klingen. Ich bin verliebt.«

»Das ist wundervoll, Mom. Ich freu mich wirklich für dich.«

»Sag Ryan, dass er Bill bald kennenlernen muss.«

»Mach ich, Mom. Ich hab dich lieb.«

Ich lege auf und lasse den Kopf in die Hände sinken. Ich bin eine Lügnerin. Lügen haben kurze Beine.

Die nächsten Wochen sind hart. Ich gehe nirgendwohin. Meist bleibe ich im Bett. Klopfer und ich machen viele Spaziergänge. Jeden Abend gegen sechs ruft Rachel an, um zu fragen, ob ich mit ihr zu Abend essen will. Manchmal sage ich Ja. Manchmal sage ich Nein. Mit Freunden verabrede ich mich nicht.

Ich sehe viel fern, vor allem abends. Ich habe festgestellt, wenn ich den Fernseher beim Einschlafen laufen lasse, kann ich leichter vergessen, dass ich allein im Haus bin. Dann kann ich besser einschlafen. Und morgens fühlt sich das Haus nicht ganz so öde und so leer an, wenn das Frühstücksfernsehen eine Geräuschkulisse bildet.

Ständig frage ich mich, was Ryan gerade macht. Denkt er an mich? Vermisst er mich? Was fängt er mit seiner Zeit an? Ich frage mich, wo er wohnt. Unzählige Male greife ich zum Telefon, um ihm eine SMS zu schicken. Ich sage mir, dass es nicht schlimm sein kann, ihn wissen zu lassen, dass ich an ihn denke. Aber ich habe noch keine abgeschickt. Er hat mich gebeten, es nicht zu tun. Ich weiß nicht, ob mich Hoffnung oder Zynismus davon abhält, sie zu schicken. Ob ich nicht mit ihm spreche, weil ich an die Zeit der Trennung glaube, oder weil ich das Gefühl habe, dass eine einfache SMS ohnehin nichts bedeutet. Ich weiß es nicht.

Ich hatte mir vorgestellt, dass ich nach ein paar Wochen, wenn Klopfer und ich uns in unser neues Leben eingefunden hätten, einige, ein paar, irgendwelche Beobachtungen gemacht hätte oder zu Erkenntnissen gelangt wäre. Aber ich habe nicht das Gefühl, mehr zu wissen als vor Ryans Auszug.

Wenn ich ehrlich bin, habe ich wohl gehofft, dass Ryan auszieht und ich sofort feststelle, dass ich nicht ohne ihn leben kann. Und er, dass er nicht ohne mich leben kann. Und dass wir dann zueinander zurückkehren, weil wir uns beide danach sehnen, wieder mit dem anderen zusammen zu sein. In meinen wildesten Träumen habe ich mir vorgestellt, dass wir uns im Regen küssen. Dass wir uns wieder fühlen wie mit neunzehn.

Aber so einfach wird es offensichtlich nicht. Veränderung ist, zumindest in meinem Leben, meist ein langsamer, steter Fluss. Keine Lawine, sondern eher eine Art Schneeballeffekt. Aber ich sollte wahrscheinlich nicht in winterlichen Metaphern über mein Leben philosophieren. Ich habe nur dreimal in meinem Leben echten Schnee gesehen.

Was ich mit all dem wohl sagen will, ist, dass ich Geduld haben muss. Und geduldig kann ich sein. Ich kann warten. Viereinhalb Wochen sind um. Siebenundvierzigeinhalb habe ich noch vor mir. Vielleicht bekomme ich dann meinen Moment im Regen. Vielleicht kommt mein Mann dann zu mir zurück und liebt mich so, wie er es mit neunzehn getan hat.

Am Abend von meinem Geburtstag klingelt Rachel pünktlich um halb sieben an meiner Tür.

Während sie das Haus betritt, verkündet sie: »Onkel Fletcher schläft auf Moms Sofa. Oma Lois hat sich anscheinend geweigert, bei Mom zu übernachten, und wohnt stattdessen im Standard.«

»Im Standard? In West Hollywood?«, frage ich. Rachel nickt. Das Standard ist ein ziemlich hippes Hotel auf dem Sunset Strip. Anstelle von Stühlen hängen dort durchsichtige Plastikschalen von der Decke. Um den Pool sammeln sich das ganze Jahr hindurch Zwanzigjährige in teuren Badeanzügen und mit noch teureren Sonnenbrillen. Hinter der Rezeption ist ein Glaskasten in die Wand eingelassen, in dem junge Models liegen, die dafür bezahlt werden, sich von den Leuten anstarren zu lassen. Ernsthaft.

»Was um alles in der Welt macht Oma im Standard?«, frage ich.

Rachel kriegt sich nicht mehr ein vor Lachen. »Können wir bald los?«

»Ja.« Ich begebe mich auf die Suche nach meinen Schuhen. Vom Schlafzimmer aus rufe ich ihr zu: »Aber ehrlich, wie ist sie dort gelandet?«

»Anscheinend hat eine Freundin ihr eine Hotelsuchseite im Internet empfohlen«, berichtet Rachel.

»Aha«, rufe ich, während ich unter dem Bett nach meiner fehlenden Sandale suche.

»Dann ist sie auf die Webseite gegangen und hat auf der Karte den Bereich markiert, von dem sie meinte, dass er auf der Mitte zwischen uns und Mom läge.« Rachel wohnt ganz in meiner Nähe in Miracle Mile, und meine Mutter ist, nachdem wir alle ausgezogen waren und sie sich verkleinern konnte, in die Hills gezogen. Meine Großmutter hätte gut bei einem von uns übernachten können. Mit dem Wagen brauchen wir nie mehr als fünfundzwanzig Minuten vom einen zum anderen, wenn wir dabei Nebenstrecken benutzen. Und wir benutzen immer Nebenstrecken. Ich würde sogar so weit gehen zu sagen, dass es in unserer Familie einen Wettstreit darum gibt, wer den besten Geheimweg von einem Ort zum anderen findet. Beispielsweise so: »Ach, du hast den Weg durch Laurel Canyon genommen? Schneller bist du, wenn du quer durch Mount Olympus fährst.«

»Okay.« Ich habe die Sandale gefunden und gehe ins Wohnzimmer.

»Und dann hat sie angegeben, was sie ausgeben möchte.«

»Aha.«

»Und sie hat sich alle Hotels anzeigen lassen, die zu ihrem Budget passen.«

»Okay, aber das Standard ist ziemlich teuer.«

»Na ja, dann hat sie wohl einen ziemlich hohen Preis angegeben. Denn das haben sie ihr schließlich angeboten.«

»Sie hat sicher so etwas wie das Hilton erwartet, stimmt's?«

»Vermutlich.«

Ich muss heftig lachen. Meine Großmutter ist eine ziemlich moderne Frau. Sie weiß, was läuft. Aber sie hat eine wunderbar mürrische Einstellung zu Dingen, die sie »absurd« nennt. Das letzte Mal, als ich sie gesehen habe, habe ich ihr erzählt, dass Ryan und ich Pizza mithilfe einer App auf unseren Smartphones bestellen, und sie sagte: »Schätzchen, das ist doch absurd. Nimm das verdammte Telefon.«

»Die Dame im Glaskasten wird ihr nicht zusagen.«

»Nein.« Rachel lacht.

»Gut, ich bin fertig. Bringen wir es hinter uns.« Ich halte Rachel die Haustür auf und winke Klopfer zum Abschied.

»Herzlichen Glückwunsch übrigens«, sagt Rachel auf dem Weg zum Wagen.

»Danke.«

»Hast du meine Geburtstagsgrüße auf deiner Mailbox erhalten?«, will sie wissen.

»Ja. Auf der Mailbox, als SMS, als E-Mail und auf Facebook.«

»Ich bin eben gründlich.«

»Danke«, erwidere ich, während wir in den Wagen steigen.

Es war schön, den ganzen Tag mit ihren fröhlichen Gedanken bombardiert zu werden. Ich habe auch E-Mails von Freunden erhalten. Mila hat mich zum Thailänder eingeladen. Mom hat angerufen, und Charlie ebenfalls. Es war ein guter Tag. Aber mein Gehirn war fast ausschließlich damit beschäftigt, dass Ryan nicht angerufen hat. Es hätte mich nicht überraschen dürfen. Es sollte mich noch immer nicht überraschen. Er hatte mir gesagt, dass er nicht anrufen wird. Aber ich kann an nichts anderes denken. Jedes Mal, wenn mein Telefon piept oder ich eine neue E-Mail erhalte, schöpfe ich Hoffnung. Vielleicht kann er nicht widerstehen. Vielleicht muss er anrufen. Vielleicht will er meine Stimme hören.

Ohne ihn fühlt es sich nicht wie Geburtstag an. Er hätte mich wecken müssen und sagen: »Herzlichen Glückwunsch, Geburtstagskind!«, wie er es jedes Jahr getan hat. Er hätte mich zum Frühstück einladen und mir Blumen ins Büro schicken sollen. Mich bei der Arbeit besuchen und mich zum Mittagessen ausführen. Er hat sich immer so viel Mühe mit meinem Geburtstag gegeben. Vor allem, weil er wusste, dass ich Geburtstage hasse. Ich mag den Druck nicht, mich amüsieren zu müssen. Und ich werde nicht gern älter. So hat er mich den ganzen Tag mit besonderen Geschenken und einfallsreichen Ideen abgelenkt. In einem Jahr hat er mir acht Geburtstagskarten ins Büro geschickt, damit ich jede Stunde, die ich dort war, eine davon lesen konnte.

Ryan müsste heute Abend für mich kochen. Ryans Magische Shrimps-Pasta, die, soweit ich das beurteilen kann, einfach aus Nudeln mit Scampi besteht. Aber sie schmeckt großartig, und es gibt sie nur an meinem Geburtstag. Immer macht er sie so, dass ich mich auf meinen nächsten Geburtstag freue. Weil ich nur dann Ryans Magische Shrimps-Pasta bekomme.

Er konnte mich vom Grübeln ablenken. Mich zu einem glücklicheren Menschen machen. Und wo ist er jetzt?

Mir schießt der Gedanke durch den Kopf, wenn auch nur ganz kurz, dass er vielleicht dort sein wird. Vielleicht ist er auf der Party. Vielleicht wissen es alle, nur ich nicht. Vielleicht wartet er dort auf mich.

Rachel schaltet das Radio ein, und die Musik vertreibt meine trüben Gedanken. Ich bin dankbar. Als wir von der Hauptstraße abfahren, stellt Rachel die Musik leiser.

»Es wird nicht so schlimm«, beruhigt sie mich, als wir uns dem Viertel meiner Mutter nähern.

»Nein, ich weiß. Es wird ein bisschen so, wie schlechtem Improvisations-Theater zuzusehen. Unerträglich, aber keinesfalls bedrohlich.«

»Genau, und wenn es dich tröstet, alle sind da, weil sie dich lieben.«

»Stimmt.«

Rachel parkt vor dem Haus meiner Mutter. Sie stellt die Räder quer und zieht die Handbremse an. Die Straßen dort sind steil und voller Schlaglöcher, man muss aufpassen, wo man parkt und wohin man tritt. Ich blicke aus dem Fenster auf das Haus meiner Mutter. Sie hat absolut kein Talent, eine Überraschungsparty zu veranstalten. Durch die Wohnzimmervorhänge sehe ich bereits den Umriss von Onkel Fletchers kahlem Schädel.

»Alles klar«, sage ich. »Also los!«

Rachel und ich gehen zur Haustür und klingeln. Ich nehme an, das ist das Zeichen. Drinnen wird es leise. Ich weiß nicht, wie viele Leute im Haus sind, jedenfalls so viele, dass man deutlich hört, wenn sie auf einmal verstummen.

Meine Mutter kommt zur Tür. Sie öffnet und lächelt mich an. Ich weiß nicht, warum ich im Wagen so sentimental geworden bin. An meinen letzten beiden Geburtstagen hatte mir Ryan seine Magische Shrimps-Pasta nicht mehr gekocht. Wir hatten uns darüber gestritten, ob die Scampi ganz durch waren, und seitdem hat er sie nicht mehr gekocht.

Rachel und meine Mutter sehen mich erwartungsvoll an, und dann passiert es, lauter und aggressiver, als ich es mir je hätte vorstellen können.

»ÜBERRASCHUNG!«

Ich war darauf vorbereitet, und dennoch schockt es mich. Es sind so viele Leute. Es ist überwältigend. So viele Augen sind auf mich gerichtet, so viele Menschen sehen mich an. Und keiner von ihnen ist Ryan.

Mir kommen die Tränen. Doch irgendwie, vielleicht weil ich weiß, dass ich nicht weinen darf, weil ich damit einfach alles ruinieren würde, recke ich den Kopf und lächele, und die Tränen vergehen. Ich sage: »O mein Gott, ich fasse es nicht! Ich bin das glücklichste Mädchen auf der ganzen Welt!«

Als der Wirbel nachlässt, fühle ich mich etwas wohler. Die Leute hören auf, mich anzusehen, wenden sich einander zu und unterhalten sich. Ich gehe in die Küche, um mir etwas zu trinken zu holen. Ich habe Wein und Bier erwartet, aber direkt vor mir, auf dem Küchentresen, steht eine Schüssel mit Bowle.

Hinter mir taucht Charlie auf. »Ich habe sie ein bisschen stärker gemacht«, sagt er. Ich drehe mich zu ihm um. Er sieht noch genauso aus wie vor ein paar Monaten, als ich ihn das letzte Mal gesehen habe. Er ist füllig. Als Teenager ist er in die Breite anstatt in die Höhe gewachsen. Mit dem

Rasieren scheint er es nicht so genau zu nehmen, und seine fettigen Haare deuten darauf hin, dass er es auch mit dem Haarewaschen nicht so genau nimmt, aber seine eisblauen Augen strahlen. Es ist schön, meinen Bruder wiederzusehen. Ich umarme ihn.

»Ich freue mich so, dich zu sehen. Wenn diese komische Party schon sein muss, dann bin ich froh, dass sie mir wenigstens dich beschert hat.«

»Ja«, meint Charlie. »Wie geht es dir?«

»Ganz gut.« Ich nicke. Es ist immer noch unangenehm, diejenige mit einer Krise zu sein. Normalerweise ist immer Charlie in irgendein Drama verstrickt. Ich sollte mir seine Probleme anhören. Nicht umgekehrt.

»Okay.« Er scheint mit der Antwort zufrieden zu sein und belässt es dabei. Vielleicht kommt er sich genauso komisch vor, mich zu unterstützen, wie ich mir dabei, unterstützt zu werden.

»Wie war dein Flug?«, erkundige ich mich.

Charlie öffnet den Kühlschrank und nimmt sich ein weiteres Bier. Er sieht mir in die Augen. »Gut«, erwidert er, während er die Flasche öffnet und den Deckel direkt in den Müll schnippt. Manchmal mache ich mir Sorgen, weil er so gut im Werfen von Flaschendeckeln ist. Das erfordert Übung, und ich befürchte, dass er etwas zu häufig übt.

»Du verschweigst mir etwas«, stelle ich fest. Ich nehme den Schöpflöffel und fülle Bowle in einen durchsichtigen Plastikbecher. Ich bin mir ziemlich sicher, dass meine Mutter für die Party bei Party City eingekauft hat.

»Nein, nichts. Der Flug war gut. Hast du die Luftschlangen im Esszimmer gesehen?«

»Machst du Witze?«, erwidere ich niedergeschlagen.

»Jetzt schulde ich Rachel fünf Dollar.« Ich trinke einen Schluck Bowle. Sie ist stark. Absolut gefährlich. »Du meine Güte, du hast aber ziemlich viel Alkohol reingemacht.«

»Na klar, das habe ich doch gesagt.« Charlie schiebt sich durch die Küchentür zurück ins Wohnzimmer. Ich trinke noch einen Schluck, er brennt mir in der Kehle. Doch aus irgendeinem Grund behalte ich das Getränk in der Hand, als Verteidigungslinie gegen den Ansturm aus Fragen, der mir bevorsteht. Und dann taumele ich durch die Küchentür hinaus.

Auf geht's.

»Wo ist Ryan?«, fragt Tina, die beste Freundin meiner Mutter. Ich erzähle irgendetwas von Arbeit.

Dann tönt mein Cousin Martin: »Wie läuft es mit dir und Ryan?« Ich sage ihm, dass alles gut ist.

Es sind ganz offenbar nicht viele von meinen Freunden hier. So hat beispielsweise niemand Mila eingeladen. Es sind nur Freunde meiner Mutter da sowie fast die gesamte Familie. Eine halbe Stunde lang nehme ich Geburtstagswünsche entgegen und wehre Fragen nach Ryans Verbleib wie Gewehrkugeln ab. Wen ich aber eigentlich fürchte, ist Oma Lois. Sie stellt mir die schlimmsten Fragen. Wenn die vielen Gratulanten böse Pilze und Schildkröten sind, über die ich hinwegspringen muss, ist meine Großmutter Bowser, der Schildkrötenkönig, der am Ende auf mich wartet. Beruhigend an diesem Vergleich finde ich, dass Rachel und Charlie meine Luigis sind. Irgendwann werden sie das ebenfalls durchstehen müssen. Vielleicht werden sie es anders machen als ich, aber am Ende kommt es wahrscheinlich aufs Gleiche raus.

Nichtsdestotrotz sollte ich die Sache besser hinter mich bringen, also halte ich nach Großmutter Ausschau und entdecke sie allein auf dem Sofa. Ich nehme einen extragroßen Schluck Bowle, dann setze ich mich neben sie. Die Flüssigkeit rinnt mir brennend durch die Kehle.

»Hallo, Oma«, sage ich und umarme sie. Sie kann sich kaum vom Sofa erheben, deshalb übernehme ich den Großteil der Arbeit. Wenn man älter wird, scheint der Körper zwei Wege zur Auswahl zu haben, fröhlich rund oder elfenhaft dürr. Meine Oma ist fröhlich rund. Sie hat ein volles freundliches Gesicht. Ihre Augen funkeln noch immer. Wenn es sich anhört, als würde ich den Weihnachtsmann beschreiben, liegt das daran, dass tatsächlich eine gewisse Ähnlichkeit besteht. Ihre Haare sind wild und leuchtend weiß. Allerdings bebt ihr Bauch beim Lachen nicht wie eine Schüssel Wackelpudding, und ich glaube, das ist ein wichtiger Unterschied.

Ich setze mich etwas zu dicht neben sie, woraufhin das Sofa stark einsinkt und wir aufeinander zurutschen. Doch es scheint mir unhöflich, von ihr abzurücken.

»Schätzchen, rutsch rüber«, sagt Oma jedoch. »Du wirfst mich noch vom Sofa.«

»Oh, tut mir leid, Oma«, erwidere ich, während ich in die Mitte gleite. »Wie geht es dir?«

»Na ja, der Krebs kommt zurück, aber abgesehen davon geht es mir gut.« Meine Großmutter hat immer Krebs. Ich weiß nicht genau, was das heißt. Sie spricht nie offen darüber, sie sagt nur, dass sie Krebs hat. Wenn ich genauer nachfrage, verrät sie nicht, welche Art von Krebs es ist, oder ob sie tatsächlich eine Diagnose erhalten hat. Es fing an, nachdem Großvater vor sechs Jahren gestorben ist. Zuerst hat uns das jedes Mal in Aufruhr versetzt, aber jetzt nehmen wir es einfach hin. Es ist eine seltsame Familieneigenart, die mir erst bewusst wird, wenn andere dabei sind. Einmal haben wir an Thanksgiving Ryans Freund Shawn zu uns eingeladen, und als wir alle im Auto nach Hause fuhren, sagte Shawn: »Deine Großmutter hat Krebs? Ist sie so weit in Ordnung?« Und mir wurde klar, wie absurd es ihm vorgekommen sein muss, als sie verkündet hat, sie habe wieder Krebs, und niemand mit der Wimper gezuckt hat. Ich bin mir ziemlich sicher, dass sie hofft, Krebs zu bekommen, damit sie bei meinem Großvater sein kann.

»Und läuft alles gut zu Hause? Mit Onkel Fletcher?«, frage ich.

»Alles gut. Ich bin langweilig, Lauren. Hör auf, mich zu fragen. Was ich wissen will, ist …« Jetzt kommt es. Der Moment, den ich gefürchtet habe, jetzt. »Wann schenkt ihr mir, du und dieser attraktive Schwiegerenkel, einen Urenkel?«

»Na ja, du weißt ja, wie das ist, Oma«, antworte ich und nippe an meiner Bowle, um etwas Zeit zu gewinnen.

»Nein, Schätzchen, das weiß ich nicht. Du bist dreißig Jahre alt. Du hast nicht ewig Zeit.«

»Ich weiß.«

»Ich will euch nicht drängen. Ich denke nur, dass ich nicht ewig da sein werde, und ich würde den Wonneproppen gern noch kennenlernen, bevor ich abtrete.«

Ob sie Krebs hat oder nicht, meine Großmutter ist siebenundachtzig. Ihr bleiben vermutlich nicht mehr sehr viele Jahre. Plötzlich wird mir klar, dass sie nur durch mich einen Urenkel bekommen kann. Onkel Fletcher hat keine Kinder. Rachel wird so schnell keins bekommen. Und Charlie? Also bitte! Und weil meine Ehe ein Desaster ist, weil ich so wenig Kontakt zu meinem Ehemann habe, dass ich noch nicht einmal weiß, wo er wohnt, wird sie vielleicht nie die Chance erhalten. Ich. Ich bin der Grund, weshalb sie die nächste Generation nicht mehr erleben wird. Ich könnte ihr diesen Wunsch erfüllen, wenn ich besser darin wäre, verheiratet zu sein.

»Na ja.« Ich trinke den Rest Bowle aus. »Ich werde mit Ryan sprechen.«

»Du weißt, dass dein Großvater gesagt hat, er wäre nicht bereit für Kinder.«

»Ja?«, frage ich, erleichtert, dass sie von jemand anderem als von mir spricht. »Und was ist dann passiert?«

»Was sollte er tun?«, entgegnet meine Großmutter. »Es war an der Zeit, Kinder zu bekommen.«

»So einfach, ja?«

»Ja.« Großmutter tätschelt mir das Knie. »Die Dinge sind viel einfacher, als ihr Kinder sie euch macht. Auch deine Mutter. Manchmal fluche ich darüber.«

»Mom scheint es gut zu gehen.« Ich blicke durchs Zimmer und sehe sie im Gespräch mit einem älteren Herrn. Er ist groß und gutaussehend, ein Silberfuchs. Er sieht sie an, als verberge sie ein Geheimnis, das er unbedingt ergründen will. »Ist das etwa Bill?«

Großmutter blinzelt. »Ich habe meine Brille nicht bei mir. Sieht er gut aus?«

»Ja«, antworte ich. »Allerdings ist er älter.«

»Du meinst jünger«, scherzt sie.

»Ja, genau.«

»Wenn er sie ansieht, als wäre sie ein Hamburger und er auf Diät, dann ist er es. Das ist Bill. Ich habe ihn heute schon kennengelernt, und er hat deine Mutter unentwegt angestarrt, als wären sie Teenager.«

»Ach, wie süß!«

Großmutter winkt ab. »Deine Mutter ist fast sechzig Jahre alt. Sie ist kein Teenager.«

»Glaubst du an die Liebe, Oma?« Warum frage ich so etwas? Ich fühle mich ein bisschen beschwipst – wahrscheinlich deshalb.

»Natürlich tue ich das!«, erwidert sie. »Für was hältst du mich? Für ein kaltherziges Monster?«

»Nein, ich meine nur …« Ich blicke erneut zu meiner Mutter. Sie sieht wirklich glücklich aus. »Ist das nicht toll? Wie verliebt sie wirken?«

»Das ist absurd«, entgegnet meine Großmutter. »Sie geht bald in Rente.«

»Hast du Großvater die ganze Zeit geliebt?« Vielleicht nicht. Vielleicht bin ich ja wie sie. Wie Großmutter zu enden, wäre nicht so schlecht.

»Die ganze Zeit. Jeden Tag.« Okay, vielleicht doch nicht.

»Wie?«, frage ich.

»Was meinst du mit ›wie‹? Ich konnte nicht anders. So war das.«

Ich blicke zu meiner Mutter, einer Frau, die ich achte und bewundere. Einer Frau mit drei Kindern und ohne Ehemann, die aber mit ihren neunundfünfzig Jahren einen neuen Freund hat. Meine Mutter wird heute Nacht Sex haben. Die Art von Sex, die einem das Gefühl gibt, den Sex erfunden zu haben. Und meine Großmutter wird in ihrem Hotelzimmer liegen, überzeugt, dass sie Krebs hat, sodass sie bald bei dem Mann sein kann, den sie geliebt hat, weil sie nicht anders konnte. Der für sie gesorgt hat und ihr bis zu seinem Tod zur Seite gestanden hat. Der ihr Kinder geschenkt hat und jeden Tag nach Hause gekommen ist und sie auf die Wange geküsst hat.

Ich weiß nicht, wie ich da hineinpasse. Welche von diesen Frauen bin ich? Vielleicht keine von beiden. Aber es wäre schön, mich zu fühlen, als wäre ich wie eine von ihnen. Dann hätte ich einen vorgezeichneten Weg. Ich wüsste, was als Nächstes passiert. Ich könnte eine von ihnen fragen, was ich tun soll, und sie könnte mir eine ehrliche Antwort geben.

Wenn ich nicht wie eine von ihnen bin, wenn ich ein ganz eigener Mensch bin, meine eigene Version einer Frau, mit einer eigenen Ehe, dann muss ich alles selbst herausfinden.

Was ich wirklich nicht will.

Als ich gerade aus dem Bad komme, begegne ich Rachel.

»Du schuldest mir fünf Dollar für die Luftschlangen«, sagt sie.

»So viel habe ich noch«, erwidere ich.

»Wie läuft es so?«

»Du meinst mit der Scharade?«

»Ja. Und dem Rest.«

Ich hole tief Luft. »Mir geht's gut«, antworte ich. Ich weiß nicht, wie die Antwort eigentlich lauten müsste. »Mir geht's gut« vermutlich eher nicht.

»Hast du Bill kennengelernt?«

»Nein.« Ich schüttele den Kopf. »Aber von Weitem macht er einen netten Eindruck.«

»Oh, er ist total nett. Und er behandelt Mom wie eine Prinzessin. Das ist irgendwie seltsam. Ich meine, es ist toll.

Aber man denkt auch irgendwie: ›Äh, Mom!‹ Aber Mom nimmt es einfach hin. Du weißt, wie sie ist, oder? Als würde sie die Aufmerksamkeit genießen.«

»Na ja, du kennst Mom«, sage ich. »Ich hole mir noch was zu trinken.«

Rachel und ich gehen in die Küche. Als wir schnell durch die Schwingtür treten, erwischen wir meine Mutter und Bill beim Küssen. Bill weicht zurück, und Mom wird rot. Ich bin fast sicher, dass er die Hand unter ihrem T-Shirt hatte. Rachel und ich stehen noch etwas verwirrt da, als Charlie hereinrauscht und gegen uns rennt. Mom richtet sich die Haare. Bill versucht, sich normal zu verhalten. Charlie kann sich leicht denken, was er gerade verpasst hat. Es war absolut jugendfrei. Aber eine Mutter, die von ihren drei erwachsenen Kindern mit ihrem Freund erwischt wird, das ist peinlich.

»Hallo, Kinder«, sagt meine Mutter, als ob sie sich ums Essen gekümmert hätte.

Bill streckt die Hand aus, um sich mir vorzustellen. »Bill«, sagt er, fasst meine Hand und schüttelt sie fest. Seine Augen sind grün, seine Haare wie Salz und Pfeffer, allerdings mehr Salz als Pfeffer. Er hat eines dieser Megawatt-Lächeln.

»Lauren«, erwidere ich, sehe ihm in die Augen und lächele, wie ich es gelernt habe.

»Ich weiß! Ich habe viel von dir gehört.«

»Dito.«

»Rachel, hilfst du mir, die Käseplatten ins Wohnzimmer zu bringen?«, fragt meine Mutter.

»Ja, klar.« Rachel lächelt und hat so viel Spaß an dieser peinlichen Situation, dass man meinen könnte, ihr fehlte nur noch das Popcorn. Sie nimmt ein Tablett und geht mit meiner Mutter hinaus.

»Ich wollte mir nur ein Bier holen«, sagt Charlie, greift sich noch eine Flasche aus dem Kühlschrank und verschwindet wieder. Er nimmt sich noch nicht einmal die Zeit, den Deckel in den Müll zu schnippen. In zwei Sekunden ist er wieder weg. Jetzt sind nur noch Bill und ich übrig.

»Herzlichen Glückwunsch«, sagt Bill.

»Oh, vielen Dank.« Warum ist das so peinlich? Normalerweise lerne ich die Freunde meiner Mutter nicht kennen. Ich weiß, dass sie welche hat, aber sie bleiben meist nicht lange genug, dass sie zu einem Geburtstag eingeladen werden. »Sie sind Automechaniker?«, frage ich. Ich weiß nicht, was ich sonst fragen soll.

»O nein«, erwidert Bill. »Wir haben uns in der Werkstatt kennengelernt, vielleicht dachten Sie das deshalb. Nein, ich bin Finanzberater.«

»Oh«, sage ich. »Tut mir leid. Das war mir nicht klar. Wie lustig.«

»Kein Problem. Ich wäre gern Automechaniker. Ich kann überhaupt nichts reparieren.«

»Nicht der Mann für den tropfenden Wasserhahn?«

»Nein, der Mann für die Steuern.« Bill legt die Hände hinter sich auf den Tresen und stützt sich ab. Die Art, wie er sich entspannt, entspannt mich ebenfalls, aber sie macht mir auch klar, dass er sich noch länger mit mir unterhalten will. Er macht es sich bequem. Vermutlich will er mich kennenlernen. »Und Sie arbeiten im Alumni-Büro, richtig? Das hat Ihre Mutter mir erzählt.«

»Ja«, bestätige ich. »Ich arbeite gern dort.«

»Was gefällt Ihnen daran?«

»Ach, na ja, ich habe gern mit den ehemaligen Studierenden zu tun. Man trifft eine Menge Menschen, die erst kürzlich ihren Abschluss gemacht haben und jetzt den Rat eines älteren Alumnis suchen. Und dann hat man auch mit Leuten zu tun, die schon vor Jahren fertig geworden sind und sich gern als Mentor zur Verfügung stellen. Das macht Spaß.«

»Sie regen mich an, mal meine eigene Alma Mater anzurufen«, sagt er lachend. »Klingt, als würden Sie gute Arbeit leisten.«

Ich lehne mich weit aus dem Fenster und behaupte, Bill war lange verheiratet, und meine Mutter ist die erste oder eine seiner ersten Freundinnen, seit seine Frau gestorben ist. Das ist offenbar alles noch neu für ihn. »Haben Sie auch Kinder?«, frage ich.

Er nickt, und sein Gesicht strahlt. »Vier Jungs«, antwortet er. »Eigentlich sind es Männer. Thatcher, Sterling, Campbell und Baker.«

O. Mein. Gott. Das sind mit die schlimmsten Namen, die ich je gehört habe. »Oh, tolle Namen«, sage ich.

»Nein«, widerspricht er. »Die Namen sind schrecklich. Aber sie haben Tradition. In der Familie meiner Frau. Meiner verstorbenen Frau vielmehr. Jedenfalls sind es gute Kinder. Mein Jüngster hat gerade in Berkeley seinen Abschluss gemacht.«

»Ach, toll!« Wir sprechen über Rachel und Charlie und kommen dann unweigerlich auf meine Mutter.

»Sie ist wirklich etwas Besonderes«, sagt Bill.

»Ja, das ist sie«, stimme ich ihm zu.

»Nein, ich meine es ernst. Ich bin nicht … Ich bin nicht sehr geübt mit Verabredungen. Aber Ihre Mutter hat mir wirklich Hoffnungen gemacht. Bei ihr bin ich so aufgeregt wie als junger Mann. Darf ich das sagen? Ist es seltsam, wenn ich das sage?«

»Nein.« Ich schüttele den Kopf. »Das ist schön zu hören. Sie verdient jemanden, der so für sie empfindet.«

»Na ja. Sie wissen ja, wie das ist, oder? Nach dem, was Ihre Mutter erzählt hat, sind Ryan und Sie ein tolles Paar.«

Das ist einfach zu viel. Meine Mutter ist verliebt. Dieser Mann schüttet mir grundlos sein Herz aus. Ryan ist nicht da. Das ist einfach zu viel. Ich gehe zur Schüssel mit der Bowle und schenke mir einen weiteren Becher ein. Die Schüssel ist noch fast voll. Meine Mutter füllt sie offenbar ständig auf. Hör auf damit, Mom. Niemand mag die Bowle. Ich trinke einen Schluck und merke gleich wieder, wie stark und widerlich sie schmeckt. Ich kippe den ganzen Becher auf ex hinunter und stelle ihn zurück auf den Tresen.

Bill sieht mich an. »Alles in Ordnung?«, fragt er.

»Mir geht's gut, Bill.« Sie sollten aufhören, mich das zu fragen. Meine Antwort wird sich nicht ändern.

Bis der Kuchen serviert wird, habe ich noch zwei weitere Becher Bowle getrunken. Mein Atem ist zu diesem Zeitpunkt bereits leicht entflammbar. Als meine Mutter und der Rest der Familie sich um den Kuchen versammeln und die Kerzen flackernde Schatten werfen, blicke ich mich um und habe auf einmal das Gefühl, ganz deutlich zu sehen, wie beschissen sich mein Leben entwickelt hat.

Ich werde dreißig. Ich bin dreißig. Und ich feiere nicht mit dem Mann, den ich seit meinem neunzehnten Lebensjahr liebe, sondern mit Onkel Fletcher, der mich über den Tisch hinweg anstarrt. Dabei ist er nur scharf auf den Kuchen. So sollte ein dreißigster Geburtstag nicht aussehen. So sollte man sich mit dreißig nicht fühlen. Mit dreißig sollte man wissen, wo es langgeht, oder? Man sollte nicht alles hinterfragen, was man sich bis dahin aufgebaut hat.

Ich blase die Kerzen aus, und alles verschwimmt. Meine Mom verteilt den Kuchen. Onkel Fletcher nimmt sich das größte Stück. Mir fällt meins auf den Boden, und da es niemand zu bemerken scheint, lasse ich es einfach liegen. Das ist furchtbar, aber ich habe das Gefühl, wenn ich mich hinunterbeuge, wird mir erst recht schwindelig.

Schließlich kommt Rachel zu mir. »Du siehst nicht gut aus«, stellt sie fest.

»Das ist nicht schön zu hören«, erwidere ich.

»Nein, ernsthaft, du bist irgendwie blass.«

»Ich bin betrunken«, entgegne ich. »Da sieht man so aus.«

»Was hast du getrunken?«

»Die Bowle! Diese grausige, köstliche Bowle.«

»Die hast du getrunken?«

»Haben die nicht alle getrunken?«

»Nein«, antwortet Rachel. »Ich konnte nicht einmal einen Schluck davon herunterbekommen. Sie war widerlich. Ich glaube nicht, dass irgendjemand davon getrunken hat.«

Ich blicke mich im Raum um und bemerke zum ersten Mal, dass alle nur Wassergläser oder Bierflaschen in der Hand halten.

»Es kam mir schon seltsam vor, dass die Schüssel immer voll zu sein schien«, sage ich.

Rachel ruft nach Charlie. Er schlendert herüber, als würde er ihr einen Gefallen tun.

»Womit hast du die Bowle verstärkt?«, fragt sie.

»Warum?«

»Weil Lauren den ganzen Abend davon getrunken hat.«

»Oh, oh«, macht Charlie.

»Charlie, was hast du da reingetan?« Rachel klingt jetzt ernst, sie findet das eindeutig alles andere als komisch.

»Zu meiner Verteidigung muss ich sagen, dass ich nur die Party, von der wir alle wussten, dass sie wahrscheinlich ziemlich schlapp werden würde, ein bisschen aufpeppen wollte.«

»Charlie!«, mahnt Rachel streng.

»Everclear«, gesteht er. Das Wort hängt eine Weile in der Luft, dann fragt Charlie mich: »Wie viel hast du getrunken?«

»Vier Glässser.« In meinem Zustand kommt das Wort mit deutlich mehr S-Lauten heraus als geplant.

»Mist«, sagen Rachel und Charlie gleichzeitig.

Charlie fügt hinzu: »Ich habe gedacht, dass ein paar Leute ein oder zwei Gläser trinken. Höchstens.«

»Leute, was ist Everclear? Warum ist das so schlimm?« Ich bin mir nicht ganz sicher, ob ich das korrekt ausgesprochen habe, aber ich finde es allmählich ganz lustig, dass ich nicht mehr richtig reden kann.

»Das ist Kornschnaps. In manchen Staaten ist das Zeug verboten, so stark ist es«, erklärt Rachel. Dann sagt sie zu Charlie: »Vielleicht sollten wir sie nach Hause bringen.«

Ausnahmsweise widerspricht Charlie nicht. »Ja.« Er nickt. »Lauren, wann hast du dich das letzte Mal wegen Alkohol übergeben?«

»Von was?«

»Vom Trinken.«

»Keine Ahnung.«

»Ich sage Mom, dass du dich nicht gut fühlst«, meint Rachel. »Charlie, bringst du sie zum Wagen?«

»Ihr seid solche Spiller.« Wow. Kein Wort. Sollte es aber sein. »Jemand sollte das aufschreiben! S-P-I-L-L-E-R.«

Rachel geht, während Charlie mich am Arm fasst und in Richtung Tür schiebt. »Es tut mir wirklich leid. Ich schwöre dir, ich dachte, die Leute würden merken, wie stark das Zeug ist und nicht so viel davon trinken. Ich dachte, dass Onkel Fletcher vielleicht ein oder zwei Gläser nehmen und dann auf dem Tisch tanzen würde oder so etwas. Etwas Lustiges.«

»Leute, das war total lustig.«

»Warum sagst du Leute zu mir?«, fragt Charlie.

Ich sehe ihn an und denke intensiv darüber nach. Dann zucke ich die Achseln. Als wir die Haustür erreichen, fangen meine Mutter und Rachel uns ab.

»Mom, ich bringe sie nach Hause«, sagt Rachel.

Doch meine Mutter fühlt bereits meine Stirn. »Du siehst nicht gut aus, Liebes. Du solltest dich etwas ausruhen.« Sie blickt mich einen Augenblick forschend an. »Bist du betrunken?«

»Jawoll!«, erwidere ich. Das ist lustig, oder? Ich meine, ich bin dreißig Jahre alt. Ich darf betrunken sein!

»Ich habe die Bowle etwas stärker gemacht«, gesteht Charlie. Man merkt, dass er ein schlechtes Gewissen hat.

»Mit was?«, will meine Mutter wissen.

Rachel kommt ihm zuvor: »Sie war stark, das ist entscheidend. Und Lauren wusste das nicht. Jetzt hat sie etwas zu viel getrunken, und ich glaube, wir sollten sie nach Hause bringen.«

»Charlie, was zum Teufel?« Wenn meine Mutter flucht,

ist es ihr wirklich ernst. Es ist so, wie wenn andere Mütter einen mit vollem Namen ansprechen und man weiß, jetzt muss man sich fürchten.

»Ich dachte, es wäre lustig«, verteidigt er sich. »Niemand hat davon getrunken.«

»Es hat eindeutig jemand davon getrunken«, widerspricht meine Mutter.

»Das sehe ich, Mom. Ich habe gesagt, dass es mir leidtut. Können wir jetzt damit aufhören?«

»Bringt sie einfach nach Hause.« Meine Mutter schreit nie richtig, sie zeigt sich nur überaus enttäuscht. Und das kann manchmal ziemlich deprimierend sein. Ich habe Mitleid mit Charlie. Ihn trifft es häufiger als Rachel und mich. »Wann ist Ryan wieder zu Hause, um sich um dich zu kümmern?«, will meine Mutter wissen.

Erneut schaltet sich Rachel ein. »Ich bleibe bei ihr, Mom. Sie ist nur betrunken. Das ist nicht weiter schlimm.«

»Aber Ryan ist doch da, oder? Er soll dafür sorgen, dass du auf der Seite liegst, weißt du? Damit du nicht an deinem eigenen Erbrochenen erstickst.« Meine Mutter trinkt nicht oft, und deshalb hält sie jeden, der es tut, für Jimi Hendrix.

»Ja, Mom, er wird da sein«, bestätigt Rachel. »Ich gehe erst, wenn er da ist.«

»Tja, da musst du aber gaaaaanz laaaaaaang bleiben«, quake ich dazwischen.

»Was?«, fragt meine Mutter.

Rachel und Charlie versuchen, mich mit »Komm jetzt, Lauren« und »Gehen wir, Lauren« zum Schweigen zu bringen.

»Nein, ist schon gut, Leute. Mom soll es ruhig wissen.«

»Mom soll ruhig was wissen?«, fragt meine Mutter prompt. »Lauren, was ist los?«

»Ryan ist weg. Verduftet. Er wohnt jetzt woanders. Weiß nicht, wo. Er hat gesagt, ich soll ihn nicht anrufen. Ich habe aber Klopfer!«

»Was?« Meine Mutter lässt die Schultern sinken. Rachel und Charlie schließen niedergeschlagen die Haustür. Fast wären wir ungeschoren davongekommen.

»Er ist weg. Wir leben nicht mehr zusammen.«

»Warum?«

»Hauptsächlich, weil die Liebe gestorben ist«, antworte ich lachend. Ich blicke mich um und erwarte, dass alle anderen auch lachen, doch das ist nicht der Fall.

»Lauren, bitte sag, dass das ein Scherz ist.«

»Nein.«

»Wie lange ist das her?«

»Ein paar Wochen oder so. Ein paar Wochen. Aber hast du gehört, dass ich Klopfer habe?«

»Ich glaube, wir sollten Lauren nach Haus bringen«, meint Rachel. Meine Mutter sieht aus, als wollte sie widersprechen, besinnt sich dann jedoch anders.

Sie küsst mich auf die Wange. »Bleibt einer von euch bei ihr?«

Sowohl Charlie als auch Rachel melden sich freiwillig. Wie süß. Süße kleine Geschwister.

»In Ordnung. Gute Nacht.«

Beide sagen Gute Nacht, und als ich gerade aus der Tür bin, rufe ich meiner Mutter zu: »Mir ist da drüben in der Ecke aus Versehen etwas Kuchen hinuntergefallen.«

Aber ich glaube nicht, dass sie das gehört hat.

Charlie und Rachel setzen mich auf die Rückbank, und

erst jetzt merke ich, wie müde ich bin. Wir halten an einer roten Ampel, und ich höre, wie Charlie zu Rachel sagt, sie solle über die Highland zum Beverly Boulevard fahren. Dann wendet er sich an mich und schlägt vor, dass ich etwas schlafe. Ich nicke, schließe eine Minute die Augen, und dann …

Ich wache von der Haustürklingel auf. Die Welt wirkt neblig und schwer, als ob ich die Luft um mich herum fühlen könnte und sie mich niederdrücken würde. Beim Aufstehen bemerke ich, dass Rachel neben mir im Bett liegt. Klopfer hat sich in der Ecke zu einer Kugel zusammengerollt.

Erneut klingelt es an der Tür, und ich höre, wie jemand öffnet. Mein Kopf fühlt sich an wie eine Bowlingkugel, die auf einer weichen Nudel balanciert. Ich kämpfe mich durchs Haus, bis ich sehe, dass meine Mutter und mein Bruder sich an der Eingangstür gegenüberstehen. Charlie muss auf dem Sofa geschlafen haben.

»Hallo«, sage ich. Der Ton meiner Stimme pulsiert in meinem Kopf, vibriert hinter meinen Augen und in meinem Kinn. Beide blicken mich an. Meine Mutter hält ein Papptablett mit vier Kaffeebechern in der Hand. Hinter mir taucht Rachel auf.

»Oh, gut«, stellt meine Mutter fest, während sie ins Haus tritt. Klopfer hört ihre Stimme und läuft ebenfalls herbei. »Ihr seid alle auf.«

Sie reicht Charlie einen der Becher. »Americano.«

Er nimmt ihn ihr ab und lächelt sie an. »Danke, Mom.«

Dann hält Mom Rachel einen Becher hin, und Rachel geht hin, um ihn ihr abzunehmen. »Ein Latte mit Magermilch«, verkündet meine Mutter.

Schließlich nimmt sie sich selbst einen Kaffee und stellt ihn auf den Tisch neben der Tür, dann holt sie den letzten heraus und deutet damit auf mich.

»Doppelter Espresso. Ich dachte, du brauchst was zum Wachwerden.«

Ich nehme ihn vorsichtig. »Danke, Mom.«

Sie schließt die Tür hinter sich, und die Kälte, die mit ihr hereingekommen ist, lässt etwas nach. Heute Nachmittag wird es unerträglich heiß sein, aber am Morgen ist es im September häufig bewölkt und ein bisschen kühl. Meine Hände sind kalt, und der heiße Becher fühlt sich wunderbar an.

»Kein Kaffee für Klopfer?«, frage ich im Scherz, und meine Mutter – was für eine Mutter! – greift in ihre Tasche und holt eine Tüte mit Speck heraus.

»Ich hatte etwas Speck vom Frühstück übrig«, sagt sie. Klopfer läuft zu ihr. Meine Mutter geht in die Hocke, füttert ihn, streichelt ihm den Kopf und lässt sich von ihm übers Gesicht lecken.

In diesem Moment empfinde ich überwältigende Liebe für meine Mutter. Sie weiß einfach immer, was zu tun ist. Wann lernt man das im Leben? Wann lernt man, was zu tun ist?

Meine Mutter steht wieder auf und sieht Rachel und Charlie an. »Warum geht ihr zwei nicht ein Stück spazieren?«, fragt sie.

Charlie will widersprechen, doch Rachel kommt ihm

zuvor: »Ja. Wir nehmen Klopfer mit.« Als Rachel die Leine nimmt, wird Klopfer so aufgeregt, dass es grausam wäre, ihm den Spaziergang zu verwehren.

Charlie verdreht die Augen, gibt aber schließlich nach. »Ja, in Ordnung.«

Kurz darauf sind sie aus der Tür, wobei erneut ein Schwung kalte Luft ins Haus weht. Meine Mutter mustert mich wie einen sterbenden Hasen. »Ich glaube, wir müssen uns unterhalten«, erklärt sie.

»Ja, gut«, erwidere ich, gehe zurück ins Schlafzimmer und lege mich wieder ins Bett. Dort, unter den Decken, ist es warm. Ich bemerke, dass meine Mutter sich umsieht und registriert, was alles nicht mehr da ist. Sie verliert kein Wort darüber.

»Also.« Sie setzt sich neben mich, klappt die Lasche an ihrem Kaffeebecher zurück und bläst in den aufsteigenden Dampf. »Erzähl mir, was passiert ist.«

Zunächst konzentriere ich mich auf die Fakten. Wann Ryan ausgezogen ist. Wo all die Sachen sind. Ich erzähle ihr von dem Streit im Dodger-Stadion. Dass ich das Gefühl habe, ihn nicht mehr zu lieben. Von dem Gespräch, als wir überlegt haben, was wir jetzt tun sollen. Ich erzähle ihr alles, woran ich mich erinnere, soweit ich den Gedanken daran ertragen kann.

Aber sie will noch mehr hören. Sie interessiert nicht nur das Wann und Wo, sondern auch das Wie und Warum. Ich habe so lange nicht über das alles nachgedacht, dass es mir schwerfällt, mich wieder damit zu beschäftigen.

»Warum hast du es mir nicht erzählt?«, will sie wissen.

»Ich weiß es nicht«, sage ich und richte den Blick auf meine Nachttischlampe.

»Doch, das weißt du. Du weißt, warum.«

»Warum denn?«, frage ich, denn sie klingt, als würde sie die Antwort kennen.

»Nein, ich weiß es nicht«, sagt sie. »Aber ich weiß, dass du es weißt.«

»Es hat sich einfach nicht ergeben, glaube ich.«

»So etwas ergibt sich nie einfach so. Hast du darauf gewartet, dass ich dich frage, ob ihr noch zusammen seid? Und dann hättest du sagen können: ›Ach übrigens, Mom …‹«

»Ich wollte dich nicht enttäuschen. Ich wollte nicht, dass du denkst, ich hätte es – vermasselt, verstehst du? Aber ich könnte es wieder hinbekommen. Es ist noch nicht vorbei. Ich kann es noch immer schaffen.«

»Was schaffen?«

»Verheiratet zu sein. Ich kann es noch schaffen.«

»Wer sagt, dass du es nicht schaffst?«

»Na ja, derzeit kriege ich es nicht hin. Aber ich kann es.«

»Ich weiß, dass du es kannst, Liebes«, sagt sie. »Du schaffst alles, was du dir in den Kopf setzt.«

»Aber ich will nicht, dass du denkst, ich hätte versagt. Noch nicht.«

»Wenn deine Ehe nicht mehr in Ordnung kommt …«, erwidert sie und hält mich davon ab, sie zu unterbrechen, bevor ich es überhaupt versuche. »Was nicht passieren wird. Ich weiß, dass sie wieder funktionieren wird. Aber wenn nicht, heißt das nicht, dass du versagt hast.«

»Doch, Mom«, meine Stimme bricht, »genau das heißt es.«

»Da gibt es kein Versagen oder Gewinnen oder Verlieren«, widerspricht sie. »Das ist das Leben, Lauren. So sind Liebe und Ehe. Wenn du ein paar Jahre verheiratet bist und glücklich warst und dann merkst, dass du nicht mehr verheiratet sein willst und dich entschließt, mit jemand anders glücklich zu werden oder ganz anders zu leben, dann ist das kein Versagen. Das ist einfach nur das Leben. So ist das eben mit der Liebe. Was ist daran Versagen?«

»Weil man sich mit der Ehe zu etwas bekennt. Man verspricht sich zusammenzubleiben. Wenn man nicht zusammenbleiben kann, hat man versagt.«

»Meine Güte, du hörst dich an wie Oma.«

»Na ja, stimmt das denn nicht?«

»Ich weiß nicht«, erwidert Mom. »Ich weiß ganz offensichtlich nichts über die Ehe. Ich war nur ein paar Jahre lang verheiratet, und wo ist er jetzt?«

Wo ist mein Vater eigentlich? Das ist eine Frage, über die ich ehrlich gesagt selten nachdenke. Er könnte in North Dakota eine Familie haben oder an einem Strand in Mittelamerika leben. Er könnte auch im Telefonbuch stehen. Ich habe keine Ahnung, ich habe nie nachgesehen. Ich habe nie nach ihm gesucht, weil ich nie das Gefühl hatte, dass mir etwas fehlt. Man sucht nur nach Antworten, wenn man Fragen hat. Meine Familie hat sich immer vollständig angefühlt. Meine Mutter war alles, was ich brauchte. Das vergesse ich manchmal. Ich nehme ihre Fähigkeit, mich zu leiten, unserer Familie als Oberhaupt vorzustehen, als selbstverständlich hin.

»Aber ich finde«, fährt sie fort, »dass dein Liebesleben dir Liebe bringen sollte. Wenn es das nicht tut, egal wie sehr du dich bemühst, wie ehrlich und gerecht und gut du bist, und du entscheidest, dass es vorbei ist und du woanders nach der Liebe suchen musst, dann ... Was kann die Welt dann mehr von dir erwarten?«

Ich denke über ihre Worte nach. Genaugenommen weiß ich nicht, was ich davon halten soll. »Ich will nicht, dass du Ryan nicht mehr magst«, sage ich.

»Süße, ich liebe diesen Jungen wie mein eigenes Kind. Das meine ich ernst. Ich liebe ihn. Ich glaube an ihn. Ich will, dass er glücklich ist, und ich will auch, dass du glücklich bist. Wenn jemand etwas tut, was für ihn gerade richtig ist, kann ich ihm das doch nicht vorwerfen.« Manchmal redet meine Mutter, als wäre sie zu Gast bei *Oprah*. Vermutlich kommt das daher, dass sie diese Talkshow seit zwanzig Jahren sieht. »Als du mit Ryan zusammengekommen bist, mochte ich ihn, weil ich spürte, dass er ein guter Mensch ist. Ich habe ihn lieben gelernt, weil du für ihn immer an erster Stelle kamst und er gut zu dir war. Ich hatte Vertrauen, dass er gut mit dir umgeht. Und ich glaube immer noch, dass er tut, was er für euch beide für das Richtige hält. Das ändert sich nicht, nur weil ihr zwei sagt, dass ihr euch nicht mehr liebt.«

»Es ist also nicht so, dass du Ryan nicht mehr magst, sollten wir wieder zusammenkommen?«

Meine Mutter lacht und seufzt zugleich. »Nein. So ist das nicht. Mich interessiert nur, ob ihr zwei glücklich seid. Wenn nur einer von euch glücklich sein kann, zählt in dem Fall die Familienbindung, und ich entscheide mich für dich. Aber ihr sollt beide glücklich sein. Und ich glaube, dass ihr tut, was dafür nötig ist. Ob ich es verstehe oder an eurer Stelle dasselbe tun würde oder was auch immer, spielt keine Rolle. Ich glaube an euch beide.«

Es ist seltsam, wie die richtigen Worte von der richtigen Person zum richtigen Zeitpunkt einen aufbauen und stärken können. Sie können den Blick erweitern. Sie können einen aufmuntern. Ich bin froh, dass Charlie die Bowle stärker gemacht hat. Ich bin froh, dass ich es Mom erzählt habe.

Charlie und Rachel kommen zurück, und ich nehme an, das Gespräch wäre damit beendet, doch meine Mutter ruft: »Gebt uns noch eine Minute, okay?«

»Jaha!«, ruft Rachel aus dem Wohnzimmer, dann spricht sie mit Charlie. Charlie spricht lauter als wir anderen. Unsere Stimmen hallen vielleicht von den Wänden wider, aber seine durchdringt sie. Ich vernehme sein gedämpftes Lachen, während ich zuhöre, was meine Mutter noch zu sagen hat.

»Ich sage dir nur eins, Lauren, du darfst dich deshalb nicht verstecken. Du musst stark sein, du musst du selbst bleiben. Du musst aufhören, darüber nachzudenken, was die Leute denken, und die Wahrheit einfach aussprechen. Sei selbstbewusst und stolz auf das, was ihr, du und Ryan, zu tun versucht.«

»Was wir zu tun versuchen? Ich verstehe nicht, worauf ich da stolz sein sollte.«

»Ihr versucht, verheiratet zu bleiben«, sagt sie. »Und zwar glücklich verheiratet. Das habe ich nie geschafft. Ich finde das mutig. Ich finde dich mutig.«

Das hört sich komisch an, weil ich eigentlich die ganze Zeit darauf gewartet habe, dass mich jemand einen Feigling nennt.

»Okay«, ruft meine Mutter. »Ihr könnt jetzt reinkommen.«

Rachel kommt an die Tür, Charlie steht direkt hinter ihr, und Klopfer wartet zu ihren Füßen. Als ich sie so in meinem Haus sehe, fällt mir auf, wie lange es her ist, dass wir als Familie zusammen gewesen sind, nur wir. Ryan war so eng mit mir verbunden, dass er ein Teil der Familie war. Aber vielleicht ist es gut, dass er jetzt gerade nicht dabei ist. Es ist schön, sie alle hier zu sehen … Meine Familie.

Meine Mutter winkt Rachel und Charlie, dass sie hereinkommen können. Sie setzen sich aufs Bett, und Klopfer schiebt sich mitten hinein und versucht, die Aufmerksamkeit aller zu erlangen.

»Alles okay?«, fragt Rachel.

»Alles okay«, erwidere ich, und das scheint zu genügen, um die Unterhaltung von meinen Eheproblemen auf andere Dinge zu lenken. Wie darauf, was Charlie mit seinem Leben anfangen will. (Er hat keine Ahnung.) Ob Rachel sich mit jemandem trifft (mit wem?), und ob Klopfer noch eine Flohkur braucht. (Ja.) Charlie fliegt heute Abend zurück, und ich glaube, das stimmt meine Mutter sentimental.

»Können wir heute Abend alle zusammen bei mir zu Abend essen?«, fragt sie. »Die ganze Familie?«

»Mein Flug geht um zehn«, antwortet Charlie.

»Wir können dich hinbringen«, schlage ich vor und meine Rachel und mich. »Wir fahren so um acht bei Mom los.«

»Ich könnte das Abendessen so um sechs Uhr servieren?«, bietet sie an.

»Abendessen servieren?«, fragt Rachel. »Du willst für uns kochen?«

Meine Mutter runzelt die Stirn. »Warum tut ihr Kinder immer so, als hätte ich noch nie gekocht?«

Wir drei blicken einander an und fangen an zu lachen. Sosehr wir alle eine Familie sind, wir sind auch drei Geschwister mit einer Mutter. Manchmal sind das drei gegen einen.

»Ich habe schon früher für euch gekocht, wisst ihr«, fährt meine Mutter fort und ignoriert unser Lachen. »Ihr werdet sehen. Ich mache etwas ganz Tolles.«

Anscheinend bin ich die nachsichtigste von uns. »Okay, Mom. Wir sind um sechs Uhr da. Bereit für ein selbst gekochtes Mahl.«

»Ach, ihr macht mich so glücklich, Kinder! Ich kann euch gar nicht sagen, wie sehr. Alle drei an einem Sonntagabend zum Abendessen in meinem Haus.« Sie steht vom Bett auf. »Oma und Fletcher fahren in ein paar Stunden, ich sollte mit ihnen zu Mittag essen. Dann gehe ich in den Supermarkt. Ich weiß noch nicht genau, was ich kochen werde«, überlegt sie. »Aber es wird toll.« Sie nickt. »Einfach toll.«

Sie nimmt ihre Sachen und verabschiedet sich von uns. Ich bringe sie hinaus zum Wagen, um ihr für das Gespräch zu danken.

»Liebes, du musst dich nicht bei mir bedanken«, sagt sie und steigt in ihren SUV. »Ich habe drei erwachsene Kinder. Um ehrlich zu sein, bin ich erleichtert, dass ich noch gebraucht werde.«

Ich lache und umarme sie durch das Wagenfenster. Bis sie es gesagt hat, war mir nicht einmal bewusst, dass ich sie brauche. Wie dumm von mir. »Bis heute Abend«, verabschiede ich sie.

»Um sechs!«, ruft sie, während sie rückwärts aus der Auffahrt fährt.

Ich nicke und winke ihr nach, bis ihr großer, schneller Wagen in der Ferne ganz klein und langsam aussieht.

Das Essen ist angebrannt, aber ich glaube nicht, dass meine Mutter es wirklich bemerkt. Trotz des verkohlten Hähnchens und der verkochten Kartoffeln scheint alles zu stimmen. Niemand erwähnt Ryan. Wir machen uns über Rachel lustig und fragen Mom nach Bill. Charlie scheint glücklich, bei uns zu sein. Niemand verliert ein Wort darüber, wie schrecklich das Essen schmeckt. Ehrlich gesagt, das ist uns allen ziemlich egal.

Mom hat zu viel gekocht. Oder vielleicht vertragen wir nur einfach nicht so viel von ihrem Essen. Jedenfalls ist jede Menge übrig. Als wir alle Schüsseln abgeräumt und in Tupperdosen umgefüllt haben, ist es Zeit aufzubrechen.

»Na, wer möchte das Hähnchen mitnehmen? Charlie? Isst du es im Flugzeug?«

»Du meinst, ich soll einen halben Hähnchenkadaver mit ins Flugzeug nehmen?«

Meine Mutter runzelt die Stirn und reicht Rachel das Hähnchen. »Du isst es aber, stimmt's?«

»Klar«, sagt sie. »Danke, Mom.« Dann blickt sie kopfschüttelnd zu Charlie. Meine Mutter reicht mir die grünen

Bohnen und die Karotten, dann vertraut sie Charlie die Dose mit den Süßkartoffeln an.

»Du kannst wenigstens die Kartoffeln mitnehmen«, sagt sie, doch Charlie lässt sich nicht erweichen. Das habe ich an ihm noch nie verstanden, oder vielmehr hat er das am Leben noch nicht verstanden. Manchmal sollte man die Kartoffeln einfach nehmen, sich bedanken und sie in den Müll werfen, wenn Mom es nicht sieht.

Wir verabschieden uns und machen uns auf den Weg. Rachel hat sich bereit erklärt zu fahren, weil ich noch immer verkatert bin. Ich habe das Gefühl, es wird noch Tage dauern, bis ich wieder schwere Maschinen bedienen darf. Charlie sitzt auf dem Vordersitz, ich demzufolge hinten.

Ich hasse es, zum Flughafen zu fahren. LAX ist ein Albtraum, aber es ist nicht nur das. Der Weg zeigt eine sehr wenig attraktive Seite von Los Angeles. Man sieht keine Strände und Sonnenuntergänge. Weder Palmen und noch strahlende Beleuchtung. Man sieht Einkaufszentren und Stripclubs, Parkhäuser und 7-Eleven-Läden. Wenn man zum Flughafen fährt, sieht man Los Angeles so, wie seine Feinde es sehen: öde, ohne Kultur, langweilig und künstlich.

Deshalb blicke ich erst gar nicht aus dem Fenster, sondern schließe stattdessen die Augen und höre zu, wie Charlie und Rachel darüber diskutieren, ob wir den Freeway oder den La Cienega Boulevard nehmen sollten. Rachel gewinnt, weil sie fährt und weil sie recht hat. Um diese Uhrzeit ist der Freeway frei.

Als wir zum Terminal kommen, biegt Rachel nach links ins Parkhaus ab.

»Warum willst du denn parken? Setz mich doch einfach ab«, sagt Charlie. Es ist nicht sehr sinnvoll, aber unsere

Familie setzt niemanden einfach nur ab. Wir zahlen, um den Wagen zu parken. Wir überqueren die vollen Straßen und verabschieden den Reisenden an der Sicherheitsschleuse. Ich weiß nicht genau, warum.

»Hör auf, Charlie«, widerspricht Rachel. »Wir bringen dich rein.«

Charlie verdreht die Augen und fängt an zu nörgeln, unterbricht sich dann jedoch. »Okay. Alles klar.« Vielleicht hat er doch gelernt, die Kartoffeln manchmal zu nehmen.

Wir parken und gehen hinaus. Eigentlich haben wir uns nicht viel zu sagen. Doch als Charlie eincheckt und zum Gate geht, als es Zeit wird, sich zu verabschieden, bin ich plötzlich traurig, dass mein kleiner Bruder abreist. Er ist widerspenstig und irgendwie ein Idiot. Er sagt Dinge, die man nicht sagen sollte. Er mischt Everclear in die Bowle. Doch er ist ein lieber Kerl, und er hat ein gutes Herz. Und er ist mein kleiner Bruder.

»Ich werde dich vermissen«, sage ich und umarme ihn.

»Ich dich auch«, erwidert er. »Und ich bin stolz auf dich, na ja, egal. Du weißt schon, meine bescheidene Meinung.«

Ich dringe nicht in ihn, obwohl ich eigentlich mehr wissen möchte. Ich setze mich nicht mit ihm hin und sage: *Wie kommst du darauf? Was hältst du wirklich davon? Glaubst du, ich kriege das wieder hin? Dass Ryan zu mir zurückkommt? Ist mein Leben vorbei?* Ich sage einfach nur: »Danke.«

Rachel umarmt ihn ebenfalls, dann geht er, fährt die Rolltreppe hinauf und reist zurück nach Chicago, wo es richtige Jahreszeiten und kühle Luft gibt. Ich habe das nie verstanden. Die Leute kommen von überallher, um unsere sonnigen Winter und unsere milden Sommer zu genießen.

Doch Charlie ist weggezogen, so schnell er konnte, und wollte Schnee und Regen haben.

Als Rachel und ich zurück zum Wagen gehen, verlaufen wir uns und landen in dem Stockwerk darunter in der Ankunftshalle. Mir kommt der Gedanke, dass Ankunft viel netter ist als Abflug. Abflug heißt Auf Wiedersehen. Ankunft heißt Hallo.

Ich blicke zu den Drehtüren und sehe Väter, die zu ihren Familien nach Hause kommen. Männer und Frauen in Geschäftskleidung, die ihre Fahrer suchen. Eine junge Frau, wahrscheinlich eine Collegestudentin, die auf einen jungen Mann zuläuft, der auf sie wartet. Sie schlingt die Arme um ihn. Er küsst sie auf die Lippen, und in ihren Mienen sehe ich das Gefühl, das ich einst auch so gut kannte. Erleichterung. Freude. Dieser Ausdruck, den Leute haben, wenn der Mensch, von dem sie so lange geträumt haben, endlich vor ihnen steht und sie ihn berühren und umarmen können. Ich sehe sie einen Augenblick zu lang an, denn die junge Frau dreht sich zu mir um. Ich lächele schüchtern und wende den Blick ab. Mir fällt ein, wie ich einst in der Ankunftshalle den Menschen erwartet habe, nach dem ich mich unendlich gesehnt habe. Jetzt bin ich die Frau, die zusieht.

Mir schießt durch den Kopf, dass ich wohl denselben Ausdruck im Gesicht hätte wie dieses Paar, wenn ich Ryan jetzt hier sehen würde. Ich möchte ihn so gern wieder in die Arme schließen. Aber wie lange würde das anhalten? Wie lange würde es dauern, bis er etwas sagen würde, was mich aufbringt?

Als Rachel und ich schließlich den richtigen Weg gefunden haben, treten wir aus dem Gebäude und bahnen uns einen Weg durch die Menschen, die nach einem Taxi rufen und in die Autos ihrer Freunde springen. Wir stehen an der Kreuzung und warten darauf, die Straße zu überqueren, als ich zwei Leute entdecke, die auf einen Shuttlebus warten. So sicher, wie ich mein eigenes Gesicht im Spiegel erkenne, weiß ich, wen ich da sehe. Es besteht absolut kein Zweifel, das ist Ryans Hinterkopf.

Zunächst finde ich das noch nicht einmal ungewöhnlich; mein Gehirn meldet es als einen alltäglichen Vorgang. Ach, da ist der Mensch, der immer um dich ist. Nur, dass er diesmal die Hand einer großen, schlanken Brünetten hält. Und sich jetzt hinunterbeugt, um sie zu küssen.

Mir rutscht das Herz in die Hose, der Mund bleibt mir offen stehen. Rachel will die Straße überqueren, doch ich stehe wie angewurzelt. Sie dreht sich nach mir um und fängt meinen Blick auf, folgt ihm und sieht ihn ebenfalls. Ryan. Ryan im Ankunftsbereich. Der eine Frau küsst. Mein Herz schlägt so heftig, dass ich es fast hören kann. Ist es möglich, dass man hört, wie das Blut in einem pulsiert? Klingt es wirklich wie ein leiser, aber aufdringlicher Gong?

Rachel fasst meine Hand und sagt nichts. Sie ist entschlossen, mich aus dieser Situation zu befreien. Sie will, dass ich die Straße überquere. Dass ich in den Wagen steige. Aber wir haben die Ampelphase verpasst und können jetzt nicht durch den steten Strom von Autos laufen, auch wenn ich gerade das Gefühl habe, es wäre genau das Richtige.

Es ist gut, dass Rachel meine Hand hält. Sonst könnte ich mich wohl nicht zurückhalten, zu ihm zu gehen und auf ihn einzuprügeln. Ich möchte ihn mit den Fäusten bearbeiten und ihn fragen, warum er das tut. Wie er sich selbst bloß im Spiegel ansehen kann! Ich schwöre zu Gott, es ist wie ein körperlicher Schmerz. Er brennt in mir. Und dann springt die Ampel auf Grün, und ich stelle einen Fuß vor den anderen und bewege mich vorwärts und denke nur, wie weh das tut. Als wir die andere Straßenseite erreichen und die Ampel wieder auf Rot schaltet, drehe ich mich zu ihm um. Wir sind nun durch die schnell vorbeifahrenden Autos voneinander getrennt.

Als ich ihn erneut entdecke und ihm ins Gesicht sehe, stelle ich fest, dass ich mich getäuscht habe. Es ist nicht Ryan.

Ich kann Ryan in einer Menge ausfindig machen. Ich kann seinen Geruch vom anderen Zimmer aus erkennen. Erst vor ein paar Monaten hatten wir uns im Supermarkt verloren, und ich habe ihn wiedergefunden, weil ich seinen Geruch aus ein paar Gängen Entfernung erkannt habe. Aber diesmal, hier am Flughafen, habe ich mich getäuscht. Es ist nicht Ryan. All die Angst und die Eifersucht und der Schmerz, der so heftig in mir gebrannt hat – das alles war nicht real. War alles nur Einbildung. Es ist wirklich erstaunlich, was ich mir selbst aufgrund eines Missverständnisses antue.

»Er ist es nicht«, sage ich zu Rachel.

Sie verlangsamt ihren Schritt und sieht mich an. »Warte, im Ernst?«, fragt sie blinzelnd. »O mein Gott, du hast recht.«

»Er ist es nicht«, wiederhole ich fassungslos. Mein Puls verlangsamt sich, mein Herz beruhigt sich. Und dennoch bin ich noch immer reizbar und nervös. Ich atme langsamer.

Rachel fasst sich an die Brust. »Gott sei Dank. Ich wüsste nicht, was ich in so einer Situation mit dir anstellen sollte.«

Wir steigen in den Wagen. Ich schnalle mich an und fahre das Fenster herunter. *Es ist okay,* sage ich mir. *Es ist nicht passiert.*

Aber eines Tages wird es passieren.

Er wird eine andere küssen, wenn er es nicht schon getan hat. Er wird sie berühren. Er wird sie so begehren, wie er mich nicht mehr begehrt. Er wird Dinge zu ihr sagen, die er mir nie gesagt hat. Er wird glücklich und zufrieden neben ihr liegen. Sie wird ihn daran erinnern, wie gut es sich anfühlen kann, mit einer Frau zusammen zu sein. Und während all das geschieht, wird er kein bisschen an mich denken. Und ich kann nichts dagegen tun.

In den folgenden Tagen kann ich an nichts anderes mehr denken. Ich bin außer mir vor Eifersucht, obwohl ich keinerlei Beweise habe. Es treibt mich derart um, dass ich nächtelang wachliege. Am Freitag kann ich meine angstvollen Gefühle nicht mehr für mich behalten und frage Mila um Rat.

»Glaubst du, dass er schon mit einer anderen geschlafen hat?«, frage ich sie, als wir uns in der Büroküche einen Tee holen.

»Woher soll ich das wissen?«

»Ich meine nur, glaubst du, er hat?«

»Wollen wir darüber nicht lieber beim Mittagessen sprechen?« Mila blickt sich in der Küche um, ob uns jemand zuhört.

»Ja, okay«, antworte ich.

Als Mila und ich beim Chinesen sitzen, kommt sie nach etwa vier Minuten auf das Thema zurück. Was vier Minuten länger ist, als ich warten wollte, aber ich möchte nicht völlig verrückt wirken.

»Willst du die Wahrheit wissen?«, fragt sie.

Ich weiß nicht genau, was ich antworten soll, denn es ist gut möglich, dass ich belogen werden möchte.

»Ja«, sagt sie. »Ja, wahrscheinlich hat er das.«

Es ist wie ein Messer in meiner Brust. Solange ich mit Ryan zusammen war, bin ich nie eifersüchtig gewesen. Es war immer ganz klar, dass er niemand anders wollte als mich. Den Großteil unserer Beziehung war es offensicht-sichtlich, dass er mich liebte und begehrte. Ich habe mich nie von einer anderen Frau bedroht gefühlt. Er gehörte mir. Und jetzt habe ich ihn freigelassen.

»Warum?«, frage ich. »Warum glaubst du das?«

»Na ja, erstens ist er ein Mann. Das ist das Wichtigste. Zweitens hast du selbst gesagt, dass ihr zuletzt nicht gerade viel Sex hattet. Da hat sich sicher etwas in ihm angestaut. Wahrscheinlich hat er mit der ersten Frau geschlafen, die ihn auf die richtige Weise angesehen hat.«

Ich trinke einen großen Schluck von meinem Sodawasser. Erst ist es nur ein Schluck, dann trinke ich es in einem Zug aus. Ich stelle das Glas ab. »Meinst du, sie ist hübscher als ich?«

»Woher um alles in der Welt soll ich das wissen? Du musst aufhören, dich damit zu quälen. Akzeptiere, dass es wahrscheinlich passiert ist. Es ist zu belastend, wenn du dich dauernd fragst, ob oder ob nicht. Du musst einfach annehmen, dass es passiert ist, und dich damit abfinden. Er hat mit jemand anders geschlafen. Was willst du tun?«

»Sterben«, antworte ich. Warum fühlt sich das so schrecklich an? Warum fühlt es sich so viel furchtbarer an als sein Auszug? Die Entscheidung, sich zu trennen, war schwer. Vielmehr war die Trennung selbst schwer. Aber das? Das ist etwas völlig anderes. Das ist verheerend. Es fühlt sich an, als würde es mir nie mehr in meinem ganzen Leben wieder besser gehen.

Mila fasst meine Hand. »Du wirst nicht sterben. Du wirst leben! Darum geht es doch. Na, komm schon! Du warst nicht glücklich mit ihm. Wir wollen nichts beschönigen, du warst zutiefst unglücklich. Du hast selbst gesagt, dass du ihn nicht mehr liebst. Ihr zwei geht jetzt getrennte Wege. Wenn die ganze Sache zu etwas gut ist, dann dazu, dir zu zeigen, dass du deinen eigenen Weg finden musst.«

»Wie meinst du das?«, frage ich. Tue ich das denn nicht?

Mila legt ihre Gabel ab und faltet die Hände; nun wird es ernst. »Was machst du dieses Wochenende?«, fragt sie spitz. »Hast du heute Abend etwas vor?«

»Na ja, ich habe ein neues Buch aus der Bibliothek«, erwidere ich. Mila verzieht das Gesicht, unterbricht mich jedoch nicht. »Und dann habe ich gehört, dass der Eintritt im LACMA-Museum morgen frei ist, ich dachte, da könnte ich mal reingehen. Ich bin schon lange nicht mehr dort gewesen.« Letzteres habe ich mir ausgedacht, ich habe keinesfalls vor, ins LACMA zu gehen. Seit dem College bin ich nicht mehr in einem Kunstmuseum gewesen, wahrscheinlich werde ich jetzt nicht damit anfangen. Ich wollte nur nicht zugeben, dass ich überhaupt nichts vorhabe.

»Aha.« Mila zeigt sich nicht beeindruckt.

»Was?«

»Das klingt ziemlich ähnlich wie das, was ich vorhabe, nur dass ich anstatt ins Museum mit Brendan und Jackson zum Friseur gehe.«

»Ja?«, sage ich.

»Aber ich lebe in einer festen Beziehung mit Zwillingen, und du bist Single.«

Single? Nein, ich bin kein Single. »Ich bin kein Single«, widerspreche ich. »Ich bin verheiratet, aber …«

»Getrennt lebend?«

»Ach, das ist ein schrecklicher Ausdruck.« Ich weiß nicht, warum ich ihn so schrecklich finde. Etwas an dem Klang der Vokale und Konsonanten gefällt mir nicht.

»Du bist Single, Lauren. Du lebst allein. Es gibt niemanden, der dich zu einer bestimmten Zeit irgendwo erwartet.«

»Na ja, Rachel …« Ich bringe den Satz nicht zu Ende. »Gut, ich bin Single. Und?«

»Geh aus dem Haus! Betrink dich, und vögele mit jemandem, den du nicht kennst.«

»O mein Gott!« Ich weiß nicht, warum ich die Vorstellung so erschreckend finde. Vermutlich, weil Mila von mir spricht. Von mir! Ich meine, ich weiß schon, dass Leute so etwas tun. Sie gehen in Bars und lernen fremde Leute kennen und haben unverbindlichen Sex mit ihnen, nachdem sie sich ein paarmal getroffen haben. Oder nicht mal das, je nachdem, wie viele Dates sie brauchen, um zu rechtfertigen, was sie vorhaben. Ich verstehe das. Aber ich habe es noch nie gemacht. Ich hatte noch nie die Gelegenheit dazu. Und jetzt habe ich offenbar die Chance, aber es fühlt sich an, als hätte ich den Start verpasst; das Rennen hat ohne mich begonnen. Ich fasse mich und blicke Mila an, aber ihre Miene ist unverändert.

»Ich meine es ernst«, sagt sie. »Du musst mal raus. Du brauchst eine Liebesaffäre oder so etwas. Du musst mit jemandem Sex haben. Mit jemandem, der nicht Ryan ist. Du musst herausfinden, wie es mit einem anderen ist. Hast du je mit einem anderen Mann als mit Ryan geschlafen?«

»Ja«, sage ich abwehrend. »Ich hatte einen Freund auf der Highschool.«

»Das ist alles?«

»Ja!«, sage ich, jetzt eindeutig in der Verteidigungshaltung. »Was ist so schlimm daran?«

»Das ist schlichtweg nicht genug.«

»Doch!«, protestiere ich.

Mila schüttelt den Kopf und legt erneut ihre Gabel ab. Sie versucht es auf andere Weise. »Weißt du noch, wie es war, als du Ryan zum ersten Mal geküsst hast?«

»Ja«, erwidere ich prompt. Mir ist augenblicklich so, als würde ich es noch einmal erleben. Ich beuge mich über den Tisch, über meinen Burger und meine Pommes. Ich küsse ihn. Und dann erinnere ich mich, wie es sich angefühlt hat, als er meinen Kuss erwiderte. Als er mich auf dem Heimweg geküsst hat. Und zum Abschied. Auch nachdem das Küssen für uns so normal geworden war wie Atmen, etwas, worüber wir nicht mehr nachdachten, erinnerte ich mich an diese ersten Küsse. Genussvoll erlebte ich noch einmal, wie mein Herz einen Augenblick ausgesetzt hatte, als unsere Lippen sich berührten.

»Erinnerst du dich noch, wie gut sich dieser erste Kuss angefühlt hat? Wie elektrisierend er war? Als könnte man mit seinen Fingerspitzen ein ganzes Haus mit Strom versorgen?«

»Du hast dir darüber wirklich Gedanken gemacht.«

»Ich liebe den Anfang von Beziehungen«, sagt Mila versonnen. »Als Christina mich zum ersten Mal geküsst hat … Es war unvergleichlich. Jetzt küsse ich sie, und es ist wie: ›He, wie geht's? Was stinkt hier so? Ist das der Müll?‹«

Wir müssen beide lachen.

»Jedenfalls freue ich mich für dich, dass du die Chance hast, dieses Gefühl noch einmal zu erleben. Wenn du willst, kannst du jemanden kennenlernen und noch einmal die Schmetterlinge im Bauch fühlen.«

»Nein, das kann ich nicht«, widerspreche ich. »Ich habe einen Ehemann, zu dem ich zurückwill.«

»Ja, in zehneinhalb Monaten. Manche Ehen dauern noch nicht einmal zehneinhalb Monate. Du darfst eine Liebesaffäre haben, Lauren. Eine, bei der du dich wieder wie neunzehn fühlst. Ich an deiner Stelle würde das tun.«

Ich denke einen Moment darüber nach. Das klingt in vielerlei Hinsicht verlockend, aber auch beängstigend und schmutzig. Wie kann ich eine Liebesaffäre haben, wenn ich verheiratet bin? Wie kann ich mit zwei Beziehungen jonglieren? Einer aktiven Romanze und einer inaktiven Ehe?

»Meinst du, dass Ryan eine Liebesaffäre hat?«, frage ich Mila.

Mila verliert die Geduld. »Das ist alles, was du aus diesem Gespräch mitnimmst?«

»Nein«, sage ich. »Ich verstehe deine Argumentation. Wirklich. Ich denke nur, was es bedeuten würde, wenn er eine hätte?«

»Es würde absolut nichts bedeuten.«

»Nichts?«

»Nichts. Hast du deinen Freund auf der Highschool geliebt?«

Ich zucke die Schultern. »Ja, schon.«

»Bedeutet er dir heute noch etwas?«

»Nein«, sage ich kopfschüttelnd.

»Na ja, so ist das mit einer Liebesaffäre.«

Entgegen Milas Rat bin ich weiterhin wie besessen. Ich denke daran, wenn ich nach Hause fahre. Wenn ich Klopfer füttere. Beim Fernsehen. Wenn ich ein Buch lese und beim Zähneputzen. Es macht mich verrückt. Mein Gehirn spielt immer wieder dieselben Bilder durch. Es ist eine unheilvolle Aneinanderreihung von *Was wenns*. Ich will einfach nur wissen, was in seinem Leben vor sich geht. Ich will seine Stimme hören. Wissen, dass es ihm gut geht und er noch immer mir gehört. Ich darf ihn nicht schon verloren haben. Er darf nicht schon einer anderen gehören. Das geht nicht. So kann ich nicht leben. Ich kann nicht ohne ihn leben. Ich muss wissen, was er denkt. Ich muss wissen, wie es ihm geht.

Ich will ihn anrufen. Ich muss ihn anrufen. Unbedingt. Ich nehme das Telefon, drücke das Symbol neben seinem Namen und lege sofort wieder auf. So schnell, dass es noch nicht einmal geklingelt hat. Ich darf ihn nicht anrufen. Er will nicht, dass ich ihn anrufe. Das hat er gesagt. Ich darf ihn nicht anrufen.

Vor mir steht mein Laptop. Es ist ganz leicht. Als ich ihn aufklappe, bin ich mir nicht sicher, wonach ich suche. Was ich eigentlich will. Und dann öffne ich den Browser und weiß genau, was ich tue. Was ich vorhabe. Ich versuche gar nicht erst, es vor mir zu verheimlichen. Es geht mit mir durch. Ich verliere die Kontrolle.

Ich logge mich in Ryans E-Mail-Postfach ein.

Seine Posteingänge werden geladen, das Postfach ist leer. Ich halte inne. Das ist falsch. Es ist unglaublich, wirklich absolut und total oberfalsch. Ich fahre mit dem Cursor zum Menü und lasse ihn über dem Zeichen »Ausloggen« schweben. Darauf sollte ich klicken. Das sollte ich tun. Noch kann ich zurück. Ich kann so tun, als wäre das nie passiert. Ich muss nicht so sein. Für einen Moment fühlt es sich so einfach an. Es scheint alles so klar. *Log dich einfach aus, Lauren. Log dich aus.*

Doch bevor ich klicke, fällt mir auf, dass er sein Passwort nicht geändert hat. Das hätte er doch tun können, oder? Das wäre sinnvoll gewesen. Doch das hat er nicht. Hat das nicht etwas zu bedeuten?

Ich bemerke, dass neben dem Ordner mit den Entwürfen eine Sieben steht. Er hat sieben nicht versandte E-Mails geschrieben. Ich denke noch nicht einmal richtig nach, folge einfach einem Impuls. Ich ziehe den Cursor nach unten und öffne den Ordner. Dort sehe ich sieben E-Mail-Entwürfe, alle sind an mich adressiert. Alle mit dem Betreff »Liebe Lauren«.

Sie sind an mich adressiert. Sie sind für mich. Ich darf sie anklicken. Stimmt's?

31. August

Liebe Lauren,
der Auszug heute war fürchterlich. Ich weiß nicht, warum wir das gemacht haben. Als ich dir den Brief geschrieben habe, musste ich mich mit aller Macht zusammenreißen, um ihn nicht zu vernichten, mich hinzusetzen und einfach darauf zu warten, bis du nach Hause kommst, damit wir alles klären können.

Doch dann dachte ich darüber nach, wann du dich das letzte Mal gefreut hast, mich zu sehen, wenn ich nach Hause gekommen bin. Und ich konnte mich nicht erinnern, wann das war. Der Gedanke hat mich so wütend gemacht, dass ich meine letzten Sachen gepackt und die Wohnung verlassen habe.

Ich habe mich nicht von Klopfer verabschiedet. Ich konnte nicht.

Die Vorstellung, heute Nacht in dieser blöden Wohnung zu schlafen, macht mich krank. Ich habe noch kein Bett. Ich habe insgesamt nicht viel, abgesehen von unserem Fernseher. Meine Freunde haben mir geholfen, alles einigermaßen einzurichten, und sind vor einer Stunde gegangen.

Ich bin unglücklich. Ich bin verdammt unglücklich. Ich war froh, als meine Freunde weg waren, weil ich es nicht mehr geschafft habe, so zu tun, als ginge es mir gut. Mir geht es nicht gut. Ich fühle mich miserabel. Ich habe meine Frau und meinen Hund verloren. Ich habe mein Zuhause verloren.

Ich weiß nicht, warum ich das schreibe. Ich weiß nicht, ob ich es absenden werde. Einerseits denke ich, dass wir in letzter Zeit so unaufrichtig zueinander gewesen sind und ein bisschen Ehrlichkeit die Dinge vielleicht verbessern könnte. Ich habe so oft gesagt: »Klar, ich gehe mit dir in die Einkaufspassage, um einen neuen Lippenstift zu kaufen«, wenn ich es gar nicht wollte. So oft habe ich gesagt: »Ja, griechisches Essen, das hört sich toll an«, wenn ich doch keine Lust darauf hatte, dass ich dich jetzt dafür hasse. Ich kann griechisches Essen nicht ausstehen, okay? Ich mag es nicht. Ich finde es furchtbar, dass wir nie mehr einfach nur einen Hamburger essen können. Warum muss jedes Abendessen eine Reise um die Welt sein? Und wenn, warum können wir es nicht einfach bei normalem Zeug wie Italienisch und Chinesisch belassen? Warum persisches Essen? Warum äthiopisches Essen? Ich verabscheue das. Und ich finde es schrecklich, dass du es magst. Das ist so prätentiös, Lauren. Iss doch einfach etwas Normales.

Na, siehst du? Deshalb ist es gut, dass ich ausgezogen bin. Ich hasse dich, weil du Falafel magst. Ich glaube nicht, dass das gesund ist.

Andererseits finde ich es auch wieder nicht so ungesund, um deshalb heute Nacht auf diesem beschissenen Teppich zu schlafen.

Doch dann stelle ich mir vor, ich würde nach Hause kommen. Wie ich durch die Tür trete und du noch nicht einmal vom Sofa aufstehst. Wie du mich einfach nur ansiehst und sagst: »Pho zum Abendessen?« Dann würde ich am liebsten gegen die Wand schlagen.

Also gut. Ich bin hier. Ich bin allein. Ich bin unglücklich. Und ich weiß, dass es gemein von mir ist, aber ich hoffe wirklich, dass du auch unglücklich bist. Das ist die Wahrheit. So fühle ich mich gerade. Ich hoffe von ganzem Herzen, dass du auch unglücklich bist.

In Liebe
Ryan

5. September

Liebe Lauren,
ich weiß, dass ich gesagt habe, du sollst mich nicht anrufen, aber manchmal kann ich nicht glauben, dass du mich wirklich nicht anrufst. Ich fasse es nicht, wie du es schaffst, dein Leben weiterzuleben, als hätte es mich nie gegeben. Wie kannst du das tun? Der Gedanke daran macht mich wütend. Wahrscheinlich gehst du einfach zur Arbeit und tust, als wäre alles in Ordnung.

Heute habe ich meinen Eltern von uns erzählt. Sie waren nicht erfreut. Sie waren ziemlich wütend auf dich, was ich seltsam fand. Ich habe versucht, ihnen zu erklären, dass es nicht darum geht, sich auf eine Seite zu schlagen. Dass wir die Entscheidung gemeinsam getroffen haben. Aber sie haben mir nicht zugehört. Du kennst sie ja, sie haben eine sehr strenge Vorstellung von der Ehe. Und sie sind enttäuscht von mir. Das haben sie deutlich gemacht. Sie haben immer wieder gesagt: »So solltest du nicht mit deinen Problemen umgehen, Ryan.« Und dass sie sauer auf dich wären, weil du mir Haus und Hund genommen hättest. Das können sie nicht verstehen, glaube ich. Sie meinen, wir sollten das aufteilen, sodass einer von uns Klopfer bekommt und der andere das Haus. Keiner von uns sollte beides bekommen. Ich weiß nicht. Ich bin nicht ihrer Meinung. Ich sehe das anders. Dir das Haus wegzunehmen und Klopfer so plötzlich aus seiner Umgebung herauszureißen, kommt mir nicht richtig vor.

Ich weiß, dass ich gesagt habe, ich würde mit anderen Frauen ausgehen, aber jetzt, nachdem es so weit ist, kommt mir die Vorstellung seltsam vor. Ziemlich unnatürlich. Wie soll das überhaupt gehen? Es ergibt keinen Sinn. Eine andere zu küssen als dich? Mir ist, als wüsste ich nicht mehr, wie das geht. Bei der Arbeit gibt es eine neue Kollegin, die dauernd mit mir flirtet, und manchmal denke ich, dass ich darauf eingehen, es einfach mal probieren sollte. Ich weiß nicht. Ich will noch nicht einmal darüber reden.

Ich weiß immer noch nicht, ob ich dir diese Mails schicken soll. Manchmal denke ich, ich tue es. Irgendwie habe ich das Gefühl, ich hätte schon vor Jahren aufgehört, mit dir zu streiten. Es war leichter, dir zuzustimmen oder dich zu ignorieren. Einfach zu sagen, was immer du hören wolltest. Und ich habe aufgehört, ehrlich zu sein. Ich habe dir nicht mehr gesagt, was ich wirklich dachte. Was ich wirklich wollte. Wenn ich dir das jetzt alles sage, könnten wir vielleicht reinen Tisch machen, vielleicht könnten wir noch einmal neu anfangen. Auf der anderen Seite denke ich, wenn wir uns alles sagen, wenn ich dir diese Sachen schicke, werden wir das vielleicht nicht überleben. Deshalb weiß ich nicht, was ich tun werde.

Ich bin mir nicht sicher, ob es dich überhaupt interessiert. Ich meine, manchmal denke ich, dass du mich gar nicht mehr wirklich siehst. Ja, ich weiß, dass du mich siehst. Aber manchmal scheinst du mir nicht zuzuhören, wenn ich etwas sage. Es kommt mir vor, als meintest du immer schon zu wissen, was ich als Nächstes sagen oder tun oder fühlen würde, und deine Augen wirken so abwesend, als wäre ich die langweiligste Person, der du je begegnet bist.

Früher war das anders. Auf dem College war ich unter anderem so gern mit dir zusammen, weil du mir das Gefühl gegeben hast, ich wäre der interessanteste Mensch im Raum. Als würde ich die lustigsten Scherze machen und die besten Geschichten erzählen. Und ich glaube nicht, dass das gespielt war. Ich denke, du hast das wirklich gedacht.

Und jetzt scheinst du das überhaupt nicht mehr zu finden. Ich komme mir vor, als wäre ich für dich wie die Rückseite einer Müslipackung. Etwas, das du anstarrst, weil es vor dir steht.

Jetzt wird es traurig. Ich hoffe, dass es dir gut geht. Manchmal denke ich, ich sollte dir diese Nachrichten schicken, damit du mir vielleicht zurückschreiben kannst und ich weiß, wie es dir geht. Die ganze Zeit frage ich mich, wie es dir geht.

In Liebe

Ryan

9. September

Liebe Lauren,

weißt du noch, wie wir zusammengezogen sind? Direkt nach unserem Abschluss auf dem College? Es war ein total heißer Tag, und wir sind in dieses kleine Loch in Hollywood gezogen. Es war viel zu klein, und die Küche roch nach irgendwelchen komischen Chemikalien. Und du hättest fast geweint, weil du nicht in so einem beschissenen Apartment wohnen wolltest. Doch etwas anderes konnten wir uns nicht leisten. Ich lebte von dem Geld, das ich von meinen Eltern zum Examen bekommen hatte, und du hast im Alumni-Büro angefangen. Als wir in der ersten Nacht aneinandergekuschelt in dem kleinen Bett lagen, habe ich mir vorgenommen, für dich zu sorgen. Ich wollte hart arbeiten, damit wir uns eine bessere Wohnung leisten können. Und ich wollte der Mann sein, der dir das Leben ermöglicht, das du dir wünschst. Doch die Dinge entwickeln sich nicht immer so, wie man sich das denkt. Schließlich hast du genug

Geld verdient, dass wir nach Hancock Park umziehen konnten. Aber ich habe mit der Vermieterin verhandelt. Ich habe alles in meiner Macht Stehende getan, um sie zu überzeugen, weil ich wollte, dass du alles bekommst, was du willst. Ich habe wirklich gedacht, dass ich gut für dich gesorgt habe. Ich wollte immer, dass du dich bei mir sicher fühlst, dass du dich von mir geliebt und unterstützt fühlst.

Ich habe gelernt, nicht mehr gleich deine Probleme zu lösen, sondern dich einfach über sie lamentieren zu lassen. Ich habe gelernt, dass du morgens ein paar Minuten brauchst, bevor du mit jemandem reden kannst. Dass du nie genügend Zeit einplanst, um irgendwohin zu kommen, und dann ausrastest, weil du zu spät bist. Und ich habe dich dafür geliebt.

Warum hat das nicht genügt?

Hört sich das nicht so an, als müsste es genügen?

Damals beim Einzug, als wir in dem winzigen Bett lagen, dachte ich, dass meine Aufgabe klar sei. Alles, was ich zu tun hatte, war, dich zu unterstützen und zu lieben und dir zuzuhören und auf dich aufzupassen. Und damals schien mir das alles ganz leicht.

Jetzt kommt es mir vor wie das Schwierigste auf der Welt.

Was sitze ich hier herum und schreibe dir? Ich vergeude meine Zeit.

Ryan

28. September

Liebe Lauren,

im April haben wir zum letzten Mal miteinander geschlafen. Nur falls du dich das fragst. Was du nicht tust. Dich schien das nicht sonderlich zu interessieren, mich schon. Wenn ich dir diese E-Mails also jemals schicke, solltest du wissen, dass es bei meinem Auszug fast fünf Monate her war, dass wir zum letzten Mal Sex hatten. Das sind vier Monate, bevor du mir gesagt hast, dass du mich nicht mehr liebst. Vier Monate, die wir im selben Haus gewohnt und so getan haben, als würden wir einander guttun, als wären wir glücklich, und uns nicht einmal berührt haben. Ich habe wohl gewartet, dass es dir irgendwann auffällt. Aber es ist dir nicht aufgefallen. Falls du es also je bemerkst und es wissen willst: Es war im April. Und es war schrecklich.

29. September

Liebe Lauren,
herzlichen Glückwunsch! Ich weiß, dass du auf einer Überraschungsparty bist.

Charlie hat mich vor ein paar Wochen angerufen, bevor er wusste, dass wir was auch immer wir sind. Jedenfalls weiß ich, dass deine Familie bei dir ist. Du hast sicher einen Mordsspaß. Es ist jetzt neun Uhr, und wahrscheinlich lässt du es gerade mächtig krachen, während ich dir das schreibe. Ich hänge hier in meiner Wohnung herum. Weißt du, man kann nicht sehr viel tun, um sich davon abzulenken, dass die eigene Frau ihren dreißigsten Geburtstag feiert und man nicht bei ihr ist.

Vor einer halben Stunde habe ich es aufgegeben, und jetzt trinke ich einfach ein Bier und denke an dich.

Fast wäre ich vom Sofa aufgestanden und zu deiner Mutter gefahren, um dabei zu sein.

Doch dann dachte ich, dass das vermutlich keine gute Idee ist.

Denn was würde passieren? Wir würden uns sehen, uns gestehen, wie schwer es uns fällt, und dieses verrückte Experiment beenden. Und was dann? In zwei Monaten sind wir wieder da, wo wir waren. Wir haben uns nicht verändert. Deshalb würde sich auch nichts ändern. Das ist doch so, oder?

Also sitze ich stattdessen hier und mache nichts.

Ich will nur, dass du weißt, dass ich daran gedacht habe. Ich habe daran gedacht, mit zwei Tüten voller Lebensmittel im Haus aufzutauchen und Ryans Magische Shrimps-Pasta für dich zu kochen.

Ich habe es nicht getan, aber trotzdem will ich, dass du weißt, dass ich daran gedacht habe.

Herzlichen Glückwunsch!

Ryan

1. Oktober

Geht es Klopfer gut? Es macht mich fertig, nicht bei ihm zu sein. Das ist albern, aber neulich war ich im Supermarkt, um mir etwas zum Abendessen zu kaufen. Da fiel mir ein, dass ich noch Waschmittel brauche. In dem Gang mit den Waschmitteln steht auch die Tiernahrung, und ich dachte: »Ach, brauchen wir noch Futter für Klopfer?« Es schoss mir nur für den Bruchteil einer Sekunde durch den Kopf, dann fiel mir ein, dass ich nicht mehr mit ihm lebe.

In Liebe

Ryan

9. Oktober

Liebe Lauren,
ich werde Klopfer nicht nehmen. Es tut so weh, ohne euch beide zu sein, es ist so schwer. Es ist so einsam. So traurig. Ich kann dir das nicht antun.

In Liebe

Ryan

Durch die Tränen hindurch kann ich nichts mehr sehen. Diese E-Mails zu lesen ist, wie unter einer brandheißen Dusche zu stehen und auszuprobieren, wie lange ich es ertrage. Ich bin weit über den Punkt hinaus, mich darum zu sorgen, ob es falsch ist. Ich weiß, dass es falsch ist. Ich weiß, dass er sich nicht sicher ist, ob er sie mir schicken will. Aber ich weiß auch, dass ich sie lesen muss. Sie sind mir zu wichtig. Ich will es unbedingt wissen. Das ist zu schwer.

Diese Briefe sind der Beweis dafür, wie schrecklich unsere Ehe geworden ist, aber auch dafür, dass wir noch aneinander hängen. Wir hassen und wir lieben uns, wir vermissen uns und können einander nicht ausstehen – alles im selben Atemzug. Wir können uns im gleichen Moment wünschen, den anderen nie mehr wiederzusehen, während wir ihn zugleich nicht gehen lassen wollen.

Er hasst mich genauso sehr, wie er mich liebt. Genauso geht es mir mit diesen Briefen. Schmerz und Freude liegen dicht beieinander. Ich lese die Briefe immer wieder und hoffe, eins vom anderen trennen zu können. Hoffe, dass ich erkenne, ob Liebe oder Hass am Ende gewinnt. Doch es ist, als hätte ich die Finger in eine chinesische Fingerfalle gesteckt. Je mehr ich daran ziehe, desto fester hängen sie darin.

Als ich mich schließlich wieder fasse, gehe ich mit trockenen Augen, laufender Nase und leicht benommen in die Küche und hole eine Scheibe Speck aus dem Kühlschrank. Ich lege sie in eine Pfanne und warte, bis sie zu brutzeln anfängt. Dann lege ich sie in Klopfers Napf. Als der Hund hört, wie der Speck den Stahlboden berührt, kommt er angelaufen. Er frisst den Speck in Sekundenschnelle auf. Ich hole noch eine Scheibe heraus und lege sie in die Pfanne, er wartet. In dem Moment wird mir etwas klar. Wenn Ryan mir die E-Mail schickt, dass ich Klopfer behalten soll, werde ich ihn nicht in ein paar Wochen sehen. Ich werde tatsächlich für absehbare Zeit allein sein.

Auf einer Skala von eins bis zehn, wie schlimm ist es, sich in den E-Mail-Account von jemandem einzuloggen, ohne dass derjenige davon weiß?«, frage ich Rachel am Telefon. Ich sitze bei der Arbeit an meinem Schreibtisch und habe die E-Mails inzwischen zehnmal gelesen. Einige Passagen kenne ich sogar auswendig.

»Ich glaube, dazu muss ich nähere Einzelheiten wissen«, sagt sie.

»Die Einzelheiten sind, dass ich mich in Ryans E-Mail-Postfach eingeloggt und einige seiner E-Mails gelesen habe.«

»Zehn. Das ist eine Zehn von zehn. Das hättest du nicht tun dürfen.«

»Zu meiner Verteidigung muss ich sagen, dass sie an mich adressiert waren.«

»Hat er sie dir geschickt?«

»Sie waren in seinem Entwurfsordner.«

»Noch immer eine Zehn. Das ist wirklich schlimm.«

»Wow, du versuchst noch nicht einmal, meine Sicht der Dinge zu verstehen?«

»Lauren, das ist wirklich schlimm. Das ist unehrlich. Es ist unverschämt. Es ist respektlos. Das ist völlig unter …«

»Okay, okay«, lenke ich ein. »Ich habe verstanden.«

Ich weiß, dass das falsch war. Daran zweifle ich eigentlich nicht. Ich sehne mich vielmehr danach, dass Rachel so etwas sagt wie: *Ach ja, das ist falsch, aber ich hätte dasselbe getan, und du kannst es ruhig weiterhin tun.*

»Ich sollte es also nicht mehr tun?« Vielleicht erhalte ich die gewünschte Antwort, wenn ich direkt danach frage.

»Nein, das solltest du ganz bestimmt nicht.«

»Ach, verdammt!«, sage ich. Ich hätte das nicht tun sollen. Aber was soll ich machen? Ich habe es schon getan. Und spielt es da eine Rolle, ob ich es weiterhin tue? Ich meine, es ist ja schon passiert. Wenn er fragt: *Hast du dich in meinen Account eingeloggt und die E-Mails gelesen, die an dich adressiert waren?*, muss ich Ja sagen. Ganz egal, ob ich es ein Mal oder hundert Mal getan habe.

»Sagen wir, wenn er eine weitere E-Mail an mich schreibt, ist es dann okay, sie zu lesen?«

»Es ist nicht okay, überhaupt nachzusehen«, erwidert Rachel. »Ich muss weiterarbeiten«, fügt sie an. »Aber du solltest das lieber lassen.«

»Na gut.« Einen Augenblick herrscht Stille, dann stelle ich meine letzte Frage: »Du verurteilst mich doch nicht, oder? Du hältst mich doch noch für einen guten Menschen?«

»Ich glaube, du bist die Beste«, antwortet sie. »Aber ich werde dir nicht sagen, dass das, was du getan hast, in Ordnung war. Das ist nicht meine Art.«

»Ja, gut«, entgegne ich und lege auf.

Ich gehe zu Milas Schreibtisch.

»Auf einer Skala von eins bis zehn, wie schlimm ist es, sich in den E-Mail-Account von jemandem einzuloggen, ohne dass derjenige davon weiß?«

Sie blickt von ihrem Computer auf und runzelt die Stirn. Dann greift sie nach ihrem Kaffeebecher und verschränkt die Arme.

»Bist diese Person du? Und ist die andere Person Ryan?«

»Und wenn?«

Sie denkt nach. »Ich verstehe, dass du hoffst, ich würde dir eine Rechtfertigung liefern, weil ich sie an deiner Stelle wahrscheinlich auch gelesen hätte«, führt sie aus und wippt mit ihrem Stuhl vor und zurück. Ein Sieg! »Aber das heißt nicht, dass es okay ist.« Aber nur von kurzer Dauer.

»Er schreibt *mir,* Mila. Er schreibt an *mich.*«

»Hat er sie dir geschickt?«

»Warum stellen alle nur immer diese eine Frage?«, entfährt es mir, und zu spät merke ich, wie laut meine Stimme ist.

Alle drehen sich um und starren mich an. Ich senke sofort die Stimme und fahre im Flüsterton fort.

»Die E-Mails sind für *mich,* Mila«, betone ich noch einmal. »Er hat noch nicht einmal sein Passwort geändert. Das ist im Grunde so, als wollte er, dass ich sie lese.« Jetzt bin ich dicht vor ihrem Gesicht, und mein Flüstern ist nur noch ein Hauchen. Sie merkt vermutlich, dass ich einen Zwiebel-Bagel zum Frühstück gegessen habe.

Höflich weicht Mila ein bisschen zurück. »Du musst nicht flüstern, nur nicht schreien. Normale Gesprächslautstärke genügt«, sagt sie und spricht beispielhaft ganz normal.

»Gut«, entgegne ich etwas zu laut und finde dann den richtigen Ton. »Gut. Ich will ja nur wissen, wenn du an meiner Stelle wärst und wüsstest, dass er dir schreibt, dir seine

Seele offenbart, dir Dinge sagt, die er nie gesagt hat, als ihr noch verheiratet wart, Dinge, die dir das Herz brechen und dich zum Weinen bringen und dir zugleich das Gefühl geben, dass du geliebt wirst – wenn das passieren würde, willst du behaupten, dass du sie nicht lesen würdest?«

Mila denkt darüber nach. Ihr stoischer Gesichtsausdruck weicht widerwilligem Verständnis. »Es wäre verlockend«, gibt sie zu. Schon fühle ich mich besser. »Es wäre hart, sie nicht zu lesen. Und mit dem Passwort hast du einen halbwegs anständigen Grund.«

Ich stoße meine Fäuste in die Luft. »Ja!«, triumphiere ich.

»Aber nur, weil etwas verständlich ist, heißt das nicht, dass es richtig ist.«

»Ich vermisse ihn«, sage ich plötzlich. Es kommt einfach so aus meinem Mund.

Milas Zweifel werden schwächer. »Wenn du die Briefe geschrieben hättest, würdest du wollen, dass er sie liest, auch wenn du sie ihm nicht geschickt hast?«

Meine spontane Antwort lautet ja. Aber ich nehme mir Zeit, ernsthaft darüber nachzudenken. Ich stehe vor Mila und lasse mir ihre Frage durch den Kopf gehen. Ich versetze mich in Ryans Lage. Die Antwort lautet dennoch ja.

»Ja. Mir ist klar, dass das eigennützig klingt, aber ich meine es ernst. Er schreibt, er hätte das Gefühl, mir oft nicht gesagt zu haben, was er wirklich empfindet. Er habe eine Menge Dinge für sich behalten, weil es einfacher war. Und dann wirft er mir vor, ich hätte das ebenfalls getan! Manchmal habe ich einfach getan, was er wollte oder was er vorgeschlagen hat, damit es keinen Streit gab. Und irgendwann hatte ich dann das Gefühl, überhaupt nicht mehr ehrlich sein zu können. Ergibt das einen Sinn? Die Atmosphäre war so angespannt, und ich habe mich immer mehr über ihn geärgert, dass ich plötzlich über alles und jedes wütend war. Ich hätte gar nicht mehr gewusst, wo ich anfangen sollte. Ich glaube, ihm geht es genauso. Das könnte eine Chance für uns sein. Vielleicht ist es das, was wir brauchen. Wenn ich ihm geschrieben hätte, wenn ich ihm mein tiefstes Inneres offenbart, ihm mein wahres Ich gezeigt hätte, würde ich wollen, dass er es liest.« Ich nicke. »Ich würde wollen, dass er mein wahres Ich sieht.«

Mila hört mir zu, und als ich fertig bin, lächelt sie mich an. »Na ja, dann ist es vielleicht das Richtige für euch beide«, sagt sie. »Aber du gehst ein großes Risiko ein, das muss dir klar sein. Es könnte vielleicht genau das sein, was er will. Möglicherweise ist er glücklich, wenn er weiß, dass du ihn besser verstehst, dass du das tiefste Innere seiner Seele kennst und ihn akzeptierst. Vielleicht hofft er das.« An ihrem Tonfall höre ich, dass sie noch nicht fertig ist, aber ich wünschte, das wäre das Ende ihres Vortrags. »Aber er könnte genauso gut wütend sein.« Na bitte. »Er könnte fuchsteufelswild sein, weil du sein Vertrauen missbraucht hast. Er könnte dir nicht mehr vertrauen. Es könnte ein schrecklicher Fehler sein, dieses neue Kapitel in eurem gemeinsamen Leben auf diese Weise zu beginnen. Wenn das Jahr vorüber ist und er zurückkommt, wie willst du ihm alles sagen, was du weißt? Willst du zugeben, was du getan hast? Und glaubst du wirklich tief in deinem Herzen, dass er sagen wird: ›Okay, das hört sich gut an‹?«

»Nein«, erwidere ich. »Aber ich glaube, dass daraus mehr Gutes als Schlechtes entsteht.«

Mila wirkt nicht überzeugt.

»Ich glaube, ich habe die Chance, meinen Mann auf ganz neue Art kennenzulernen. Ungefiltert. Ich kann lernen, was ich falsch gemacht habe, und langsam verstehen, was er braucht. Was ich das nächste Mal besser machen kann. Ich lerne, wie ich ihn wieder lieben kann. Wie ich ihm eine bessere Frau sein kann. Wie ich ihm gebe, was er braucht, wie ich ihm sage, was ich brauche. Und das ist gut. Ich habe gute Absichten.«

Ich wollte Mila überzeugen. Ich wollte einfach, dass mir jemand sagt, es sei okay, etwas zu tun, von dem ich weiß, dass es nicht okay ist. Doch nun habe ich mich irgendwie selbst überzeugt.

»Nun, ich wasche meine Hände in Unschuld«, sagt sie. »Es klingt, als wüsstest du, was du tust.«

Ich nicke und gehe zurück zu meinem Büro. Ich habe keine Ahnung, was ich tun werde.

Als ich fast außer Hörweite bin, ruft Mila mir hinterher: »Mexikanisch?«

Ich blicke auf die Uhr. Es ist zwölf Uhr siebenundvierzig. »Gib mir fünf Minuten.«

Als wir in den Fahrstuhl steigen, um nach unten zu fahren, frage ich Mila, ob sie persisches Essen mag.

»Was ist persisches Essen? Ich glaube, das habe ich noch nie gegessen.«

»Das ist mit viel Reis und Safran. Es gibt viele Schmorgerichte.«

»Schmorgerichte?«, fragt Mila und verzieht das Gesicht. »Nein, ich mag keine Schmorgerichte.«

»Griechisches Essen?«

Sie zuckt die Schultern. »Das ist okay.«

»Vietnamesisch?«

»Ich glaube nicht, dass ich das schon mal probiert habe. Ist es wie Thailändisch?«

»So ähnlich«, antworte ich. »Es gibt viel Nudeln, Fleisch und Brühe. Manchmal werden Sachen mit Fischsoße serviert.«

»Mit Fischsoße? Eine Soße, die aus Fisch gemacht wird oder eine Soße für Fisch?«

»Nein, sie ist aus fermentiertem Fisch gemacht. Ganz köstlich.«

»Warum bleiben wir nicht einfach bei Mexikanisch?«, fragt sie, als wir aus dem Fahrstuhl steigen.

Ich nicke. So einfach ist das. Warum hat Ryan nie gesagt: »Warum bleiben wir nicht einfach bei Mexikanisch?« Warum hat er dieses ganze Essen, das er gar nicht mag, über sich ergehen lassen? Ich hätte mich stattdessen auf einen Burrito eingelassen. Es hätte mir noch nicht einmal etwas ausgemacht. Warum wusste er das nicht?

»Weißt du …«, sagt Mila. Sie geht etwas voraus und sucht in ihrer Tasche nach den Schlüsseln. »Wenn du meinst, Ryan wäre glücklich, wenn du seine E-Mails liest und seine intimsten Gedanken ausspionierst, dann wäre es nur fair, wenn du dasselbe tust.«

»Wie meinst du das?«

»Wovor hast du Angst? Was willst du?«

»Ich weiß nicht. Ich glaube, ich …«

»Sag es nicht mir«, erwidert sie. »Schreib es in eine E-Mail.«

An diesem Abend checke ich noch einmal seine E-Mail-Entwürfe, bevor ich ins Bett gehe.

15. Oktober

Liebe Lauren,
es ist der Sex. Ganz ehrlich, es ist der Sex. Ich glaube, das ist die einzige Sache, deren Verlust ich nicht ertragen kann und die wir komplett verloren haben. Darum geht es für mich bei alledem. Ich glaube, in anderen Bereichen hätte ich mehr Geduld mit dir gehabt, wenn du nur ein bisschen mehr Interesse an Sex gezeigt hättest. Dann wäre ich dir gegenüber nachsichtiger gewesen, hätte lieber etwas mit dir unternommen, dir besser zugehört. Wenn ich nicht so genervt gewesen wäre, weil du nie, NIE Sex haben wolltest.

Warum bloß, zum Teufel? Das ist doch nicht so schwer, Lauren. Ich habe ja nicht erwartet, dass du so eine Art Sex-Königin wirst. Es wäre nur nett gewesen, zweimal die Woche Sex zu haben. Zweimal im Monat? Es wäre schön gewesen, wenn du vielleicht einmal im Jahr die Initiative ergriffen hättest.

Es hat sich immer angefühlt, als würdest du mir einen Gefallen tun. Als würde ich dich darum bitten, den Abwasch zu erledigen.

Und ich weiß nicht, warum ich dich nie deshalb angeschrien habe.

Denn in meinem Kopf habe ich das getan. Nachdem du zum zwanzigsten Mal in Folge »nicht heute Abend« gesagt hast, war ich manchmal so sauer, dass ich ins Bad gegangen bin, um kalt zu duschen, und dich im Geiste angeschrien habe. In meinem Kopf tobte ein heftiger Streit, bei dem ich das, was du sagen würdest, vorausgesehen und mir meine eigenen Antworten entgegengeschrien habe. Und dann habe ich mich abgetrocknet und bin neben dich ins Bett gestiegen und habe nichts von alledem laut ausgesprochen. Und du hast mit deinem verdammten Buch in der Hand im Bett gesessen und getan, als wäre alles in Ordnung.

Warum habe ich dir nicht einfach gesagt, dass nichts in Ordnung war?

Ich kann dir kein Ehemann sein, wenn du mich wie einen Freund behandelst.

Ich BRAUCHE SEX, LAUREN. ICH MUSS HIN UND WIEDER MIT MEINER FRAU SCHLAFEN. ICH BRAUCHE DAS GEFÜHL, DASS SIE GERN MIT MIR SCHLÄFT.

Ich kann nicht monatelang heimlich im Badezimmer masturbieren, weil dir »heute Abend nicht danach ist«.

Ryan

Ich möchte ihn anschreien. Wenn er gewollt hat, dass ich gern mit ihm schlafe, hätte er sich wohl etwas mehr Mühe geben müssen, es für mich angenehm zu machen. Ich möchte ihm sagen, dass das keine Einbahnstraße ist. Dass er nicht der Einzige war, der unbefriedigt ins Bett gegangen ist. Dass der Unterschied zwischen ihm und mir lediglich war, dass ich ihm zumindest alle paar Monate einen Orgasmus beschert habe. Aber dann gibt es da in mir noch eine andere, sehr laute, sehnsuchtsvolle Stimme, die sagen möchte: *Komm nach Hause, komm zu mir. Nachdem ich das nun weiß, können wir alles wieder in Ordnung bringen.*

Ich gehe ins Bett und versuche etwas zu schlafen. Ich werfe mich von einer Seite auf die andere. Ich starre an die Decke, doch irgendwann schaltet mein Gehirn schließlich ab, und ich schlafe ein.

Als ich aufwache, gibt es eine Menge, was ich unbedingt loswerden will.

16. Oktober

Lieber Ryan,
hier ein paar Dinge, von denen ich meine, dass du sie wissen solltest:

Das Sofa riecht nicht länger leicht nach Schweiß, weil sich niemand mehr nach dem Laufen ungeduscht darauflegt.

Ich habe voller Wonne meine Quittungen weggeworfen, denn ich muss nicht mehr Rechenschaft ablegen über jeden einzelnen Penny, der auf unser Konto gegangen oder davon abgegangen ist. Manchmal gehe ich ins Kaufhaus und merke, dass ich meinen Coupon vergessen habe, und dann kaufe ich die Sache trotzdem. Warum? Weil du mich mal kannst. Darum.

Ich gebe jedes Mal zwanzig Prozent Trinkgeld. Jedes. Mal. Es interessiert mich nicht mehr, dass du meinst, achtzehn seien üblich.

Ich freue mich wirklich darauf, eine ganze Dodgers-Saison zu erleben, ohne ein einziges Mal in dieses chaotische Stadion zu müssen.

Weißt du, wie man einen Besen benutzt?

Ich fand es immer schrecklich, in diesem blöden chinesischen Restaurant auf dem Beverly Boulevard zu essen, das du so gern magst. Es ist wirklich nicht besonders. Und wenn wir schon dabei sind: Ich finde, das Haar, das ich in meinem Chow Mein gefunden habe, war eklig, und ich konnte mich nicht »damit abfinden«.

Dieser Witz über die Nonnen, die sich an der Himmelspforte die Hände waschen, den du so gern zum Besten gibst, ist absolut widerlich. Überhaupt nicht lustig, sondern oberpeinlich.

Männer mit Bart sollten ihn trimmen. Man kann ihn nicht einfach wachsen lassen und meinen, es sähe gut aus. Man muss ihn pflegen, sonst sieht man aus wie ein Obdachloser.

Und wo wir gerade von Haaren sprechen, du musst dir angewöhnen, deine Schamhaare zu schneiden. Ich weiß nicht, wie viel deutlicher ich noch hätte werden sollen. Anscheinend hat es nicht gelangt, dir einen Bartschneider zu kaufen und zu sagen: »Ha, ha, ha, ich glaube, den kann man auch für die Schamhaare benutzen.«

Wenn du nach Gründen suchst, warum unser Sexleben durch und durch ein Desaster war, solltest du vielleicht mal darüber nachdenken, dass du dir nicht ein Fitzelchen Mühe gegeben hast, seit, ich weiß nicht, seit dem letzten Jahr auf dem College. Weißt du überhaupt, wie Frauen Lust erleben? Es geschieht nicht durch schonungsloses, unrhythmisches Rammeln.

Ich halte inne und blicke auf das, was ich geschrieben habe. Die letzten Teile möchte ich unbedingt löschen. Das ist alles so peinlich und unangenehm. Was, wenn er das wirklich liest? Was, wenn er es wirklich sieht?

Ich lösche es. Ich muss es löschen. Ich darf so etwas nicht sagen.

Doch dann fällt mir ein, dass ich Mila erklärt habe, ich wolle aufrichtig sein. Und dass ich meinte, Ryans E-Mails lesen zu müssen, weil ich seine ehrlichen Worte hören will. Ungefiltert. Wie kann ich rechtfertigen, dass ich seine ehrlichen Gedanken lese, wenn ich meine eigenen lösche?

Also drücke ich Control-Z. Der Text erscheint wieder auf dem Bildschirm.

Dort muss er bleiben. Ich muss es richtig machen. Wahrscheinlich wird er das nie lesen. Also schreibe ich eigentlich für mich selbst. Vielleicht liegt darin das Problem; vielleicht habe ich bei einigen dieser Punkte Angst, sie mir selbst einzugestehen.

Deshalb muss ich es tun.

Ich sichere die E-Mail und gelange in mein Posteingangsfach, wo ich sehe, dass ich eine neue E-Mail erhalten habe.

Von Ryan. Er hat mir tatsächlich eine E-Mail geschickt. Er hat bei einer davon auf Senden gedrückt.

16. Oktober

Liebe Lauren,
ich werde Klopfer nicht zu mir nehmen. Ich glaube, es ist besser, er bleibt bei dir.

Pass auf dich auf.

Ryan

Ohne überhaupt Luft zu holen, gehe ich auf Antworten und tippe »Gut«, dann überlege ich es mir anders und tippe »Okay«. Ich drücke auf Senden.

Das war es dann also. Die Stützräder sind ab. Ich werde meinen Mann nicht so bald wiedersehen. Wahrscheinlich erst in fast einem Jahr.

Ich stehe auf und gehe unter die Dusche. Ich ziehe mich an. Ich füttere Klopfer. Ich gehe zur Arbeit. Ich erledige die anliegenden Aufgaben. Als ich wieder nach Hause komme, logge ich mich, noch bevor ich Klopfer füttere oder meine Schuhe ausziehe, erneut in Ryans E-Mail-Account ein.

Es gibt einen neuen E-Mail-Entwurf, den ich noch nicht gelesen habe.

16. Oktober

Liebe Lauren,
ich habe jemanden kennengelernt.
Ryan

Der Laut, der mir entfährt, ist weder ein Weinen noch ein Schluchzen.

Auch kein Schrei.

Es ist ein Wimmern.

Ich drucke die E-Mail aus. Ich gehe zum Flurschrank und hole die Trittleiter, dann gehe ich zum Schlafzimmerschrank. Ich nehme den Schuhkarton, öffne ihn und lege den Brief hinein.

Ich lasse das Papier in dem Karton voller Erinnerungen. Es liegt auf den abgerissenen Zugtickets von unserer Fahrt nach San Diego, wo wir ein Wochenende am Strand verbracht haben. Es liegt auf dem Foto von uns beiden am Crab Shack in Long Beach, wohin wir an Ryans dreiundzwanzigstem Geburtstag mit meiner Familie gefahren sind. Es liegt auf Klopfers erstem Halsband, dem knallpinken, das wir ihm auf dem Heimweg gekauft haben, weil Ryan erklärte, er weigere sich, »bei Hunden an Geschlechternormen festzuhalten, und das da ist im Ausverkauf«. Es liegt auf den getrockneten Blütenblättern von meinem Brautstrauß.

Der Brief liegt oben auf all diesen Sachen. Weil ich nicht mehr so tun kann, als würde das alles nicht passieren. Als wäre das nicht Teil unserer Geschichte.

Ich nehme meinen Ehering ab und lege ihn in den Karton. Fürs Erste ist er besser bei den anderen Erinnerungsstücken aufgehoben.

Danach hört Ryan ganz auf, mir zu schreiben.

Ein oder zwei Wochen lang überprüfe ich jeden Tag seinen Ordner mit den Entwürfen, in der Hoffnung, etwas zu finden. Aber er schreibt nicht mehr.

Halloween kommt, und ich kaufe eine große Auswahl Süßigkeiten für Süßes-oder-Saures, doch als ich nach Hause komme, frage ich mich, ob Ryan und seine geheimnisvolle Freundin sich zusammen verkleiden, ein Paarkostüm vielleicht. Ich lenke mich ab, indem ich das Eingangslicht ausschalte und die Süßigkeiten selbst esse. Die ohne Schokolade gebe ich Klopfer.

Nach ein paar Wochen Trübsinn beschließe ich, seine E-Mails nur noch ab und an zu überprüfen. Ich suche mir Hobbys, um mich abzulenken. Klopfer und ich machen Wanderungen in den Runyon Canyon. Wir laufen den Berg hinauf, bis wir uns kaum noch bewegen können, bis wir meinen, wir könnten keinen einzigen Schritt mehr tun, und dann gehen wir dennoch weiter. Wir lassen den Berg nie gewinnen.

Nach einer Weile begleitet uns Rachel. Sie ermuntert mich, mit dem Laufen zu beginnen. Also tue ich es. Ich laufe jeden zweiten Tag. Während die Wochen vergehen, wird es kühl in Los Angeles, also kaufe ich mir ein engsitzendes Fleece. Meine Schienbeine beginnen zu schmerzen, also kaufe ich mir anständige Schuhe. Ich treibe mich immer weiter die Straße hinunter. Ich laufe länger. Schneller. Bis eines Tages mein Gesicht schmaler wirkt und mein Bauch sich fester anfühlt. Und dann laufe ich weiter. Das Laufen lässt die Stimmen in meinem Kopf verstummen. Es beruhigt meine Nerven. Es zwingt mich, an niemanden zu denken, an nichts als an das Geräusch meines Atems, das Klopfen meines Herzens und die Tatsache, dass ich weiterlaufen muss.

Schließlich logge ich mich überhaupt nicht mehr in Ryans E-Mail-Account ein.

TEIL DREI

So ist das mit der Liebe

Es ist ein Sonntagmorgen Ende November, und obwohl wir gestern nur gut fünfzehn Grad hatten, sind es heute knapp dreißig.

»Ich verstehe dieses Wetter nicht«, sagt Mila. »Nicht, dass ich mich beklagen würde. Ich meine nur, dass ich es nicht verstehe.«

Christina passt auf die Kinder auf. Mila hatte an unserem gemeinsamen Vormittag nur einen einzigen Wunsch: »Es ist mir egal, wohin wir gehen. Schaff mich nur von Kindern und Müttern fort.« Also hatte ich mir überlegt, dass es schön wäre, auf den Rose-Bowl-Flohmarkt zu gehen. Als ich sie abholte, schien sie ziemlich schlecht gelaunt zu sein, doch sobald wir unterwegs waren, hellte sich ihre Stimmung auf. Jetzt, wo wir hier sind, ist sie wieder ganz die Alte. Das einzige Problem ist, dass keine von uns wirklich etwas kaufen will, sodass wir nur ziellos durch die Gänge streifen.

Mila fühlt sich von einem Stand mit Traumfängern angezogen. »Was tun Traumfänger eigentlich?«, erkundigt sie sich.

»Träume fangen vielleicht?«

»Ja, aber was heißt das? Träume fangen?«

»Keine Ahnung.« Ich will nicht so laut sprechen, dass der Standbesitzer uns hört und uns einen zehnminütigen Vortrag hält. Diesen Fehler habe ich einmal bei einem Typen gemacht, der antike Nachttöpfe verkaufte. Als ich den Besitzer auf uns zukommen sehe, wechsele ich das Thema, indem ich sage: »Wechseln wir das Thema.«

Mila lässt die Traumfänger und geht weiter. »Okay«, sagt sie. »Wie wäre es, wenn wir darüber reden, dass ich ein Blind Date für dich organisiere?« Sie sieht mich mit euphorischem Gesichtsausdruck an, als könnte sie mich mit ihrer Begeisterung für die Idee anstecken.

»Nein. Ganz sicher nicht«, entgegne ich.

»Ach, hör auf. Du musst jemanden kennenlernen! Dich amüsieren!«

Fände ich es gut, jemanden kennenzulernen? Na klar. Manchmal schon. Aber ein Blind Date? Nein. »Das ist einfach nicht mein Stil.«

»Was ist denn dein Stil? Leute in der Freistunde kennenzulernen?«

Ich öffne den Mund weit, um ihr zu zeigen, dass ich beleidigt bin. »Das war im Speisesaal, nur zu deiner Information.«

»Hör zu, du hast dich schon sehr lange nicht mehr in die Welt der Dates begeben. Ich glaube, du musst begreifen, dass man in der Schlange beim Apotheker oder wenn man im Buchladen nach derselben Zeitschrift greift, niemanden kennenlernt.«

»Wie lernt man dann jemanden kennen?«

»Blind Dates!«, erwidert sie. »Nun ja, oder online, aber so weit bist du noch nicht. Alles dreht sich um Blind Dates.«

Das ist absurd. Ganz offensichtlich lernen sich Leute auf andere Weise kennen. Obwohl ich wirklich nicht weiß, wie man außerhalb vom College jemanden kennenlernt. Und ich weiß vor allem nicht, ob ich das jetzt schon herausfinden will. »Ich bin mir nicht sicher, ob ich schon so weit bin.« Ich gehe zu einem Stand mit Silberschmuck und probiere Ringe an.

»Wie du willst«, sagt sie. »Christina meint, er wäre wirklich süß.«

»Du hast schon jemanden im Kopf? Sitzt ihr zwei etwa zu Hause, kuschelt in euren farblich abgestimmten Schlafanzügen und unterhaltet euch über mein trauriges Leben?«

Mila tritt neben mich an den Ringe-Stand. »Erstens, wir tragen nie farblich abgestimmte Schlafanzüge. Wir sind Lesben, keine Zwillinge«, bemerkt sie. »Und zweitens, nein, wir kuscheln uns nicht zusammen und reden über dein trauriges Leben. Manchmal ist uns allerdings langweilig, und dann mischen wir uns in Dinge ein, die uns nichts angehen. Ich sehe das als Dienstleistung.«

»Eine Dienstleistung?«

»Meinst du, du bist die Erste, für die ich ein Blind Date arrangiere? Meine Schwester und ihr Mann? Das war ich. Christinas Chefin und ihr Freund? Ich.«

»Hast du nicht auch Samuel aus der Zulassungsstelle mit Samantha vom Wohnungsamt zusammengebracht?«

Mila winkt ab. »Das war ein Fehler. Ich bin zu sehr auf die Sam/Sam-Sache abgefahren, das hat meinen Blick getrübt. Aber Christina meint, dieser Typ wäre wirklich süß. Er ist seit Kurzem geschieden. Mitte dreißig. Sozialkundelehrer in der achten Klasse. Man kann sich vorstellen, dass er ein Schatz ist.«

»Ich weiß nicht«, erwidere ich zögernd. »Das klingt kompliziert. Ich suche doch nichts Ernstes. Ich weiß nicht. Ich glaube nicht.«

»Okay.« Sie tut, als würde sie nachgeben. »Dann muss Christina ihm sagen, dass es nichts wird.«

Ich lege den Ring zurück, den ich mir angesehen habe. »Sie hat schon mit ihm gesprochen?«

»Ja«, meint Mila schulterzuckend. »Das ist schade, weil er sich schon gefreut hat. Sie hat ihm dein Bild gezeigt, und er fand dich wunderschön.«

Ich blicke sie skeptisch an. »Das denkst du dir aus, oder?«

Sie hebt ihre Hand, als würde sie einen Eid schwören. »Ich schwöre zu Gott.«

Wider Willen muss ich lächeln.

Mila erwidert mein Lächeln. Sie ist weiter gekommen, als sie gedacht hätte.

Ich gehe an ihr vorbei zu dem Stand neben uns, wo ein Mann Mützen verkauft. Die Hälfte davon sind Dodgers-Kappen. Prompt frage ich mich, wo sich mein Ehemann gerade befindet. Er hat vor langer Zeit aufgehört, mir zu schreiben. Ich habe keine Ahnung, wie sein Leben aussieht. Er könnte mit einer blonden Frau im Bett liegen. Er könnte ihr Frühstück machen. Er könnte verliebt sein. Genau in diesem Augenblick mit ihr Sex haben. Der Mann, der auf den Stufen von Vernal Falls gestanden und mir erklärt hat, er könne nicht ohne mich leben. Was tut er jetzt ohne mich?

»Alles okay?«, fragt Mila, als ich sie schließlich wieder beachte. »Du wirkst abwesend.«

»Ja«, erwidere ich, »alles in Ordnung.« Das ist nicht die ganze Wahrheit. Aber es ist weniger gelogen als früher.

Am Montag gehe ich nach der Arbeit über den Bauernmarkt am Grove, als mein Telefon klingelt. Ich lege den Feinschmecker-Schinken weg, den ich gerade in der Hand halte, und grabe in meiner Tasche nach dem Telefon.

Es ist Charlie.

»Hallo«, melde ich mich.

»Hallo, hast du eine Minute?«

Ich entferne mich von dem Verkaufsstand und finde einen Platz zum Sitzen. »Ich habe jede Menge Zeit«, antworte ich. Ich sage das, um höflich zu sein, aber auch, weil ich momentan tatsächlich jede Menge Zeit habe. Das bringt das Single-Dasein so mit sich. »Was gibt's?«

»Ich komme an Weihnachten nach Hause«, sagt er.

»Das ist ja toll! Wir sind alle bei Mom. Ich glaube, Bill ist auch dabei. Und Oma kommt. Bei Onkel Fletcher ist es noch nicht sicher, aber ich gehe davon aus. Es wäre also schön, wenn du …«

Charlie unterbricht mich: »Hör zu, ich brauche deinen Rat.«

»Okay.«

»Ich habe allen etwas zu sagen, und ich bin mir nicht

sicher, wie ich es anstellen soll. Und deshalb dachte ich, ich frage erst einmal dich nach deiner Meinung.«

»Gut«, erwidere ich. Das ist ein ungewöhnliches Gefühl: Charlie ist interessiert daran, was ich denke. Aber ich bin auch etwas ängstlich. Wenn Charlie meinen Rat sucht, weil er glaubt, er kann es nicht allein regeln, dann muss es wohl etwas Großes sein, oder? Etwas Schlimmes.

»Sitzt du? Ich meine, hast du Zeit zu reden?«

»O mein Gott, Charlie, was ist los?«

Er holt Luft, dann sagt er: »Ich werde Vater.«

»Du siehst Vater?« Woher weiß er, wo Dad ist? Hat Dad ihn angerufen?

»Nein, Lauren. Ich bekomme ein Baby. Ich *werde* Vater.«

Leute gehen an mir vorbei, Käufer feilschen um Tomaten und Avocados, Kinder rufen nach ihren Müttern. In der Ferne rauschen Autos vorbei. Metzger verkaufen Fleisch an Frauen, die auf dem Weg von der Arbeit nach Hause sind. Doch das alles höre ich nicht. Ich höre nur mein eigenes Atmen. Mein eigenes ohrenbetäubendes Schweigen. Was soll ich sagen? Ich entscheide mich für: »Okay, und wie geht es dir damit?«

Charlies Stimme hellt sich auf. »Ich finde es toll, ehrlich. Ich glaube, es ist die beste Nachricht, die ich je in meinem Leben erhalten habe.«

»Wirklich?«

»Ja. Ich bin fünfundzwanzig Jahre alt. Ich habe einen Job, der mir egal ist. Ich wohne weit weg von meiner Familie. Meine Freunde sind … Egal. Aber was mache ich schon? Was habe ich Großartiges geleistet? Ich ziehe von einem Ort zum anderen in der Hoffnung, irgendwelche Abenteuer zu erleben, was jedoch nie passiert. Und dann treffe ich zufällig Natalie, und zwei Monate später erhalte ich einen Anruf, dass ich … Das ist gut. Ich finde das wirklich gut. Ich werde Vater!«

Das ist surreal. »Und wie soll das funktionieren mit dieser Natalie?« Ich hänge an logistischen Fragen, weil ich emotional gesehen überfordert bin.

»Nun ja, das macht es etwas kompliziert, aber vielleicht ist es ein glücklicher Zufall.«

»Okay.«

»Natalie wohnt in L.A., deshalb – ziehe ich zurück nach Hause.«

Wow. Meine Mutter bekommt ein Enkelkind, mit dem sie spielen kann. Meine Großmutter bekommt ihren Urenkel. Charlie hat das Problem gelöst. Er hat den Druck von mir genommen. Es hängt nicht mehr alles an mir. Das ist gut, stimmt's? »Wow, das sind aber eine Menge Neuigkeiten!«

»Ich weiß. Aber sie ist einfach eine tolle Frau. Und sie ist eine, mit der es klappen könnte. Sie ist klug, und sie ist lustig. Wir verstehen uns wirklich gut.«

»Wie habt ihr euch kennengelernt?«

»Im Flugzeug«, antwortet er. »Und wir … Wir haben es getan. Und ich habe mir nichts dabei gedacht. Tja, also dieser Teil ist etwas schwer zu erzählen.«

»Im Flugzeug?«, frage ich, setze die Teile im Kopf jedoch rasch zusammen. Mein Bruder hat mit einer Frau geschlafen, die er im Flugzeug kennengelernt hat, als er zu meinem Geburtstag nach Hause gekommen ist. Darüber reden wir hier. »Äh, Charlie«, frage ich lachend, »ist es *im* Flugzeug passiert?«

»In dem Bemühen, meine Würde und die der Mutter

meines Kindes zu wahren, verweigere ich die Antwort.« Also ja.

»Heiliger Strohsack.« Das ist alles ziemlich verrückt. »Du ziehst also mit einer Frau zusammen, die Natalie heißt. Und ihr zwei bekommt ein Baby.«

»Ja. Wir haben jeden Abend nach der Arbeit telefoniert und mailen uns. Ich mag sie wirklich. Wir sind uns einig, wie wir mit der Situation umgehen wollen.«

»Das ist toll. Wann kommt das Baby?«

»Ende Juni.«

»Na dann, Charlie, herzlichen Glückwunsch!« Zugegeben, irgendwie fühle ich mich überrumpelt, übergangen, plötzlich überflüssig.

Charlie klingt erleichtert. »Danke. Ich habe ziemliche Angst, es Mom zu erzählen.«

»Nein.« Ich schüttele den Kopf. »Musst du nicht. Du hörst dich glücklich an. Und Natalie scheint toll zu sein. Etwas Besseres kann Mom nicht passieren. Du ziehst zurück nach Hause, und sie bekommt ein Enkelkind. Ich sage dir, sie wird überglücklich sein.«

»Meinst du? Ich habe das Gefühl, dass die meisten Mütter wohl kaum hören wollen, wenn ihre Söhne sagen: ›Ich habe aus Versehen dieses Mädchen geschwängert.‹«

»Na klar, das ist ein Schock. Aber so wirst du es ja nicht sagen. Du hast ja einen Plan. Du bist glücklich damit. Wenn du dich darüber freust, wird sie sich auch darüber freuen. Hast du es Rachel erzählt?«

»Nein«, erwidert er. »Ich wollte erst hören, was du denkst. Ob ich sie jetzt anrufen oder es ihnen lieber persönlich an Weihnachten sagen soll. Ich habe das Gefühl, dass Rachel in diesen Dingen etwas voreingenommen ist. Sie ist nicht ganz glücklich mit ihrem Single-Dasein. Es ist schon ewig her, dass sie überhaupt mit jemandem ausgegangen ist, weißt du? Ich möchte sensibel damit umgehen.«

»Und da hast du dir gedacht, rufe ich lieber meine fast geschiedene Schwester an«, sage ich im Spaß.

Er lacht. »Ach, komm schon, du und Ryan, ihr kriegt das doch wieder hin. Das hast du selbst gesagt. Um euch mache ich mir keine Sorgen. Ich habe dich angerufen, weil du immer weißt, was zu tun ist.«

In einer Zeit, in der mein Leben ein einziger Scherbenhaufen zu sein scheint und ich mich fühle, als wüsste ich als Letzte, *was zu tun ist,* geht mir bei der Vorstellung, dass mein kleiner Bruder zu mir aufsieht, das Herz auf. Aber wenn ich ihm das sage, wenn ich ihn wissen lasse, wie viel mir das bedeutet, verliere ich hier mitten auf dem Bauernmarkt die Fassung. So behalte ich es lieber für mich. »Ich glaube, dein Impuls, es ihnen persönlich zu sagen, ist richtig. Vielleicht warnst du Mom vor, dass du eine Freundin mitbringst, wenn du Weihnachten nach Hause kommst? Ich nehme an, du wohnst bei Natalie?«

»Ja«, bestätigt Charlie. »Von daher sollte ich Mom vielleicht sagen, dass ich nicht bei ihr, sondern bei jemand anders übernachte. Dann weiß sie schon, dass etwas im Gange ist. Aber was, das erzähle ich ihr erst, wenn ich sie sehe. Das sage ich ihr lieber persönlich, du hast recht.«

»Ja, genau. Und mach dir keine Sorgen. Sie wird sich wirklich freuen.«

»Danke«, sagt Charlie, und zum ersten Mal habe ich das Gefühl, dass die übliche Schärfe aus seiner Stimme verschwunden ist.

»Ich bin neugierig«, forsche ich nach. »Du hast sie also

getroffen, und ihr, ihr habt, wo auch immer, du weißt schon. Und wie hat sie dich dann aufgespürt? Als sie gemerkt hat, dass sie schwanger ist, und wusste, es ist von dir. Wie hat sie dich in Chicago gefunden?«

»Ich hatte ihr meine Nummer gegeben«, erklärt Charlie, als wäre das sonnenklar.

»Du hast deine Nummer einer Frau gegeben, die du kaum kanntest, mit der du einmal im Flugzeug Sex hattest?«

»Ich gebe meinen One-Night-Stands immer meine Nummer«, entgegnet Charlie. »Kondome sind nur zu achtundneunzig Prozent sicher.«

Genau so ist mein kleiner Bruder. Er schafft es irgendwie, ebenso rücksichtsvoll wie zynisch zu sein. Und jetzt wird er Vater.

Und ich werde Tante.

»He, Charlie?«, sage ich.

»Ja?«

»Du wirst ein großartiger Vater sein.«

Charlie lacht. »Meinst du?«

Eigentlich habe ich keine Ahnung. Ich habe keinerlei Beweise. Ich glaube einfach an ihn. Und für eine Sekunde verstehe ich, warum jeder glaubt, dass meine Ehe wieder in Ordnung kommt. Niemand hat einen Beweis. Aber sie glauben an mich.

Am nächsten Morgen kommt Mila mit roten Augen und einer tiefen Sorgenfalte ins Büro.

»Oha, alles in Ordnung?«, frage ich.

»Mir geht's gut.« Sie legt ihre Schlüssel auf den Schreibtisch, nimmt die Tasche von der Schulter und lässt sie dumpf auf die Tischplatte plumpsen.

»Bist du sicher?«

Sie sieht mich an. »Wollen wir uns einen Kaffee holen?«, fragt sie. In unserem Büro kommt es nicht häufig vor, dass jemand gleich nach der Ankunft wieder geht, um sich einen Kaffee zu holen, aber ich bezweifle, dass jemand wirklich darauf achtet.

»Klar«, sage ich. »Ich hole nur mein Geld.«

Mila hängt sich die Tasche wieder über die Schulter, während ich zu meinem Schreibtisch laufe und meine hole. Bis zum Fahrstuhl schweigen wir. Ich drücke den Knopf, der Fahrstuhl *pingt,* und zum Glück ist er leer.

»Ich habe letzte Nacht nicht geschlafen«, berichtet sie, als sich die Türen schließen.

»Überhaupt nicht?«

»Nein. Und davor die Nacht habe ich ungefähr vier Stunden geschlafen und davor nur zwei.« Sie wirkt wie eine geschlagene Frau. Einen Arm hat sie in die Hüfte gestemmt, als müsste sie sich irgendwo abstützen.

»Warum?«, frage ich.

Doch da halten wir überraschend im vierten Stock. Eine Frau im schwarzen Kostüm tritt ein und drückt die zweite Etage. Es ist klar, dass wir uns unterhalten haben. Es ist auch klar, dass wir nicht weitersprechen, solange sie da ist. Es ist eine unangenehme Fünfzehn-Sekunden-Fahrt für uns alle. Als der Aufzug schließlich erneut hält, steigt die Frau aus, die Türen schließen sich langsam, und sogleich setzen wir unser Gespräch fort.

»Weil Christina und ich uns in letzter Zeit nachts stundenlang streiten«, sagt sie.

»Über was?«

Pling.

Wir sind im ersten Stock angelangt, durchqueren die Halle und gehen zum Kaffeestand. Mila und ich kommen nie her, weil wir keinen schwachen Kaffee und keine alten Bagels mögen. Doch manchmal braucht man das Kaffeeholen mehr als den Kaffee an sich. Und dies ist ein solcher Fall.

»Wir streiten uns über alles. Egal was! Über die Kinder, wer den Hund füttern soll, ob wir nach einer größeren Wohnung suchen sollten, wann der richtige Zeitpunkt ist, ein Haus zu kaufen, ob oder ob wir nicht Sex haben sollten.«

»Habt ihr viel Sex?« Vermutlich suche ich nach empirischen Beweisen dafür, dass ich normal bin. Dass alle Paare Schwierigkeiten mit Sex haben. Vielleicht haben die zwei auch nicht so häufig Sex. »Habt ihr damit irgendwelche Probleme?«

»Nein, wir haben viel Sex«, antwortet sie. »Das ist weniger das Problem. Eher, ob wir es tun sollen, solange die Kids wach sind.«

So viel zu dieser Theorie.

Sie tritt an den Kaffeestand. »Einen Haselnuss-Latte, bitte«, bestellt sie bei dem Mann, der den Laden betreibt.

»Tut mir leid, Ma'am, die Milch ist aus«, erwidert er. Er behauptet zwar, es täte ihm leid, wirkt jedoch nicht im Geringsten bekümmert.

»Die Milch ist aus?«

»Ja.«

»Es gibt also nur schwarzen Kaffee?«

»Und Zucker«, fügt er hinzu.

Das geschieht, wenn Leute Kaffee kaufen und sich nicht um die Qualität scheren. Wenn der Standort gut genug ist, muss man noch nicht einmal etwas zum Verkaufen haben.

»Okay. Einen normalen schwarzen Kaffee. Willst du auch etwas?«, fragt sie und deutet auf mich.

Ich winke ab. Der Mann reicht Mila einen Becher Kaffee und berechnet ihr zwei Dollar.

»Ihr zwei streitet euch also über jede Menge Dinge?«, greife ich das Gespräch wieder auf. Mila setzt sich auf eine Bank in der Halle, ich mich neben sie.

»Ja, und dann, wenn wir zu Ende gestritten haben, steht einer der Zwillinge auf, und ich kann nicht wieder einschlafen.«

»O Gott«, sage ich. »Was denkst du, woran es liegt?«

»Warum wir uns streiten?«

»Ja.«

Mila wirkt verzagt. »Ich weiß es nicht. Ich weiß es wirklich nicht. Vorher haben wir uns nicht so viel gestritten.

Eine kleine Kabbelei hier und da. Nicht diese Schreierei bis zum Sonnenaufgang.«

»Ist irgendetwas passiert, was euch beide aufgerieben hat?«

Sie zuckt die Schultern und trinkt vorsichtig einen Schluck von ihrem Kaffee. »Kinder aufzuziehen ist hart. Sich um eine Familie zu kümmern. Und ich glaube, das empfinden wir beide immer mal wieder so. Doch gerade haben wir es gleichzeitig. Was nicht gut ist.«

In ihrer Tasche piept es, und sie kramt ihr Telefon hervor. Vermutlich hat sie eine Nachricht von Christina erhalten, denn sie sieht wütend aus.

»Ich schwöre zu Gott«, sagt sie kopfschüttelnd, »ich bringe sie um. Ich bringe sie um!«

»Was hat sie getan?«

Sie zeigt mir die SMS. Dort steht nur: »Kann Brendan und Jackson nicht von der Tagesmutter abholen. Kannst du das übernehmen?« Das scheint relativ harmlos, doch offenbar steht diese Nachricht in einem Kontext, der sie zu einem schrecklichen Verrat werden lässt. Ich kann mir vorstellen, dass nach schlaflosen Nächten, unfreundlichen Worten und allem, was sonst vorgefallen ist, eine simple SMS reicht, um das Fass zum Überlaufen zu bringen.

»Was wirst du tun?«, frage ich.

Mila holt tief Luft, trinkt einen Schluck von ihrem Kaffee und steht auf. »Ich werde mich irgendwie damit arrangieren«, sagt sie. »Das werde ich tun. Ich werde ungefähr fünf von denen hier trinken«, sie deutet auf den Kaffee, »um bis fünf Uhr durchzuhalten, dann werde ich meine Kinder abholen. Ich werde einen Weg finden, nett zu meiner Partnerin zu sein, und ich werde ins Bett gehen. Das werde ich tun.«

Ich nicke. »Klingt nach einem Plan.«

Wir gehen zurück zu den Fahrstühlen, und auf dem Weg frage ich mich, warum ich das nicht konnte. Warum konnte ich die Antwort nicht in fünf Bechern Kaffee finden und zu Hause nett sein? Ich weiß es nicht. Ich weiß nicht, ob ich es je wissen werde. Vielleicht, weil ich nicht Mila bin. Vielleicht, weil Ryan nicht Christina ist. Vielleicht, weil wir keine Kinder haben. Vielleicht hätten wir alles anders erlebt, wenn wir Kinder hätten. Ich weiß nicht, warum Ryan und ich anders sind. Ich weiß nur, dass es in Ordnung ist.

Denn ich will nicht heute Abend nach Hause gehen und hart daran arbeiten, nett zu jemandem zu sein. Mir ist im Moment einfach nicht danach. Ich freue mich, dass ich zu Hause tun kann, was ich will. Ich werde im Fernsehen gucken, was ich will. Ausgiebig duschen und mir venezolanisches Essen bestellen. Klopfer und ich werden gegen Mitternacht ins Bett gehen und tief und fest schlafen, wobei wir beide reichlich Platz im Bett haben.

Und ich glaube, wenn einem das, was man abends vorhat, gefällt, darf man nicht bereuen, was dazu geführt hat. Das sollte eine Regel sein.

Als Mila und ich in den Fahrstuhl steigen, bedankt sie sich bei mir, dass ich ihr zugehört habe. »Ich fühle mich besser. Viel besser. Ich musste mir einfach mal Luft machen, glaube ich. Wie geht es dir? Reden wir von dir.«

»Da gibt es nicht viel zu berichten«, antworte ich. »Es ist alles okay.«

»Das ist gut«, sagt sie.

Es ist still, und ich versuche, die Stille zu füllen. »Du kannst loslegen. Du kannst dieses Date für mich arrangieren.«

Ich weiß nicht, warum ich das sage. Ich glaube, ich will sie aufmuntern.

Mila drückt den Stopp-Knopf des Fahrstuhls, woraufhin dieser abrupt anhält. Ich muss mich an der Wand abstützen, um nicht das Gleichgewicht zu verlieren.

»Tust du das nur, um mich aufzuheitern?«, will sie wissen.

»Nein«, erwidere ich. »Es wird Zeit, dass ich mich etwas amüsiere.« Ich glaube, das stimmt. Womöglich werde ich mich wirklich amüsieren. In gewisser Weise.

Mila lächelt breit. »Ach, das wird toll!«

Sie drückt erneut den Knopf, und wir fahren weiter nach oben.

»Ich bin stolz auf dich«, lobt sie.

»Wirklich?«, frage ich, als sich die Türen öffnen und wir hinaustreten.

»Ja. Das ist ein großer Schritt für dich.«

Ist es das? Ja, wahrscheinlich schon. Ich glaube, ich hätte etwas länger darüber nachdenken sollen.

Ein paar Stunden später kommt sie mit einem Lächeln im Gesicht und einem weiteren Kaffee in der Hand in mein Büro. »Hast du am Samstagabend Zeit?«

»Diesen Samstag?« Ich dachte, das wäre ein langfristiges Unterfangen. Ich habe nicht damit gerechnet, dass es schon an diesem Samstag passieren könnte.

»Ja.«

»Äh«, sage ich. »Klar. Ja. Ich glaube, ich kann am Samstag.«

»Dann gebe ich ihm deine Nummer.« Mila kommt an meinen Schreibtisch und übernimmt den Computer. »Willst du ein Foto von ihm sehen?«

»O ja, unbedingt.« Mir fällt ein, dass ich den Mann vielleicht attraktiv finden sollte.

Sie ruft ein Foto auf.

Er ist gutaussehend. Hellbraune Haare, ein markantes Kinn, Brille. Auf dem Foto pflanzt er mit ein paar Kindern einen Baum. Er trägt T-Shirt und Jeans sowie Gartenhandschuhe und hält eine riesige Schaufel in der Hand.

Ich blicke auf das Foto. Ich betrachte es ausgiebig. Ich glaube, ich könnte ihn küssen. Ja, vielleicht. Vielleicht ist er jemand, den ich küssen könnte.

Samstagmorgen verbringe ich gemütlich mit Klopfer im Bett. Wir sehen Reality-Fernsehen, und dann lese ich bis mittags Zeitschriften.

Ich rufe Rachel an, um ihr zu sagen, dass ich mich heute Abend auf ein Blind Date eingelassen habe, doch als ich gerade ihre Nummer wähle, klingelt mein Telefon. Das gleichzeitige Wählen und Klingeln bringt mich ganz durcheinander, und ich schaffe es, alle Gespräche zu verlieren, nachdem ich Rachel eine Nachricht auf der Mailbox hinterlassen habe, die ungefähr so klingt: »Äh, was? Warte. Ach!«

Als ich gerade meine verpassten Anrufe durchgehen will, um zu sehen, wer angerufen hat, klingelt es erneut. »Hallo?«

»Lauren?«

»Ja.«

»Hallo, hier ist David.«

Ich bin nervös. Auf die gute Art. Ich erinnere mich an diese Art. Es fühlt sich nicht ganz wie Schmetterlinge im Bauch an. Eher wie Kolibris in der Brust. Jedes dieser Bilder ist allerdings, wörtlich genommen, überaus beängstigend. »Ach, hallo David«, sage ich. »Wie geht's?«

»Ja, gut.«

Einen Augenblick herrscht Stille, und mein Gehirn sucht in Windeseile nach etwas, was ich sagen könnte, findet jedoch nichts. *Jemand sollte etwas sagen.*

»Wie wäre es um sieben Uhr? Es gibt einen tollen Griechen auf dem Larchmont Boulevard, wenn du griechisches Essen magst. Ich meine …« Er beginnt zu stottern. Er klingt nervös. »Ich meine, das mag ja nicht jeder. Was völlig okay ist.«

Es könnte leichter sein, als ich dachte.

»Griechisch hört sich sehr gut an. Meinst du Le Petit Greek?«

Mit griechischem Essen kenne ich mich aus.

»Ja«, bestätigt er erfreut. »Warst du schon einmal da?«

Dort bin ich immer mit Ryan hingegangen, wenn ich Moussaka essen wollte. Ich hätte merken müssen, dass er jedes Mal das Steak bestellt hat. Dabei macht er sich noch nicht einmal viel aus Steak.

»Ja, war ich. Ich liebe es. Großartige Wahl.«

»Okay, dann um sieben«, sagt David. »Du erkennst mich an der roten Rose am Revers.«

»Nett«, bemerke ich. Ich bin mir nicht sicher, ob er Spaß macht, und will ihn nicht auslachen.

»Das war ein Witz.« Er will das schnell richtigstellen. »Vielleicht sollte ich aber ein Erkennungszeichen haben. Ich trage ein schwarzes Hemd. Oder … Ja, ein schwarzes Hemd.« Er scheint nervöser zu sein als ich.

»Cool«, erwidere ich. »Dann hast du jetzt ein Date.« Sofort finde ich es peinlich, dass ich die Sache so deutlich ausgesprochen habe. Und das ist doch peinlich, stimmt's? Ein Date ein Date zu nennen?

»Okay«, sagt David. »Ich freu mich.«

Ich beende das Gespräch, lege das Telefon auf den Tisch und blicke zu Klopfer, der jetzt unter dem Tisch zu meinen Füßen sitzt. Ich muss mich unter den Tisch ducken, um ihm richtig in die Augen zu sehen.

»Es ist nicht seltsam, dass er nicht angeboten hat, mich abzuholen, oder?«, frage ich Klopfer. Er legt den Kopf ein wenig schräg. »So sind Menschen eben, stimmt's?«

Ich nehme sein Gähnen als ja.

Ich schrecke auf, als mein Telefon erneut klingelt. Rachel.

»Was zum Teufel hast du da auf meiner Mailbox hinterlassen?«, fragt sie lachend.

»Ich war verwirrt.«

»Eindeutig.«

»Ich habe heute Abend ein Date«, berichte ich.

»Ein Date?«, fragt sie. »Mit einem Mann?«

»Nein, mit einem Pandabären. Ich bin wirklich aufgeregt.«

»Meinst du, dass du schon so weit bist? Für einen Mann, meine ich? Ich verstehe schon, dass du nicht wirklich ein Date mit einem Pandabären hast.«

Ich seufze. »Ich weiß es nicht. Ich meine, Ryan trifft sich auch mit jemandem.«

»Wenn Ryan von einer Klippe springen würde, würdest du es dann auch tun?«

Ist es schlimm, dass es eine Zeit in meinem Leben gegeben hat, in der ich darauf vielleicht mit Ja geantwortet hätte? Ich bin geneigt, es schön zu finden, dass ich einmal so sehr an jemanden geglaubt habe. Bedingungslos und ohne jegliche Vorbehalte.

David hat Petersilie zwischen den Zähnen, und ich weiß nicht, wie ich ihm das sagen soll.

»Jedenfalls habe ich dann eine Stelle angenommen und unterrichte jetzt Achtklässler in Sozialkunde. Ich dachte, ich mache das ein oder zwei Jahre, aber es gefällt mir wirklich.« Er lacht ein bisschen über sich selbst, und das ist wirklich charmant. Er *ist* charmant. Aber zwischen seinen Schneidezähnen hängt Petersilie. Und zwar ein großes Stück. Eigentlich macht mir das nichts aus. Man sollte die Menschen nicht nach Petersilie beurteilen. Aber irgendwann wird er auf die Toilette gehen und in den Spiegel blicken, und dann wird er es sehen. Und er wird zurückkommen und sagen: »Warum hast du mir nicht gesagt, dass ich ein großes Stück Petersilie zwischen den Zähnen habe?« Und dann werde ich hier wie eine Idiotin sitzen und mit den Schultern zucken.

»Du hast ein …«, hebe ich an, doch er spricht schon weiter.

»Auf dem College war ich überzeugt, dass ich meinen Abschluss in Politikwissenschaften mache und als Nächstes im Senat lande! Aber das Leben hat manchmal andere Pläne. Und du?«

»Bei mir war es so ähnlich. Ich arbeite im Alumni-Büro an der Occidental.«

»Das hört sich nach einem abwechslungsreichen Job an.«

»Ja. Es macht Spaß. Es ist genau wie bei dir. Es ist nicht das, was ich eigentlich machen wollte. Ich habe im Hauptfach Psychologie studiert, aber dann habe ich diese Stelle gefunden, und sie gefällt mir. Es macht mir wirklich Spaß, Newsletter zusammenzustellen, Zusammenkünfte zu planen, solche Dinge.«

David trinkt einen Schluck von seinem Weißwein, wodurch die Petersilie weggespült wird.

»Ist es nicht schön, wenn man die Vorstellung davon, wie das Leben sein sollte, hinter sich gelassen hat und einfach genießen kann, was ist?«

Von allem, was die Leute über meine Ehe gesagt haben, hat nichts so in mir nachgeklungen wie das. Und er spricht noch nicht einmal von meiner Ehe.

Ich hebe mein Glas.

»Darauf trinken wir«, sage ich. David stößt sein Weinglas gegen meins und lächelt mich an. Und ohne die Petersilie ist es ein tolles Lachen. Es ist strahlend und weiß. Er sieht auf konventionelle Weise gut aus, markant. Er ist nicht so attraktiv, dass man seinetwegen den Verkehr anhalten würde. Ich aber auch nicht. Er ist einfach ein ganz gut aussehender Typ. Wäre er der neue Arzt in einer Kleinstadt im Mittleren Westen, würden alle Frauen einen Termin bei ihm machen. Auf so eine Weise ist er attraktiv. Seine Brille passt so gut auf seine Nase, als gehörte sie dorthin.

»Und für was interessierst du dich sonst?«, will David

wissen. »Ich meine, wenn du nicht arbeitest, was machst du dann?«

»Äh …« Ich weiß nicht, wie ich auf die Frage antworten soll. Ich lese Bücher. Ich gucke fern. Ich spiele mit meinem Hund. Meint er solche Sachen? Das scheint mir nicht sehr interessant. »Na ja, ich habe kürzlich angefangen, zu wandern und zu laufen. Ich gehe gern mit meinem Hund hinaus in die Sonne. Ich fühle mich gut, wenn er vor mir müde wird. Das kommt selten vor, aber es passiert. Abgesehen davon unternehme ich viel mit meiner Familie, und ich lese gern.«

»Was liest du?« Er isst ein Stück von seinem Lachs, während er mir zuhört.

»Meist Belletristik. In letzter Zeit lese ich gern Thriller. Krimis«, erwidere ich. In Wahrheit habe ich aufgehört, Bücher zu lesen, in denen Liebesgeschichten vorkommen. Mörder sind weniger deprimierend. »Und du?«

»Oh, meist Sachbücher«, antwortet er. »Ich halte mich an die Fakten.«

Einen Augenblick ist es still. Zugegeben, es ist schwer, ein Gespräch mit einem Fremden zu führen und so zu tun, als wäre er nicht so fremd, wie er ist. Ich überlege, was ich sagen könnte. Nach seiner Arbeit habe ich mich schon erkundigt. Was soll ich jetzt fragen?

»Entschuldige«, sagt er, »das ist mein erstes Date seit sehr langer Zeit. Es tut mir leid, wenn ich mich etwas ungeschickt anstelle.«

»Ach!«, sage ich. »Für mich auch. Mein erstes Date seit langer Zeit. Ich habe keine Ahnung, was ich tun soll.«

»Seit Ashley habe ich mich mit niemandem mehr getroffen«, erzählt er und bestätigt dann, was ich mir schon gedacht habe. »Christina, meine Exfrau, versucht immer, mich mit Leuten zusammenzubringen, Dates für mich zu vereinbaren. Aber ich habe nie ... Das ist das erste Mal, dass ich mich darauf eingelassen habe.«

Ich lache. »Mila hat ordentlich Druck gemacht.«

»Dann bist du also auch ein Opfer dieser Gewohnheit?«, stellt er lächelnd fest. »Geschieden?«

»Na ja, getrennt. Mein Mann und ich haben uns getrennt.«

»Das tut mir leid«, sagt David.

»Ja, mir auch«, erwidere ich. »Für dich, meine ich.«

David lacht. »Tja, wir haben uns nicht getrennt. Ich habe sie mit einem ihrer Kollegen im Bett erwischt. Daraufhin habe ich so schnell es ging die Scheidung eingereicht.«

»Das ist ja furchtbar.« Ich fasse mir erschrocken an die Brust. Ich kenne David zwar erst seit ungefähr einer Stunde, aber ich kann nicht glauben, dass ihm jemand so etwas antun kann.

»Und damit kennst du nur die halbe Geschichte«, sagt er, »aber ich fange nicht davon an. Das habe ich mir vorgenommen. ›Sprich beim Essen nicht von Ashley.‹«

Ich lache zustimmend. »Oh, glaub mir, ich mir auch. Seit Ryan weg ist, lerne ich langsam wieder, mich mit anderen Menschen zu unterhalten. Ehrlich gesagt, das ist mein erstes Date, seit ich neunzehn war. Ich habe eine ganze Liste von Dingen, die ich mir vorgenommen habe, nicht zu tun.«

»Lass mich raten. Nicht von deinem Ex sprechen. Nicht davon, wie verloren du dich fühlst, weil du wieder allein bist. Nicht darüber, wie seltsam und unangenehm es ist, jemand anders gegenüberzusitzen als deinem Ex.«

Ich füge noch ein paar Dinge hinzu: »Nicht von seinem

Teller zu essen, nur weil ich das so gewohnt bin. Nicht davon zu sprechen, dass ich seit elf Jahren kein Date mehr hatte.«

David lacht. »Einiges gelingt uns besser als anderes.« Er hebt sein Weinglas, um mit mir anzustoßen, und ich tue es ihm gleich. Unsere Gläser klirren, und wir trinken.

Lachend essen wir weiter und bestellen mehr Wein, als wir sollten. Als wir nicht mehr nur angeheitert, sondern beschwipst sind, erzählen wir uns Dinge, die wir anderen Menschen nicht erzählen.

David berichtet, dass er manchmal aufwacht und denkt, er sollte sie einfach zurücknehmen. Ich erzähle ihm, dass Ryan sich mit jemand anders trifft und dass ich bei dem Gedanken daran das Gefühl habe, mein Herz würde implodieren. Dass ich nicht sicher bin, ob ich je ein Leben jenseits von Ryan gehabt habe. Er nickt verständnisvoll und gesteht mir, dass er sich in den dunkelsten Stunden wünscht, er hätte sie nie erwischt. Dass er es einfach nicht herausgefunden hätte und sein ganzes Leben lang ein Typ gewesen wäre, der nicht weiß, dass seine Frau ihn betrügt. Weil er sich dann wohler fühlen würde. Ich gestehe ihm, dass ich mich frage, wer ich ohne Ryan bin. Dass ich mir nicht sicher bin, ob ich es jemals herausfinde.

Es ist das erste Mal, dass ich jemandem diese unschönen Wahrheiten erzähle. Zum ersten Mal berichtet mir jemand, dass er auch leidet. Es ist durchaus tröstend, seinen Schmerz mit jemandem zu teilen, der sagt: »Ich kann nur erahnen, wie schwierig das für dich sein muss.« Aber es ist noch besser, wenn derjenige sagt: »Das verstehe ich vollkommen.«

Als wir mit dem Essen fertig sind, begleitet er mich zu meinem Wagen. Wir gehen den Larchmont Boulevard hinunter, vorbei an den geschlossenen Geschäften und Cafés. Nächste Woche ist Weihnachten, und sie sind alle mit Girlanden und Lichtern geschmückt. Es wäre ein romantischer Moment, wenn wir uns nicht unsere Herzen ausgeschüttet, unsere Wunden gezeigt und alle Geheimnisse gelüftet hätten. Als wir meinen Wagen erreichen, küsst David mich auf die Wange und lächelt mich an.

»Etwas sagt mir, dass wir die Freundschaftszone betreten haben«, meint er.

Ich lache. »Das glaube ich auch. Aber es ist schön, einen Freund zu haben.«

»Zu schade, dass wir noch nicht so weit sind«, sagt er lachend. »Du bist eine schöne Frau.«

Ich werde rot und bin dennoch erleichtert. Für ein Date, das mit Leidenschaft endet, bin ich noch nicht bereit. Ich bin noch nicht so weit. Ich fasse Davids Hand. »Danke.« Ich öffne den Wagen und steige ein. »Behalt meine Nummer, ja? Ruf mich an, wenn es niemand anders versteht.«

Er lächelt sein nettes Lächeln. »Dito.«

Am Abend vor seiner Ankunft in der Stadt ruft Charlie mich an.

»Es ist alles vorbereitet, glaube ich. Mom weiß jetzt, dass ich woanders übernachte. Das war ein Schuss in den Ofen.«

»Das ist schon okay, glaub mir.«

»Ja, und Natalie ist etwas nervös.«

»O ja, das wäre ich auch. Das ist etwas beängstigend.« Bin ich nervös? Sie kennenzulernen? Irgendwie schon.

»Ich habe ihr aber erklärt, dass alle schwangere Frauen lieben. Vor allem solche, die mein Kind austragen.«

Mein Kind. Mein kleiner Bruder hat gerade »mein Kind« gesagt. Das ist für mich noch etwas ungewohnt. Aber es ist so. Das muss ich mir klarmachen. Nur weil es ein Geheimnis ist und ich noch mit niemandem darüber gesprochen habe, heißt das nicht, dass es nicht real ist. Es ist real, und es wird noch viel realer werden.

»Okay, dann kommst du einfach zu Mom?«

»Ja«, sagt er. »Wann gibt es noch Abendessen?«

»Um fünf, aber ich glaube, wir packen so gegen eins oder zwei die Geschenke aus.«

»Das heißt um zwei.«

»Hä?«

»Mom hat dir eins oder zwei gesagt, damit du um eins da bist und sie mehr Zeit mit dir hat, aber eigentlich plant sie für zwei Uhr.«

»Warum sagst du das, als wäre das ein teuflischer Plan?«

»Tue ich nicht.«

»Es ist nichts falsch daran, wenn deine Familie Zeit mit dir verbringen will.«

»Ich weiß«, erwidert Charlie. »Aber wir werden statt um eins um zwei da sein. Mehr sage ich nicht.« Er geht sorgsam mit seiner Zeit um, weil er jemanden hat, mit dem er Zeit verbringen will. Er will mit Natalie allein sein. Er will nicht den ganzen Tag mit seiner Familie verbringen. Und ich? Ich werde glücklich sein, den ganzen Tag mit meiner Familie zu verbringen. Was sollte ich sonst tun?

»Okay, dann sage ich Mom, dass du gegen zwei Uhr da bist.«

»Cool.«

»Und, Charlie?«

»Ja?«

»Du hast doch ein Geschenk für Mom, oder?«

»Machen wir das immer noch?«

»Ja, Charlie, das machen wir immer noch. Ich muss Schluss machen. Rachel ruft auf der anderen Leitung an.«

»Cool. Okay. Bis dann. Und sag ihr noch nichts!«

»Nein. Verstanden.« Ich drücke die Taste, um zu dem anderen Anruf zu wechseln, und verliere Rachel. Was zum Teufel? Wie schwer ist es, zwei Anrufe auf einem Telefon zu organisieren? Ich rufe sie zurück.

»Lern endlich, mit deinem Telefon umzugehen«, sagt sie.

»Ja, danke.«

»Wir haben ein Problem.«

»Ja?«

»Na ja, eigentlich ich. Aber ich bitte dich um Hilfe, sodass es irgendwie auch dein Problem ist.«

»Erzähl.«

»Oma hat einen Artikel gelesen, in dem steht, dass weißer Zucker Krebs fördert.«

»Verstehe. Und jetzt besteht Mom darauf, dass alle deine Desserts zuckerfrei sind.«

»Hast du je so etwas Lächerliches gehört?« Rachel ist hier diejenige, die sich lächerlich aufführt. Wir leben in Los Angeles. Es kostet mich keine fünf Minuten, mir einen glutenfreien, zuckerfreien, laktosefreien und veganen Cupcake zu besorgen, wenn ich das wollte.

»Das schaffst du«, sage ich. »Desserts sind für dich wie Atmen.«

»Sie hat doch noch nicht einmal Krebs«, wendet Rachel ein. »Das weißt du, oder? Ich meine, wir sprechen nie darüber, aber ich glaube, es ist klar, dass diese Frau keinen Krebs hat.«

Ich fange an zu lachen. »Du scheinst zu vergessen, dass das eine gute Nachricht ist«, bemerke ich.

Rachel lacht. »Nein!«, erwidert sie. »Ich finde es wunderbar, dass sie keinen Krebs hat. Ich bin mir nur nicht sicher, warum ich dann zuckerfreien Kürbiskuchen backen muss.«

»Okay, folgender Vorschlag: Du suchst jetzt ein paar passende Rezepte heraus. Schick mir eine Liste mit den Zutaten, die dir fehlen. Ich gehe in den Supermarkt und besorge alles. Und dann komme ich zu dir und helfe dir, alles zuzubereiten.«

»Das würdest du wirklich tun?«

»Machst du Witze? Na, klar. Mom hat mich dieses Jahr nicht gebeten, etwas mitzubringen. Ich sollte ruhig meinen Teil beitragen.«

»Wow.« Rachel klingt schon fröhlicher. »Gut, danke.« Dann fügt sie hinzu: »Du musst vor fünf oder sechs in den Supermarkt gehen, glaube ich. Nur, dass du das weißt. Die Supermärkte machen an Weihnachten früher zu.«

»Mach ich. Versprochen.«

»Und besorgst du auch etwas falschen Schnee?«

»Falschen Schnee?«

»Den gibt es manchmal in der Weihnachtsabteilung vom Supermarkt. Dieses Zeug, das man an die Fenster sprüht und das wie Schnee aussieht?«

Ich weiß, was sie meint. Das hat Mom immer an alle Fenster gesprüht, als wir noch klein waren. Sie hat eine Kerze angezündet, die nach Feuerholz roch, und »Let it snow« gesungen. Meine Mutter hat immer viel Wert darauf gelegt, uns ein richtiges Weihnachten zu bieten. Einmal hat Charlie angefangen zu weinen, weil er noch nie Schnee gesehen hat. Daraufhin hat meine Mutter Eis in einen Küchenmixer gegeben und versucht, ihn damit zu berieseln. Ob Charlie sich daran noch erinnert? Ob er wohl für sein eigenes Kind Eis in einen Mixer schmeißen wird?

»Bekommst du. Schick mir einfach eine Liste, und ich besorge alles.«

Ich lege auf und packe das Telefon weg.

Dann blicke ich mich im Haus um, ich habe nichts zu tun.

Also schreibe ich David eine SMS. Ich weiß nicht, warum. Wahrscheinlich, weil ich dann etwas zu tun habe. Jemanden brauche, mit dem ich reden kann.

Hast du schon einmal darüber nachgedacht, dass das wahre Problem am Leben ohne Partner ist, dass man sich manchmal so richtig langweilt?

Ich erwarte nicht, dass er antwortet, ich rechne damit, dass er es erst später liest. Aber er schreibt mir sofort zurück. Heftig langweilt. Ich habe unterschätzt, wie zeitintensiv das Eheleben ist.

Ich schreibe zurück: Irgendwie fehlt mir jetzt die Ablenkung. Und als ich sie hatte, fand ich sie schrecklich.

Er antwortet: Am schlimmsten ist es bei der Arbeit! Ich habe immer mit ihr gechattet, während die Schüler eine Arbeit geschrieben oder einen Film gesehen haben. Jetzt lese ich nur CNN.

Ich: Es ist öde.

Er: Ha ha ha. Genau.

Und das ist alles. Mehr schreiben wir einander nicht. Aber – ich weiß nicht. Ich fühle mich irgendwie besser.

Kannst du mir das geben?«, ruft Rachel. Sie trägt eine gepunktete Schürze, ihre Haare sind zu einem Dutt hochgesteckt. In ihrem Gesicht klebt Mehl. Der Kürbiskuchen ist im Ofen.

Jetzt macht sie sich an die zuckerfreien Zuckerplätzchen. Vorhin habe ich einen Scherz gemacht: »Ich glaube, dann nennt man sie nur Plätzchen, oder?« Sie lachte, aber es kam nicht von Herzen. Wir sind seit heute Morgen um halb neun, als ich mit den Zutaten bei ihr aufgetaucht bin, damit zugange. Ich hatte mit einer Liste voll seltsamer Chemikalien gerechnet, aber es standen nur Honig und Stevia darauf.

»Dir was geben?«

»Das.« Rachel sieht mich nicht an. Sie deutet noch nicht einmal auf etwas. »Das …« Sie macht eine unbestimmte Geste. »Das …«

Irgendwie schließe ich aus ihrer wedelnden Hand und dem großen Teigklumpen vor ihr, was sie will. »Das Nudelholz?« Ich reiche es ihr. Sein Gewicht zwingt mich, es ihr in die Hand plumpsen zu lassen.

Sie hält einen Augenblick inne. »Danke«, sagt sie. »Tut mir leid, dass ich zu viele Dinge auf einmal mache.«

Sie streut Mehl auf das Nudelholz und beginnt, den Teig auszurollen. »Hast du gehört, dass Charlie an Weihnachten eine Freundin mitbringt?«

»Hm?«, sage ich. Gott, ich bin so schlecht darin, meine Schwester zu belügen. Wir haben keine Geheimnisse voreinander. Das ist in unserer Familie nicht üblich. So weiß ich wirklich nicht, wie ich reagieren soll. Was genau soll ich sagen? Mich nicht festlegen? Nur vage antworten? Es glaubhaft abstreiten? Oder lüge ich ihr direkt ins Gesicht und sage etwas gänzlich Unwahres mit solcher Überzeugung, dass ich es fast selbst glaube? Solche Sachen sind nicht meine Stärke.

»Charlie bringt jemand zu Weihnachten mit«, sagt sie. Der Teig ist ausgerollt, und jetzt sucht Rachel etwas anderes. Es ist offenbar nicht da. Jetzt hat sie es. »Sieh dir die an!«, ruft sie stolz. Sie holt Ausstechformen in Gestalt von Schneeflocken hervor.

»Die sind ja cool!«, bemerke ich bewundernd. »Aber sie sehen aus, als wären sie schwierig zu benutzen.«

Rachel zuckt die Schultern. »Ich habe letzte Woche schon geübt. Das geht gut.«

Ich gehe an ihren Kühlschrank und hole eine Flasche Selterswasser heraus. Der Deckel lässt sich nicht drehen, ich kann sie nicht öffnen, und so reiche ich sie ihr. Wortlos knackt sie das Siegel und gibt sie mir zurück.

»Du solltest deinen Job kündigen«, sage ich.

»Was?« Sie achtet nur halb auf mich, da sie die Plätzchenformen auf dem Teig verteilt.

»Ernsthaft. Du bist so gut in diesen Dingen. Du machst

die ausgefallensten Desserts und fantastisches Frühstück. Du solltest eine Bäckerei aufmachen.«

Rachel hebt den Blick. »Das kann ich nicht.«

»Warum nicht?«

»Von welchem Geld?«

»Ich weiß nicht.« Ich zucke die Schultern. »Wie fängt man ein Geschäft an? Mit einem Geschäftsdarlehen, oder?«

Rachel legt die Förmchen weg. »Das ist nicht realistisch.«

»Dann hast du also schon darüber nachgedacht?«

»Na klar. Jeder denkt doch darüber nach, wie er mit den Sachen, die er gern tut, Geld verdienen kann.«

»Ja, aber nicht jeder verfügt über so viel Leidenschaft und Talent für etwas, mit dem man wirklich Geld verdienen kann«, widerspreche ich. Rachel arbeitet in einer Personalabteilung, was mir immer schon etwas seltsam vorgekommen ist. Sie ist kreativ. Ich habe immer gedacht, dass sie etwas klassisch Kreatives machen würde.

»Es gibt deutlich begabtere Bäcker als mich«, wendet sie ein.

»Ich weiß nicht.« Ich bin mir ganz sicher. »Du bist wirklich richtig gut. Und sieh dich an, du übst in deiner Freizeit, wie man Schneeflockenförmchen benutzt. Wie viele Leute können das von sich behaupten?«

»Ich sage nicht, dass ich es nicht gern tue.«

»Denk darüber nach. Denk einfach nur darüber nach.«

»Es ist nicht realistisch.«

Ich hebe abwehrend die Hände. »Ich sage nur, denk darüber nach.«

Nach ein paar Stunden packen Rachel und ich Plätzchen und Kuchen ein. Vorsichtig verfrachten wir das Lebkuchenhaus, das sie letzte Nacht gebacken hat, in den Kofferraum meines Wagens. Ich werfe die zwei Sprühdosen mit Schnee in meine Tasche. Als ich auf den Beifahrersitz steige, hat Rachel den Schlüssel ins Zündschloss gesteckt, blickt jedoch wie benommen nach unten. Ich erwarte, dass sie den Wagen startet, doch das tut sie nicht.

»Hallo«, rufe ich und wedele mit der Hand durch die Luft, um ihre Aufmerksamkeit zu gewinnen.

Sie sieht auf. »Tut mir leid«, sagt sie und dreht den Schlüssel. Dann sieht sie mich an. »Meinst du wirklich, dass ich gut darin bin? Im Backen?«

Ich nicke. »Besser als gut. Wirklich.«

Sie sagt nichts, aber ich sehe, dass sie es sich zu Herzen nimmt.

»Frohe Weihnachten übrigens!«, meint sie, als wir den Freeway erreichen. »Ich kann nicht glauben, dass ich heute Morgen vergessen habe, das zu sagen.«

»Frohe Weihnachten!«, erwidere ich. »Ich glaube, es wird ein gutes.«

»Ich auch«, stimmt sie mir zu. Ihr Blick ist auf die Straße gerichtet, aber mit den Gedanken ist sie nicht auf dem Freeway.

Mein Telefon vibriert, und ich blicke aufs Display. Für den Bruchteil einer Sekunde denke ich, dass es vielleicht eine Nachricht von Ryan ist. Vielleicht können wir an Weihnachten die Regeln brechen.

Aber sie ist nicht von Ryan. Natürlich nicht.

Sie ist von David.

Frohe Weihnachten, neue Freundin.

Ich schreibe zurück: *Dir auch Frohe Weihnachten!*

Sie ist nicht von Ryan, nichtsdestotrotz lächele ich.

Frohe Weihnachten!«, ruft meine Mutter uns schon zu, bevor sie überhaupt die Tür öffnet. Man hört ihr die Aufregung an. Das ist für sie stets der glücklichste Tag des Jahres. Ihre Kinder sind zu Hause. Sie darf uns etwas schenken. Wir zeigen uns alle von unserer besten Seite. Im Grunde behandelt sie uns, als wären wir immer noch Kinder.

Weit öffnet sie die Tür, und Rachel und ich sagen beide wie aus einem Mund: »Frohe Weihnachten!« Als wir hereinkommen, sitzt Oma Lois auf dem Sofa. Sie will aufstehen, und ich sage ihr, dass sie das nicht muss.

»Unsinn«, widerspricht sie. »Ich bin doch kein Invalide.«

Sie blickt auf die Desserts auf dem Tisch. »Ach, Rachel, die sind ja bezaubernd! Seht euch nur diese feinen Plätzchen an. Es tut mir leid, dass ich leider keine essen darf. Ich habe kürzlich gelesen, dass man einen Zusammenhang zwischen weißem Zucker und Krebs nachgewiesen hat.«

»Nein, Mom«, schaltet sich meine Mutter ein. »Rachel hat sie alle ohne Zucker gemacht.« Sie wendet sich an Rachel. »Stimmt doch, oder?«

»Ja«, bestätigt Rachel, plötzlich stolz auf sich. »Sogar die Zuckerplätzchen!«

»Dann sind es wohl nur noch Plätzchen?«, scherzt meine Mutter. Sie ist nicht wirklich gut im Witzemachen, sie kämpft schon mit ihrem eigenen Lachen, bevor die anderen lachen.

»Der war gut, Mom!«, sage ich und klatsche mich mit ihr ab. »Den habe ich heute auch schon gemacht.«

Alle reden über das, worüber man an Weihnachten so spricht. Was es zu essen gibt, wann gegessen wird, wie gut alles riecht. Eigentlich übernimmt Großmutter jedes Jahr an Weihnachten die Regie in Moms Küche und kümmert sich um alles, doch dieses Jahr, lässt meine Mutter uns wissen, hat sie sich auch mächtig ins Zeug gelegt.

»Ich habe die Süßkartoffeln *und* die grünen Bohnen gemacht«, verkündet sie. Etwas an ihrem kindlichen Stolz erinnert mich an den Sprühschnee.

»Ach!«, sage ich. »Sieh nur, Mom! Rachel und ich haben Sprühschnee mitgebracht.« Ich hole die Flaschen heraus. »Toll, nicht?«

Sie nimmt sie mir aus den Händen und schüttelt sie sofort. »Ach, das ist großartig! Wollt ihr sprühen oder soll ich?«

»Überlass das doch den Mädchen, Leslie«, schaltet sich meine Großmutter ein. Ihr vermeintlicher Vorschlag klingt wie ein Befehl und drückt sowohl Liebe als auch Spott aus. Mir fällt auf, dass meine Großmutter eine ziemlich dominante Mutter ist. Ich sehe meine Großmutter immer als *meine* Großmutter. Ich habe nie über die Tatsache nachgedacht, dass sie die Mutter meiner Mutter ist. Für mich ist es eigentlich so, als stünde meine Mutter ganz oben in der

Ahnenreihe. Dabei ist sie nur ein Glied in einer langen Reihe von Frauen. Frauen, die zunächst Töchter sind, dann zu Müttern werden, schließlich zu Großmüttern und eines Tages zu Urgroßmüttern und Vorfahren. Ich befinde mich noch in Phase eins.

Meine Großmutter stibitzt ein Plätzchen und isst es, allerdings nicht sehr unauffällig, denn alle sehen es.

»Oh, du meine Güte!«, ruft sie. »Die sind ja fantastisch. Und du hast sicher keinen Zucker verwendet?«

Rachel schüttelt den Kopf. »Nein, kein bisschen.«

»Leslie, die musst du probieren«, sagt sie zu meiner Mutter.

Meine Mutter nimmt einen Bissen. »Wow, Rachel!«

»Ach, sind die wirklich so gut?«, frage ich. Ich war den ganzen Morgen mit ihr zusammen, man sollte annehmen, ich hätte schon eines probiert. Ich nehme mir ein Plätzchen. »Herrgott, Rachel!«, stöhne ich, und meine Großmutter schlägt mir mit dem Handrücken gegen den Arm.

»Lauren! Missbrauche an Weihnachten nicht den Namen des Herrn!«

»Tut mir leid, Oma.«

»Wo ist Onkel Fletcher?«, fragt Rachel, woraufhin meine Mutter hinter Großmutters Rücken den Kopf schüttelt und mit den Händen wedelt. Die klassische »Frag nicht!«-Geste, die klassischerweise zu spät kommt.

»Ach«, seufzt Großmutter, »er wollte nicht mitkommen. Ich glaube, er braucht mal etwas Zeit für sich.«

»Ja, das ist nachvollziehbar.« Ich versuche die Unterhaltung etwas aufzulockern, meine Großmutter wirkt betrübt.

»Nein«, widerspricht sie. »Mir wird langsam klar, dass

dein Onkel ein bisschen …«, sie senkt die Stimme zu einem Flüstern, »seltsam ist.«

Sie sagt das, als wäre »seltsam« etwas, worüber man nicht spricht. Onkel Fletcher hat noch nie eine Beziehung gehabt. Er lebt zu Hause bei seiner Mutter und verdient sein Geld damit, dass er Sachen auf eBay verkauft, sowie von Gelegenheitsjobs. Ich bin mir ziemlich sicher, wenn ein gutes neues Computerspiel herausgekommen ist, hockt er in Unterwäsche vor dem Computer und will es unbedingt spielen.

»Das ist dir erst jetzt aufgefallen, Oma?«, fragt Rachel. Ich bin überrascht, dass sie sich traut, das offen zu sagen – niemand von uns erwähnt Onkel Fletchers Verschrobenheit –, aber anscheinend muss meine Großmutter darüber lachen.

»Liebes, ich habe einst eurem Großvater geglaubt, dass man beim ersten Mal nicht schwanger wird. So ist Onkel Fletcher überhaupt entstanden. Ich war also nie das schärfste Messer im Besteckkasten.«

Wenn wir normalerweise schon nicht die Verschrobenheit von Onkel Fletcher erwähnen, so sprechen wir ganz bestimmt auch nicht vom Sex meiner Großeltern. Einen Augenblick hängt ihr Kommentar in der Luft, dann realisieren wir, was sie da gerade gesagt hat, und können uns nicht mehr halten. Meine Mutter, Rachel und ich lachen so heftig, dass wir kaum noch Luft bekommen. Meine Großmutter fällt mit ein.

»Oma!«, rufe ich.

Großmutter zuckt die Schultern. »Nun ja, es stimmt! Was wollt ihr denn?« Wir ringen alle um Luft, und Oma setzt die Unterhaltung fort: »Wo ist Ryan? Er wird ja wohl kaum an Weihnachten arbeiten.«

Ich hatte angenommen, dass meine Mutter mir die schwere Aufgabe abgenommen und Großmutter erzählt hat, was passiert ist. Eigentlich dachte ich, sie hätte es ihr schon vor Monaten erzählt. Ich war irgendwie erstaunt, dass Großmutter mich nie angerufen hat, um mit mir darüber zu sprechen. Und als ich sie an Thanksgiving angerufen habe, war ich angenehm überrascht, dass sie kein Wort darüber verloren hat. Doch ganz offensichtlich ahnt sie noch nichts. Oh, die Naivität des Wunschdenkens.

Ich sehe zu Rachel, doch sie tut, als wäre sie ganz mit ihren Plätzchen beschäftigt, und meidet jeglichen Blickkontakt, vor allem mit mir. Ich bin versucht, mir eine Ausrede zu überlegen und das Gespräch auf ein anderes Mal zu verschieben. Meine Mutter wirft mir jedoch einen Blick zu, der deutlich macht, dass sie von ihrer ältesten Tochter etwas mehr Mut erwartet. Also versuche ich, ihrem Wunsch zu entsprechen.

»Wir …«, hebe ich an, »wir haben uns getrennt. Vorübergehend. Wir sind vorübergehend getrennt. Ich glaube, so sagt man das.«

Großmutter blickt mich an und legt den Kopf leicht schief, als könnte sie nicht ganz glauben, was sie da hört. Sie sieht zu meiner Mutter, und ihre Miene fragt: *Was sagst du dazu?* Und meine Mutter deutet auf mich, als wollte sie sagen: *Wenn du damit ein Problem hast, sag es ihr selbst.* Meine Großmutter wendet sich wieder zu mir und holt Luft. »Okay, was heißt das?«

»Es heißt, dass wir nicht mehr glücklich miteinander waren und festgestellt haben, dass wir uns mehr von einer Ehe erwarten. Also haben wir uns getrennt. Und ich hoffe wirklich, dass wir, nachdem wir eine Zeit lang getrennt gelebt haben, einen Weg finden werden, wieder glücklich miteinander zu sein.«

»Und du meinst, das schaffst du mit einer Trennung?«

»Ja«, antworte ich. »Ich glaube, wir haben uns gegenseitig eingeengt. Wir brauchen etwas Luft.«

»Hat er dich betrogen? Ist es das?«

»Nein«, protestiere ich. »Absolut nicht. Das würde er nicht tun.«

»Hat er dich geschlagen?«

»Oma! Nein!«

Sie wirft die Hände in die Luft und lässt sie wieder sinken. »Dann verstehe ich es nicht.«

Ich nicke. »Das habe ich mir schon gedacht, deshalb habe ich das Thema nicht angesprochen.« Rachel ist derart bemüht, sich nicht an diesem Gespräch zu beteiligen, dass sie ebenso gut vor sich hinpfeifen könnte.

»Ihr habt also einfach nur festgestellt, dass ihr nicht glücklich seid?« Sie malt Anführungszeichen in die Luft, als sie »glücklich« sagt, als hätte ich mir das Wort ausgedacht, als hätte es in dieser Unterhaltung nichts zu suchen.

»Findest du es nicht wichtig, glücklich zu sein?«

»In einer langjährigen Ehe?«

»Ja.«

»Ich würde nicht nur behaupten, dass das nicht das Wichtigste ist, sondern auch, dass es gar nicht möglich ist.«

»Überhaupt glücklich zu sein?«

»Die ganze Zeit glücklich zu sein.«

Das ist verwirrend, oder? Ich meine, warum erzählt man uns erst etwas von der ewigen Liebe und schimpft uns dann, wenn wir an sie glauben?

»Aber findest du nicht, dass man danach streben sollte?

Dass man versuchen sollte, die ganze Zeit glücklich zu sein? Dass man versuchen sollte, die Ehe nicht nur mit einem Lächeln zu ertragen, sondern sie zu genießen?«

»Meinst du, dass du das tust?«

»Ich glaube, dass dies der beste Weg ist zu lernen, meinen Mann auf die Art zu lieben, die ich will. Ja.«

»Und funktioniert es?«

Funktioniert es? Ich habe absolut keine Ahnung, ob es funktioniert. Das ist das Problem. »Ja«, erkläre ich voller Zuversicht. Ich sage es, als gäbe es keine andere Antwort. Vielleicht sage ich auch deswegen ja, weil ich ihre Bestätigung will. Weil ich will, dass sie nachgibt, weil ich sie auf ihren Platz verweisen will. Aber ich glaube, ich sage ja, weil ich irgendwie glaube, dass Gedanken zu Taten werden und Worte zu Handlungen. Wenn ich sage, dass es funktioniert, werde ich vielleicht in ein paar Tagen oder in ein paar Monaten zurückblicken und denken: absolut. Es funktioniert. Vielleicht muss diese Überzeugung so beginnen, mit einer kleinen harmlosen Lüge. »Ja, ich glaube, es funktioniert.«

»Wie?«

»Wie?«

»Ja, wie?«

Jetzt tun Rachel und meine Mutter nicht mehr so, als wären sie anderweitig beschäftigt. Sie hören aufmerksam zu und sehen mich an.

»Na ja, ich habe ihn viel mehr vermisst, als ich gedacht hätte. Als er ausgezogen ist, dachte ich, ich würde ihn nicht mehr lieben. Mir war nicht klar, wie sehr ich ihn noch immer liebe. Ich liebe ihn. Sobald er weg war, habe ich gespürt, was für eine Lücke er in meinem Leben hinterlassen hat.

Das hätte ich nicht gewusst, wenn ich ihn nicht verloren hätte, ihn nicht so vermissen würde.«

»Man könnte argumentieren, dass man das auch erreichen kann, indem man mal ein langes Wochenende verreist. Was noch?«

Ich will ihr beweisen, dass ich weiß, was ich tue. »Ich weiß nicht, ob das heute und hier das richtige Thema ist«, sage ich.

»Ach bitte, Lauren. Erzähl.«

Ich bin aufgebracht. »Gut. Jetzt, wo er weg ist, habe ich wirklich Sorge, dass er mit jemand anders zusammen sein könnte. Ich meine, ich glaube, er ist mit jemand anders zusammen. Ich weiß, dass er mit einer anderen zusammen ist. Und ich bin eifersüchtig. Ich war außer mir vor Eifersucht. Ich habe gar nicht mehr gesehen, wie attraktiv er ist, sondern ihn als selbstverständlich hingenommen. Und jetzt, wo ich weiß, dass er sich mit einer anderen trifft, ist mir klar geworden, was ich hatte, als ich es noch hatte.«

»Du willst sagen, dass du vergessen hattest, wie begehrenswert dein Mann ist, und jetzt, wo du siehst, dass eine andere Frau ihn begehrt, fällt es dir wieder ein?«

»Ja«, bestätige ich, »so kann man das sagen.«

»Gebt ihr Cocktailpartys?«

»Oma, wovon sprichst du?«, schaltet sich Rachel schließlich ein. Ich weiß, dass meine Großmutter mich liebt. Sie will nur das Beste für mich. Und sie hat sehr genaue Vorstellungen davon, was das Beste für mich ist. Darum habe ich zwar das Gefühl, mich verteidigen zu müssen, fühle mich aber nicht wirklich angegriffen.

»Ich stelle ihr eine ernsthafte Frage. Lauren, gibst du Cocktailpartys?«

»Nein.«

»Tja, wenn du das tun würdest und ein paar junge Frauen einlädst und einen Augenblick von der Seite deines Mannes weichst, würdest du bemerken, dass er sich mit einer Reihe äußerst hübscher junger Frauen unterhält, die ihn dir gern abnehmen würden. Und wenn sie nach Hause gegangen wären, hättet ihr den besten Sex eures Lebens.« Sie hebt ihre Hand und winkt ab, bevor wir überhaupt etwas sagen können. »Entschuldigt, wenn ich vulgär werde. Wir sind hier unter Damen.«

»Tja, das hat bei dir geklappt, Oma.« Ich schiebe das Bild von meinem verstorbenen Großvater, der mit jungen Frauen flirtet und anschließend Sex mit meiner Großmutter hat, beiseite. »Kannst du nicht respektieren, dass bei mir vielleicht etwas anderes funktioniert?«

Meine Großmutter denkt darüber nach. Meine Mutter mustert mich beeindruckt, Rachel kann den Blick nicht von uns wenden, gespannt, was als Nächstes passiert. Meine Großmutter fasst meine Hand. »Versteh mich nicht falsch. Ich respektiere dich. Aber das ist albern. In einer Ehe geht es um Bindung, um Loyalität. Es geht nicht um Glück. Glück ist zweitrangig. Und letztlich geht es in einer Ehe um Kinder.« Sie wirft mir einen vielsagenden Blick zu. »Wenn ihr ein Baby hättet, dann wärt ihr zusammengeblieben, egal, wie unglücklich ihr wärt. Kinder verbinden. Darum geht es in einer Ehe.«

Alle sehen sie an. Niemand sagt ein Wort. Sie spürt, dass niemand ihrer Meinung ist. So isst sie noch ein Plätzchen und wischt sich die Krümel von den Fingern.

»Aber ihr Kinder heutzutage, ihr macht es anders. Ich kann nicht euer Leben für euch leben. Alles, was ich tun kann, ist, euch zu lieben.«

Einen größeren Sieg kann man bei Lois Spencer nicht erringen.

»Bist du sicher, dass du mich noch lieb hast?«, necke ich sie. Die Antwort auf diese Frage habe ich immer gewusst.

Sie lächelt und küsst mich auf die Wange. »Ja, ganz sicher. Und ich bewundere deine Charakterstärke. Schon immer.«

Ich erröte. Ich liebe meine Großmutter so sehr. Sie ist verschroben und besserwisserisch, aber sie liebt mich, auch wenn diese Liebe ruppig und dogmatisch sein mag. Aber es ist Liebe.

»Eine Sache noch«, sagt sie, »und das gilt eigentlich für euch alle.«

»Wir hören dir zu, Mom«, erwidert meine Mutter.

»Ich bin alt. Und vielleicht bin ich konservativ. Aber das heißt nicht, dass ich nicht weiß, wovon ich rede.«

»Das wissen wir, Oma«, bemerkt Rachel.

»Was ich meine, ist, ich kann versuchen, die Art zu respektieren, wie ihr die Dinge seht, aber vergesst nicht, dass der alte Weg sehr wohl auch funktioniert.«

»Wie meinst du das?«, frage ich.

»Ich meine, wenn du eine Cocktailparty gegeben hättest, und du hättest ihn sich selbst überlassen und mit anderen Männern geflirtet, und er hätte es gesehen. Oder er hätte mit anderen Frauen geflirtet, und du hättest das gesehen. Wenn ihr ein paar Wochenenden getrennt voneinander verbracht hättet, einander hin und wieder etwas Raum gelassen hättet – vielleicht müsstet ihr dann jetzt nicht ein ganzes Jahr getrennt voneinander verbringen. Mehr will ich nicht sagen.«

Es klingelt an der Tür, wodurch das Gespräch beendet ist.

Gleich wird Charlie mit der geheimnisvollen Natalie durch die Tür treten. Aber noch lange, nachdem wir unser Gespräch beendet haben, gehen mir die Worte meiner Großmutter nicht aus dem Kopf. Sie könnte durchaus recht haben.

Natalie ist wunderbar. Nicht auf eine erotisch-sinnliche Art. Auch nicht auf eine dürre, supermodelmäßige. Sie sieht vielmehr gesund und glücklich aus, hat ein wundervolles Lächeln und trägt ein hübsches Kleid. Sie sieht aus, als würde sie Sport treiben, sich gesund ernähren und wissen, welche Kleider ihr stehen. Ihr Lachen ist strahlend und laut. Sie hört einem zu, sieht einen wirklich an, wenn sie mit einem spricht. Dem Weihnachtsstern nach zu urteilen, den sie meiner Mutter geschenkt hat, ist sie aufmerksam und weiß, was sich gehört. Dass sie, wie ich weiß, mit meinem kleinen Bruder Sex im Waschraum eines Flugzeugs hatte, bringe ich allerdings nur schwer mit der Person vor mir in Einklang. Diese Person hat Rocky Road Fudge zu Weihnachten mitgebracht.

»Den habe ich heute Morgen gemacht«, sagt sie.

»Ist der zuckerfrei, Liebes?«, will meine Großmutter wissen, was Natalie verständlicherweise verwirrt.

»O nein, das tut mir leid«, antwortet sie. »Ich wusste nicht, dass das …«

»Schon gut«, beruhigt Mom sie. »Meine Mutter ist etwas albern.«

»Es ist nicht albern, weitere Krebserkrankungen abwehren zu wollen«, widerspricht meine Großmutter. »Aber vielen Dank, Liebes, dass du den Fudge mitgebracht hast. Wir geben ihn dem Hund.«

Alle starren einander an, selbst Charlie ist sprachlos. Dabei hat meine Mutter noch nicht einmal einen Hund.

»War nur ein Scherz!«, sagt meine Großmutter. »Dass ihr alle darauf reinfallt, das ist ja verrückt. Natalie, danke, dass Sie den Fudge mitgebracht haben. Tut mir leid, dass diese Familie keinen Spaß versteht.«

Als Großmutter den Kopf abwendet, blickt Charlie zu Natalie und formt mit dem Mund die Worte: »Tut mir leid.« Das ist süß. Ich glaube, er versucht sie zu beeindrucken. Ich habe noch nie erlebt, dass Charlie jemanden beeindrucken wollte.

»Es ist so nett, Sie alle kennenzulernen«, bemerkt Natalie.

»Kommt«, sagt meine Mutter, »wir legen die Geschenke unter den Baum. Kann ich euch beiden etwas anbieten? Charlie, du willst bestimmt ein Bier. Natalie, vielleicht einen Glühwein?«

»Ach, nein danke.« Natalie schüttelt den Kopf. »Wasser ist okay.«

Schließlich sitzen wir alle vor dem Baum.

»Natalie, erzähl uns etwas von dir«, bittet Rachel.

Und Natalie, die freundliche, süße, naive Natalie will ihr antworten, doch Charlie kommt ihr zuvor.

»Das ist eine ziemlich blöde Frage, Rachel. Was soll das denn werden?«

»Tut mir leid«, erwidert Rachel schulterzuckend, als hätte man sie fälschlicherweise eines grausamen Verbrechens beschuldigt. »Das nächste Mal versuche ich, präziser zu sein.«

Es klingelt erneut an der Tür, und meine Mutter steht auf, um zu öffnen. Sie kommt mit Bill zurück.

»Frohe Weihnachten!«, ruft Bill in die Runde. Er hat Geschenke auf dem Arm und legt sie unter den Baum. Alle stehen auf und umarmen sich. Meine Mutter holt ihm ein Bier.

Das Geplauder beginnt. Alle stellen einander Fragen, keine davon ist interessant. Ich erfahre, dass Natalie Casting fürs Fernsehen macht. Sie stammt aus Idaho. In ihrer Freizeit macht sie gern Eingelegtes und Pickles. Als sie mich fragt, ob ich verheiratet sei, schaltet Charlie sich ein.

»Schwieriges Thema«, meint er und trinkt einen Schluck von seinem Bier. Die ganze Familie hört zu, und alle lachen. Diese Schufte lachen! Und dann lache ich auch. Denn es ist lustig, stimmt's? Und wenn etwas lustig ist, heißt das, dass es nicht mehr nur traurig ist.

Und so wünsche ich mir Frohe Weihnachten.

Ich habe viel zu viel gegessen. Zu viel Schinken. Zu viel Brot. Zu viel von den Süßkartoffeln. Als die zuckerfreien Zuckerplätzchen herumgereicht werden, stopfe ich ein paar davon in die letzten Ecken und Winkel meines Magens, und dann platze ich fast.

Meine Mutter hat so viele Gläser Glühwein getrunken, dass ihre Zähne eine leicht violette Färbung angenommen haben. Sie kuschelt sich am Tisch an Bill. Großmutter isst ihr zweites Stück Kuchen, und als sie meint, wir würden es nicht sehen, steckt sie heimlich ihren Löffel in die gezuckerte Schlagsahne. Charlie hingegen wirkt stoisch und nüchtern. Natalie lächelt. Mit einer falschen Bescheidenheit, wie sie außer ihr nur Miss Piggy hinbekommt, nimmt Rachel ein Kompliment nach dem anderen für ihre Plätzchen entgegen. Charlie steht auf.

Jetzt ist es also so weit, es geht los. O Mann.

»Also …«, hebt er an, »Natalie und ich möchten euch etwas sagen.«

Das reicht meiner Mutter schon. Sie weint. Ich glaube nicht, dass sie weiß, warum, und auch nicht, dass sie schon ahnt, was Charlie sagen wird. Vermutlich weiß sie nicht mal, ob sie glücklich oder traurig ist.

Rachel sieht Charlie an wie einen Irren, von dem sie nicht genau weiß, wie er sich heute verhalten wird.

Natalie lächelt noch immer, doch so langsam bröckelt es.

»Wir bekommen ein Kind.«

Wasserfälle. Die Augen meiner Mutter sind wie zwei Wasserfälle. Und zwar nicht nur kleine, plätschernde Bächlein, sondern welche, die sich über Felsen ergießen, welche, auf die ich mich, wenn ich Wildwasserkanu fahren würde, stürzen würde. »O Mist.«

Rachel klappt die Kinnlade nach unten. Bill ist sich nicht sicher, wohin sich das Ganze entwickelt. Dann fängt meine Großmutter an zu klatschen.

Sie klatscht! Und dann steht sie auf und geht zu Charlie und Natalie und nimmt sie beide in den Arm. Sie gibt ihnen nasse Küsse auf die Wangen, was äußerst befremdlich für Natalie sein muss, und ruft: »Endlich! Endlich bekomme ich einen Urenkel!«

Charlie dankt ihr, dass sie sich so freut, doch alle Aufmerksamkeit richtet sich jetzt auf Mom.

»Habt ihr zwei einen Plan?«, will sie wissen.

»Ja.« Charlie nickt. »Ich ziehe zurück nach L.A. und mit Natalie zusammen. Wir kümmern uns gemeinsam um das Kind. Ich fühle mich wie der glücklichste Mann auf der Welt, Mom. Wirklich.«

»Und was ist mit deiner Arbeit?«

»Ich habe nächsten Monat ein paar Vorstellungsgespräche.«

Mehr muss sie offenbar nicht wissen. Denn die Tränen, die sich, vor Freude oder vor Trauer, noch vor ein paar Sekunden ergossen haben, schaffen es nur noch bis zu ihrem Kinn, wenn sie überhaupt an ihrem breiten Lächeln vorbeikommen. Sie läuft zu Charlie und umarmt ihn, klammert sich an ihn. Sie ist gerührt und bewegt, ihre Freude kommt aus tiefstem Herzen. Sie umarmt auch Natalie.

Natalie steht ebenfalls auf. Sie ist eindeutig überfordert, gibt jedoch ihr Bestes und umarmt Mom ebenfalls fest. »Ich bin so froh, dass du dich freust«, sagt Natalie.

»Machst du Witze? Ich werde Großmutter!«

»Willkommen im Club. Wie schön!«, sagt Oma und zwinkert mir zu. Es ist ein liebevoller Moment. Ich habe vergessen, was ein Zwinkern in einem auslösen kann.

Als die Aufregung sich legt, richtet sich die Aufmerksamkeit auf Rachel. »Ich werde Tante? Wie cool ist das denn!«, kreischt sie, rennt zu ihnen und umarmt sie so fest, dass sie von einer Seite zur anderen wanken.

»Rachel!«, ruft Großmutter.

»Tut mir leid, Oma. Entschuldige.« Sie wendet sich an Natalie und fasst sie an den Oberarmen. »Willkommen in der Familie Spencer, Natalie! Wir freuen uns riesig, dass du jetzt zu uns gehörst!«

Als alle zu mir blicken, realisiere ich, dass ich auch irgendwie reagieren sollte. »Oh!«, sage ich. »HURRAAAAH!«, und dann umarme ich beide. Wir stehen alle um sie herum, bedrängen sie und wollen an ihrer Freude teilhaben. Erst da merke ich, dass es Wirklichkeit ist. Unser Leben ändert sich. Einer von uns wird als Erster erwachsen. Alle dachten, das würde ich sein. Doch ich bin es nicht. Es ist Charlie.

Ehrlich gesagt komme ich mir ein bisschen wie eine Versagerin vor. Als wäre ich vom Weg abgekommen, würde auf der Stelle treten, während Charlie an mir vorbeigezogen ist. Doch das ist nur ein kleiner Teil meiner Gefühle. Der Rest von mir kann nicht fassen, dass mein kleiner Bruder zu einem starken, zuverlässigen erwachsenen Mann herangewachsen ist. Dass es in meinem Leben ein kleines Baby geben wird, das ich mit Geschenken überhäufen kann. Dass meine Großmutter endlich den Urenkel bekommt, den sie sich gewünscht hat. Eine Neuigkeit, über die sie sich so sehr freut, dass sie ihre üblichen Kommentare bei sich behält.

Es ist ein guter Tag. Und ein wunderschönes Weihnachtsfest. Ich wünschte, Ryan wäre hier. Ich wünschte, er und ich würden zusammen nach Hause fahren. Dass wir heute Nacht im selben Bett schlafen und über die anderen quatschen könnten, so wie wir es früher getan haben. In solchen Momenten wird mir wieder bewusst, wie sehr er dazugehört hat.

Wir fünf – Rachel, Mom, Großmutter, Natalie und ich – stehen um Charlie herum, und vielleicht sucht er nach einem Fluchtweg. Vielleicht muss er frische Luft schnappen. Er blickt hilfesuchend zu Bill, und Bill steht auf und streckt die Hand aus. Charlie befreit sich von uns und ergreift sie.

»Herzlichen Glückwunsch, junger Mann«, sagt Bill. »Die beste Entscheidung, die du je treffen wirst.«

Charlie blickt zu Boden, nur ganz kurz, dann sieht er Bill in die Augen und sagt: »Danke.« Ich glaube, jeder Mann, der Vater wird, wünscht sich, dass ihm ein anderer Mann auf die Schulter klopft. Ich bin nur froh, dass Bill hier ist, um das zu übernehmen.

»Und? Wann heiratet ihr?«, fragt Großmutter, als Natalie Mom und mir mit dem Abwasch hilft. Rachel, Charlie und Bill sitzen noch am Tisch. Natalie und ich stapeln Teller, Großmutter und Mom packen sie in die Spülmaschine.

»Ach«, sagt meine Mutter, »lass sie doch in Ruhe, Mom. Sie müssen doch nicht heiraten, nur weil sie ein Baby bekommen.«

»Na ja«, sagt Natalie, »wahrscheinlich im Juli.«

»Im Juli? Ich dachte, ihr hättet gesagt, das Baby kommt im Juni«, bemerkt meine Mutter.

»Die Hochzeit, meine ich«, stellt Natalie richtig. »Dann ist das Baby schon da, und es ist leichter, ein Hochzeitskleid zu finden.«

»Nachdem das Baby geboren ist?«, fragt meine Großmutter.

Gleichzeitig sagt meine Mutter in genau demselben Ton und mit derselben Betonung: »Moment, ihr wollt heiraten?«

»Ja.« Natalie stockt. »Ach, haben wir das nicht gesagt?«

»Von Heiraten habt ihr nichts gesagt«, antworte ich, als Rachel mit ein paar leeren Schalen in die Küche kommt.

»Wer heiratet?«, fragt Rachel.

»Ihr habt gesagt, ihr würdet zusammenziehen.« Meine Mutter spricht langsam, sie nähert sich dem Satz, als wäre er eine Bombe, die jeden Moment detonieren könnte.

»Wir heiraten«, erklärt Natalie. »Es tut mir leid, dass wir das nicht erwähnt haben! Charlie!«, ruft sie. Sie sehnt sich zu Recht nach Verstärkung.

Als Charlie die Küche betritt, starren wir ihn alle an. Alle fünf. Seine Schwestern. Seine Mutter. Seine Großmutter. Seine – Verlobte?

»Ihr heiratet?«, frage ich ihn.

»Ja«, erwidert Charlie, als hätte ich ihn gefragt, ob er Hähnchen mag. »Natürlich. Wir bekommen ein Kind.«

»Endlich wird einer in dieser Familie vernünftig!«, stellt meine Großmutter fest.

»Mom, würdest du ins Esszimmer gehen und Bill ein bisschen Gesellschaft leisten?«, bittet meine Mutter sie.

Großmutter ist ganz offensichtlich milde gestimmt, denn sie stellt das Geschirr ab, das sie noch in der Hand hält, und geht hinaus.

»Dass ihr ein Kind bekommt, heißt aber nicht, dass ihr unbedingt heiraten müsst«, erklärt meine Mutter.

Natalie geht langsam zu Charlie. Ich glaube, sie hat nicht mehr wirklich das Gefühl, willkommen zu sein. Meine Mutter bemerkt die Veränderung in ihrer Körpersprache.

»Ich meine, das sind tolle Neuigkeiten«, lenkt sie ein. »Wir sind nur überrascht, das ist alles.«

»Warum ist es eine Überraschung, dass ich die Mutter meines Kindes heirate?«, fragt Charlie. Er sollte wirklich lernen, wann er es bei etwas belassen sollte.

»Nein, du hast recht«, gibt meine Mutter nach. Das tut sie nur Natalie zuliebe. Sobald diese außer Hörweite ist, wird sie sagen, was sie wirklich denkt. Daran merkt man, dass Natalie noch nicht wirklich zur Familie gehört. »Es sollte mich nicht überraschen. Du hast völlig recht.«

»Es wird bestimmt eine wunderbare Hochzeit«, fügt Rachel etwas schlapp hinzu.

Da sie sich Mühe gibt, bemühe ich mich auch. »Herzlichen Glückwunsch, Schwägerin!«, rufe ich. Es klingt so gezwungen und unnatürlich, dass ich beschließe, fortan den Mund zu halten.

»Danke«, sagt Natalie, die sich nun deutlich unwohl fühlt. »Ich sehe mal nach, ob noch etwas abzuräumen ist.«

Wir wissen alle, dass kein einziges Stück mehr in die Küche zu bringen ist. Aber keiner von uns sagt etwas.

Als Natalie gegangen ist, fährt meine Mutter sanft fort: »Ihr müsst das nicht tun. Wir leben nicht mehr in den 1950ern.«

»Ich will es aber tun«, beharrt Charlie.

»Ja, aber warum lässt du dir nicht Zeit, darüber nachzudenken?«, fragt Rachel.

»Wie kommt ihr darauf, dass ich nicht darüber nachgedacht habe?«

»Wie lange kennt ihr zwei euch überhaupt?«, fragt Mom.

»Drei Monate.«

»Und sie ist im dritten Monat?«, forscht meine Mutter weiter.

»Ja.«

»Verstehe.« Mom beginnt abzuwaschen. Sie ist enttäuscht und lässt das an Töpfen und Pfannen aus.

»Verurteile mich nicht, Mom.«

»Wer verurteilt dich denn?«, entgegnet sie, stellt schmutziges Geschirr ins Spülbecken und lässt Wasser darüber laufen. »Ich sage ja nur, lass dir Zeit. Du kannst noch dein ganzes Leben entscheiden, wen du heiratest.«

»Wovon redest du? Natalie ist schwanger. Wir ziehen zusammen. Sie wird meine Frau.«

»Aber zusammen zu wohnen heißt nicht, dass sie deine

Frau sein muss«, schalte ich mich ein. »Ihr könnt das Kind gemeinsam aufziehen und sehen, wie sich eure Beziehung entwickelt.«

»Lauren, du solltest hier auf meiner Seite stehen«, entgegnet Charlie und gibt mir das Gefühl, dass ich irgendwie zu ihm gehöre. Als würde ich etwas besitzen, was Charlie und mich zu Verbündeten macht. Charlie verbündet sich normalerweise mit niemandem. Allein die Tatsache, dass er will, dass ich auf seiner Seite bin, bringt mich deshalb dazu, auf seiner Seite zu sein.

»Ich bin auf deiner Seite«, sage ich. »Ich meine nur, dass du noch nie verheiratet gewesen bist, Charlie. Du weißt nicht, was das bedeutet.«

»Du doch auch nicht!«, entgegnet Charlie. Er gebärdet sich wie eine in die Ecke getriebene Ratte. »Ich meine nur, dass jeder das für sich herausfinden muss, oder? Mom, du hast es auf deine Weise versucht, und es hat nicht geklappt. Lauren, du weißt noch nicht genau, wie du es lösen willst. Wer will behaupten, dass mein Weg nicht richtig ist, nur weil er nicht wie eurer ist?«

Rachel schaltet sich ein: »Ich glaube, bei diesem Gespräch braucht ihr mich nicht.«

»Natürlich brauchen wir dich«, protestiert Charlie. »Ich will, dass ihr alle hinter mir steht. Ich mag diese Frau wirklich. Ich glaube, mit ihr kann ich es schaffen.«

»Eine Ehe funktioniert nicht nur, weil du willst, dass sie funktioniert.« Das kam von meiner Mutter, hätte aber genauso gut von mir sein können.

»Aber dass ich gesagt habe, wir würden zusammen ein Kind aufziehen, damit hattet ihr kein Problem?«, fragt er.

»Das sind zwei völlig verschiedene Dinge«, entgegne ich.

»Wenn ihr nicht mehr miteinander zurechtkommt, könnt ihr immer noch eine Elterngemeinschaft sein.«

»Ich will keine Elterngemeinschaft sein!«, wehrt Charlie ab. »Ich will eine Familie.«

»Elternschaft ist Familie. Auch alleinerziehende Haushalte sind Familien.« Meine Mutter versteht das als Anklage gegen sich, und ich kann verstehen, warum. Vermutlich wird es auch eine.

»Nein, Mom. Das ist nicht die Art von Familie, die ich mir wünsche. Ich will nicht getrennt von meinem Kind leben. Ich will Natalie nicht am Sonntagnachmittag auf dem Parkplatz von Wendys treffen, um mein Kind wieder abzugeben, okay?«

Das hat Charlie aus dem Fernsehen. Unser Vater hat uns nie fürs Wochenende zu sich genommen. Er wohnte nicht in der Stadt. Er war einfach weg.

»Gut«, lenkt meine Mutter ein und bemüht sich, ruhig zu bleiben. »Ihr müsst tun, was ihr für euer Kind für richtig haltet.«

»Danke«, sagt Charlie.

»Aber ich muss tun, was für meine Kinder richtig ist«, erklärt sie. »Und deshalb sage ich dir, dass eine Ehe harte Arbeit ist. Egal, wie sehr ich mich bemüht habe, ich habe es nicht geschafft. Es war mir unmöglich. Fällt dir etwas anderes ein, von dem ich je behauptet hätte, es sei unmöglich?«

Charlie hört ihr zu, dann schüttelt er den Kopf. »Nein«, antwortet er leise.

»Und deine Schwester«, fährt meine Mutter fort und deutet auf mich, »ist eine sehr kluge Frau, eine liebende Frau, die es gut meint und fast immer das Richtige tut.« Mit elf habe ich im Supermarkt eine Capri Sonne geklaut. Ich schwöre, das hat sie mir nie verziehen.

»Ich weiß«, sagt Charlie.

»Und sogar sie weiß nicht, wie es funktioniert.«

»Ich weiß«, wiederholt Charlie.

»Also, hör auf uns, wenn wir sagen, dass man eine Ehe nicht unterschätzen darf.«

»Für meine Meinung interessiert sich wieder einmal niemand!«, klagt Rachel bitter. Wie schnell wir uns alle zurückentwickeln, wenn wir im selben Raum sind.

»Ach verdammt, Rachel«, flucht meine Mutter und verliert die Beherrschung. »Du hast keinen Freund, na und? Niemand behandelt dich deswegen wie eine Aussätzige.«

»Wann immer das Gespräch auf den Freund oder Ehemann von jemandem kommt, denke ich …« Rachel verstummt. »Egal. Hier geht es nicht um mich. Tut mir leid.«

Meine Mutter legt den Arm um sie und drückt sie an sich. Rachel lässt es geschehen. Meine Mutter spricht weiter, an Charlie gewandt: »Du musst Natalie nicht heiraten, um zu beweisen, dass du nicht wie dein Vater bist. Verstehst du das? Nicht in einer Million Jahren könntest du wie dein Vater sein.«

Charlie sagt nichts. Er blickt zu Boden. Für einen Jungen muss es ganz anders sein, keinen Vater zu haben, als für ein Mädchen. Ich darf nicht davon ausgehen, dass es für uns beide dasselbe bedeutet.

»Du hast eine Menge Optionen«, fährt meine Mutter fort. »Und wir wollen nur, dass du darüber nachdenkst.«

»Gut«, antwortet Charlie.

»Wirst du darüber nachdenken?«, fragt sie.

»Das habe ich schon getan«, entgegnet er. »Ich habe mich entschieden. Ich will Natalie heiraten.«

»Liebst du sie?«, will Rachel wissen.

»Ich weiß, dass ich sie lieben werde«, erwidert Charlie. »Ich will es.«

Sein Ton macht deutlich, dass das Gespräch hiermit beendet ist. Einerseits möchte ich sagen: »Man kann ein Pferd zum Wasser führen, aber man kann es nicht zwingen zu trinken«, und andererseits denke ich, wenn irgendjemand mit seinem Dickkopf eine Ehe meistern kann, dann Charlie. Wenn jemand in eine glückliche Ehe hineinstolpert, dann mein kleiner Bruder. Und tief in meinem Herzen denke ich, dass er recht hat. Ich mag verheiratet sein, aber ich weiß überhaupt nichts über die Ehe. Wer will also beurteilen, dass Charlies Weg schlechter ist als der eines anderen?

»Also dann im Juli.« Meine Mutter lächelt. Sie bedeutet Charlie und mir, zu ihr und Rachel zu kommen. Charlie sieht mich an, und ich lege den Kopf schräg, um zu sagen: »Komm schon, eine Umarmung wird dich nicht umbringen.«

Wir umarmen uns alle vier. »Die anderen dort draußen sind nett und alles. Aber das hier …« Meine Mutter drückt uns drei fest. Es ist mehr eine metaphorische Geste; eigentlich sind wir dafür nun zu alt. »Das ist meine Familie. Ihr seid der Sinn meines Lebens.«

Wir stehen so eng beieinander, dass ich kaum noch Luft bekomme. Ich rechne damit, dass Charlie sich als Erster aus der Umarmung löst, aber das tut er nicht.

»Ich hab euch lieb, Leute«, sagt er.

Ganz tief aus dem Inneren des Rudels kommt gedämpft Rachels Stimme: »Wir dich auch, Charlie.«

Als es spät wird und Großmutter sich beschwert, dass

sie müde ist, packen wir alle unsere Sachen zusammen. Ich sammele meinen Stapel neuer Sweater und Socken ein. Rachel nimmt ihren neuen Schongarer. Das Geschenkpapier werfen wir weg. Charlie und Natalie verabschieden sich.

»Willkommen in der Familie«, sagt meine Mutter zu Natalie, als sie zur Haustür gehen. Sie umarmt sie. »Wir könnten nicht glücklicher sein, dich zu haben.« Sie umarmt Charlie lange und drückt ihn fest. »Du fliegst also morgen zurück?«, fragt sie. »Und wann kommst du endgültig her?«

»Ich packe in den nächsten Wochen meine Sachen zusammen und werde wohl Mitte Januar zu Natalie ziehen.«

Meine Mutter lacht. »Oh, Natalie! Ich glaube, du wirst mein Lieblingskind. Du schenkst mir ein Enkelkind und bringst mir meinen Sohn zurück nach Hause.« Sie legt die Hand auf ihr Herz und sieht so gerührt aus wie jemand, der wirklich richtig glücklich ist.

Sie gehen zum Wagen. Ich weiß, dass sie über uns reden. Natalie wird fragen, wie es gelaufen ist. Charlie wird ihr sagen, dass alle sie lieben. Er wird ihr nicht erzählen, was wir geredet haben, aber den Kern kennt sie ohnehin. Irgendwann wird Natalie Charlie fragen, ob Großmutter wirklich Krebs hat, und Charlie wird ihr alles erklären.

Als Rachel und ich gehen, biete ich ihr an zu fahren. Rachel reicht mir die Schlüssel, und in diesem Moment bittet Großmutter uns, sie mitzunehmen. »Oh«, sage ich. »Ich dachte, du würdest hier übernachten.«

»Nein, Liebes. Ich übernachte im Standard.«

Rachel lacht.

»Schon wieder?«, fragt sie.

»Dort gibt es eine Frau, die in einem Glaskasten hinter der Rezeption sitzt. Das ist orgiastisch!«, sagt Großmutter.

Rachel, Großmutter und ich küssen meine Mutter zum Abschied und rufen »Frohe Weihnachten!« und »Danke für die Socken«. Wir lassen sie und Bill allein. Ich meine in Bills Gesicht lesen zu können, dass er ein merkwürdiges Weihnachts-Sex-Kostüm für sie hat oder so etwas. Widerlich.

Wir steigen in den Wagen, und bevor ich den Zündschlüssel drehe, fragt meine Großmutter bereits: »Was haltet ihr von Bill?«

Rachel wendet sich zu meiner Großmutter um, die auf der Rückbank sitzt. »Ich mag ihn, du nicht?«

»Ich frage nur nach eurer Meinung«, erwidert Großmutter diplomatisch.

Ich richte den Blick auf die Straße, schalte mich jedoch in das Gespräch ein. »Ich glaube, er ist wirklich verliebt in Mom. Das finde ich schön.«

»Ihr habt euch wirklich verändert. Als ihr klein wart, habt ihr jeden Mann gehasst, mit dem sie ausgegangen ist.«

»Nein, das stimmt nicht«, widerspricht Rachel.

»Wir haben doch kaum einen kennengelernt«, sage ich.

»Sie hat aufgehört, sie euch vorzustellen«, erklärt Großmutter. »Weil ihr euch immer so aufgeregt habt.«

Daran kann ich mich überhaupt nicht erinnern.

»Bist du sicher? War das nicht nur Charlie?«, fragt Rachel.

»Liebes, ich erinnere mich, als wäre es gestern gewesen. Ihr habt jeden Mann gehasst, der das Haus betreten hat. Ihr beide. Ich weiß noch, dass sie mich immer angerufen hat und gesagt hat: ›Mom, was soll ich tun? Sie können keinen von ihnen leiden.‹«

»Und was hast du gesagt?«, erkundige ich mich.

»Ich habe gesagt: ›Dann hör auf, sie ihnen vorzustellen.‹«

»Ist nicht wahr!« Rachel dreht sich wieder nach vorn.

»Liebes, nimm nicht den Sunset«, sagt meine Großmutter, als ich über die Hügel in die Stadt fahre.

»Oma, du wohnst noch nicht einmal hier!«, ruft Rachel.

»Ja, aber ich achte auf den Weg, den eure Mutter nimmt. Fahr Fountain und dann Sweetzer. Das ist besser.«

Den Rest des Weihnachtsabends verbringe ich mit Klopfer und der Lektüre eines Krimis über eine ermordete Familie in einer irischen Kleinstadt. Der Kommissar hat Schwierigkeiten mit seiner Abteilung und muss den Fall unbedingt lösen, um sich zu beweisen. Es ist wundervoll, diesen Tag so ausklingen zu lassen, Klopfers Kopf auf meinem Bauch.

Gegen elf Uhr klingelt mein Telefon. Es ist David.

»Hallo«, sagt er. Er klingt leise und schüchtern.

»Hallo.« Ich lächele breit. »Wie war dein Weihnachten?«

»Nett. Ich habe den Tag mit meinem Bruder, seiner Frau und ihren Kindern verbracht.«

»Das hört sich gut an.«

»Es war nett. Die Kinder sind vier und zwei. Es ist niedlich zu sehen, wie sie ganz aufgeregt ein Spielhaus auspacken.«

»Und dann hast du den Rest des Tages damit verbracht, es für sie zusammenzubauen.«

David lacht. »Ich sage dir, diese Gebrauchsanweisungen sind eine Qual. Aber es ist schön, wenn man es geschafft hat.«

»Ich werde auch Tante«, berichte ich. »Ich freu mich schon auf solche Sachen.«

»Oh, wow, herzlichen Glückwunsch!«

Ich bedanke mich, dann folgt eine lange Pause.

»Tja, ja«, meint David schließlich. »Ich weiß nicht, warum ich angerufen habe. Ich glaube, ich wollte wissen, wie dein Weihnachten war. Ich habe an dich gedacht. Und Feiertage können einsam sein, deshalb wollte ich … Ich wollte einfach nur sehen, wie es dir ergangen ist.«

Manchmal möchte man vergessen, dass man allein ist, und stattdessen das Gefühl genießen, dass einen jemand versteht, dass jemand denselben Kampf führt wie man selbst. Und manchmal möchte man sich auch nur begehrt fühlen. Manchmal möchte man wissen, wie es sich mit jemand Neuem anfühlt. Manchmal vergisst man, ob man schon bereit für etwas ist, und tut es einfach.

»David«, sage ich warm. »Hast du Lust vorbeizukommen?«

Es folgt eine kurze Pause. »Ja«, erwidert er. »Ja, gern.«

»O mein Gott!«, kreische ich. Oder vielleicht auch nicht. Ich weiß es nicht.

»O mein Gott!« O mein Gott. O mein Gott.

O ja.

O Gott.

O Gott.

O Gott.

Ogottogottogott. Ja. Ja. Ja. Ja. Ja. Ja. Ja.

JA!

Dann falle ich auf ihn.

Als er wieder zu Atem kommt, bedankt er sich bei mir. Und sagt: »Das habe ich gebraucht.«

Und ich erwidere: »Ich auch.«

Am nächsten Morgen wache ich davon auf, dass Klopfer an der Tür kratzt. Normalerweise ist er nicht aus dem Schlafzimmer ausgesperrt.

Ich öffne die Tür und lasse ihn herein. Er springt auf David und untersucht ihn vorsichtig schnüffelnd. David wacht von Klopfers Schnauze in seiner Achsel auf.

»Entschuldige, Klopfer«, sagt David müde. Dann dreht er sich um und blickt mich an. »Guten Morgen.« Er lächelt.

»Guten Morgen.« Ich lächele zurück.

Er reibt sich die Augen. Ohne Brille wirkt er verletzlich. Als bekäme ich sein wahres Ich zu sehen, das sonst niemand sieht. Er blinzelt mich an.

»Brauchst du deine Brille?« Ich lache.

»Das wäre großartig. Ich kann … Nun ja, ich kann sie nirgends sehen. Weil ich ohne sie nichts sehen kann.« Er tastet nach ihr.

Ich nehme sie vom Nachttisch auf seiner Seite. Dabei beuge ich mich über ihn, streife seinen Körper und spüre, wie warm er ist.

»Tut mir leid«, sage ich. »Hier, bitte.«

Bevor er mir die Brille abnimmt, küsst er mich. Der Kuss ist leidenschaftlich. Eine Sekunde vergesse ich, wer ich bin und wer er ist.

Er nimmt mir die Brille aus der Hand, setzt sie jedoch nicht auf, sondern legt sie zurück auf den Nachttisch. Er küsst mich erneut und zieht mich auf sich. Ich glaube, das Komischste an der ganzen Sache ist, dass es sich überhaupt nicht komisch anfühlt.

»Mmmh«, raunt er, »du fühlst dich gut an.«

Meine Hüften sinken auf seine. Meine Beine fallen zur Seite. Er bewegt sein Becken und zieht uns dichter aneinander.

»Klopfer«, sagt er und sieht mir dabei in die Augen. »Geh raus, ja?«

Klopfer ignoriert ihn. Ich lache.

»Klopfer!«, rufe ich. »Geh!«

Und Klopfer geht.

Ich schmiege mich an ihn.

Zunächst tue ich die Dinge, von denen ich weiß, dass ich sie tun sollte. Ich biege meinen Rücken durch, ich reibe meine Hüften an seinen, doch irgendwann vergesse ich, was man tun sollte.

Ich bewege mich einfach.

Als ich nackt unter ihm liege, als ich stöhne, weil er all die richtigen Dinge tut, raunt er mir ins Ohr: »Sag mir, was du willst.«

»Hm?«, stoße ich hervor. Ich weiß nicht, was er meint. Was soll ich sagen?

»Sag mir, was ich mit dir anstellen soll. Was magst du?«

Ich weiß nicht, was ich antworten soll. »Ich bin mir nicht sicher«, sage ich. »Biete mir etwas an.«

Er lacht, hebt meine Hüften vom Bett und streicht mit den Händen an meinem Körper hinunter.

»Ja«, sage ich. »Das.«

Nachdem David gegangen ist, setze ich mich an den Computer und öffne einen E-Mail-Entwurf. Zum ersten Mal seit langer Zeit habe ich etwas zu sagen.

Lieber Ryan,

wie kommt es, dass du mich nie gefragt hast, was ich will? Wieso hat es dich nie interessiert, was ich im Bett brauche? Früher warst du aufmerksam, weißt du? Du hast mich stundenlang gestreichelt,

Dinge herausgefunden, die mich erregten. Wann hast du damit aufgehört?

Warum war es irgendwann leichter für mich, dich zu befriedigen und dann etwas anderes zu tun? Warum hast du mich nicht daran gehindert und gesagt, ich wäre dran? Warum hast du dich nicht mehr um mich gekümmert? Du hast mich nie gefragt, was ich mag. Dich nie für meine wildesten Fantasien interessiert.

David hat mich letzte Nacht gefragt, was ich will, und ich wusste nicht, was ich antworten sollte. Ich weiß nicht, was ich will. Was mir gefällt.

Aber ich werde es herausfinden. Und ich werde lernen, darum zu bitten.

Wenn du nach Hause kommst, falls wir wieder zusammenkommen, muss es beim Sex auch um mich gehen. Weil ich jetzt wieder weiß, wie es ist, berührt zu werden, als wäre meine Lust das Einzige, was zählt. Und ich werde nicht zulassen, dass ich das je wieder vergesse.

Alles Liebe,

Lauren

Später ruft Großmutter mich aus ihrem Hotelzimmer an.

»Hallo, Oma. Was gibt's?«, melde ich mich.

»Ich habe nachgedacht.«

»Ach?«

»Über dein Problem, über dich und Ryan.«

»Okay …«

»Hast du schon einmal *Frag Allie* gelesen?«

»Was ist das?« Guter Gott, will sie mir etwa eine Ratgeberseite empfehlen?

»Eine Ratgeberseite im Internet.« Ja, ganz offensichtlich.

»Ach, verstehe. Ich weiß nicht so recht.«

»Die ist wirklich gut! Diese Frau gibt die besten Ratschläge. Letzte Woche hat ihr eine Frau geschrieben, sie wisse nicht, wie sie sich verhalten solle, ihr Sohn wolle Mormone werden.«

»Aha«, bemerke ich.

»Und Allie hat gesagt, dass es nicht darum gehe, welche Religion er wählt, sondern dass die Frau stolz sein sollte, dass ihr Sohn ein eigenständig denkender Mensch sei, der seine Spiritualität entwickelt. Aber sie hat das einfach so schön gesagt! Ach, das war wunderbar.«

»Hört sich so an.« Ich weiß nicht. Ja, vielleicht schon.

»Na ja, ich glaube, du solltest ihr schreiben.«

»Oh, nein, nein, nein! Tut mir leid, Oma. Ich glaube, das ist nichts für mich.«

»Machst du Witze? Ich bin mir sicher, Allie würde etwas dazu einfallen.«

»Nun ja, aber …«

»Du musst das ja nicht jetzt gleich entscheiden. Ich schicke dir ein paar ihrer Kolumnen. Du wirst sehen.«

»Ich kann das einfach googeln.«

»Nein, ich schicke sie dir.«

»Okay, hört sich gut an.«

»Du wirst beeindruckt von ihr sein. Und vielleicht kann sie ja wirklich etwas Erhellendes beitragen zu dem, was ihr zwei da gerade durchmacht. Vielleicht kannst du sogar Leuten helfen, die dasselbe erleben. Ich bin mir sicher, dass jede Menge Leute in deinem Alter mit solchen Herausforderungen kämpfen.« Sie zögert einen Moment. »Ich meine, dass sie dir vielleicht zu neuen Einsichten verhelfen kann.«

»Danke, Oma.« Ich spüre einen kleinen Kloß im Hals, den ich jedoch hinunterschlucke.

»Gern, Liebes«, sagt sie, und sie klingt, als würde sie ebenfalls einen Kloß hinunterschlucken.

»Ich finde, wir sollten eine Babyparty für Natalie geben«, sagt Rachel, als wir am nächsten Samstag durch den Runyon Canyon wandern. Wie immer läuft Klopfer vor uns her.

»Ja, das wäre nett«, stimme ich ihr zu. »Wir sollten alles Erdenkliche tun, damit sie sich willkommen fühlt. Neulich haben wir es ein bisschen verpatzt.«

»Stimmt«, meint Rachel. »Da haben wir versagt. Aber ich mag sie wirklich. Sie scheint toll zu sein.«

»Ich hoffe, das Baby hat ihren Hautton. Kannst du dir vorstellen, wie hinreißend das aussehen würde?«

Klopfer ist stehen geblieben, um an etwas zu schnüffeln, und Rachel und ich bleiben ebenfalls stehen. Wir unterhalten uns am Wegesrand und warten auf ihn.

»Du wusstest es schon, stimmt's?«, fragt Rachel. »Er hat es dir vorher gesagt?«

Ehe ich mir eine Antwort überlegt habe, kann ich Rachel nicht in die Augen blicken. Ich gebe vor nachzusehen, woran Klopfer schnuppert, und während ich so tue, als ob, bemerke ich, dass er in den Matsch läuft. Ich reiße an seinem

Halsband, doch er marschiert geradewegs hinein und steht mit beiden Vorderpfoten im Schlamm. Ich sollte ihr einfach die Wahrheit sagen.

»Ja«, gebe ich zu. »Er hat es mir kurz vorher erzählt.« Ich komme mir wirklich mies vor. Unsere Familie erzählt sich alle Geheimnisse, und diesmal habe ich eins für mich behalten.

Ich beobachte, wie Rachels Gesichtszüge entgleisen. Einen Moment lang sieht sie mir nicht in die Augen. Sie starrt auf den Kiesweg unter ihren Füßen.

»Alles okay?«, frage ich.

»Ja«, antwortet sie mit brüchiger Stimme, das Gesicht abgewendet. Sie geht langsam weiter, ich folge ihr und ziehe Klopfer mit mir.

»Du klingst aber nicht so.«

»Warum hat er es mir nicht erzählt?«, will sie wissen. »Hat er gesagt, warum ich es nicht vorher erfahren sollte?«

Was soll ich tun? Soll ich ihr die Wahrheit sagen und möglicherweise ihre Gefühle verletzen? Oder verberge ich noch ein Geheimnis vor ihr? Ich entscheide mich für ein Zwischending. »Ich glaube, er hatte Angst, dass du die Neuigkeit nicht gut aufnehmen würdest.«

»Aber warum? Ich liebe Charlie! Ich freue mich für ihn. Ich freue mich immer für alle.«

»Ich glaube, wir machen uns manchmal Sorgen, dass dir unser Liebesgerede zu viel wird. Wir alle haben ein Liebesleben, über das wir reden, mehr oder, wie in meinem Fall, weniger.« Ich zucke die Schultern. »Aber du hast noch keine Beziehung gefunden, und ich glaube … Vielleicht ist es schwer zu …«

»Ich wirke verbittert«, unterbricht Rachel.

»Ja, ein wenig.«

»Weißt du, das ist lustig. Ich schwöre, ich denke gar nicht so viel darüber nach, dass ich Single bin.«

Ich sehe Rachel an, als wollte sie mir die Brooklyn Bridge verkaufen.

»Nein, ernsthaft!«, behauptet sie. »Ich mag mein Leben, ich habe einen guten Job. Ich kann es mir leisten, allein zu leben. Ich habe die beste Schwester der Welt.« Dabei deutet sie vage auf mich, aber es ist klar, dass sie das nicht sagt, um mir zu schmeicheln. Sie denkt wirklich so, es gehört zu den Dingen, die sie in ihrem Leben glücklich machen. Ironischerweise ist das noch schmeichelhafter. »Meiner Mutter geht es gut. Ich verbringe meine Abende und meine Wochenenden mit Leuten, die ich mag. Ich habe einen Haufen Freunde. Und das Beste an meiner Woche ist der Sonntagmorgen, wenn ich gegen halb acht aufwache, in die Küche gehe und etwas völlig Neues backe, während ich *This American Life* höre.«

»Das wusste ich nicht«, sage ich. Wir sind erneut stehen geblieben. Als würden unsere Füße sich weigern weiterzugehen.

»Ja. Und um ehrlich zu sein, ich habe nicht das Gefühl, dass mir etwas fehlt.«

»Nun, ist das nicht …«, hebe ich an, doch Rachel ist noch nicht fertig.

»Aber das ist eben anders als euer Leben«, fügt sie an.

»Wie meinst du das?«

»Na ja, Mom hat immer jemanden. Auch, wenn wir ihn nicht kennenlernen und es nicht so ernst ist wie mit Bill, erzählt sie immer, dass sie sich mit jemandem trifft.«

»Stimmt«, bestätige ich.

»Und Charlie hat sowieso immer eine Freundin. Oder schwängert sie, wie in diesem Fall.«

»Stimmt.« Ich lache.

»Und du …«, fügt sie an. Sie muss es nicht weiter ausführen. Ich weiß, was sie meint.

»Stimmt.«

»Deshalb habe ich mich so gefreut, dass du Zeit für dich hast, ohne Ryan, verstehst du?«

»Klar.«

»Es sah so aus, als könntest du vielleicht auch so leben wie ich.«

»Allein?«

»Allein sein und dein Sonntagmorgenhobby finden. Ich habe mich darüber gefreut, dass ich vielleicht jemanden hätte, mit dem ich mich unterhalten kann, und zwar nicht immer nur über Freunde oder Ehemänner oder Freundinnen.«

»Verstehe.« Selbst getrennt von meinem Mann, bin ich noch immer mit dem anderen Geschlecht beschäftigt. Vielleicht nicht die ganze Zeit, aber dennoch. In gewisser Weise ist mein Liebesleben ein bestimmender Faktor in meinem Leben. Ich hatte noch nie sonderlichen beruflichen Ehrgeiz. Meine Stelle an der Occidental mag ich auch deshalb, weil sie mir ein Leben neben der Arbeit ermöglicht, das ich wirklich genieße. Ich verdiene genug Geld, um mir die Dinge leisten zu können, die ich brauche und haben möchte. Ich habe genügend Zeit für meine Familie und hatte in der Vergangenheit auch Zeit für Ryan. Liebe ist ein großer Teil meiner Existenz. Ist das okay?, frage ich mich. Sollte das so sein?

Rachel schweigt einen Moment. »Ich habe einfach nicht das Gefühl, dass ich mich wirklich nach Liebe sehne.«

»Nicht?«

»Nein«, antwortet sie. »Ehrlich gesagt ist das Problem vielmehr, dass ich das Gefühl habe, nicht ins Bild zu passen.«

So habe ich das noch nie gesehen. Rachel wirkte immer, als sei sie eifersüchtig oder unglücklich darüber, Single zu sein. Ich habe nicht bemerkt, dass es unsere Sicht auf ihr Singledasein ist, die sie stört.

»Ich möchte schon jemanden kennenlernen«, sagt Rachel. »Versteh mich nicht falsch.«

»Okay.«

»Aber wenn es passiert, bis ich vierzig oder fünfzig bin, ist das für mich völlig okay. Ich habe andere Dinge, die mich interessieren.«

»Und wenn du keine Kinder bekommst?«

»Ich will keine Kinder haben«, erklärt Rachel. »Das ist das andere.« Das hat sie noch nie gesagt. Wir reden auch nicht oft über dieses Thema. Und ich glaube, ich habe sie nie danach gefragt. Ich habe einfach angenommen, dass sie welche haben möchte. Wie hetero-normativ von mir. »Ich liebe Kinder. Ich freue mich über Charlies Kind. Ich freue mich, wenn du irgendwann Kinder bekommst. Aber weißt du, ich habe einfach noch nie den Wunsch verspürt, selbst Kinder zu haben. Manchmal sehe ich jungen Müttern zu, und ich fühle mich sofort gestresst. Neulich habe ich eine Familie im Einkaufszentrum beobachtet. Eltern mit zwei Kindern. Ein Junge im Teenager-Alter, das Mädchen vielleicht zehn, und ich hatte dieses ganz deutliche Gefühl von ›Das will ich nicht!‹.«

»Klar, aber du könntest«, sage ich, denke aber im Stillen, wenn sie sich erst mal verliebt, wird das schon kommen. Gott, es ist so tief in mir verwurzelt, dass ich es nicht aus dem Kopf bekomme, auch wenn ich es ständig versuche. Ehe und Kinder. Ehe und Kinder. Ehe und Kinder.

»Natürlich könnte ich«, erwidert sie. »Aber weißt du, du und Charlie, ihr wollt mit allen Mitteln ein normales Familienleben haben. Du wolltest es so unbedingt, dass du dich mit neunzehn verliebt und nie mehr zurückgeblickt hast. Charlie wünscht es sich so sehr, dass er eine Frau heiratet, die er kaum kennt.« Sie zuckt die Schultern. »Ich brauche das nicht.«

Meine Schwester und ich sind uns in vielen Dingen sehr ähnlich, und diese Ähnlichkeit fand ich immer irgendwie tröstlich. Doch in Wahrheit sind wir zwei sehr verschiedene Frauen mit ganz unterschiedlichen Wünschen und Bedürfnissen. Das war schon immer so, ich habe es nur nicht gesehen.

»Ich bin wirklich froh, dass wir darüber gesprochen haben«, sage ich. »Danke, dass du mir das alles erzählt hast.«

»Ich danke dir«, erwidert sie. »Ich glaube, ich wollte das schon eine ganze Weile lang mal sagen.«

»Manchmal vergesse ich, dass du nicht ich bist. Du scheinst mir so ähnlich zu sein, dass ich einfach annehme, dass du auch genauso denkst wie ich.«

»Wir sind uns trotzdem ziemlich ähnlich«, meint sie. »Manchmal kennst du mich besser, als ich mich selbst kenne.«

»Wirklich?«

»Ja«, bestätigt sie. »Am Dienstag habe ich einen Termin bei der Bank.«

»Ach ja?«

»Ich erkundige mich nach einem kleinen Geschäftskredit.«

»Für die Idee mit der Bäckerei?«

Sie lächelt verlegen. »Ja.«

Ich klatsche sie ab. »O mein Gott! Das sind ja tolle Neuigkeiten!«

»Meinst du nicht, dass das Projekt zum Scheitern verurteilt ist?«

»Nein, wirklich nicht. Ich schwöre! Ich bin davon überzeugt, du würdest das richtig gut machen.«

»Ich dachte, ich könnte auch eine Reihe zuckerfreier Sachen anbieten, weil die Zuckerplätzchen so gut angekommen sind.«

Ich lache. »Schließlich erweist sich Großmutters Krebs noch als hilfreich.«

Rachel nickt und lacht. »Ich wusste, dass er mal für etwas gut sein würde!«

Wir gehen weiter und reden über andere Dinge, aber auf der Heimfahrt geht mir eine Sache nicht aus dem Kopf. *Ihr wollt mit allen Mitteln ein normales Familienleben. Du wolltest es so unbedingt, dass du dich mit neunzehn verliebt und nie mehr zurückgeblickt hast.*

Bis sie das gesagt hat, habe ich es nicht gesehen, und jetzt scheint es so glasklar, dass ich an nichts anderes mehr denken kann. Es ist erstaunlich, dass einem etwas schon so lange auf der Stirn geschrieben steht, dass man es nicht mehr sieht, wenn man in den Spiegel blickt.

Zu Hause wartet im Briefkasten ein Umschlag von einer Mrs. Lois Spencer aus San Jose, Kalifornien.

Das sind sie, Liebes. Ein paar der Frag-Allie-Kolumnen. Denk darüber nach. In Liebe, Oma.

Sie hat sie aus dem Internet ausgedruckt und mir geschickt. Ich lache, als ich sie durchsehe, und lege sie dann in einen Karton mit diversem Kram. Irgendwann werde ich sie lesen. Bald. Dann ruft David an und fragt, ob er vorbeikommen kann, und ich sage ja. Ich springe unter die Dusche.

Als ich abgetrocknet und angezogen bin, habe ich bereits vergessen, wo ich die *Frag-Allie*-Artikel hingepackt habe. Ich denke schlichtweg nicht mehr daran. Nicht daran, dass mir ein Rat vielleicht helfen könnte, meine Ehe zu kitten. Nicht daran, was meine Großmutter denkt.

Ich denke eigentlich überhaupt nicht mehr nach.

Ich beginne einfach zu leben.

Im Januar helfe ich Charlie bei seinem Umzug zu Natalie. Anschließend geht die ganze Familie zusammen in ein italienisches Restaurant, zu Buca di Beppo. Die karierten Plastiktischdecken und die alten Fotos erinnern uns daran, dass wir schon als Kinder hergekommen sind. Damals bestellte Mom zwei zusätzliche Teller Nudeln und erklärte uns, das sei unser Mittagessen für die Woche.

Im Februar helfe ich Rachel, ihre Geschäftsunterlagen zusammenzustellen und einen möglichen Standort für die Bäckerei zu finden. Wir lernen die Besonderheiten eines Kleinunternehmer-Kredits kennen. Sie fragt mich, ob ich mit unterschreiben würde, und ich antworte, dass ich für niemanden lieber bürgen würde als für sie.

Im März beschließen Charlie und Natalie, ihre Hochzeit im Haus von einer von Natalies Freundinnen in Malibu auszurichten. Das Haus liegt offenbar am Strand, und daraus schließe ich, dass Nathalie enorm reiche Freunde hat. Die Einladungskarten werden verschickt. Die Caterer sind bestellt. Charlie muss nur noch einen DJ auswählen, aber das macht er nicht vor Juni.

Anfang April ist Natalie im letzten Drittel der Schwangerschaft. Und meine Mutter ringt mit ihrer Beziehung zu Bill. Er findet, sie sollten zusammenziehen. Sie möchte nicht.

Und ich wechsele währenddessen heimlich SMS mit David. Ich öffne ihm spätabends die Tür. Wir rufen einander an, wenn wir ein offenes Ohr brauchen oder uns nach einer verständnisvollen Berührung sehnen. Ich mag David sehr, und ich weiß, dass er mich auch mag. Aber er liebt noch immer die Frau, die ihn betrogen hat. Und ich … Ich bin nicht in der Lage, mich in jemanden zu verlieben. So passen wir gut zusammen und tun einander gut. Wir sind wohl das, was Teenager heutzutage »Freunde mit gewissen Vorzügen« nennen. Es hat etwas Befreiendes, Sex mit einem Mann zu haben, mit dem man keine gemeinsame Zukunft plant. Nur Schmetterlinge und Orgasmen. Keine Tricksereien, nichts Unausgesprochenes. Und wenn er zu schnell macht, sagt man einfach: »Langsamer.«

Als Mila mich fragt, ob Ryan mir noch einmal geschrieben hätte, sage ich ihr die Wahrheit. »Ich habe keine Ahnung. Ich habe seit Monaten nicht mehr nachgesehen.«

TEIL VIER

Meistens

Rachel, Mom und ich planen Natalies Babyparty. Als wir Natalie gefragt haben, ob wir eine für sie ausrichten dürfen, war sie außer sich vor Freude. Wir haben sie gefragt, welches Thema sie sich wünscht oder was sie gern tun würde, und sie meinte, sie sei sich sicher, dass ihr gefallen wird, was wir uns ausdächten. Sie bemüht sich so sehr, entgegenkommend und nett zu sein, das ist wirklich süß. Manchmal möchte ich sie allerdings an den Schultern fassen und rufen: »Sag uns die Wahrheit! Magst du die Farbe Gelb?« Damit wir es zumindest wissen.

Rachel, Mom und ich sitzen in einer Pizzeria und denken über ein Thema nach, aber irgendwie driftet die Unterhaltung zu der Frage ab, ob Mom Bill bei sich einziehen lassen sollte.

»Ich glaube einfach nicht, dass ich dazu bereit bin«, sagt meine Mutter, als der Kellner unsere Pizzen bringt. Kaum stehen sie vor ihnen, tupfen Mom und Rachel ihre Stücke mit den Servietten ab, um das Fett aufzusaugen. Ich beiße in meine einfach hinein.

»Ihr zwei seid nun schon eine Weile zusammen«, gibt Rachel zu bedenken.

»Ja, aber erst jetzt vermisse ich ihn in den Nächten, die er nicht bei mir verbringt.«

»Was ein Grund wäre, mit ihm zusammenzuziehen …« Ich spreche mit vollem Mund, was meine Mutter normalerweise verabscheut. Aber sie ist so auf ihr Problem fixiert, dass sie es nicht bemerkt.

»Nein!«, widerspricht sie. »Ich mag es, mich nach Menschen zu sehnen. Ihr wisst doch, wenn man manchmal nur anruft, um seine Stimme zu hören? Oder wenn man den ganzen Tag darauf wartet, ihn abends zu sehen? Wenn Bill bei mir wohnt, ist er nicht mehr der Mann, den ich sehnlichst erwarte, er wird zu dem Mann, der sein schmutziges Geschirr im Spülbecken hinterlässt.«

»Aber das kannst du nicht verhindern«, behaupte ich. »Es ist eine natürliche Entwicklung, dass eine Beziehung mit der Zeit enger wird.« Natürlich gibt es Ausnahmen.

»Ja, oder sie zerfasert«, erwidert meine Mutter. »Ich brauche keinen Lebenspartner. Ich bin nicht an einer Partnerschaft interessiert, nicht daran, mir mit jemandem die Rechnungen zu teilen oder Kinder großzuziehen. Das habe ich alles allein gemacht. Ich verdiene mein eigenes Geld. Ich bezahle meine eigenen Rechnungen. Ich will Liebe und Romantik, das ist alles.«

»Aber nach einer Weile werden Beziehungen zu Partnerschaften, und die Romantik lässt nach. So ist das. Es ist die Natur der Liebe. Wenn du mit Bill zusammenbleiben willst, wird er dir irgendwann keine Blumen mehr mitbringen«, sage ich.

Meine Mutter schüttelt den Kopf. »Deshalb will ich mich nicht an Bill binden.«

»Aber«, sagt Rachel, »du bist in Bill verliebt.«

»Stimmt. Ja, *jetzt* bin ich in Bill verliebt. Und irgendwann werden wir genug voneinander haben.«

»Und wenn das passiert?«, frage ich.

»Machen wir Schluss«, antwortet sie schulterzuckend. »Ich will nur Romantik. Mehr brauche ich nicht von einem Mann. Mein ganzes Leben lang oder zumindest, seit ihr klein wart, habe ich mich nur zum Spaß mit Männern getroffen. Wenn die Liebe stirbt, will ich gehen können. Dann möchte ich das Gefühl wieder mit einem anderen erleben. Das mache ich seit sehr langer Zeit so. Und es funktioniert.«

»Du würdest also nie wieder heiraten?«, frage ich.

»Du kaust sie durch und spuckst sie aus?«, meint Rachel.

»Ihr zwei seid albern. Ich sage nur, dass ich keine Lust auf die Anstrengung einer langen Beziehung habe. Der beste Teil einer Beziehung ist das Verlieben. Und das darf man ruhig zugeben.«

»Meinst du nicht, dass es mit Bill anders ist? Meinst du nicht, es könnte eine lange Beziehung geben, bei der sich der Aufwand lohnt?«, wendet Rachel ein.

Meine Mutter will antworten, doch ich komme ihr zuvor: »Ich glaube, wenn es dir in erster Linie um Romantik geht, dann darfst du ihn nicht bei dir einziehen lassen. Das verstehe ich. Dann lässt die Romantik nach, das ist einfach so. Wenn du den ganzen anderen Kram nicht magst, dann verstehe ich, dass du eine Exit-Strategie brauchst.«

»Ich glaube noch immer, dass Romantik und eine feste Bindung sich nicht gegenseitig ausschließen müssen«, meint Rachel, aber sie sagt das sehnsüchtig, als würde sie eher theoretisch über die Liebe philosophieren und nicht über ihre praktische Umsetzung nachdenken.

Ich weiß noch, wie ich Schmetterlinge im Bauch hatte,

wenn Ryan mich auf so eine bestimmte Art angesehen hat. Wie seine Aufmerksamkeit genügte, damit ich im siebten Himmel war. An das Gefühl, als wäre alles möglich.

Was, wenn ich dieses Gefühl nie wieder haben werde? Dieses Gefühl, bei dem die Nervenenden so empfindlich sind, dass man alles, was der andere sagt, körperlich spürt? Dieses Gefühl, wenn der Kopf leicht und der Bauch leer ist und die Beine in Flammen stehen?

In drei Monaten wird Ryan zurückkommen. Dann werden wir entscheiden, ob wir den Rest unseres Lebens miteinander verbringen wollen. Was natürlich das Ziel ist. Doch wenn ich wirklich glaube, dass die Romantik nicht ewig anhält, wenn ich das wirklich denke, bin ich dann bereit, für immer auf das Kribbeln zu verzichten? War ich dazu jemals bereit?

»Lasst uns über etwas anderes sprechen«, schlägt meine Mutter vor. »Lauren sieht aus, als würde sie gleich weinen.«

»Ach, tut mir leid«, sage ich. »Ich war einen Moment lang in Gedanken. Aber wir sollten wieder über Natalies Party reden, oder? Was müssen wir noch besprechen?«

»Ach, einen Moment noch, mir fällt gerade ein, dass ich noch eine Kopie deiner Sozialversicherungskarte als Bürge für mein Darlehen brauche«, bemerkt Rachel.

»Ja, klar, wann brauchst du sie?«

»Donnerstag?«

»Kein Problem, ich finde sie. Sie ist irgendwo im Haus.«

»Ich bin so stolz auf dich«, sagt Mom zu Rachel. »Das ist richtig mutig von dir.«

»Es ist dumm, stimmt's?« Rachel glaubt noch immer nicht ganz an sich. Doch etwas Selbstvertrauen muss sie schon haben, wenn sie das alles allein stemmen will. Man spricht nicht einfach mit der Bank über einen Kleinunternehmer-Kredit, wenn man es nicht ernst meint. Man sucht keine Standorte für die Bäckerei, wenn man nicht ein bisschen an sich glaubt.

»Wenn nie jemand etwas Dummes täte, hätte ich euch und Charlie nicht«, entgegnet meine Mutter.

Es soll ermutigend klingen, doch Rachel antwortet prompt: »Dann findest du es also dumm.«

Doch bevor meine Mutter antworten kann, brechen sie und ich in Lachen aus.

»Ach, ihr zwei seid echte Nervensägen. Also wirklich!«

Auf meinem Schreibtisch herrscht Chaos. Anfangs habe ich tatsächlich an ihm gearbeitet. Als Ryan und ich eingezogen sind, fand ich es toll, mich an den Schreibtisch zu setzen und etwas zu erledigen. Es fühlte sich so schick an, ein eigenes Zimmer nur für die Schreibtische zu haben. Doch dann habe ich ihn immer mehr vernachlässigt, und mittlerweile ist er nur noch ein Lager für Dinge, bei denen ich nicht weiß, wohin.

Ich durchsuche die Schubladen nach meiner Sozialversicherungskarte. Sie könnte überall sein. Ich bin nicht der Typ, der Aktenordner beschriftet. Einmal habe ich auf eine Aktenmappe »Wichtige Unterlagen« geschrieben. So faul bin ich, wenn es ums Organisieren geht. Ich grabe mich zuerst von vorn nach hinten durch die unterste Schublade. Oh, da ist sie, da ist meine »Wichtige Unterlagen«-Aktenmappe. Ich schlage sie auf und hoffe, die Karte zu finden, denn wenn man schon eine Mappe für »wichtige Unterlagen« hat, wäre das doch ein guter Ort, um seine Sozialversicherungskarte darin aufzubewahren, oder?

Ich finde meine Geburtsurkunde. Mein Diplom. Die alten

Verträge über mein Studiendarlehen. Den Fahrzeugbrief. Sogar den Gerichtsbeschluss über meine Namensänderung. Nachdem mein Dad weg war, hat meine Mutter unsere Nachnamen in Spencer geändert. Sie hat wieder ihren Mädchennamen angenommen und auch uns umbenannt. Bis zu meinem sechsten Lebensjahr waren wir Lauren, Rachel und Charles Prewett. Ich sehe das Dokument länger an, als mir bewusst ist. Dabei ist mein Blick zwar auf das Papier gerichtet, mit den Gedanken bin ich jedoch woanders. Vorübergehend fasziniert mich die Vorstellung eines Lebens von Lauren Prewett. Wäre alles anders gekommen, wenn ich den Namen meines Vaters behalten hätte? Hätte ich im Klassenraum einen netten jungen Mann mit dem Nachnamen Proctor oder Phillips kennengelernt, weil wir aufgrund des Alphabets nebeneinandergesessen hätten? Hätte ich meinen Vater länger vermisst, wenn ich seinen Namen behalten hätte? Ich weiß es nicht. Niemand weiß es, denn so ist es nicht gewesen. Aber ich bin meiner Mutter dankbar, dass sie unseren Namen geändert hat. Dass sie sich die Zeit genommen hat, zum Gericht zu gehen und unser Schicksal zu ändern, um den Anspruch auf ihre Kinder zu erhärten.

Mit der Aktenmappe bin ich durch – keine Sozialversicherungskarte. Ich lege sie zurück in die Schublade. Ich durchwühle das, was auf meinem Schreibtisch liegt, und stoße auf die *Frag-Allie*-Kolumnen von meiner Großmutter. Mein Blick bleibt an ein oder zwei Worten hängen. Ich setze mich, lege die Füße auf den Tisch und lese.

Bei der Ehefrau eines Mannes ist Parkinson diagnostiziert worden, und er hat Angst, wie sich ihr gemeinsames Leben dadurch verändern wird. Er nennt sich selbst »Sorge in Oklahoma«.

Eine Mutter schreibt, dass sie und ihr Mann wissen, dass ihr Sohn schwul ist, weil er es seinen beiden Geschwistern erzählt hat. Ihnen hat er es jedoch noch nicht gesagt. Sie möchte wissen, wie sie ihrem Sohn vermitteln soll, dass er offen mit ihnen reden kann. Sie unterschreibt ihren Brief mit »Wunsch, zu unterstützen«.

Es gibt eine Frau, die meint, dass ihre Mutter nicht mehr Auto fahren sollte. Sie braucht einen Rat, wie sie das Thema mit ihr ansprechen soll. Sie nennt sich selbst: »In der Hoffnung, sanft zu sein.«

Allie antwortet »Sorge in Oklahoma«, dass es in Ordnung sei, sich Sorgen zu machen und mit anderen Menschen als mit seiner Frau über seine Ängste zu sprechen. »Reden Sie so lange mit anderen Menschen, bis Sie Antworten parat haben, wenn Ihre Frau schließlich bereit ist, über ihre eigenen Ängste zu sprechen. Darüber hinaus suchen Sie sich Menschen, die dasselbe erleiden oder erlitten haben.«

Allie sagt »Wunsch, zu unterstützen«, dass es sich anhöre, als mache sie sich Sorgen, ihr Sohn wisse nicht, dass sie ihn bedingungslos liebe. »Machen Sie sich keine Sorgen. Sie haben ihm das dreiundzwanzig Jahre unbewusst mit jeder Faser Ihres Seins gezeigt. Ihre Liebe hat sich in allem ausgedrückt, was Sie gesagt und getan haben. Bedingungslose Liebe bedeutet, dass er die Freiheit hat, seinem Herzen zu folgen, und dennoch ein Zuhause hat. Die haben Sie Ihrem Sohn gegeben, und jetzt müssen Sie sich nur zurücklehnen und geduldig warten, dass er davon Gebrauch macht.«

»In der Hoffnung, sanft zu sein« sagt Allie, dass sie so sanft sein könne, wie sie wolle, die unterschwellige Botschaft werde ihre Mutter dennoch verletzen. Doch wenn man jemanden liebe, müsse man ihn manchmal verletzen, denn »wenn die Familie einem nicht die Wahrheit sagt, wer dann? Seien Sie die Tochter, die Ihre Mutter braucht. Seien Sie die Tochter, die hässliche Dinge aus guten Gründen tut. Das ist es, was die tiefe, schöne, rätselhafte Liebe in der Familie leistet.«

Sie spricht nicht zu mir oder über mich oder mit mir oder für mich, und dennoch hallt alles, was sie sagt, in mir wider. Allie ist gut. Allie ist wirklich gut.

Am Morgen kommt Mila mit einem Café Latte für mich ins Büro.

»Womit habe ich das verdient?«, frage ich und nehme ihn dankbar entgegen. Ich habe letzte Nacht nicht viel geschlafen.

»Sie haben mir versehentlich einen falschen gegeben. Ich habe einen Schluck getrunken und dann gemerkt, dass es der falsche ist. Sie mussten mir einen neuen geben und haben mir beide überlassen.«

»Danke«, erwidere ich. »Den kann ich gut gebrauchen.« Der Kaffee ist noch so heiß, dass ich mir die Zunge verbrenne. Den restlichen Morgen werde ich dieses nervige taube Gefühl haben.

»Warst du lange auf?«, fragt Mila, und ihr Tonfall deutet etwas Obszönes an.

»Fragst du mich, ob ich lange auf war und Sex mit David hatte?«

Mila lacht. »Wow, du bist wirklich alles andere als subtil.«

»Ich würde behaupten, dass du nicht halb so subtil bist, wie du meinst«, entgegne ich.

Sie schlägt mit dem Handrücken nach mir. »Und hattest du?«, fragt sie.

»Nein«, sage ich. »Ich habe lange in der Post von dieser Ratgeberkolumnistin gelesen.«

Mila lässt die Schultern sinken. »Das ist aber langweilig. Ich dachte, du hättest Sex gehabt. Das hätte mich interessiert.«

Ich lache. »Als ich noch mit Ryan zusammen war, hast du dich nie für mein Sexleben interessiert. Jetzt, mit David, bist du auf einmal ganz fasziniert.«

»Ich bin nicht fasziniert«, widerspricht sie. »Ich will nicht wissen, was ihr zwei da genau macht oder so etwas. Ich will einfach nur etwas erleben, durch dich. Eine neue Liebe. Das Vergnügen, mit jemandem zu schlafen, den du gerade erst kennenlernst. Das macht doch Spaß, oder nicht?«

»Ja.« Ich nicke. »Das stimmt. Es macht Spaß.«

»Das hatte ich schon lange nicht mehr«, sagt sie sehnsüchtig. »Und es ist okay. Ich beklage mich nicht. Ich liebe Christina mehr als alles andere. Ich bin die glücklichste Frau der Welt, weil ich sie habe.«

»Aber nach einer Weile lässt die Leidenschaft nach«, bemerke ich. »Versteh schon.«

»Ich meine, wir sind noch nicht so lange zusammen. Fünf Jahre sind lang, aber nicht so lang. Es sind die Kinder. Die Leidenschaft lässt nach, wenn man Kinder hat. Sie ist nicht mehr die wunderschöne Frau, die ich erforschen und entdecken möchte. Sie ist die Mutter meiner Kinder. Sie ist meine Partnerin, mit der ich sie großziehe. Es ist …«

»Langweilig?«

»Ja. Und langweilig ist toll. Ich liebe langweilig. Es ist nur …«

»Langweilig.«

Mila lächelt mich an. »Richtig.« Sie trinkt einen Schluck von ihrem Kaffee. »Und deshalb brauche ich etwas Anregung durch dein Sexleben, auch wenn es mit einem Mann ist. Darüber kann ich hinwegsehen.«

»Weißt du was?« Meine Stimme geht vor Begeisterung über meine wilde Idee in die Höhe. »Du könntest an *Frag Allie* schreiben.«

»An wen?«

»An die Ratgeberkolumnistin, deren Briefe ich gelesen habe. Sie ist super! Du meine Güte, gestern Abend habe ich von dieser Frau gelesen, die das Trauma nicht verwinden kann, dass sie vor Jahren das Opfer eines bewaffneten Raubüberfalls geworden ist, und Allie hat etwas Wunderschönes gesagt …«

Mila hebt die Hand. »Stopp.«

Ich blicke sie an.

»Du klingst wie eine Bekloppte.«

Ich lache. Vermutlich, weil sie »Bekloppte« gesagt hat. »Ich klinge nicht wie eine Bekloppte!«, protestiere ich.

»O doch. Du klingst ganz genau wie eine Bekloppte.« Jetzt lacht sie auch.

»Vielleicht bist *du* bekloppt.«

Mila schüttelt den Kopf. »Genau das würde eine Bekloppte sagen.«

»Hör auf, weiterhin *bekloppt* zu sagen, bitte.«

Mila lächelt und geht zurück an ihren Schreibtisch. »Lass dir den Kaffee schmecken«, sagt sie, »du Bekloppte.«

Zugegeben, ich habe Mila den Vorschlag auch deshalb gemacht, weil ich mich selbst mit dem Gedanken trage. Ich hatte nicht damit gerechnet, als bekloppt bezeichnet zu werden, aber vielleicht ist es mir egal, wenn sie das bekloppt findet. Vielleicht.

18. April

Lieber Ryan,
ich überlege, ob ich einem dieser Psychoratgeber wegen uns schreibe. So verwirrt bin ich noch immer.

Als wir das hier angefangen haben, dachte ich, ich bräuchte nur etwas Zeit ohne dich. Nur etwas Luft. Ich müsste eine Zeit lang allein leben, dann würde ich dich vermissen und wieder zu schätzen lernen.

Die ersten Monate waren eine Qual. Ich habe mich so allein gefühlt. Ich habe mich genau so gefühlt, wie ich mich fühlen wollte, nämlich so, als ob ich nicht ohne dich leben kann. So habe ich mich ständig gefühlt. Wenn ich im leeren Bett geschlafen habe. Wenn ich in das leere Haus gekommen bin. Aber irgendwie war es dann eines Tages kein Problem mehr. Ich weiß nicht, wann das passiert ist.

An einem Punkt dachte ich, wenn ich verstehen würde, wer du wirklich bist, könnte ich dich wieder lieben. Dann dachte ich, wenn ich lerne, wer ich wirklich bin und was ich wirklich will, könnte ich dich wieder lieben. Monatelang habe ich mich an alles geklammert und versucht, etwas zu lernen, was groß genug, wichtig genug, allumfassend genug ist, dass es uns wieder zusammenbringt. Aber ich lerne vor allem, mein eigenes Leben zu leben. Ich lerne, eine bessere Schwester zu sein. Entdecke, wie stark meine Mutter immer gewesen ist. Und dass ich häufiger auf den Rat meiner Großmutter hören sollte. Dass Sex heilsam sein kann. Dass Charlie kein kleines Kind mehr ist.

Ich glaube, ich will sagen, dass ich angefangen habe, mich auf andere Dinge zu konzentrieren. Ich will uns nicht mehr unbedingt analysieren und unsere Ehe in Ordnung bringen. Ich kann ganz gut damit leben, dass sie nicht in Ordnung ist.

So war das nicht gedacht, oder?

Alles Liebe

Lauren

Immer wieder lese ich den Brief. Ich ändere hier und da ein Wort, füge Kommata und Leerzeichen hinzu. Irgendwann denke ich, dass ich vielleicht nur den Moment hinauszögere, den Text abzuspeichern. Dass ich nicht weiß, ob ich will, dass meine Worte irgendwo dort draußen im Äther des Internets hinterlegt sind. Aber ich will sie nicht löschen. Also höre ich auf, daran herumzudoktern, und drücke auf Sichern.

Ich stehe auf und beschließe, laufen zu gehen. Ich ziehe meine Shorts an, meinen Sport-BH, mein T-Shirt und meine Laufschuhe. Ich verabschiede mich von Klopfer, verstecke den Schlüssel unter der Fußmatte und laufe los.

Während meine Fußsohlen auf dem Pflaster abrollen, sich mein Herzschlag beschleunigt, mein Körper langsamer werden möchte und ich ihn weitertreibe, denke ich nur an das, was ich geschrieben habe. Ist das wahr? Weiß ich wirklich nicht, wie ich meine Ehe retten kann? Bin ich mir tatsächlich nicht sicher, ob ich das überhaupt will?

Ich gehe nach Hause und dusche. Und denke über meinen Brief nach. Ich mache mir Abendessen und denke über meinen Brief nach.

Wenn ich meine, was ich geschrieben habe, bedeutet das dann nicht, dass ich dem Ende ins Auge sehen muss? Könnte dies der Anfang von unserem Ende sein?

Was würde ich dann mit meinem Leben anfangen?

Ich bin mir nicht sicher, was mich packt. Ich handle mehr aus einem Impuls heraus, als dass ich bewusst darüber nachdenke. Mit meinem Computer logge ich mich in Ryans E-Mail-Account ein. Ich weiß nicht, was ich dort vorzufinden hoffe. Eigentlich glaube ich, dass er mich vergessen hat. Dass er einfach weiterlebt. Dass er nicht mehr an mich denkt. Aber ich blicke auf die Zahl neben seinem Entwurfsordner und stelle fest, dass sich dort drei weitere Briefe befinden.

Ich öffne den Ordner. Sie sind alle an mich gerichtet. Alle stammen aus den letzten drei Wochen. Ryan hat wieder angefangen, mir zu schreiben.

31. März

Liebe Lauren,
ich musste auf Abstand zu dir gehen. Ich musste aufhören, dir zu schreiben, dir alles zu berichten. Ich habe gemerkt, dass ich im Geiste den ganzen Tag mit dir gesprochen habe, auch wenn ich wütend auf dich war, auch wenn ich nichts mit dir zu tun haben wollte. Damit habe ich aufgehört. Ich musste aufhören, mit dir zu reden.

Deshalb habe ich aufgehört, dir zu schreiben.

Und niemandem zu schreiben, mit niemandem zu reden, fühlte sich einsam an. Ich wollte nicht mehr einsam sein.

Zunächst war da Noelle. Noelle ist eine absolut nette Frau, und sie war sehr lieb zu mir und sehr geduldig mit meinen Vorbehalten gegenüber allem, aber ich war nicht wirklich in sie verliebt.

Dann kam Brianna, und das war schön.

Und dann habe ich Emily kennengelernt. Und Emily ist irgendwie so anders als du, dass sie mich nicht an dich erinnert, aber auch nicht so anders, dass ich das Gefühl habe, ich hätte mir bewusst das Gegenteil von dir gesucht. Ich glaube, deshalb habe ich es geschafft, nicht mehr so viel an dich zu denken. Ich habe angefangen, an Emily zu denken. Wenn ich das sage, will ich dir nicht wehtun, aber ich habe mich darauf gefreut, Emily so oft wie möglich zu sehen, und habe dich vergessen. Soweit man seine Frau vergessen kann. Ich hatte wirklich das Gefühl, ich könnte ihr einen Antrag machen und mich mit ihr verloben. Wir sind sogar ein paar Mal zusammen weggefahren, und jedes Mal habe ich mich wie Emilys Freund gefühlt und nicht wie dein Mann.

Ich brauchte das.

Und dann war gestern ihr Geburtstag. Und ich dachte, dass ich sie vielleicht mit etwas überraschen sollte. Also habe ich Ryans Magische Shrimps-Pasta gemacht. Was mir nicht einmal komisch vorkam. Ich weiß, es war unser Ding, aber es schien mir absolut in Ordnung.

Und ich habe die Pasta gekocht, und sie hat sie gegessen, und sie hat sich bedankt, und dann sind wir mit ein paar von ihren Freunden in eine Bar gegangen. Und das hätte gut sein sollen. Das sollte gut sein.

Doch ich musste immer wieder daran denken, wie ich die Nudeln zum ersten Mal für dich gemacht habe, wie du von ihnen geschwärmt hast. Wie du viel zu viel gegessen hast und dir fast schlecht war. Ich musste immer wieder daran denken, wie deine Augen jedes Jahr geleuchtet haben, wenn ich gesagt habe, dass ich sie für dich koche. Ich habe gemerkt, dass es bei Ryans Magischer

Shrimps-Pasta nicht um dich ging. Ich glaube, es ging um mich. Ich glaube, ich bin an deinem Lob gewachsen. Es war wie eine Batterie, die mich in Gang gehalten hat. Ich habe mich genauso auf deinen Geburtstag gefreut wie du. Und zwar deshalb, weil ich wusste, dass ich derjenige war, der deinen Geburtstag zu etwas Wertvollem gemacht hat. Das hat mir das Gefühl gegeben, wichtig zu sein. Als würde ich etwas richtig machen.

Aber Emily hat Ryans Magische Shrimps-Pasta einfach nur gegessen, sich bedankt, sich den Mund abgewischt und gefragt, ob wir gehen könnten. Sie hat sie nicht verstanden. Es kommt mir so albern vor, das in Worte zu fassen, aber es hat sich wirklich angefühlt, als würde sie dadurch, dass sie Ryans Magische Shrimps-Pasta nicht versteht, mich nicht verstehen.

Und ich habe dich vermisst. Nicht dich, meine Frau. Oder dich, die Frau, die bei mir war, seit ich neunzehn war. Sondern dich. Lauren Maureen Spencer Cooper. Ich habe dich vermisst.

Und es war kein flüchtiges Gefühl. Es war echt. Es fühlte sich an, als wäre da eine Lücke in meinem Leben, und die Einzige, die diese Lücke füllen kann, wärst du.

Ich glaube, es funktioniert, Lauren. Ich glaube, wir kriegen das hin.

In Liebe
Ryan

3. April

Liebe Lauren,
ich bin heute Abend am Haus vorbeigefahren. Das war nicht geplant. Ich hatte ein Abendessen in Downtown und bin über den Olympic durch die Stadt zurückgefahren. Dabei habe ich Radio gehört. Es lief ein Beitrag über diesen Serienkiller in Kolumbien, und offenbar war ich so gebannt, dass ich überhaupt nicht auf den Weg

geachtet habe. An der Kreuzung Olympic und Rimpau hätte ich geradeaus fahren müssen, aber meine Hand hat den Blinker gesetzt, und ich bin rechts abgebogen und zum falschen Haus gefahren. Es war die Macht der Gewohnheit. Wenn man jahrelang Tag für Tag rechts abbiegt und ... Du weißt, wie das ist.

Dass ich einen Fehler gemacht habe, habe ich erst gemerkt, als ich am Stoppschild an der Ecke Rimpau und 9th Street stand, aber da war es zu spät. Ich musste vorbeifahren, schon allein, um zu wenden.

Zugegeben, als ich an unserer Einfahrt vorbeigekommen bin, habe ich das Tempo gedrosselt. Ich habe gesehen, dass Licht brannte. Und dann habe ich bemerkt, dass ein anderer Wagen in der Auffahrt geparkt war. Ich habe Klopfer bellen hören. Ich schwöre, dass ich ihn gehört habe. Ich habe angehalten, ich schäme mich, das zu sagen, und ein paar Sekunden ins Fenster geblickt. Ich weiß nicht, was ich zu sehen gehofft habe. Dich und Klopfer wahrscheinlich. Aber was ich gesehen habe, warst du mit einem anderen. Jemandem, mit dem du dich vermutlich triffst.

Ich habe den Motor ausgestellt. Ich habe tatsächlich den Schlüssel umgedreht und ihn aus dem Zündschloss gezogen. Ich habe den Sicherheitsgurt gelöst und hatte die Hand auf dem Türgriff. So kurz davor war ich, in mein eigenes Haus zu gehen und diesem Kerl in seine verdammte Fresse zu schlagen.

Zwei Dinge haben mich davon abgehalten. Erstens, dass ich wusste, es wäre falsch. Als ich dort saß mit der Hand am Griff, war mir klar, dass es falsch wäre und ich das nicht tun sollte. Dass es alles gefährden würde. Dass du das Gefühl hättest, ich würde dir hinterherspionieren. Das wollte ich nicht.

Und außerdem sollte ich in zwanzig Minuten bei Emily sein. Und wie sollte ich ihr erklären, wo ich gewesen war? Wie hätte ich dir erklären sollen, warum ich gehen muss? Ich habe mich wieder angeschnallt, den Schlüssel ins Zündschloss gesteckt und mich aus dem Staub gemacht. Dabei habe ich ein Stopp-Schild übersehen. Als ich am Wilshire über eine rote Ampel gerauscht bin, hätte ich fast jemanden überfahren. Ich war zehn Minuten zu spät bei Emily, und als sie gefragt hat, habe ich ihr erzählt, ich wäre in einen Stau geraten.

Was ich wohl sagen will, ist, dass ich ein Heuchler bin. Und wenn ich nach Hause komme, brauchen wir Vorhänge vor den Fenstern.

In Liebe
Ryan

17. April

Liebe Lauren,
Charlie hat mich gerade angerufen und mir erzählt, dass er ein Baby bekommt. Mit einer Natalie? Und er wohnt jetzt in Los Angeles? Und sie werden heiraten?

Ich werde Onkel, und ich wusste nichts davon. Ich verstehe, warum du es mir nicht erzählt hast. Warum du nicht angerufen hast. Ich hatte dich darum gebeten. Das habe ich mir selbst zuzuschreiben.

Aber ich wünschte, wir könnten darüber reden. Ich wünschte, wir hätten darüber reden können. Es gibt viel zu sagen, und du bist die Einzige, der ich es sagen kann. Einerseits denke ich, wenn ich dich heute sehen würde, würde ich mich wieder in dich verlieben. Andererseits denke ich, dass ich ganz anders empfinden würde. Viel besser. Weil du nicht einfach das Mädchen bist, für das ich schwärme, nicht das Mädchen, das ich gerade erst kennengelernt habe. Du bist du. Du bist ich.

Dieses Jahr ist für mich ein Erfolg. Ich weiß, es ist noch nicht vorbei. Ich weiß, der schwerste Teil liegt noch vor uns – uns wieder miteinander wohlzufühlen, Wege zu finden, wie es wieder funktionieren kann. Das ist mir klar. Aber ich platze vor Energie, alles zu tun, was dazu nötig ist. Ergibt das einen Sinn für dich?

Ich bin bereit, unsere Ehe wieder in Angriff zu nehmen. Vorher hat mir die Kraft dazu gefehlt. Jetzt habe ich sie.

In Liebe

Ryan

Ich bin am Boden zerstört.

Bei allen denkbaren Szenarien bin ich immer davon ausgegangen, dass die Frage lautet, ob ich am Ende mit gebrochenem Herzen zurückbleibe oder nicht.

Mir ist nie in den Sinn gekommen, dass ich diejenige sein könnte, die am Ende *ihm* das Herz bricht.

Willst du mich verarschen?« So beginne ich das Gespräch, als ich morgens um Viertel nach acht Uhr bei Charlie auf der Matte stehe. Sosehr ich über Ryans Briefe geweint habe, sie haben mich auch wütend gemacht auf Charlie, weil er Ryan hinter meinem Rücken angerufen hat.

Im Schlaf hat es in mir weiterrumort. Und als ich heute Morgen aufgewacht bin, war ich nur noch wütender, noch mehr davon überzeugt, dass ich das Opfer eines schweren Verrats geworden war. So bin ich zu Charlies Haus gefahren und habe an der Tür geklingelt. Er hat geöffnet, und dann sagte ich: »Willst du mich verarschen?«

Jetzt starrt er mich an und weiß nicht, was er erwidern soll.

»Du hast vermutlich mit Ryan gesprochen.« Er hält mir die Tür auf und geht vor mir her ins Wohnzimmer. Er wirkt abwehrend und persönlich enttäuscht. Er trägt Chinos und ein weißes Unterhemd, offensichtlich störe ich ihn bei seiner morgendlichen Routine. Er macht sich wohl gerade für die Arbeit fertig.

»Hervorragender Schluss, Herr Kommissar«, sage ich.

Jetzt ist nicht der Zeitpunkt, meine gereizte Haltung zu erklären.

»Hör zu, ich hatte einen guten Grund«, verteidigt er sich.

»Du entscheidest nicht über meine Ehe«, schieße ich zurück. »Halt Ryan da raus.«

»Es geht nicht um deine Ehe, Lauren. Herrgott!«

Natalie sitzt auf dem Sofa, die Hände auf dem runden Bauch. Sie trägt dünne Jogginghosen und ein Sweatshirt. »Ich gehe ins Schlafzimmer«, erklärt sie.

»Tut mir wirklich leid.« Ich schaffe es, meine Wut so lange aus meiner Stimme zu verbannen, um höflich mit ihr zu sprechen. »Ich wollte dir nicht den Morgen verderben.«

Natalie winkt ab. »Ist okay. Ich habe damit gerechnet, dass das irgendwann kommt. Ich bin im Schlafzimmer.«

Charlie wirft Natalie einen dankbaren und zugleich entschuldigenden Blick zu.

Als sie gegangen ist, dresche ich weiter auf ihn ein. »Kennst du keine Loyalität?«

Charlie schüttelt den Kopf und bemüht sich, ruhig zu bleiben, auch wenn ich meine Stimme erhebe. »Lauren, bitte hör mir zu.«

Ich verschränke die Arme und sehe ihn finster an. Das ist meine Art, ihm zuzuhören und ihn gleichzeitig für schuldig zu erklären.

»Ryan ist der Onkel des Babys.«

»Durch mich!«, gebe ich sofort zurück. »Er ist der Onkel des Babys, weil ich die Tante bin. Durch meine Verwandtschaft.«

»Ich weiß. Und dennoch: Es ist eine wichtige Position, findest du nicht? Nicht nur dein Mann zu sein, sondern auch der Onkel des Babys.«

»Und was?«

»Schau dich um, Lauren. Siehst du irgendeinen anderen Mann in meinem Leben?«

Ich sage nichts. Ich starre ihn nur an.

»Wir haben keine Brüder. Es gibt nur mich.«

»Stimmt«, bestätige ich, um die Unterhaltung voranzutreiben.

»Und wir haben eindeutig keinen Vater«, fährt Charlie fort.

»Stimmt«, sage ich erneut.

»Und Opa ist tot.«

»Stimmt.«

»Alle meine engen Freunde leben in Chicago. Ich wohne bei meiner Verlobten. Den Großteil meiner Zeit verbringe ich mit ihr, bei der Arbeit oder mit Mom und meinen zwei Schwestern.«

Ich bin noch immer wütend, aber ich merke, dass ich ihm eigentlich nicht widersprechen kann. »Stimmt«, sage ich diesmal sanfter als die Male davor. Ich verändere meine Körperhaltung und signalisiere, dass ich weniger auf Konfrontation aus bin.

Charlie sieht mich eine Weile an und denkt über etwas nach. Ich sehe ihm an, dass er emotional wird. Er senkt die Stimme. »Ich bekomme einen Sohn, Lauren. Ich bekomme einen Sohn.«

Die Gedanken rasen so schnell durch meinen Kopf, dass ich keinen einzelnen zu fassen bekomme. Das sind tolle Neuigkeiten! Meine Familie wird überglücklich sein! Ich wusste nicht, dass sie das Geschlecht des Babys vorher erfahren! Ich freue mich so, dass ich einen Neffen bekomme! Einen Neffen!

»Ich bekomme einen Neffen?«, frage ich. Die Wut lässt nach. Sie wirft keine Blasen mehr auf der Oberfläche. Zum Teil hat das mit dem Schrecken zu tun, dass ich etwas erfahren habe, von dem ich angenommen hatte, es erst in ein paar Monaten zu erfahren. Zum anderen Teil damit, dass mein kleiner Bruder, der eindeutig das Gefühl hat, sich beweisen zu müssen, die Chance dazu erhält.

»Ja«, bestätigt er. Seine Augen glänzen. »Aber was weiß ich darüber, wie man einen Sohn aufzieht? Darüber, ein Vater zu sein? Ich habe keine Ahnung. Ich habe absolut keine Ahnung. Ich weiß, dass ich es herausfinden werde, aber verdammt, ich muss darüber reden können, während ich mich damit auseinandersetze. Mein Sohn braucht einen Onkel, okay? Ich weiß, die Lage zwischen euch ist angespannt. Das verstehe ich, aber Ryan ist für mich da gewesen, seit ich vierzehn war. Er war der erste Typ, zu dem ich wirklich aufgesehen habe. Und – ich will, dass mein Sohn ihn kennt. Ich will, dass Ryan ein Teil seines Lebens wird. Ich brauche jemanden, den ich anrufen und dem ich gestehen kann, dass ich keine Ahnung habe, was ich tun soll.«

»Du hast mich«, wende ich ein. »Du hast Rachel.«

»Ihr zwei habt auch keinen Vater. Wir wissen nichts über Väter. Und es tut mir leid, aber dabei kann mir nun einmal keine Frau helfen.«

»Okay.« Was soll ich sonst sagen? Ich finde nicht, dass ich mich zu Unrecht aufgeregt habe, aber ich glaube, es wäre kindisch und egoistisch, angesichts seiner Begründung noch weiter wütend zu sein. »Ich verstehe. Ich wünschte, du hättest zuerst mit mir gesprochen. Aber … Nein, ich verstehe das.«

»Nun ja, ich wollte tatsächlich mit dir reden«, sagt er.

»Weil ich nämlich etwas vorhabe. Aber bevor ich es tue, möchte ich erst deinen Segen.«

»Äh. Okay.«

»Ich möchte Ryan gern zu unserer Hochzeit einladen.«

»Auf gar keinen Fall.« Die Worte schießen wie Gewehrkugeln aus meinem Mund.

»Bitte denk darüber nach.«

»Nein, Charlie. Tut mir leid. Ryan und ich haben ganz klar abgemacht, dass wir uns ein ganzes Jahr lang weder sehen noch miteinander sprechen. Das Jahr ist erst Ende August vorüber. Nicht im Juli. Und ich habe nicht die letzten acht Monate gegen den Impuls angekämpft, ihn anzurufen, um alles verfrüht abzublasen. Er wird auch nicht gegen die Abmachung verstoßen wollen, Charlie.«

Ich sehe, dass ich Charlie verletzt habe, weiß aber nicht, womit genau. Ist es, weil seine eigene Schwester für seine Hochzeit keine Ausnahme macht? Oder dass ich gesagt habe, der einzige Mann, zu dem Charlie aufblickt, käme wahrscheinlich nicht? Verdammt noch mal! Wenn man einen Mann heiratet, heiratet man irgendwie auch seine Familie, und umgekehrt. Das weiß man vorher. Aber man weiß nicht, dass man, wenn man einen Mann verlässt, auch seine Familie verlässt. Wenn mein Mann auf die andere Seite der Stadt zieht und mit einer Frau namens Emily zusammen ist, bricht er auch meinem Bruder das Herz.

»Lass mich ihn einladen«, sagt Charlie. »Das ist alles, worum ich dich bitte.«

»Charlie, ich will ihn wirklich nicht dabeihaben.«

»Hier geht es nicht um dich.«

»Charlie …«

»Lauren, ist dir schon einmal in den Sinn gekommen,

dass wir auf meiner Hochzeit Familienfotos machen werden? Dass wir sie im Haus aufhängen werden? Dass Mom eins auf ihren Kaminsims stellen wird? Und Jahre später wirst du sie ansehen und die Lücke bemerken, weil in diesem Jahr einer gefehlt hat? Du belastest meine Hochzeit mit deinem Kram, weil du nicht vorausschaust.«

»Es gibt keine Lücke in der Familie«, widerspreche ich.

»Doch. Ryan ist nicht einfach jemand, den du liebst. Er ist Teil der Familie.«

»Na ja, damit scheint außer dir aber niemand ein Problem zu haben.«

»Wieder falsch. Mom vermisst ihn auch. Sie hat mir vor ein paar Monaten gesagt, dass sie seine Nummer aus ihrem Telefon löschen musste, damit sie ihn nicht anruft, um sich davon zu überzeugen, dass es ihm gut geht.«

»Tja, aber Rachel hat damit kein Problem«, beharre ich.

»Weil Rachel nur an dich denkt. Aber ich wette, wenn du sie fragst, würde sie sagen, dass sie auch wissen möchte, wie es ihm geht.«

Mein Pulsschlag beschleunigt sich, Blut schießt mir in die Wangen. Langsam werde ich wieder wütend. »Ich habe ihn zu einem Teil dieser Familie gemacht«, erkläre ich. »Und ich bestimme die Regeln.«

»Ich weiß, dass du das gern so hättest. Aber das stimmt nicht. Ryan gehört dir nicht. Du hast ihn in diese Familie gebracht, und du hast uns gebeten, ihn zu lieben. Und das tun wir jetzt. Darüber hast du keine Kontrolle.«

Ich gebe mir Mühe, mich in ihre Lage zu versetzen, was mir jedoch nicht gelingt. Ich kenne Natalie nicht so gut. Eines Tages wird sie wie eine Schwester für mich sein, aber das braucht Zeit. Dazu bedarf es gemeinsamer Erlebnisse und einer gemeinsamen Geschichte. So weit sind wir noch nicht. Und das ist meine einzige Vergleichsmöglichkeit. Ryans Familie steht mir nicht nah, sodass ich sie nicht vermisse. Ich weiß nicht, wie ich mich fühlen würde, wenn ich an Charlies Stelle wäre. Ich war nie an Charlies Stelle. Und vielleicht liegt darin das Problem. Vielleicht bin ich in dieser Situation so sehr mit mir beschäftigt, dass ich nichts und niemanden sonst sehe. Und vielleicht sollte ich das als Zeichen dafür deuten, dass ich mich täusche. Natürlich ist das meist der Grund, weshalb Menschen sich täuschen, wenn sie sich täuschen, oder? Dass sie nur ihre eigene Sichtweise verstehen können?

Ich will ihm versprechen, dass ich darüber nachdenke. Ich öffne den Mund mit dem Vorsatz zu sagen: »Du hast recht. Ich sollte darüber nachdenken.« Doch Charlie kommt mir zuvor.

»Das ist so albern. Ihr zwei werdet ohnehin wieder zusammenkommen. Wann? Im August? Was machen dann die paar Wochen für einen Unterschied?«

»Ich habe keine Ahnung, ob wir überhaupt wieder zusammenkommen! Ich weiß noch nicht einmal, ob …«

»Wovon redest du? Am Anfang hast du gesagt, das sei der Plan. Ihr verbringt eine Zeit getrennt, und dann kommt ihr wieder zusammen.«

»Ja, und daraufhin hast du mir erzählt, dass Menschen selten wieder zusammenkommen. Bei den meisten Leuten sei die Trennung nur eine Station auf dem Weg zur Scheidung.«

Charlie schüttelt den Kopf. »Hör auf. Du bist theatralisch. Es tut mir leid, dass ich das gesagt habe, ich war ein Idiot. Hör zu, ich will, dass er dabei ist. Und es ist meine Hochzeit.

Ich betrachte ihn als den Onkel des Babys, als meinen Bruder. Reicht das nicht? Ist das nicht wichtig genug?«

Ich sehe ihn an und denke über seine Worte nach. Verdammt. Es geht im Leben nicht nur um mich. Selbst bei meiner Ehe geht es nicht nur um mich.

»Mach das«, sage ich. »Lade ihn ein.«

»Danke«, erwidert Charlie.

»Ohne Begleitung«, füge ich hinzu. »Bitte.«

»Ohne Begleitung«, bestätigt Charlie und streckt ergeben die Hände von sich.

»Wenn Ryan der Mann ist, der dir am nächsten steht, wer ist dann dein Trauzeuge?«, frage ich. Plötzlich betrübt mich die Vorstellung, dass mein kleiner Bruder keinen Trauzeugen hat.

»Oh«, erwidert er, »ich wollte Wally aus Chicago fragen. Aber ich bin mir nicht sicher, ob er überhaupt kommen kann. Natalie und ich haben schon überlegt, ganz darauf zu verzichten. Ich glaube, das werden wir auch machen.«

»Nicht Ryan?«, frage ich. Jetzt komme ich ohnehin schon zu spät zur Arbeit, es wäre albern, mich noch zu beeilen.

»Ich weiß, was ich dir zumute, wenn ich Ryan einlade«, sagt er. »Es scheint mir nicht fair, dich um noch mehr zu bitten.«

So oft bin ich davon überzeugt, dass mein Bruder ein gedankenloser Idiot ist, dabei beweist er mir immer wieder, dass ich der gedankenlose Idiot von uns beiden bin.

»Ist okay«, sage ich. »Frag ihn.«

Charlie unterdrückt ein Lächeln. Er schafft es, eine ernste Miene zu bewahren. »Ich will dich nicht in eine noch schwierigere Lage bringen.«

»Ist schon gut«, wiederhole ich. »Du solltest ihn fragen. Er wird Ja sagen. Da bin ich mir sicher.«

»Meinst du?« Charlie zeigt nur ein ganz kleines bisschen, wie sehr er sich freut.

»Ja. Wird er.«

Wir umarmen uns, und Charlie blickt auf seine Armbanduhr. »Verdammt, ich bin zu spät«, stellt er fest. »Weißt du was? Egal.« Charlie ruft zum Schlafzimmer: »Natalie, kannst du dir heute freinehmen?«

»Was?«, höre ich sie aus dem anderen Zimmer.

»Kannst du dir heute freinehmen?«

»Äh, ich glaube schon. Ich wollte sowieso früher gehen, weil ich einen Arzttermin habe«, sagt sie und kommt langsam zu uns.

»Und was ist mit dir?«, fragt Charlie mich. »Kannst du dir den Tag freinehmen? Wir könnten uns einen Film ansehen oder so.« Natalie steht jetzt neben ihm, den Arm um seine Taille, den Kopf an seinen Arm gelehnt. Sieh sie dir an. Mein Bruder. Mit einer schwangeren Frau an seiner Seite.

»Oh«, sage ich. Ich suche nach einer Antwort.

»Warte«, sagt Charlie plötzlich. »Du und Ryan, wenn ihr ausgemacht habt, ein ganzes Jahr nicht miteinander zu sprechen, woher wusstest du dann, dass ich ihm von dem Baby erzählt habe?« Charlie klingt nicht im Geringsten misstrauisch. Eher neugierig und aufgeregt.

Aber ich fühle mich wie auf frischer Tat ertappt. Wie ein Verbrecher im gleißenden Licht des Verhörraums.

»Ich muss zur Arbeit. Ich bin schon eine Stunde zu spät, und der Verkehr wird mörderisch sein. Ich wünsche euch beiden einen schönen, romantischen Tag!« Und schon bin ich aus der Tür.

20. April

Liebe Lauren,

heute hat Charlie mich angerufen und gesagt, er habe mit dir gesprochen. Du seist damit einverstanden, dass er mich bittet, sein Trauzeuge zu sein.

Was in aller Welt ist los? Ich weiß noch, wie er mit mir Grand Theft Auto spielen wollte, wenn wir an den Wochenenden vom College zu Besuch waren. Ich mochte das Spiel nicht, habe es aber mit ihm gespielt, damit er still war. Und die ganze Zeit hat er nur von Mädchen geredet. Die. Ganze. Zeit. Und er war so ungeschickt mit Mädchen! Das hat mich verblüfft. Von einem Jungen, der mit drei Frauen in einem Haus lebt, sollte man annehmen, dass er weiß, wie man mit Mädchen spricht. Aber er hatte keine Ahnung. Und so habe ich ihm erzählt, wie man jemanden ausfragt. Ich habe ihm erzählt, wie ich so getan habe, als würdest du mich ausfragen. Und dass es normal ist, nervös zu sein, weil die Mädchen normalerweise auch nervös sind und gar nicht merken, dass man selbst nervös ist. Diesen ganzen Mist eben.

Und jetzt heiratet er und bekommt ein Kind. Mit einer Frau, die er anscheinend wirklich mag.

Und du und ich, wir sprechen nicht miteinander.

Danke, dass du zugestimmt hast. Ich vermisse deine Familie sehr. Dieser Anruf von Charlie hat meinen Tag gerettet. Teufel, vielleicht sogar mein Jahr. Dieses Jahr war so schwer und so verwirrend, und als ich Charlies Stimme am Telefon gehört habe, wusste ich, was mir gefehlt hat.

Ich freue mich auf die Hochzeit. Und wenn nur, weil ich weiß, dass ich dich dort wiedersehe.

In Liebe

Ryan

Natalie trägt ein Maxikleid. Sie ist so schwanger, dass man ihr im Bus seinen Platz anbieten möchte. In sechs Wochen ist es so weit, und sie strahlt, doch wenn man ihr das sagt, erwidert sie: »Das ist der Schweiß. Glaub mir. Ich schwitze, als würde das Haus in Flammen stehen.«

Ich habe niemandem verraten, dass es ein Junge wird, sodass wir bei der Party bei Gelb bleiben. Meine Mutter hat darauf bestanden, die Party auszurichten, und sie hat es etwas übertrieben. Es gibt gelbe Ballons und gelbe Luftschlangen. Die Geschenke sind in gelbes Papier verpackt. Und dank Rachel gibt es einen gelben Kuchen. Vielleicht wurde auch in stillschweigender Übereinkunft das Thema »Enten« eingeführt, wozu ich jedoch kein Memo erhalten habe. Der Esstisch und der Couchtisch sind mit Gummientchen übersät. Rachel hat sogar ein Gummientchen aus Fondant gefertigt und auf den Kuchen gesetzt.

»Dann ist es eher ein Zuckerentchen«, bemerke ich, als sie es uns zeigt.

Meine Mutter lacht. »Genau das habe ich auch gesagt, aber das scheint sie nicht lustig zu finden.«

»Der Kuchen ist wundervoll«, schwärmt Natalie. »Rachel, ich kann dir gar nicht genug danken. Er sieht absolut professionell aus.«

Ich weiß, dass Rachel denselben Kuchen fünf Mal gebacken und dekoriert hat, um sicherzugehen, dass es klappt. Sie war bis in die frühen Morgenstunden auf, um die Ente hinzubekommen. Aber sie tut, als wäre es ein Kinderspiel gewesen. »Ach, bitte«, sagt sie. »Das war mir ein Vergnügen.« Rachel trägt ein süßes, kurzes rotes Kleid mit einem rechteckigen Ausschnitt. Für den Anlass hat sie hohe Absätze angezogen, die Schuhe jedoch schon vor zehn Minuten abgestreift, bevor überhaupt jemand da ist. »Ich habe allerdings ein Foto für meine Unterlagen gemacht.« Sie rechnet jetzt jeden Tag mit einer Nachricht wegen ihres Kredits.

Meine Mutter kommt mit einer Platte aus der Küche. »Okay, ihr drei Mädchen, sagt mir, ob ich es übertrieben habe«, meint sie. »Aber seht ihr? Ist das nicht niedlich?« Sie zeigt uns eine Platte mit Gurkensandwiches.

»Das ist doch kein High Tea, Mom«, sagt Rachel. »Es ist eine Babyparty.«

Meine Mutter runzelt die Stirn, doch Natalie reißt es wieder heraus. »Sie sind hinreißend, Leslie. Wirklich. Vielen Dank. Und meine Freundin Marie, die kommen wird, ist Vegetarierin und macht sich immer Sorgen, dass es nichts für sie zu essen gibt. Die sind also perfekt.«

»Danke, Natalie. Ich genieße die Zeit, bis du dich in meiner Gegenwart genauso wohl fühlst wie meine Töchter. Denn so lange bekomme ich noch Komplimente und nicht Bemerkungen wie ›Das ist kein High Tea, Mom‹.« Als sie Rachel nachäfft, klingt sie überhaupt nicht wie Rachel, sondern voll und ganz wie Minnie Mouse.

Natalie lacht. »Ich mag sie aber wirklich!«, behauptet sie.

»Gut, Natalie«, sage ich. »Du hast es geschafft. Sie mag dich am liebsten.«

Meine Mutter lacht, stellt die Platte ab und geht zurück in die Küche, um noch mehr zu holen.

»Brauchst du Hilfe?«, fragt Natalie.

Rachel streckt den Arm aus und bringt Natalie zum Schweigen. »Entspann dich. Du bist schwanger. Wir sollten meiner Mutter unsere Hilfe anbieten und tun es nicht.«

»Ja, also stell uns nicht bloß«, füge ich hinzu.

Natalie lacht, setzt sich aufs Sofa, zieht ein Bein hoch und streicht ihr Kleid glatt. »Nun, wo ihr gerade beide da seid, ich wollte euch um einen Gefallen bitten«, sagt sie. »Wie ihr wisst, hat Charlie Ryan gebeten, sein Trauzeuge zu sein.«

Rachel bleibt der Mund offen stehen, und sie dreht sich ruckartig zu mir um. »Was?«, fragt sie.

Ich zucke die Schultern. »Charlie möchte es so. Was sollte ich sagen?«

»Und für dich ist das in Ordnung?«, hakt Rachel nach. »Wieso haben wir nicht darüber gesprochen?«

»Es ist okay.« Ich möchte nicht weiter darüber reden, um die Sache vor Natalie nicht noch komplizierter zu machen.

Natalie sieht mich an. »Dafür möchte ich mich bei dir bedanken. Es hat Charlie wirklich glücklich gemacht. Natürlich weiß ich nicht so genau über dich und Ryan Bescheid, aber ich kann mir vorstellen, dass es ziemlich viel Größe erfordert, um, tja, … Also danke.«

Ich nicke ihr zu. Es ist ein hochkomplexes Thema, bei dem so viele Gefühle eine Rolle spielen, dass ich fürchte, wenn ich antworte, und wäre es auch nur ein »Gern!«, würde ich anfangen zu weinen und wüsste noch nicht einmal genau, warum.

»Jedenfalls ist Ryan Charlies Trauzeuge, und es hat sich herausgestellt, dass sein Freund Wally es auch zur Hochzeit schafft. Charlie möchte nun beide bei sich haben«, berichtet Natalie. »Das bedeutet, dass ich zwei Plätze an meiner Seite zu besetzen habe, und ich würde mich freuen, wenn ihr zwei meine Brautjungfern würdet.«

»Wow«, sagen Rachel und ich gleichzeitig.

Rachel fügt an: »Soll das ein Scherz sein? Wie aufmerksam von dir.«

»Ich weiß, es ist etwas kurzfristig«, sagt Natalie. »Ich wusste nicht, wie sich das bei Charlie entwickelt, aber nachdem das nun klar ist, finde ich, dass sich alles wunderbar fügt. Ich würde mich freuen, wenn ihr zwei da vorne neben mir stündet.«

»Bist du sicher?«, frage ich. »Ich meine, wir sind nicht verletzt, wenn du lieber deine Freundinnen fragst.«

»Nein«, antwortet Natalie. »Es gibt zwar Leute, die ich fragen könnte. Ich habe liebe Freundinnen. Aber ihr zwei seid Familie. Es gefällt mir, Teil einer großen Familie zu sein. Meine Familie besteht nur aus mir und meinen Eltern. Ich freue mich darauf, Schwestern zu haben.« Natalie tippelt um das Wort *Schwestern* herum, als fürchte sie, dass es anmaßend klingen könnte. Deshalb verspüre ich das Bedürfnis, ihr überschwänglich zu versichern, dass ich sie sehr gern als meine Schwester aufnehmen möchte. Dass ich will, dass sie ein Teil der Familie wird.

»Wir freuen uns auch!«, jubele ich, und dann versuche ich meine Begeisterung etwas zu zügeln, damit ich nicht ganz so übertrieben klinge. »Ernsthaft, ich bin froh, dass Charlie sich für jemand so Cooles entschieden hat.«

»Ja?«, fragt Natalie. »Ich glaube, ihr seid dann so eine Art Trauzeuginnen. Da es keine offiziellen gibt.«

»Wir sind einverstanden«, sagt Rachel.

Meine Mutter kommt mit Würstchen im Schlafrock zurück. »Seht euch diese Babys an!«, ruft sie und lacht in sich hinein. Wir blicken alle drei auf das Tablett und sehen, dass sie die »Schlafröcke« mit Lebensmittelfarbe gefärbt hat. Einige sind rosa, einige blau. »Weil wir noch nicht wissen, ob es ein Junge oder Mädchen wird. Versteht ihr?«

»Wir vernaschen die Babys als Appetizer?«, fragt Rachel. Ich muss lachen. Ich kann nicht anders. Natalie versucht, ihr eigenes Lachen zu unterdrücken.

Meine Mutter blickt mit gerunzelter Stirn hinunter auf den Teller. »O nein!«, stöhnt sie. »Meint ihr, die Leute haben das Gefühl, Babys zu essen?«

»Ihr seid so gemein!«, bemerkt Natalie. »Leslie, die sind toll. Sie sind perfekt für eine Babyparty.«

»Mom, ich habe doch nur Spaß gemacht«, beschwichtigt Rachel. Meine Mutter macht sich normalerweise nichts daraus, wenn wir uns über sie lustig machen, aber heute nimmt sie es zumindest ein bisschen ernst, und deshalb habe ich ein schlechtes Gewissen.

Sie hat das Tablett noch nicht abgestellt und überlegt nun ernsthaft, ob sie die Würstchen überhaupt servieren kann. »Nein«, sagt sie. »Das ist komisch. Verflixt! Ich hätte sie einfach nicht färben sollen.«

»Nein«, widerspreche ich. »Bitte. Rachel hat es wirklich nicht ernst gemeint. Die sind perfekt. Das ist ein bisschen wie bei diesen Spielen, bei denen die Leute Süßigkeiten in

Windeln schmelzen, damit es aussieht wie Kacke, oder nach Trinkschnullern schnappen, weißt du? Babypartys sollen ein bisschen übertrieben sein. Das ist gut so!«

»Seid ihr sicher?«, fragt meine Mutter uns alle.

»Unbedingt«, antwortet Rachel.

Natalie nickt mit dem Kopf. Ich gehe zu meiner Mutter und lege den Arm um sie. »Absolut. Das hast du toll gemacht. Die sehen unglaublich aus.«

»Okay.« Schließlich setzt sie das Tablett ab. »Aber ich habe keine Trinkschnuller zum – Schnappen. Ist das schlimm?«

»Nein«, erwidere ich. »Das war nur ein Vorschlag. Ist noch mehr in der Küche? Ich helfe dir.«

Wir gehen in die Küche und lassen Natalie und Rachel im Wohnzimmer zurück.

Als wir außer Hörweite sind, frage ich: »Ist alles in Ordnung?«

»Ja«, sagt sie. »Ich bin nur etwas angespannt!«

»Was kann ich tun?«, frage ich und stehe am Tresen, wo es jedoch aussieht, als habe sie alles im Griff.

»Nein, nichts«, sagt meine Mutter. »Es ist nur ... Es ist mein erster Enkel.«

»Ich weiß.«

»Ich habe mir immer vorgestellt, dass ich eine Babyparty für mein erstes Enkelkind gebe.«

»Klar. Das verstehe ich.«

»Und ich habe gerade daran gedacht ...«

Ich warte, dass sie weiterspricht, doch das tut sie nicht. »Du dachtest, du würdest sie für mich geben«, helfe ich ihr.

Es dauert einen Moment, bis meine Mutter antwortet.

»Ja«, sagt sie schließlich. »Ich meine, es ist gut so. Dein Leben gehört dir. Ich bin so stolz, wie du das machst.«

»Ich weiß, Mom. Aber das heißt nicht, dass es nicht überraschend ist. Oder dass die Dinge sich nicht in eine Richtung entwickelt haben, die verwirrend ist und einen angespannt macht«, sage ich.

»Ich bin so glücklich über das alles«, erklärt meine Mutter. »Wirklich.«

»Aber?«, frage ich.

»Aber ich kenne sie nicht. Als ich im Laden einkaufen war und das Menü zusammengestellt habe, bin ich andauernd stehen geblieben und habe mich gefragt ›Mag Natalie Oliven? Mag sie Koriander?‹ Manche hassen Koriander.«

»Ja.«

»Ich kenne sie einfach noch nicht so gut. Es ist schwer, eine Babyparty für jemanden zu geben, den man noch nicht gut kennt.«

»Alles, was zählt, ist, dass dein Herz am rechten Fleck ist«, antworte ich. »Natalie ist leicht zu erfreuen.«

»Ja, vielleicht.« Nachdenklich blickt sie vor sich auf die Platte mit Krabbenplätzchen. »Würdest du einfach rausgehen und sie beiläufig fragen, ob sie Koriander mag? Ich habe welchen in die Krabbenplätzchen getan, und einige Leute hassen Koriander.«

»Klar, Mom«, sage ich, da klingelt es an der Tür.

Wir hören, dass Rachel öffnet und diverse Frauenstimmen durcheinanderplappern. Die Party hat begonnen. Natalies Freundinnen und Kolleginnen strömen herein. Auf dem Geschenketisch stapeln sich allmählich die Geschenke. Ehe wir es uns versehen, spielen wir »Papp das Sperma ans Ei« und tun, als wäre der Windeleimer das Faszinierendste, was wir je gesehen haben. »Weißt du, eines Tages wirst du das für mich machen«, sage ich, als ich die Küche verlasse. »Und dann kannst du so viel Koriander nehmen, wie du willst.«

David liegt quer auf meinem Bett. Das Hemd hat er ausgezogen, er ist in Unterwäsche. Wir haben getrunken.

Das kam so, dass David mir etwas zum Abendessen kochen wollte, mit einer Tüte Lebensmittel auftauchte und die Küche mit Beschlag belegte. Und da er das Abendessen mitgebracht hatte, fand ich, ich sollte eine der Weinflaschen öffnen, die im Schrank Platz wegnehmen. Wir tranken jeder ein Glas Rotwein und dann noch eins. Und noch eins. Und dann öffneten wir aus irgendeinem Grund noch eine Flasche. Das Essen schmeckte köstlich, wir lachten viel, und es schien uns passend, noch mehr zu trinken.

Nun liegen wir hier, satt und betrunken. Wir haben uns auf dem Bett geküsst, doch dann verfing sich seine Uhr in meinen Haaren, und wir mussten lachen. Und seitdem haben wir nicht wieder angefangen. Wir liegen einfach nebeneinander, beide nur halb bekleidet, halten uns an den Händen und blicken an die Decke.

»Ich glaube, Ryan will wieder zu mir zurückkommen«, sage ich einfach so vor mich hin.

David rührt sich nicht, er sieht mich nicht an, sondern

hat den Blick an die Decke gerichtet. »Ja?«, fragt er. »Warum glaubst du das?«

»Nun ja, er hat so etwas gesagt.«

Jetzt dreht er sich zu mir. »Ich dachte, ihr würdet nicht miteinander sprechen«, sagt er. David weiß von unserer Abmachung. Er weiß von den strengen Vorschriften. Inzwischen weiß er auch von den Streitereien und den Vorwürfen. Von dem nicht vorhandenen Sex, dem schlechten Sex.

»Er schreibt mir manchmal Briefe.« Ich belasse es dabei. Ich habe keine Lust, es zu erklären.

»Ach.« Er hält noch immer meine Hand. Er massiert sie. »Und, wie findest du das?«

Ich lache, weil das schließlich die entscheidende Frage ist, oder? Wie finde ich das? »Ich weiß es nicht.« Ich seufze. »Ich glaube, ich bin mir nicht sicher, ob ich auch so empfinde. Oder, ja, doch genau, das ist es. Ich bin mir nicht sicher, ob ich genauso empfinde. Es macht mir Angst, dass ich mir nicht mehr *sicher* bin.«

»Mensch«, bemerkt David und richtet den Blick erneut an die Decke, »ich beneide dich. Ich wünschte … Gott, ich wünschte, ich könnte aufhören, an Ashley zu denken. Ich wünschte, ich könnte mir wenigstens unsicher sein, ob ich sie noch liebe oder ob ich sie noch will.«

»Tut es noch immer weh?«, frage ich, doch ich kenne die Antwort. Ich will ihm nur Gelegenheit geben, darüber zu sprechen.

»Jeden Tag. Es bringt mich um, ihr nicht alles zu erzählen, was in meinem Leben passiert. Und manchmal möchte ich sie einfach anrufen und sagen: ›Lass uns zusammen essen gehen. Lass uns das klären.‹«

»Warum tust du es nicht?«, frage ich. Ich drehe mich auf

den Bauch und stütze mich auf den Ellenbogen ab. Die Zuhörposition.

»Weil sie«, seine Stimme klingt erregt und leidenschaftlich, »mich betrogen hat. Du kannst nicht … Wenn dich jemand betrogen hat, musst du ihn verlassen, wenn du nicht die Selbstachtung verlieren willst. Man kann nicht mit jemandem zusammen sein, der einen betrügt.«

Normalerweise würde ich ihm zustimmen. Aber es klingt so, als würde er das nur sagen, weil man ihm erklärt hat, dass er so denken müsse.

»Ich weiß nicht«, erwidere ich. »Es war nur ein Mal, stimmt's?«

»Sie behauptet, es sei nur ein Mal gewesen. Aber sagen das nicht alle, die betrügen? Egal, ich weiß nicht, ob es wichtig ist, ob es ein Mal oder etliche Male waren.« Er dreht sich nun ebenfalls auf den Bauch. Unsere Schultern berühren sich.

»Menschen machen Fehler«, sage ich. Wenn ich eins bei alledem gelernt habe, dann, dass wir alle zu mehr fähig sind, als wir denken, im Guten wie im Schlechten. Wenn genug auf dem Spiel steht, kann jeder es richtig vermasseln. »Ich habe mit einer Vase nach meinem Mann geworfen und auf seinen Kopf gezielt.«

David wendet sich zu mir. »Du?«

Ich nicke.

Ja, das war ich. Ja, ich schäme mich dafür. Aber irgendwie war ich das auch nicht. Das war nicht ich. Diese Person war so wütend. Ich war so wütend. Jetzt bin ich nicht mehr wütend.

»Jeder macht Fehler. Und die Art, wie du Ashley liebst, wie du von ihr sprichst, dass du nicht über sie hinwegkommst, klingt für mich, als sei es keine gewöhnliche Liebe. Vielleicht ist es die Art von Liebe, die so etwas überwinden kann.«

Ich betrachte David und sehe, wie er sich nach seiner Ex-Frau sehnt, dass er einfach nicht ohne sie weiterleben kann, und eigentlich bin ich eifersüchtig auf ihn. Nicht auf sie. Auf ihn. Ich möchte auch so lieben. Ich möchte das Gefühl haben, als könnte ich nicht ohne einen bestimmten Menschen sein, nicht ohne Ryan sein. Aber ich *kann* ohne ihn sein.

Die Situation ist nicht gerade perfekt. Aber ich fühle mich wohl.

Das kann doch nicht gut sein.

David und ich unterhalten uns weiter. Wir sprechen über dies und das, kommen jedoch immer wieder auf Ashley zurück. Ich bin aufmerksam. Ich höre zu. Aber mit den Gedanken bin ich woanders.

Ich habe etwas zu erledigen.

30. April

Liebe Allie,
ich war sechs Jahre lang verheiratet. Mein Mann und ich haben uns vor elf Jahren kennengelernt. Die meiste Zeit meines Erwachsenenlebens habe ich geglaubt, er sei mein Seelenverwandter. Die meiste Zeit in unserer Beziehung habe ich ihn wirklich geliebt und mich von ihm geliebt gefühlt. Aber vor einiger Zeit haben wir aus irgendwelchen Gründen, die mir erst allmählich klar werden, aufgehört, gut füreinander zu sein.

Wenn ich sage, dass mir die Gründe erst allmählich klar werden, meine ich damit, mir ist bewusst geworden, dass unsere Ehe unter gegenseitigen stillen Vorwürfen gelitten hat. Vorwürfe beispielsweise deswegen, wie häufig wir Sex hatten, wie gut der Sex war, wo wir zum Essen hingegangen sind, wie wir einander unsere Zuneigung gezeigt haben, bis hin zu so simplen Dingen wie, wer den Klempner anruft.

Mir ist klar geworden, dass solche Vorwürfe heimtückisch sind. Sie nagen zunächst an einem. Dann wächst die Verbitterung, breitet sich hemmungslos bis in den letzten Winkel aus, und irgendwann haben sie einen fest im Griff.

Das verstehe ich jetzt.

Das alles verstehe ich jetzt, weil mein Mann und ich vor neun Monaten erkannt haben, dass wir ein Problem haben. Wir haben beschlossen, uns etwas Freiraum zu lassen, und uns für ein Jahr getrennt.

Das Jahr ist noch nicht vorbei, doch ich bin bereits überzeugt, dass ich zu vielen Einsichten gelangt bin, die ich vor einem Jahr um diese Zeit noch nicht hatte. Ich verstehe mich selbst besser. Und ich verstehe, was ich zum Scheitern meiner Ehe beigetragen habe. Was ich zugelassen habe. Wenn diese Probezeit vorüber ist, werde ich eine andere Frau sein.

Das Problem ist, dass ich in der Zeit unserer Trennung festgestellt habe, dass ich ein unglaublich erfülltes Leben ohne meinen Mann führen kann. Ich kann ohne ihn glücklich sein. Und das macht mir Angst. Weil ich glaube, dass man sein Leben vielleicht nicht mit jemandem verbringen darf, den man nicht braucht. Sollte eine Ehe nicht die Verbindung zweier Hälften zu einem Ganzen sein? Setzt das nicht voraus, dass sich beide allein nur halb fühlen? Dass sie das Gefühl haben müssen, ihnen fehle ein Stück, wenn sie getrennt vom anderen sind?

Als ich der Idee einer zeitweiligen Trennung zugestimmt habe, dachte ich, ich würde bald feststellen, dass das gar nicht geht. Würde merken, dass das Leben ohne meinen Mann unerträglich ist, und zwar so sehr, dass ich ihn bitten würde, nach Hause zurückzukehren. Und wenn er nach Hause zurückkäme, hätte ich gelernt, ihn nie wieder geringzuschätzen. Ich dachte, die Trennung wäre eine Möglichkeit, mir auf drastische Weise klarzumachen, wie sehr ich ihn brauche.

Doch als das Schlimmste passiert ist, als ich ihn verloren habe und er anfing, sich mit anderen Frauen zu treffen, ging am nächsten Morgen die Sonne wieder auf. Das Leben ging weiter. Wenn es wahre Liebe wäre, wäre das dann möglich?

In der Zeit unserer Trennung habe ich mit jedem über meine Ehe gesprochen. Mit meiner Schwester, meinem Bruder, meiner Mutter, meiner Großmutter, meiner besten Freundin und mit einem Mann, mit dem ich mich hin und wieder treffe – alle haben unterschiedliche Vorstellungen von der Ehe. Jeder rät mir etwas anderes.

Und ich bin noch immer verwirrt.

Was meinen Sie, Allie?

Komme ich wieder mit dem Mann zusammen, den ich einmal geliebt habe?

Oder fange ich noch einmal von vorne an, nachdem ich jetzt weiß, dass ich das kann?

Mit herzlichen Grüßen,

Verwirrt in Los Angeles

Ich lese mir den Brief nicht noch einmal durch. Sonst verliere ich die Nerven. Ich sende ihn einfach ab. Und weg ist er, im Nirwana des Internets.

Als ich ins Büro komme, gehe ich direkt zu Milas Schreibtisch.

»Ich habe ihr geschrieben. Der Ratgeber-Kolumne.«

Mila blickt auf und lächelt. »Na, ich muss wohl alles zurücknehmen. Von wegen, du seist bekloppt.«

»Findest du nicht, dass ich verrückt bin?«, frage ich.

Mila lacht. »Ich halte mich mit der Definition von ›verrückt‹ lieber an das, was vernünftige Menschen meinen, als an meine eigenen eingefahrenen Vorstellungen. Du hast es getan. Du bist ein vernünftiger Mensch. Also ist es nicht verrückt.«

Ich lege den Kopf schräg. »Danke«, sage ich. Ich dachte wirklich, sie würde mich für verrückt halten. Es freut mich, dass ich mich getäuscht habe.

»Zeig mir diese Frau, die von *Frag Allie*«, sagt sie. »Ich möchte etwas von ihr lesen. Ich will wissen, in wessen Hände du dich da begeben hast.«

Ich trete an ihren Computer und tippe die Webadresse ein. Die Seite öffnet sich. Die Frage, die ganz oben beantwortet wird, habe ich gestern Abend gelesen. Sie handelt von einem Mann, der jahrelang seine Frau betrogen hat und das Gefühl hat, ihr das endlich sagen zu müssen. *Frag Allie* ist nicht sehr nett zu ihm.

»Lies nicht das«, sage ich. »Oder doch, klar kannst du das lesen, aber lies erst einen anderen Text.«

Ich öffne den Brief, den sie einer Frau geschrieben hat, die ihre Tochter vor Jahren zur Adoption freigegeben hat, sie jetzt suchen will und nicht weiß, ob sie das tun sollte. Besonders gefällt mir die Stelle, an der Allie schreibt: Sorgen Sie dafür, dass man leicht an Sie herankommt, dass Sie leicht zu finden sind, sollte jemand nach Ihnen suchen. Seien Sie offen, großherzig, bescheiden. Sie befinden sich in der besonderen Lage, dass Sie keine Liebe oder Akzeptanz erwarten können, sie aber geben müssen, wenn Ihre Tochter sie von Ihnen erwartet. Das mag hart scheinen, fast unmöglich – zu lieben, ohne damit rechnen zu können, dass die Liebe erwidert wird –, aber wenn Sie erst herausgefunden haben, wie das geht, werden Sie feststellen, dass Sie sich tatsächlich wie eine Mutter fühlen.

»Sag mir, wie du es findest«, bitte ich Mila und gehe zurück in mein Büro.

Zwanzig Minuten später steht Mila vor meinem Schreibtisch. »Wie habe ich bislang ohne diese Briefe leben können?«, fragt sie. »Hast du den mit dem schwulen Sohn gelesen? Ich habe tatsächlich am Schreibtisch um Fassung gerungen. Ich bin fast in Tränen ausgebrochen!« Sie setzt sich und ändert die Stimme. »Und was, wenn sie deinen Brief liest? Was, wenn sie ihn beantwortet?«

»Sie wird ihn nicht beantworten«, sage ich. »Wahrscheinlich wird sie ihn noch nicht einmal lesen.«

»Könnte sie aber«, widerspricht Mila. »Es wäre möglich.«

»Ich bezweifle es.«

»Hast du ihr von Ryan geschrieben?«, fragt sie.

»Ja.«

»Hast du die Sache mit der einjährigen Trennung erwähnt? Das könnte ein guter Aufhänger sein.«

»Du klingst wie meine Großmutter! Ich habe sie gefragt, ob sie es für sinnvoll hält, eine Ehe noch einmal von vorn zu beginnen, oder ob …«

»Ob was?«

»Ob ich einfach noch einmal allein von vorn beginnen sollte.«

»Wow«, sagt Mila. »Das kommt für dich infrage? Darüber denkst du nach?«

»Ich weiß nicht, was ich denke! Deshalb habe ich ihr ja geschrieben.«

»Wie hast du unterschrieben?«

»Ach, komm schon, das ist der peinlichste Teil.«

»Spuck's aus, Cooper. Wie hast du unterschrieben?«

Ich seufze und gebe klein bei: »Verwirrt in Los Angeles.«

Mila nickt zustimmend. »Nicht schlecht!«, bemerkt sie. »Gar nicht schlecht.«

»Raus aus meinem Büro.« Ich lächele. »Hast du morgen Mittag Zeit? Ich brauche jemanden, der einen Blick auf ein Kleid wirft.«

»Was für ein Kleid?«, will Mila wissen, die Hand am Türrahmen.

»Ein Brautjungfernkleid.«

Mila hebt die Brauen. »Welche Hochzeitsfarben?«

»Hm.« Ich versuche mich daran zu erinnern, was Natalie mir erzählt hat. »Koralle und Hellgelb, glaube ich.«

»Wie Persimone und Mohnblume?«

»Das verstehe ich nicht.«

»Wie Grapefruit und Zitrone?«

»Genau«, sage ich. »Das hört sich richtiger an. Was ist nur mit den Grundfarben passiert?«

Mila nickt zustimmend. »Deine Schwägerin hat Stil.«

Aus irgendeinem Grund fühle ich mich von ihrem Kompliment persönlich geschmeichelt. Natalie *hat* Stil. Und sie wird *meine* Schwägerin. Ich bekomme noch eine Schwester. Vielleicht werden wir uns eines Tages so nahestehen, dass ich vergesse, wie fremd sie mir einmal gewesen ist. Vielleicht werde ich sie eines Tages so sehr lieben, dass ich vorübergehend vergesse, dass sie Charlies Frau oder die Mutter meines Neffen ist. Vielleicht ist sie dann einfach nur meine Schwester.

Rachel, Klopfer und ich wollen heute Morgen wandern gehen, aber zum ersten Mal finden wir keinen Parkplatz. Wir kurven ungefähr dreißig Minuten durch die Gegend, bis wir alle die Geduld verlieren.

»Wollen wir stattdessen zum Brunch gehen?«, fragt Rachel.

»Ja«, sage ich. Brunch ist zwar das genaue Gegenteil von Wandern, dennoch fühlt es sich wie eine logische Folge an. »Wo?«

Rachel ruft in ihrem Telefon eine Liste auf. »Hast du Lust, eine Bäckerei zu testen?« In ihrer Freizeit sieht sich Rachel jede Bäckerei an, die sie in Los Angeles finden kann. Sie will herausfinden, was ihr gefällt und was nicht. Langsam aber sicher nimmt die Idee in ihrem Kopf sehr konkrete Formen an. Früher oder später wird sie ihr Vorhaben in die Tat umsetzen. Ob früher oder später, das hängt von einem Kleinunternehmer-Kredit ab.

»Klar«, sage ich. »Soll ich rechts oder links fahren?«

»Links«, weist sie mich an. »Ich will mir einen Laden in Hollywood ansehen, von dem ich gehört habe. Ich habe schon vor einem Jahr in einem Blog darüber gelesen, habe es aber nie geschafft hinzufahren. Dort soll es hochwertige Waffeln geben.«

»Hochwertige Waffeln? Wie Luxuswaffeln?«

Rachel lacht und deutet nach rechts, weil ich abbiegen soll. »Wie Frischkäse-Waffeln, Erdnussbutter-Bananen-Waffeln, Speck-Waffeln. Du weißt schon, trendige Waffeln.«

»Das hört sich nach einer blöden Idee für ein Restaurant an«, bemerke ich. »Was, wenn ich Eier zu meinen Waffeln will?«

»Na ja, ich habe nur gehört, dass der Laden wirklich cool sein soll, und ich will ihn mir ansehen. Wir müssen ja nicht unbedingt dort essen. Wir können auch irgendwo anders in der Gegend etwas essen. Fahr geradeaus bis zum Melrose, dann biegst du links ab und dann noch einmal rechts.«

»Aye, aye, Sir.«

»Red nicht so mit mir.« Rachel wendet sich an Klopfer, der geduldig auf der Rückbank wartet. »Warum redet sie so mit mir, Klopfer?« Er hat keine Antwort.

Als wir zum Larchmont Boulevard kommen, parke ich den Wagen an der Straße, und Rachel, Klopfer und ich gehen auf die Ladenfront zu. Allerdings können wir das Geschäft nicht finden.

»Welche Nummer, hast du gesagt?«, frage ich.

»Ich weiß es nicht mehr«, antwortet sie und sucht ihr Telefon. Sie blickt stirnrunzelnd auf das Display und dann wieder geradeaus. Wir stehen vor einer Glasfassade mit einem Schild, auf dem in großen roten Lettern »ZU VERMIETEN« steht.

»Das ist es«, stellt sie enttäuscht fest.

»Haben die dichtgemacht?«

»Sieht so aus«, meint sie. Einen Augenblick starrt sie auf die Ladenfront, dann sagt sie: »Wenn ›Waffel-Zeit‹ sich nicht halten konnte, wie soll ich es dann schaffen?«

»Nun ja, du wirst deinen Laden nicht ›Waffel-Zeit‹ nennen. Das ist schon mal das Erste.«

Rachel lässt die Arme sinken und blickt mich an. »Ernsthaft, Lauren. Sieh dir den Laden an, er hatte doch die besten Voraussetzungen. Hier gibt es jede Menge Laufkundschaft. Jeder hält hier an und läuft in Larchmont herum. Das Parken ist ganz unkompliziert. Gleich dort drüben kann man für fünfundsiebzig Cent parken. Wo findet man sonst einen Parkplatz für fünfundsiebzig Cent?«

»Na ja, es sind fünfundsiebzig Cent für eine halbe Stunde«, erwidere ich, »aber ich verstehe, was du meinst.«

Rachel lehnt den Kopf an die Schaufensterscheibe, legt die Hände schützend um die Augen und späht hinein. Sie seufzt. »Sieh dir diesen Laden an!«

Ich stelle mich neben sie und tue es ihr gleich. Auf der einen Seite befindet sich eine nackte Backsteinwand. Es gibt einen langen L-förmigen Tresen, an dessen schmalem Ende eine Registrierkasse steht; an der langen Seite sind Stühle aufgereiht. An der Rückseite des Verkaufsraums steht eine weiße Vitrine. Sie sieht wundervoll aus. Mit ein paar Tischen und Stühlen wäre das ein wirklich netter Laden, um eine Luxuswaffel zu essen.

»Ich könnte es hier versuchen, stimmt's? Ich könnte versuchen, den Laden zu mieten«, überlegt Rachel.

»Absolut«, stimme ich zu. »Entspricht das ungefähr deinem Budget?«

»Ich kenne mein Budget ja kaum«, antwortet sie. »Aber nein, wahrscheinlich nicht.«

Es ist lange her, dass sie sich zu etwas so hingezogen gefühlt hat.

Ich hole mein Telefon heraus und notiere die Nummer auf dem Schild. »Du könntest anrufen«, sage ich in hoffnungsvollem Ton. »Das kann doch nie schaden.«

»Nein, du hast recht. Ein Anruf schadet nicht.«

Es gibt zwei Sorten von Menschen auf dieser Welt. Die Sorte, die in dieser Situation die Nummer notiert, aber nie anruft, weil sie schon davon ausgeht, dass die Antwort negativ sein wird. Und die Sorte, die sich die Nummer notiert, einfach anruft und hofft, dass ein Wunder geschieht. Manchmal läuft beides auf dasselbe hinaus. Manchmal hat derjenige, der anruft, einen Vorteil.

Rachel wird anrufen. Sie ist einer dieser Menschen. Und deshalb weiß ich auch, dass ihre Bäckerei eine wirkliche Chance hat. Und weil ich glaube, dass sie den Baby-Party-Markt mit diesen Entchen aus Zuckermasse versorgen wird.

Am Freitagnachmittag ruft David mich bei der Arbeit an und fragt, ob ich abends Zeit hätte. »Mir ist gerade eine Überraschung in den Schoß gefallen, und ich würde gern mit dir zusammen dorthin gehen«, sagt er.

»Ach ja?« Ich bin neugierig.

»Die Lakers spielen in der Play-Off-Runde gegen die Clippers«, berichtet er aufgeregt.

»Oh, interessant«, bemerke ich. Verdammt. Er will zu einem Basketballspiel gehen? »Ich wusste nicht, dass du dich für Basketball interessierst.«

»Nicht wirklich. Aber Lakers gegen Clippers? Zwei Teams aus L.A., die auf dem Weg zum Endspiel gegeneinander antreten? Das finde ich super. Ich meine, das wird ein echter Gewissenskonflikt für die Sportfans von Los Angeles. Außerdem sind es tolle Plätze.«

»Okay«, sage ich. »Cool. Also, auf die Lakers!«

»Oder die Clippers«, meint David. »Das müssen wir noch entscheiden.«

Ich lache. »Wir sollten besser für dieselbe Mannschaft sein.«

»Das dürfte die Dinge vereinfachen«, stimmt er mir zu. »Also, ich hole dich gegen sechs zu Hause ab.«

»Klingt gut.«

Als er um zehn nach sechs bei mir auftaucht, steht die Sonne noch am Himmel, sie nähert sich gerade erst dem Horizont. Die Hitze, die in nur ein oder zwei Monaten so drückend sein wird wie eine Zwangsjacke, ist mild und weich wie ein Sweatshirt.

Wir steigen in den Wagen, und David steuert ihn durch die Straßen. Er fährt sicher. Ich bin versucht, ihm vorzuschlagen, den Olympic zu nehmen, als er in den Pico abbiegt. Doch ich halte mich zurück. Das wäre unhöflich.

Doch über den Pico brauchen wir deutlich länger, als wir über den Olympic gebraucht hätten. Die Autos stehen Stoßstange an Stoßstange, und die Fahrer sind äußerst aggressiv. Sie schneiden einander, drängen sich in Spuren, auf die sie nicht gehören, und verhalten sich ganz allgemein wie Idioten. Als wir nach Downtown kommen und um das Staples Center herumfahren, fällt mir ein, warum ich eigentlich nicht ins Staples Center gehe. Ich hasse Menschenansammlungen. Überfüllte Parkplätze. Ich interessiere mich nicht wirklich für Sport.

David fährt auf einen Privatparkplatz, der fünfundzwanzig Dollar kostet.

»Bist du dir sicher?«, frage ich. Ich fasse es nicht. »Fünfundzwanzig Dollar?«

»Na, ich tue mir sicher nicht den Wahnsinn an und versuche, auf einen der Parkplätze da unten zu kommen.« Er deutet die Straße hinunter, wo Männer mit Leuchtstäben und Fahnen Parkplätze für fünfzehn Dollar anbieten. Die Autos stauen sich ganze Blocks entlang, um hineinzukommen.

Ich nicke.

Wir steigen aus dem Wagen. Um die Straße zu überqueren und zum Staples Center zu gelangen, brauchen wir zehn Minuten. Ein Meer aus Menschen, einige in gelb-violetten Trikots, einige in rot-blauen, strömt an uns vorbei.

David nimmt meine Hand, was gut ist, weil ich keine Ahnung habe, wo ich mich befinde. Wir bahnen uns einen Weg ins Stadion und betreten es vermutlich durch den Haupteingang. Wir zeigen unsere Tickets.

Der Kontrolleur, ein humorloser Mann Anfang vierzig, sieht uns finster an und erklärt uns, wir seien am falschen Eingang. Wir sollten nach links und um das Gebäude herumgehen.

Nun verliert David die Geduld. »Wir können nicht hier hineingehen?«

»Links um das Gebäude herum«, antwortet der Mann stur.

Also gehen wir.

Schließlich finden wir den richtigen Eingang.

Wir gehen hinein. Man erklärt uns, dass sich unsere Plätze in Abschnitt 119 befänden, was irgendwo in der Nähe der Tür ist, vor der wir vorhin abgewiesen wurden. Als wir unsere Plätze finden, sitzen dort zwei Jugendliche in Clipper-Trikots. Wir müssen sie bitten aufzustehen, und ich komme mir wie die gemeinste Person im ganzen Stadion vor, weil die Jungen ganz offensichtlich wirklich das Spiel sehen wollen, während es mich nicht die Bohne interessiert.

Nichtsdestotrotz, wir setzen uns.

Wir sehen zu, wie der Ball hin und her geht.

David wendet sich zu mir, und die Anspannung ist aus seinem Gesicht gewichen. »Okay«, sagt er. »Sind wir für die Clippers.«

»Klingt gut. Warum die Clippers?«

David zuckt die Schultern. »Sie scheinen der Underdog zu sein.«

Das ist mir so recht wie jeder andere Grund. Als sie einen Punkt machen, springen David und ich auf. Wenn ein Foul gegen sie gepfiffen wird, buhen wir. Wir jubeln für den Kerl, der versucht, den Halbzeitwurf zu machen. Wir tun so, als wären wir von den Laker Girls beeindruckt. Wir stampfen mit den Füßen wie ein Maschinengewehr, als der Stadionsprecher uns auffordert, etwas Lärm zu machen. Aber ich bin nicht mit dem Herzen dabei. Es ist mir egal.

Die Clippers verlieren 102 zu 107.

David und ich verlassen mit dem Strom die Reihen. Wir werden gegen die Leute vor uns gedrückt. Ich strauchele auf einer Stufe. Wir lösen uns von der Menge und verlassen das Stadion.

Die Sonne ist schon vor einer Weile untergegangen. Ich hätte einen Pullover mitnehmen sollen.

»Weißt du noch, woher wir gekommen sind?«, fragt David. »Von dort, oder? Nachdem wir um das Gebäude herumgegangen sind?«

»Oh, ich dachte, du hättest aufgepasst.«

»Nein«, erwidert er angespannt. »Ich dachte, du hättest es dir gemerkt.«

Mir wird klar, dass keiner von uns auf den Weg geachtet hat, nachdem wir den Wagen auf irgendeinem Parkplatz abgestellt haben.

Und das ist der Moment, in dem ich denke: Du meine Güte, habe ich all das getan, habe ich all diese Zeit gebraucht, nur um wieder hier zu enden?

Denn wenn es auch nicht ganz so aussieht, als würde

man seinen Wagen auf Parkplatz C im Dodger-Stadion suchen, fühlt es sich doch ganz genau so an.

Und dann werfe ich einen Blick auf David und denke mir, wenn alle Wege irgendwann ohnehin hier enden, wäre ich lieber mit Ryan da.

14. Mai

Liebe Lauren,
ich habe mit Emily Schluss gemacht. Es war nichts Ernstes, aber ich dachte, es wäre besser, ehrlich zu sein. Ich habe so oft an dich und mich gedacht, dass es sich falsch anfühlte, mit einer anderen Frau im Bett zu sein. Und es kam mir auch nicht richtig vor, ihr das anzutun. Deshalb habe ich Schluss gemacht.

Ich habe über unsere Zukunft nachgedacht. Was das Leben noch für uns bereithält. Wie ich ein besserer Ehemann sein kann. Ich habe sogar eine Liste erstellt! Gute Ideen, glaube ich. Sachen, die machbar sind. Nicht einfach nur Allgemeines wie »netter sein«, sondern konkrete Vorschläge.

Ich habe überlegt, dass wir an einem Abend in der Woche in irgendeines dieser komischen internationalen Restaurants gehen könnten, die du so gern magst. Zum Beispiel könnten wir jeden Mittwoch zum Abendessen zum Vietnamesen, Griechen, Perser, Äthiopier gehen – was immer du willst. Und ich beklage mich nicht, denn den Rest der Woche schließen wir Kompromisse. Aber an einem Tag in der Woche gehen wir zusammen in einen verrückten Laden, der dir gefällt. Weil ich will, dass du glücklich bist, darfst du

Tahdig oder Pho oder Bahn Mi Baguette oder irgendwelche anderen merkwürdigen Dinge essen. Und du musst auch nur einmal im Monat mit mir zum Chinesen am Beverly gehen. Ich weiß, du hasst ihn. Es ist Quatsch, ständig dorthin zu gehen, nur weil ich das Orangenhühnchen mag.

Siehst du, Süße? Kompromisse! Wir schaffen das!

In Liebe

Ryan

Rachel ruft mich bei der Arbeit an, und obwohl ich jede Menge zu tun habe, nehme ich ab.

»Der Laden übersteigt mein Budget«, berichtet sie. »Ich habe ihn mir angesehen, er ist perfekt. Absolut perfekt. Aber er ist zu teuer. Nicht exorbitant oder übertrieben teuer, aber für mich nicht zu schaffen. Gerade so viel über meinen Möglichkeiten, dass es reicht, um mich zu quälen.«

»Das tut mir leid«, sage ich.

»Danke. Ich weiß nicht, warum ich dich angerufen habe, um dir das zu erzählen. Ich glaube, weil ich von der Idee wirklich begeistert war? Und weil ich dachte, vielleicht wird diese ganze Sache wirklich wahr?« Sie betont die Sätze wie Fragen, dabei handelt es sich eindeutig um Fakten. »Ja«, fügt sie hinzu. »Ich glaube, als ich diesen Laden entdeckt habe, konnte ich alles bereits vor mir sehen, weißt du? ›Batter‹ in großen Buchstaben über der Tür. Ich in einer Schürze.«

»Du nennst die Bäckerei Batter? Batter wie Teig?«, frage ich.

»Vielleicht«, sagt sie abwehrend. »Warum?«

»Nein, es gefällt mir.«

»Ach, nun ... Ja. Egal, ich glaube, es wurde plötzlich real.«

»Wir finden etwas anderes für dich«, tröste ich sie. »Wir könnten dieses Wochenende herumfahren und uns Läden angucken.«

»Ja. Okay. Hast du am Freitagabend Zeit? Ich würde gern hingehen, wenn geschlossen ist und ich einfach nur hineingucken kann. Wenn ich das vor den Augen der Besitzer mache, komme ich mir vor wie ein Spion.«

Ich muss lachen. »Am Freitag kann ich nicht. Da habe ich etwas vor.«

»Mit diesem Typen, mit David? Ich habe das Gefühl, ich weiß gar nichts über ihn. Du sprichst nie von ihm.«

»Ja, ich weiß nicht. Es gibt wohl einfach nicht viel zu erzählen.«

Die Wahrheit ist, dass ich ihn gebeten habe, mit mir essen zu gehen, weil ich ihm sagen will, dass wir nicht mehr miteinander schlafen sollten. Nicht, dass ich ihn nicht mag. Ich mag ihn. Ja, der Abend im Staples Center war frustrierend, aber auch das ist nicht der Grund.

Ich muss herausfinden, was ich für Ryan empfinde. Ich muss wissen, was ich will. Und das kann ich nicht, wenn ich mich mit David ablenke. David und ich haben keine Zukunft. Das hat mich nie gestört, doch es wird Zeit, ein paar Entscheidungen zu treffen, wie es mit meinem Leben weitergehen soll. Allmählich sollte ich mit dem Herumspielen aufhören.

»Aber am Samstagabend kann ich«, sage ich. »Samstagabend habe ich Zeit.«

»Ach, vergiss es«, erwidert sie. »Vergiss es. Ich rufe die Bank an. Das soll meine Bäckerei werden. Ich versuche, den Kredit zu erhöhen. Ich will Waffel-Zeit mieten.«

»Bist du dir sicher?«, frage ich.

»Nein.«

»Aber du wirst es trotzdem tun?«

»Ja«, verkündet sie mit bemerkenswerter Entschlossenheit. Und dann legt sie auf.

Ich habe mich mit David in einer Bar in Hollywood verabredet. Wir haben ein wenig geplaudert, aber ich will nicht um den heißen Brei herumreden. »Ich finde, wir sollten uns nicht mehr sehen«, erkläre ich frei heraus.

Er wirkt ziemlich überrascht, scheint es jedoch leicht zu nehmen. »Weil ich mich im Staples Center wie ein Idiot benommen habe? Ich war frustriert, weil wir das Auto nicht finden konnten«, sagt er lächelnd.

Ich lache. »Ich … Ryan und ich sollen eigentlich bald wieder ›zusammenkommen‹.« Mit den Fingern male ich Anführungsstriche in die Luft.

»Verstehe ich voll und ganz.« Er hebt ergeben die Hände. »Ich werde dich nicht mehr verführerisch ansehen.«

Ich lache erneut. »Du bist ein wahrer Gentleman.«

Der Barkeeper kommt und fragt, was wir trinken möchten. Ich kenne ihn noch von früher. Vor Jahren waren Ryan und ich einmal zum Geburtstag eines Freundes hier. Ryan hatte ein paar Drinks zu viel. Gegen Mitternacht nahm ich die Autoschlüssel und erklärte ihm, es sei Zeit, nach Hause zu fahren. Nachdem wir uns verabschiedet hatten und zur

Tür gingen, blieb Ryan abrupt am Ende der Bar stehen. Er suchte die Aufmerksamkeit des Barkeepers und sagte zu ihm: »Entschuldigen Sie, haben Sie je eine so schöne Frau gesehen?« Er deutete auf mich. Ich wurde rot. Der Barkeeper schüttelte den Kopf. »Nein, Sir.« Damals hielt ich mich für die glücklichste Frau auf der ganzen Welt. Ich weiß noch, dass ich dachte: Nach all den Jahren, die wir zusammen sind, hält er mich noch immer für die schönste Frau der Welt. Ich fühlte mich, als hätte ich das Geheimnis des richtigen Lebens geknackt. Doch noch immer serviert derselbe Barkeeper hier die Drinks, und ich trenne mich gerade von einem anderen Mann.

»Was ist mit dir?«, frage ich David, nachdem wir bestellt haben. »Was wirst du tun?«

»Ich?« Er zuckt die Schultern. Der Barkeeper bringt David sein Bier und mir ein Glas Wein. »Ich weiß kein bisschen mehr als vorher.«

»Wenn du mich fragst, ich finde, du solltest sie anrufen.«

»Meinst du?«

»Ja. Nach allem, was du mir erzählt hast, leidet sie unter der Trennung. Du hast gesagt, sie habe dich auf Knien angefleht, ihr zu vergeben, stimmt's?«

»Ja«, bestätigt David. »Ja, das stimmt.«

»Und du leidest auch. Immer noch, nach all der Zeit. Ich glaube, das bedeutet etwas.«

David lacht. »Vielleicht einfach nur, dass ich gestört bin?«

Ich lache ebenfalls. »Möglicherweise. Aber selbst dann kannst du doch genauso gut glücklich sein.«

Er denkt darüber nach. »Vergiss nicht, sie hat mir Hörner aufgesetzt, ja? Ich meine, ich bin ein gehörnter Ehemann.«

Ich lache über das Wort, dann zucke ich die Schultern. »Dann bist du eben ein gehörnter Ehemann. Ich meine, das ist die Realität. Daran ändert sich nichts, wenn du sie verlässt. Vielleicht ist es nicht das, was du willst. Aber es ist das, was du hast. Du kannst allein ein gehörnter Ehemann sein. Oder ein gehörnter Ehemann mit der Frau, die du liebst.« Ich lächele ihn an. »Hast du mir nicht gesagt, dass es angenehm ist, wenn man keine festen Vorstellungen mehr hat, wie das Leben zu sein habe, sondern einfach mit dem glücklich sein kann, was ist?«

David sieht mich an, blickt mir direkt in die Augen. Er schweigt. Und dann sagt er: »Okay. Vielleicht rufe ich sie an.«

Der Barkeeper kommt vorbei und legt die Rechnung auf den Tisch. »Wann immer es Ihnen recht ist«, sagt er.

Unsere Gläser sind noch halbvoll, aber ich glaube, wir sind so weit.

»Soll ich aus dieser ganzen neu entdeckten Weisheit schließen, dass du weißt, was du mit Ryan machst?«

Ich lächele und trinke einen letzten Schluck Wein. »Nein«, antworte ich. »Ich habe noch immer nicht den geringsten Schimmer.«

Als ich nach Hause komme, wartet Klopfer auf mich. Ich setze mich zu ihm auf den Boden, ich weiß nicht, wie lange. Irgendwann stehe ich auf und öffne mein E-Mail-Postfach. Ich versuche, Ryan zu schreiben, doch es kommt nichts dabei heraus. Ich weiß nicht, was ich empfinde. Jedenfalls habe ich nicht viel zu sagen. Ich sitze da und starre auf den leeren Bildschirm, bis das Telefon klingelt und mich aus meiner Betäubung reißt. Es ist Rachel. Ich greife zum Telefon und leite den Anruf auf die Mailbox um. Im Moment habe ich keine Lust zu reden.

Ein paar Sekunden später ruft sie erneut an. Das sieht ihr nicht ähnlich, deshalb gehe ich ran.

»Hallo«, sage ich.

»Hast du mit Mom gesprochen?« Ihre Stimme klingt hektisch, aber sachlich.

»Nein, warum?« Sofort richte ich mich auf, mein Puls beschleunigt sich.

»Oma ist im Krankenhaus. Mom hat gerade einen Anruf von Onkel Fletcher erhalten.«

»Geht es ihr gut?«

»Nein.« Rachels Stimme bricht. »Ich glaube nicht.«

»Was ist passiert?«

Rachel ist still. Als sie schließlich spricht, wirkt sie leise und verlegen. Sie hört sich an, als würde sie leiden und sei zugleich beschämt. »Komplikationen bei einer akuten lymphoblastischen Leukämie.«

»Leukämie?«

Rachel zögert. »Ja.«

»Krebs? Oma hat Krebs?«

»Ja.«

»Bitte sag, dass das ein Scherz ist.« Meine Stimme klingt scharf und beinahe wütend. Ich bin nicht wütend auf Rachel. Nicht auf Oma oder Mom oder Onkel Fletcher. Ich bin noch nicht einmal wütend auf diese akute Wie-auch-immer-sie-heißt-Leukämie. Ich bin wütend auf mich. Wütend, weil ich so oft über Oma gelacht habe. All die Male, die ich die Augen verdreht habe!

»Es ist kein Scherz«, antwortet Rachel. »Mom hat uns für morgen früh Flüge gebucht. Kannst du mitkommen?«

»Ja«, sage ich. »Ja, ich organisiere das. Kommt Charlie auch?«

»Wir wissen es nicht. Natalie darf nicht fliegen. Vielleicht fährt er mit dem Auto.«

»Okay«, sage ich. Ich weiß nicht, was ich noch hinzufügen soll. Da sind so viele Fragen, dass ich nicht weiß, welche ich zuerst stellen soll. Darum fange ich einfach mit der an, die mir am meisten Angst macht. »Wie lange hat sie noch?«

»Onkel Fletcher meint, nur ein paar Tage.«

»Nur ein paar *Tage?*« Ich dachte, wir sprechen von Monaten, ich hatte auf Jahre gehofft.

»Ja«, bestätigt Rachel. »Ich weiß nicht, was ich tun soll.«

»Wann geht der Flug?«, frage ich.

»Um sieben Uhr morgens.«

»Trifft Mom uns dort?«

»Mom ist schon am Flughafen und versucht, jetzt noch einen Flug zu bekommen.«

»Okay«, sage ich. »Ich muss jemanden finden, der sich um Klopfer kümmert. Lass mich erst ein paar Telefonate führen. Ich komme zu dir, sobald ich alles geregelt habe.«

»Gut«, sagt sie. »Ich spreche noch einmal mit Charlie. Bis später.«

»Gut. Ich hab dich lieb.«

»Ich dich auch.«

Mir kommt der Gedanke, ich müsste Ryan anrufen. Er sollte auf Klopfer aufpassen. Andererseits ist in meinem Leben gerade so viel los, dass ich keine weiteren Komplikationen gebrauchen kann. Ich könnte mich in dieser Situation nicht so um Ryan kümmern, wie es nötig wäre. Davon hätte niemand etwas. Also rufe ich Mila an.

»Es tut mir leid, dass ich dich so spät noch störe«, sage ich, als sie sich meldet.

»Alles in Ordnung?«, fragt sie, ihre Stimme klingt gedämpft und müde. Ich berichte ihr von meiner Großmutter und von Klopfer.

»Klar, kein Problem. Wir passen auf ihn auf. Willst du ihn jetzt herbringen?«

»Ja. Bis gleich.«

Ich packe Klopfers Futter und seine Leine ein und ziehe Schuhe an, obwohl ich schon im Schlafanzug bin. Wir zwei steigen in den Wagen. Ehe ich weiß, wie es zuging, stehe ich schon vor Milas Haustür. Ich weiß noch nicht einmal mehr, wie wir dorthin gelangt sind.

Mila bittet uns herein. Sie und Christina sind in Jogginganzügen. Wir flüstern, weil die Kinder schlafen. Ich sehe Christina nur selten, jetzt fällt mir wieder auf, was für ein liebes Gesicht sie hat. Strahlende Augen, breite Wangen. Sie umarmt mich.

»Egal, was passiert, wir sind für dich da«, sagt sie. »Nicht nur Mila, sondern auch ich.« Mila sieht sie an und lächelt.

»Ich sollte in ein paar Tagen wieder zurück sein«, erkläre ich. »Er ist ziemlich gut erzogen. Wenn ihr irgendwelche Schwierigkeiten mit ihm habt, ruft an.«

»Keine Sorge«, erwidert Mila. »Kümmere du dich um dich. Ich regele alles bei der Arbeit.«

Ich nicke und beuge mich zu Klopfer, um meine Nase an seiner zu reiben. »Ich bin bald wieder da, mein Süßer.«

Dass ich meinen Hund dort zurücklassen muss, versetzt mir einen heftigen Stich. Ich steige ins Auto und fange an zu weinen. Die Tränen laufen mir übers Gesicht und verschleiern mir die Sicht. Da ich kaum noch etwas sehen kann, halte ich am Straßenrand und lasse meinen Tränen freien Lauf.

Ich weine um meine Großmutter und um meine Mutter. Ich weine um Klopfer. Um Rachel, Charlie und mich. Und vor allem weine ich auch um Ryan.

Ich weiß, dass ich das alles durchstehen werde, auch wenn es schwer wird. Es wird sich unmöglich anfühlen, und dennoch werde ich es schaffen. Doch die Stimme, die mir ins Ohr schreit, das Gefühl, das mir die Brust und das Herz zuschnürt, sagen, dass es besser wäre, wenn Ryan hier wäre. Mit ihm wäre es ein kleines bisschen leichter. Vielleicht ist es nicht so entscheidend, ob man jemanden im alltäglichen Leben braucht. Vielleicht ist das Entscheidende, dass man, wenn man *jemanden* braucht, eben *denjenigen* braucht. Vielleicht heißt, jemanden zu brauchen, nicht, dass man es nicht ohne ihn schaffen kann. Vielleicht bedeutet, jemanden zu brauchen, lediglich, dass es mit ihm leichter ist.

Ich hole mein Telefon heraus und öffne einen E-Mail-Entwurf.

30. Mai

Lieber Ryan,
Großmutter liegt mit Leukämie im Krankenhaus. Ihr bleibt nicht mehr viel Zeit. Ich muss andauernd daran denken, wie oft ich mich hinter ihrem Rücken über sie lustig gemacht habe, weil sie gesagt hat, sie habe Krebs. Und dass wir alle so getan haben, als wäre das ein einziger Familienspaß.

Ich denke immer wieder, wie schön es wäre, wenn du jetzt bei mir wärst. Wie gut es mir tun würde, deine Stimme zu hören. Du würdest mir sagen, dass alles wieder in Ordnung kommt. Du würdest mich halten. Mir die Tränen fortwischen. Du würdest mir sagen, dass du mich verstehst. Genau, wie du es getan hast, als wir Großvater verloren haben.

Ich fliege in ein paar Stunden nach San Jose. Wir bleiben die letzten Tage bei ihr. Wegen so etwas habe ich dich geheiratet. Weil du dich um mich kümmerst. Weil du Situationen, die nicht in Ordnung sind, so wirken lässt, als wären sie in Ordnung. Weil du an mich glaubst. Du weißt, dass ich Dinge schaffen kann, wenn ich das Gefühl habe, ich schaffe sie nicht.

Ich weiß, dass ich es ohne dich hinkriege. Das habe ich im letzten

Jahr gelernt. Aber jetzt vermisse ich dich einfach. Ich will, dass du bei mir bist. Du bringst das Beste in mir zum Vorschein. Und das könnte ich jetzt gerade gut gebrauchen.

Ich liebe dich,

Lauren

Fast drücke ich auf Senden. Die Nachricht scheint mir wichtig genug, sie ihm tatsächlich zu schicken. Aber ich tue es nicht. Ich sichere den Entwurf. Dann stelle ich die Schaltung auf »Drive« und fahre weiter.

TEIL FÜNF

Du bist einmalig

Der Flug war angenehm, er hatte keine Verspätung, und es gab keine Turbulenzen. Er dauerte nur fünfundvierzig Minuten, was nicht weiter schlimm war. Schrecklich war jedoch, dass Rachel und ich beide permanent wiederholten: »Ich habe wirklich nicht geglaubt, dass sie Krebs hat.«

Als wir ins Krankenhaus kommen, sitzt meine Mutter am Bett meiner Großmutter. Onkel Fletcher spricht gerade mit dem Arzt. Bevor wir das Zimmer betreten, sieht Mom uns und kommt zu uns heraus, um uns vorzubereiten.

»Es geht ihr nicht gut, sie hat keine Kraft mehr«, erklärt sie mit fester Stimme und stoischem Gesicht. »Doch die Ärzte sind zuversichtlich, dass sie keine starken Schmerzen hat.«

»Gut«, sage ich. »Wie geht es dir?«

»Furchtbar«, antwortet sie. »Aber ich werde mich damit erst auseinandersetzen, wenn ich muss. Ich glaube, es ist am besten für uns alle, wenn wir uns zusammenreißen. Eine tapfere Miene aufsetzen. Die Zeit nutzen, um ihr zu sagen, wie viel sie uns bedeutet.«

Weil uns nicht mehr viel Zeit bleibt.

»Können wir mit ihr reden?«, fragt Rachel.

»Natürlich.« Mom macht eine einladende Handbewegung und führt uns ins Zimmer. Rachel und ich setzen uns rechts und links von Großmutters Bett. Sie sieht müde aus. Nicht so müde wie nach einem Lauf oder einem Wettkampf oder nach einer schlaflosen Nacht. Sondern so müde, wie man vermutlich aussieht, wenn man sehr lange auf dieser Erde gelebt hat.

»Wie geht es dir, Oma?«, fragt Rachel.

Großmutter lächelt Rachel an und tätschelt ihre Hand. Eine Antwort gibt sie nicht.

»Wir haben dich lieb, Oma«, sage ich. »Wir haben dich so schrecklich lieb.«

Diesmal tätschelt sie meine Hand, dann schließt sie die Augen.

Stundenlang bleiben wir gemeinsam bei ihr, warten darauf, dass sie aufwacht, nutzen die Momente, in denen sie wach ist und lächelt. Niemand weint. Ich weiß nicht, wie wir das alle schaffen.

Gegen drei Uhr treffen Charlie und Natalie ein. Natalie sieht aus, als könnte sie jeden Augenblick platzen. Charlie wirkt verstört und angespannt. Er sieht die schlafende Oma an. »Ist es schlimm?«, ist alles, was er fragt, und Mom nickt.

»Ja«, sagt sie. »Es ist schlimm.«

Sie führt Charlie und Natalie in den Flur, um mit ihnen zu sprechen. Rachel folgt ihr. Nun sind nur die schlafende Oma, Onkel Fletcher und ich im Raum. Ich weiß nie, was ich mit Fletcher reden soll, und auch jetzt, wo es doch so viel zu sagen gäbe, bin ich sprachlos. Er ebenfalls. Nach einer Weile entschuldigt er sich, er wolle eine Schwester suchen. So wenig ich ihm auch zu sagen habe, ich will nicht, dass er geht. Ich will nicht allein in diesem Zimmer sein, mich dieser Situation nicht allein stellen.

Ich gehe zu dem Stuhl, der neben Großmutter steht und den Onkel Fletcher gerade verlassen hat, und setze mich. Ich fasse ihre Hand. Ich weiß, sie schläft, dennoch spreche ich mit ihr. Mir wird klar, dass ich nicht allein im Zimmer bin. Noch ist sie da.

»Weißt du was? Ich habe an *Frag Allie* geschrieben«, berichte ich ihr. »Ich habe ihr von Ryan und mir erzählt. Du hattest recht mit vielem, was du gesagt hast. Dass ich dieses Jahr vielleicht ganz hätte vermeiden können, wenn ich zuvor ein paar Sachen anders bewertet hätte. Und dennoch glaube ich, dass ich dieses Jahr gebraucht habe. Ich glaube, es lag in mir und musste einfach raus, wenn das einen Sinn ergibt. Ich brauchte auch Zeit mit Rachel. Ich musste mich um Charlie kümmern können. Und ich musste noch ein paar andere Dinge erkunden. Obwohl, vielleicht wäre das auch nicht nötig gewesen. Vielleicht hätte es viele Wege gegeben, um meine Ehe zu retten, und dieser war einfach … Dies war eben der Weg, den ich gewählt habe. Egal, ich habe deshalb an *Frag Allie* geschrieben. Ich habe sie gefragt, was ich ihrer Meinung nach tun sollte. Du hattest recht mit ihr.« Ich lache leise. »Sie ist gut.« Es ist unheimlich still im Zimmer, also rede ich weiter. »Ryan war hier, als Opa gestorben ist. Und ich weiß noch, wie er mich einfach nur gehalten hat und es dadurch irgendwie besser wurde. Kann das auch irgendjemand für einen tun? Kann einen einfach irgendjemand in den Arm nehmen? Oder muss es eine spezielle Person sein?«

»Es muss eine spezielle Person sein«, antwortet sie mit

geschlossenen Augen. Ihre Stimme klingt rau und kratzig. Ihr Gesicht bewegt sich beim Sprechen kaum.

»Oma? Alles okay? Soll ich dir etwas besorgen? Soll ich Mom holen?«

Sie ignoriert mich. »Du hast diese spezielle Person. Mehr wollte ich dir nicht sagen. Gib ihn nicht auf, nur weil er dich langweilt. Oder seine Socken nicht aufhebt.«

»Ja«, sage ich. Sie scheint zu schwach zum Sprechen zu sein, deshalb will ich ihr keine Fragen stellen. Und doch gibt es so viel, was ich noch von ihr lernen möchte. Ihre Überspanntheit, das, was zuvor so albern und lachhaft schien, kommt mir jetzt tiefgründig und einfühlsam vor. Warum tun wir das? Warum unterschätzen wir, was wir haben? Warum sehen wir erst, wie sehr wir jemanden oder etwas brauchen, wenn wir es beinahe verloren haben?

»Eigentlich habe ich nicht gedacht, dass ich Krebs habe«, sagt sie. »Ich bin ewig nicht beim Arzt gewesen. Zwar habe ich deiner Mutter und deinem Onkel ständig gesagt, ich würde hingehen«, sie lacht, »aber ich bin nie dort gewesen. Ich dachte, wenn ich Krebs hätte, würde ich nicht wollen, dass ihn jemand heilt. Ein paar Mal bin ich weggegangen und habe zu Fletcher gesagt, ich würde zu meinem Onkologen gehen. Dabei hatte ich noch nicht einmal einen Onkologen. Ich habe mit Betty Lewis und den Friedmans Bridge gespielt.« Sie lacht erneut, dann dämmert sie einen Moment weg und wacht wieder auf. »Die Ärzte sagen, diese Krebsart würde sich schnell entwickeln. Wahrscheinlich habe ich ihn gerade erst bekommen. Ihr habt euch all die Jahre, in denen ich behauptet habe, ich hätte Krebs, zu Recht über mich lustig gemacht«, erzählt sie. Sie lächelt mich an und lässt mich wissen, dass sie genau wusste, was wir die ganze Zeit geredet haben. »Ich war bereit zu sterben, und ich glaube, das war der einzige Weg, wie ich das zugeben konnte.«

»Wie kannst du bereit sein zum Sterben?«

»Weil mein Mann gegangen ist, Lauren«, sagt sie. »Ich liebe euch alle sehr. Aber ihr braucht mich nicht mehr. Seht euch doch an. Deiner Mutter geht es gut. Fletcher ebenso. Und ihr drei Kinder macht das toll.«

»Na ja ...«

»Doch, das tut ihr.« Sie tätschelt meine Hand. »Aber ich vermisse meine Mutter«, fügt sie an. »Ich vermisse meinen Vater. Meine große Schwester. Meine beste Freundin. Und ich vermisse meinen Mann. Ich habe jetzt schon zu lange ohne ihn gelebt.«

»Aber dir ging es gut!«, widerspreche ich. »Du bist jeden Tag aufgestanden. Du hast ohne ihn gelebt.«

Meine Großmutter schüttelt sanft den Kopf. »Nur weil man gut ohne jemanden leben kann, heißt das nicht, dass man es auch will«, erklärt sie.

Die Worte hallen in meinem Kopf wider, wirbeln durcheinander und sortieren sich doch immer wieder in dieselbe Reihenfolge.

Ich erwidere nichts. Ich blicke sie an und drücke ihr die Hand. Meist denke ich an meine Großmutter als die alte Dame am Esstisch. Aber sie hat mehrere Generationen miterlebt. Einst ist sie ein Kind gewesen. Ein Teenager. Eine Frischvermählte. Eine Mutter. Eine Witwe.

»Es tut mir leid, dass es so schwer für dich war«, sage ich. »Ich habe nie darüber nachgedacht, wie schwer das Leben ohne Opa für dich gewesen ist. Das Leben ist hart.«

»Nein, Liebes, es ist nicht hart. Ich bin einfach fertig damit.«

Als sie das sagt, ist sie auch mit dem Reden fertig. Sie schläft wieder ein und hält dabei meine Hand. Ich lege das Kinn auf ihren Arm und beobachte sie. Schließlich kommt Natalie zurück und muss sich setzen.

»Ich kann nicht lange stehen«, erklärt sie. »Ich kann auch nicht lange sitzen. Oder liegen. Oder essen. Oder nicht essen. Oder atmen.«

Ich lache. »War das eine gute Idee?«, frage ich. »Ich meine, ist es nicht in ein paar Tagen so weit?«

»Am Donnerstag«, antwortet sie. Fünf Tage noch. »Aber das war gar keine Frage. Wir mussten kommen. Wir gehören hierher. Zu Hause hätte ich mich nicht wohlgefühlt, weißt du? Das ist besser.«

»Soll ich dir etwas besorgen?«, frage ich sie. »Zerstoßenes Eis?«

»Noch bin ich nicht im Kreißsaal, weißt du.« Natalie lacht, und ich lache mit.

»Na gut!«, sage ich. Zu meiner Schwester wurde sie nicht, als sie gesagt hat, dass sie wegen Großmutter herkommen musste. Sondern als sie sich wegen des Eises über mich lustig gemacht hat. Große Gesten sind leicht. Sich über jemanden lustig zu machen, der einem helfen will, das ist Familie.

Charlie tritt zu uns. Onkel Fletcher kehrt mit einer Tüte Doritos zurück. Ich weiß noch nicht einmal, ob er überhaupt eine Krankenschwester gesucht hat. Mom und Rachel kommen herein. Rachel hat offensichtlich geweint. Ich sehe ihre roten Augen und umarme sie.

Wir stehen herum. Wir sitzen. Wir warten. Ich weiß nicht genau, was wir tun könnten, um es erträglicher zu machen. Manchmal reden wir. Manchmal schweigen wir. Wir sind zu viele in diesem kleinen Zimmer, abwechselnd gehen wir hinaus in den Flur, hinunter zu den Verkaufsautomaten, holen ein Glas Wasser. Schwestern kommen und gehen. Sie wechseln Flüssigkeiten aus. Der Arzt kommt und beantwortet unsere Fragen. Aber viele Fragen haben wir nicht. Fragen hat man, wenn man Hoffnung hat, dass jemand noch zu retten ist.

Ich habe einen Kloß im Hals. Er wächst, je weiter er sich nach oben arbeitet. Ich entschuldige mich und gehe hinaus in den Flur.

Dort lehne ich mich an die Wand. Ich lasse mich auf den Boden gleiten und stelle mir vor, Ryan würde neben mir sitzen. Mir über den Rücken streichen, wie er es getan hat, als mein Großvater gestorben ist. Ich stelle mir vor, wie er sagt: »Sie kommt an einen besseren Ort. Es geht ihr gut.« Ich stelle mir vor, dass mein Großvater so zu meiner Großmutter gewesen ist, als sie ihre Mutter oder ihre eigene Großmutter verloren hat. Dass meine Großmutter gesessen hat, wo ich jetzt sitze, und mein Großvater neben ihr kniete und ihr all die Dinge erzählte, die ich jetzt gern hören würde. Dass er sie so gehalten hat, wie einen nur eine spezielle Person halten kann. Wenn ich in ihrem Alter bin, wenn ich in einem Krankenhausbett liege, bereit zu sterben, an wen werde ich dann denken?

An Ryan. Es ist immer Ryan gewesen. Nur, dass ich ohne ihn leben kann, heißt nicht, dass ich nicht mit ihm leben will.

Und das will ich.

Ich will seine Stimme hören. Die meist rau, aber manchmal auch weich und gefühlvoll klingt. Ich möchte sein Gesicht sehen, mit den Stoppeln, weil er sich nie glattrasiert. Ich möchte ihn wieder riechen. Ich möchte seine rauen

Hände halten. Ich möchte spüren, wie sie meine halten, die dann auf einmal so klein aussehen. Er gibt mir das Gefühl, klein zu sein.

Ich brauche meinen Mann.

Ich werde ihn anrufen. Es ist mir egal, was wir vereinbart haben. Es ist mir egal, wenn ich unsere Abmachung über den Haufen werfe. Ich muss jetzt seine Stimme hören. Ich muss wissen, dass es ihm gut geht. Ich stehe auf und hole mein Telefon aus der Tasche. Da ist kein Netz. Also laufe ich über den Flur und versuche, ein oder zwei Balken zu bekommen. Nichts.

»Entschuldigen Sie?«, frage ich die Schwester. »Wo habe ich ein Netz?«

»Sie müssen nach draußen gehen«, antwortet sie. »Sobald Sie aus der Tür sind, sollte es gehen.«

»Danke«, erwidere ich und gehe zum Fahrstuhl. Ich drücke auf den Knopf. Er leuchtet auf, doch der Fahrstuhl kommt nicht. Ich drücke immer wieder. So lange habe ich damit gewartet, Ryan anzurufen, und jetzt plötzlich will ich ihn bitten, wieder nach Hause zu kommen. Ich muss ihm sagen, dass ich ihn liebe. Er muss es jetzt sofort wissen.

Schließlich *pingt* der Fahrstuhl. Ich steige ein. Ich drücke auf Erdgeschoss. Der Fahrstuhl fährt schnell nach unten. So schnell, dass mein Magen im selben Tempo bis zu meinen Füßen sinkt. Ich bin erleichtert, als ich unten ankomme. Die Türen öffnen sich. Ich durchquere die Halle und trete durch die Glastüren nach draußen. Es ist ein warmer, milder Tag. Im Krankenhaus ist die Stimmung so verhangen, dass ich vergessen habe, dass es draußen eigentlich sehr sonnig und hell ist. Ich blicke auf mein Telefon. Volles Netz.

Es ist laut hier draußen vor dem Krankenhaus. Autos

fahren vorbei, Krankenwagen kommen und gehen. Mir wird klar, dass ich nicht die Einzige bin, die gerade jemanden verliert. Natalie ist nicht die Einzige, die bald ein Baby bekommt. Charlie ist nicht der einzige Mann, der demnächst Vater wird. Meine Mutter ist nicht die Einzige, die ihren letzten Elternteil verliert. Wir sind eine Familie, wir sind Menschen und durchleben Dinge, die Menschen jeden Tag durchleben. Wir sind nichts Besonderes. Dieses Krankenhaus existiert nicht nur für uns. Ich bin nicht die einzige Frau, die ihren Mann anrufen will, um ihn zu bitten, nach Hause zu kommen. Ich weiß nicht, warum sich diese Erkenntnis gut anfühlt. Aber das tut sie. Ich bin nicht allein. Es gibt Millionen von mir.

Ein Taxi hält am Bürgersteig, und ein Mann steigt aus. Er hat einen Rucksack dabei. Er schlägt die Wagentür zu und dreht sich zu mir um.

Es ist Ryan.

Ryan.

Mein Ryan.

Er sieht genauso aus wie vor zehn Monaten, als ich ihn in unserem Haus zurückgelassen habe. Seine Haare sind genauso lang. Sein Körper sieht noch genauso aus. Er ist mir so vertraut. Alles an ihm ist mir vertraut. Die Art, wie er geht. Wie er den Rucksack auf seine Schultern schiebt.

Ich stehe da und starre ihn an. Ich kann mich nicht rühren. Ich weiß nicht, wann es passiert ist, aber ich habe mein Telefon fallen lassen.

Er geht auf die Automatiktüren zu und hält inne, als er mich sieht. Er macht große Augen. Ich kenne ihn so gut, dass ich weiß, was er jetzt denkt. Ich weiß, was er als Nächstes tun wird.

Er läuft auf mich zu und hebt mich hoch, hält mich fest, umklammert mich.

»Ich liebe dich«, sagt er und fängt an zu weinen. »Ich liebe dich, Lauren, ich liebe dich so sehr. Ich habe dich so vermisst. Gott, wie habe ich dich vermisst.«

Mein Gesichtsausdruck hat sich nicht verändert. Die Arme und Beine um ihn geschlungen, bin ich noch immer fassungslos. Er setzt mich ab und küsst mich. Als seine Lippen die meinen berühren, erglüht mein Herz. Es ist, als hätte jemand in meiner Brust ein Streichholz angezündet.

Woher wusste er, dass ich ihn brauche? Woher wusste er, wie er mich findet?

Er wischt mir die Tränen fort; ich hatte noch gar nicht bemerkt, dass ich weine. Er ist so zärtlich, so liebevoll, dass ich mich frage, wie ich es geschafft habe, in den ganzen letzten Monaten meine Tränen selbst fortzuwischen. Jetzt, wo er hier ist, habe ich von jetzt auf gleich vergessen, wie ich ohne ihn leben konnte.

»Woher wusstest du?«, frage ich. »Woher wusstest du es?«

Er sieht mir in die Augen. »Sei mir nicht böse.« Es klingt neckisch, aber sein Unterton ist ernst.

»Okay«, erwidere ich. »Bin ich nicht.« Das meine ich ernst. Was immer ihn hierhergeführt hat, ist ein Segen. Was immer ihn hierhergebracht hat, war richtig.

»Ich habe deine E-Mail-Entwürfe gelesen.«

Ich sinke zu Boden.

Ich lache so sehr, dass ich mich nicht mehr halten kann. So sehr, dass mein Bauch wehtut und mein Rücken schmerzt. Und weil ich lache, fängt Ryan auch an zu lachen. Und jetzt hocken wir beide auf dem Bürgersteig und lachen. Durch sein Lachen wirkt meins noch lustiger. Irgendwann lache ich nur noch, weil ich lache. Ich kann nicht mehr aufhören. Und ich will nicht aufhören. Und dann sehe ich mein Telefon zertrümmert auf dem Boden liegen, wo ich es habe fallen lassen. Und auch das kommt mir lustig vor. Es ist alles so perfekt, so wundervoll, so fantastisch und so schrecklich lustig. Wann ist das Leben so verdammt lustig geworden?

»Warum lachen wir?«, fragt Ryan atemlos.

Auf diese Weise werde ich nun also beichten. Ich werde ihm sagen, was ich getan habe. »Weil ich deine auch gelesen habe«, sage ich.

Er lacht wie verrückt. Er lacht über mich und mit mir und für mich. Leute gehen an uns vorbei und sehen uns an, und zum ersten Mal in meinem Leben ist mir wirklich egal, was sie denken. Dieser Moment ist so berauschend. Nichts wird mich auf die Erde zurückbringen, ehe ich bereit dazu bin.

Als wir uns endlich wieder fassen, sind unsere Augen nass und unsere Köpfe leicht. Ich seufze laut auf, wie man es eben tut, wenn man sich von einem Lachkrampf erholt. Ich bemühe mich, die Kontrolle zurückzuerlangen. Wie ein Pilot im Landeanflug mache ich mich bereit, langsam und stetig wieder festen Boden zu gewinnen. Doch anstatt die Welt unter meinen Füßen zu fühlen, hebe ich im letzten Moment erneut ab. Aus meinem Seufzen werden Tränen. Lachen und Weinen liegen so dicht beieinander, dass es manchmal schwer ist, das eine vom anderen zu unterscheiden. Und es ist leichter, als man denkt, im einen Augenblick so glücklich zu sein, dass man weinen könnte, und im nächsten so niedergeschlagen, dass man lacht.

Das Weinen wandelt sich in Schluchzen, und Ryan legt

seine Arme um mich. Er hält mich fest, hier mitten auf dem Bürgersteig. Er streicht mir über den Rücken, und als ich wimmere, sagt er: »Es ist okay. Ist schon okay.«

Mein Blick fällt auf seine linke Hand, die meine hält – er trägt seinen Ehering.

Langsam stehen Ryan und ich vom Bürgersteig auf. Er nimmt seine Tasche, sammelt die Einzelteile meines Telefons auf und setzt es wieder zusammen.

»Wir müssen dir wohl ein neues Telefon kaufen«, stellt er fest. »Das da ist nicht mehr zu gebrauchen.«

Auf dem Weg ins Krankenhaus nimmt er meine Hand. Wir schließen uns der Gruppe an, die vor den Fahrstühlen wartet. Als schließlich einer kommt, schieben wir uns alle hinein, drängen uns aneinander und pressen uns gegen die Wände. Ryan lässt keine Sekunde lang meine Hand los. Er hält sie ganz fest. Unsere Hände sind schweißnass. Aber er lässt nicht los.

Im achten Stock führe ich ihn aus dem Fahrstuhl, wo wir auf Rachel treffen, die anscheinend gerade nach unten fahren will.

»Wo bist du gewesen?«, fragt Rachel. »Ich habe dich überall gesucht. Ich habe dich vier Mal angerufen.«

Ich will etwas erwidern, doch Ryan antwortet für mich. »Ihr Telefon ist kaputt«, erklärt er und zeigt Rachel das demolierte Handy.

Rachel starrt ihn an, sie fixiert ihn, als versuchte sie herauszufinden, warum sein Anblick ihr vollkommen logisch und zugleich völlig abwegig erscheint. »Äh …«, sagt sie. »Hallo, Ryan.«

Er geht auf sie zu und nimmt sie in die Arme. »Hallo, Rach. Ich habe dich vermisst. Ich bin sofort gekommen, als ich es erfahren habe.«

Ryan steht mit dem Rücken zu mir, während Rachels Gesicht mir zugewandt ist. Sie formt mit dem Mund die Worte: »Ist das okay?«, und deutet ansatzweise auf Ryans Rücken. Ich mache ein Daumen-hoch-Zeichen. Das genügt ihr. Weil ich den Daumen hebe, hebt sie ebenfalls den Daumen. »Ich bin ja so froh, dich zu sehen!«, ruft sie. Als hätte sie einen Schalter umgelegt, strahlt ihr Charme auf, aber er ist echt. Sie ist ganz und gar aufrichtig.

»Ich auch«, sagt er. »Ich auch.«

»Wir haben dich vermisst.« Rachel gibt ihm einen schwesterlichen Klaps auf den Arm.

»Und ich erst«, erwidert er. »Was kann ich tun? Wie kann ich helfen, jetzt, wo ich hier bin?«

»Na ja«, antwortet Rachel und sieht nun mich an, »wir hatten hier leichte Wehen.«

»Wehen?«, wiederhole ich.

»Natalie und Charlie sind zur Schwangerenvorsorge gegangen.«

»Oh.«

»Wann ist es so weit?«, fragt Ryan. »Bald, oder?«

»Donnerstag«, antworte ich.

»Stimmt«, bestätigt Rachel. »Sie meint, sie hätte etwas, das sich Braxton-Hicks-Kontraktionen nennt.«

»Was sind Braxton-Hicks-Kontraktionen?«, fragen Ryan

und ich gleichzeitig. Es passiert ganz automatisch, wir funktionieren reibungslos als Einheit. Es ist uns zur zweiten Natur geworden, zwei Hälften eines Ganzen zu sein, sodass wir noch nach Monaten, in denen wir nichts voneinander gehört haben, gleichzeitig sprechen.

»Ich weiß es nicht genau. Mom hat es mir erklärt. Es fühlt sich wohl so an, als müsste man in den Kreißsaal, muss es aber wahrscheinlich nicht.«

»Wahrscheinlich nicht?«, wiederhole ich.

»Nein«, sagt Rachel. »Ich meine, sie ist nicht im Kreißsaal. Aber sie dachten, es wäre das Beste, sie hinzubringen. Offensichtlich fühlen sich die Wehen wie echte Wehen an.«

»Dann ist es schmerzhaft?«, vermutet Ryan.

Rachel nickt und versucht, nicht zu lachen.

»Was?«, frage ich.

»Es ist nicht lustig«, antwortet Rachel. »Absolut nicht.«

»Aber?«

»Aber als die erste kam, hat Natalie ihren Bauch umfasst und gesagt: ›Mein Gott, verdammte Scheiße.‹ Sogar Mom hat gelacht.«

Ich lache mit Rachel. In der Zwischenzeit sind diverse Fahrstühle gekommen und wieder abgefahren, wir stehen weiter davor.

»Ihr seid gemein«, meint Ryan.

Ich will mich verteidigen, doch Rachel kommt mir zuvor. »Nein, es ist nur lustig, weil Natalie die freundlichste Person ist, die mir je begegnet ist. Ehrlich. Als sie das gesagt hat, hat Mom so laut gelacht, dass sie eine riesige Schnodderblase vor der Nase hatte.«

Ich muss erneut lachen, Ryan jetzt auch. Hinter Rachel ist meine Mutter aufgetaucht.

»Rachel Evelyn Spencer!«

Rachel sieht mich an und verdreht die Augen. »Mom hat mich gehört, stimmt's?«

Ich nicke.

»Tut mir leid, Mom.« Sie dreht sich um.

»Schon gut«, erwidert meine Mutter, ihr Gesicht wird ernst. »Wir haben leichte Wehen.«

»Ja, das hat Rachel schon erzählt«, sage ich.

Der Blick meiner Mutter fällt auf Ryan und dann auf meine Hand, die noch immer seine hält. »Du meine Güte, das ist einfach zu viel«, meint sie. Sie setzt sich auf einen der Stühle im Flur und legt den Kopf in die Hände. »Es sind keine Braxton-Kontraktionen«, berichtet sie, »Natalie ist im Kreißsaal.«

»Bitte sag, dass das ein Scherz ist«, meint Rachel.

»Nein, Rachel, das ist kein Scherz. Und das ist gut so, nicht? Wir wollen doch, dass dieses Baby geboren wird.«

»Ja, ich weiß«, erwidert sie kleinlaut. »Ich meine ja nur, das ist alles etwas viel auf einmal.«

»Kann ich irgendetwas tun?«, fragt Ryan.

Meine Mutter sieht ihn an und steht auf. Sie umarmt ihn fest. Sie umarmt ihn auf eine Art, wie nur eine Mutter umarmen kann. Es ist keine gegenseitige Umarmung, wie die von Rachel und Ryan. Meine Mutter umarmt Ryan, Ryan wird umarmt. »Ich bin ja so froh, dich zu sehen, mein Lieber«, sagt sie. »So froh, dich zu sehen.«

Ryan blickt sie einen Moment an, und ich erwarte, dass er gleich die Fassung verliert. Dass er anfängt zu weinen. Doch er fängt sich. »Ich habe dich vermisst, Leslie.«

»Ach, Schatz, wir haben dich alle vermisst.«

»Wie geht es Großmutter Lois?«, fragt er. »Kann ich sie sehen?«

»Sie schläft im Moment«, antwortet meine Mutter. »Ich glaube, wir sollten uns aufteilen. Ein paar von uns bleiben bei Natalie und Charlie, ein paar bei Oma.«

Das ist eine unmögliche Entscheidung, oder? Möchte man die letzten Momente des einen Lebens oder die ersten des anderen miterleben? Erweist man der Vergangenheit die Ehre, oder heißt man die Zukunft willkommen?

»Ich kann das nicht«, sagt meine Mutter. »Ich kann mich nicht entscheiden. Zwischen meinem Enkelkind und meiner Mutter?«

»Du musst dich nicht entscheiden«, erkläre ich. »Ryan, Rachel, Fletcher und ich teilen uns auf. Du gehst zwischen beiden hin und her.«

»Ich vermute, ich soll bei Onkel Fletcher bleiben?«, fragt Rachel.

Ich sehe sie an. Mein Gesichtsausdruck ist Entschuldigung und Bitte zugleich.

»Ist gut«, willigt sie schließlich ein. »Bei allen passiert etwas Großes, nur bei mir nicht. Also gehe ich zu Onkel Fletcher und passe mit ihm auf Oma auf.«

»Danke«, sage ich.

»Wenn das Baby auf der Welt ist, holt mich bitte, ja? Ryan? Kommst du und holst mich? Tauschst mit ihr oder so?«

»Natürlich«, antwortet er.

»Ich komme mit dir«, wendet sich Mom an Rachel. »Haltet uns auf dem Laufenden«, bittet sie Ryan und mich.

»Klar. Machen wir«, versichere ich ihr.

»Wenn sie aufwacht«, schaltet sich Ryan ein, »sagst du ihr dann, dass ich hier bin?«

»Soll das ein Witz sein?«, fragt Mom. »Ich weiß nicht, ob wir die Neuigkeit für uns behalten könnten, selbst wenn wir wollten!«

Ryan lächelt, während ich sowohl einen Fahrstuhl nach unten als auch nach oben rufe. Ich weiß nicht, wohin wir müssen.

»Mom?«, rufe ich.

Sie dreht sich um.

»Welche Etage?«

»Fünfte.«

Die Fahrstuhltür *pingt*. Er ist da. Los geht's. Wir wurden auserwählt, die Zukunft willkommen zu heißen.

Es stellt sich heraus, dass die Zukunft, die wir willkommen heißen, nicht wie Silvester ist, wo man von zehn herunterzählt, und dann ist es so weit. Die Zukunft willkommen zu heißen bedeutet, sehr viel zu warten. Man sitzt lange auf unbequemen Stühlen herum und läuft gelegentlich zum Verkaufsautomaten und wieder zurück. Man tauscht sich regelmäßig mit Charlie aus, ist aber nicht im Geburtszimmer dabei.

»Sie ist bei drei Zentimetern«, verkündet Charlie, als wir ihren Raum finden. Während er mit uns spricht, hält er den Blick auf Natalie gerichtet, und es ist ganz klar, dass er denkt, wir wären Mom.

»Alles okay, Natalie?«, frage ich. Sie sieht beschissen aus. Ich meine, sie sieht wunderschön aus, weil wunderschöne Menschen auch dann wunderschön sind, wenn sie beschissen aussehen, aber sie zeigt alle Anzeichen von »beschissen aussehen«. Ihre Haare sind wirr, ihr Gesicht ist gerötet, sie hat eindeutig geweint. Und dennoch wirkt sie irgendwie überaus glücklich.

»Ja«, sagt sie, »mir geht's gut. Aber frag mich bloß nicht

während einer Wehe.« Sie sieht mich an und bemerkt einen fremden Mann neben mir. Zugegeben, ich hätte daran denken müssen, dass Ryan ein Fremder ist und Natalie in einem Krankenhausnachthemd in einem Krankenhausbett liegt.

»Äh …« Sie sieht fragend in seine Richtung.

Charlie folgt ihrem Blick und dreht sich um. Sein Gesicht hellt sich auf, als hätte man über seinem Kopf eine Glühbirne angeknipst. »Ryan!« Er steht auf, lässt Natalies Hand los und umarmt Ryan brüderlich. Viel Rückenklopfen.

»He, Charlie!«, sagt Ryan. Als sie mit Umarmen fertig sind, steht Charlie neben ihm, und Ryan lässt die Hand einen Augenblick länger auf Charlies Schulter liegen, als es ein Freund tun würde. Sie sind mehr als Freunde. Charlie will Ryan und Natalie einander vorstellen, doch sie krümmt sich zusammen und ringt um Atem. Charlie läuft zu ihr, so schnell, dass es wie ein Reflex wirkt. Das ist der Typ, den meine Mutter anflehen muss, damit er ihr beim Abwasch hilft, doch kaum hat Natalie Schmerzen, ist er da. Er unterstützt sie. Er hilft ihr. Er ist an ihrer Seite.

»Kann ich etwas tun?«, frage ich. Ich zögere, erneut zerstoßenes Eis anzubieten, aber sie hatte gesagt, dass es in den Kreißsaal gehört. »Zerstoßenes Eis?«

Natalie lacht kurz in ihrem Schmerz. Vielleicht ist es das beste Lachen, das ich je in meinem ganzen Leben erhalten habe.

»Ja«, sagt Charlie, während seine Hand gedrückt wird. »Zerstoßenes Eis.«

Ryan und ich machen uns auf den Weg, um welches zu besorgen. Die Schwester erklärt uns, dass am Ende eines sehr langen Flurs eine Eismaschine stünde.

»Ich habe von diesem David gelesen«, bemerkt Ryan unterwegs. »Ist der noch immer aktuell?«

»Nein.« Ich schüttele den Kopf. »Nein, nicht mehr.«

»Ich will ihn umbringen«, meint Ryan lächelnd. Es ist ein gefährliches Lächeln. »Das ist dir doch klar, oder? Seit Monaten möchte ich ihn killen. Manchmal träume ich davon. Und ich würde das nicht als Albtraum bezeichnen.« Unsere Schuhe quietschen über den Krankenhausflur.

»Ich habe Emily auch nicht gerade lieb«, erwidere ich. Zum ersten Mal seit Monaten lasse ich die Wut zu, die ich empfunden habe, nachdem ich herausgefunden hatte, dass er sich mit anderen Frauen trifft. Ich spüre erneut, wie sie an die Oberfläche steigt, langsam wie ein Rettungsring. Er kommt immer wieder hoch, egal, wie sehr man ihn hinunterdrückt.

»Emily konnte dir nie das Wasser reichen«, sagt Ryan, als wir schließlich vor der Eismaschine stehen.

Ich nehme einen Becher und halte ihn unter die Maschine. Ich könnte mehr sagen. Ich könnte mehr fragen. Aber ich belasse es dabei. Die Maschine knurrt, spuckt jedoch nichts aus. Ryan schlägt dagegen, er wirft sich mit dem ganzen Körper gegen die Maschine, und das Eis ergießt sich in den Becher.

Wir gehen zurück zu Charlies und Natalies Zimmer und reichen ihnen das zerstoßene Eis. Charlie dankt uns, und obwohl Natalie keine Schmerzen mehr zu haben scheint, halte ich es für besser, wenn Ryan und ich ins Wartezimmer gehen.

»Sagt ihr Bescheid, wenn ihr etwas braucht?«, frage ich Charlie, und er nickt.

Ryan ballt die Hand zur Faust und gibt Charlie einen Fauststoß. »Viel Glück«, wünscht er.

Bis auf ein oder zwei frischgebackene Großeltern ist das Wartezimmer leer. Wir wählen einen Platz in der Mitte der

Wand. Manchmal reden wir eine Menge. Manchmal sagen wir nichts. Manchmal schweigen wir sehr lange, und dann fängt die Unterhaltung erneut an, wenn einer von uns so etwas sagt wie: »Ich fasse es nicht, dass du kein persisches Essen magst«, oder »Ich fasse es nicht, dass du mir diesen Bartschneider gekauft hast, damit ich mir die Schamhaare rasiere. Das ist wirklich das Peinlichste, was ich je gelesen habe. Anschließend bin ich sofort ins Bad gegangen und habe sie mir rasiert.« Ryan lächelt, lacht. Er tut, als würde er sich schütteln. »Erniedrigend.«

»Tut mir leid«, sage ich. »Ich habe ehrlich nicht damit gerechnet, dass du das liest.«

»Nein, aber es ist gut, dass ich es gelesen habe, stimmt's? Im ersten Moment war es ein kleiner peinlicher Stich, aber jetzt weiß ich es. Und von nun an werden meine unteren Regionen supersauber sein.«

Ich blicke auf den Boden. Der Krankenhausteppich hat ein Diamantenmuster. Diamant an Diamant an Diamant. Ich stelle meine Augen etwas unscharf und bemerke, dass sie, wenn man einen anderen Blickwinkel einnimmt, wie eine Reihe X' oder Ws aussehen.

»Wenn ich etwas herausgefunden habe, wie wir das alles hinbekommen können«, erkläre ich, »dann, dass ich lernen muss, dir zu sagen, was ich will.«

»Ja«, bestätigt er. »Ich genauso. Das ist für mich auch ein ganz wichtiger Punkt. Ich habe immer nur gemacht, was ich dachte, dass du wolltest, und nach einer Weile bin ich dann irgendwie wütend darüber geworden.«

»Ja.« Ich nicke. »Ich dachte, ich wäre dir eine gute Partnerin, wenn ich mich anpasse.«

»Ja«, stimmt er mir aufgeregt zu.

»Und deshalb habe ich dich nie um Dinge gebeten, die ich brauchte.«

»Du hast erwartet, dass ich weiß, was du brauchst.«

»Ja«, bestätige ich. »Und wenn du es nicht wusstest oder es nicht erraten hast, habe ich daraus geschlossen, es wäre dir egal. Bedeutet dir nichts. Dass du deine Bedürfnisse über meine stellst.«

»Ich weiß genau, was du meinst«, sagt er. »Stell dir vor, ich hätte dir gesagt, ich hasse internationales Essen.«

»Stimmt. Dabei ist es mir noch nicht einmal wichtig, Persisch zu essen oder Griechisch oder Vietnamesisch. Wirklich nicht. Ich wollte eigentlich hauptsächlich mit dir essen gehen.«

»Das ist eine Sache, die wir wirklich besser machen müssen, Lauren. Unbedingt. Wir müssen ehrlich zueinander sein.«

»Ja.«

»Nein.« Ryan dreht sich zu mir, er fasst meine Hand und sieht mich eindringlich an. »Brutal ehrlich. Es ist okay, wenn du mir wehtust. Es ist okay, wenn du meine Gefühle verletzt und mich beschämst. Solange du es aus Liebe tust. Nichts, was du aus Liebe sagst, könnte mich so sehr verletzen, wie in deine Augen zu blicken und festzustellen, dass du mich nicht mehr ertragen kannst. Ich würde lieber tausendmal hören, dass ich mir die Schamhaare rasieren soll, als dass du mich ansiehst, wie du mich damals angesehen hast.«

Ich möchte mit ihm über den Boden rollen, an seinen Haaren riechen und seinen Hals küssen. Ich möchte mich in eines dieser Bereitschaftszimmer schleichen, die es in den Fernsehserien immer gibt, und mit ihm im Etagenbett schlafen. Ich will ihm zeigen, was mir gefehlt hat. Ihm zeigen, was er vermisst hat. Was ich gelernt habe. Ich möchte mit ihm verschmelzen.

Und das werden wir tun. Aber ich muss auch daran denken, dass dies erst der Anfang einer Lösung ist. Wir müssen daran arbeiten, unsere Ehe zu retten.

»Ich liebe dich.« Meine Stimme bebt, meine Muskeln entspannen sich, meine Augen füllen sich mit Tränen.

»Ich dich auch«, erwidert er, und seine Stimme bricht, als ihm die Tränen kommen. Es ist ein kontrolliertes Weinen. Die Tränen schaffen es kaum über den Rand seines Lids.

Er küsst mich.

Und in dem Moment begreife ich, was die letzten zehn Monate eigentlich so wertvoll macht.

Klar, ich habe Dinge über mich gelernt. Ich habe gelernt, was ich im Bett will. Zu sagen, was ich brauche. Ich habe gelernt, dass Liebe und Romantik nicht dasselbe sein müssen. Dass nicht jeder das eine oder das andere will. Dass was man braucht und was man will in der Liebe gleichermaßen wichtig ist. Ich habe viel gelernt. Aber ich hätte diese Dinge auch lernen können, wenn Ryan bei mir gewesen wäre. Diese Lektionen hätte ich mit ihm gemeinsam anstatt getrennt von ihm lernen können. Nein, das letzte Jahr ist nicht so wertvoll gewesen, weil ich gelernt habe, wie ich meine Ehe retten kann. Sondern, weil ich jetzt weiß, dass ich meine Ehe endlich retten *will*.

Ich besitze die Kraft dazu. Die Leidenschaft. Den Antrieb. Und ich glaube daran.

Ich will, dass meine Ehe funktioniert. Ich will es so unbedingt, dass ich es tief in mir spüre. Ich weiß, dass, wenn ich es nicht schaffe, die Sonne auch morgen noch aufgeht. Ich weiß, dass ich allein leben kann, wenn wir es nicht schaffen. Aber ich will es schaffen. Ich will es unbedingt.

»Du bleibst also meine Frau?«, fragt Ryan. Es ist ein ebenso bedeutungsvoller Augenblick wie damals, als er vor all den Jahren um meine Hand angehalten hat.

Ich lächele. »Ja«, rufe ich. »Ja!«

Er fasst mich und küsst mich. Er hält mich fest. »Sie hat ja gesagt!«, erklärt er dem Wartezimmer. Die paar Leute dort blicken uns an und lächeln höflich.

»Ich fühle mich so unglaublich gut. Ich fühle mich zum ersten Mal seit Jahren lebendig«, stellt er freudig fest. »Ich habe das Gefühl, ich könnte die Welt erobern.«

Ich küsse ihn. Ich küsse ihn noch einmal. Er ist so süß. Und er sieht so gut aus. Und er ist so klug. Und lustig. Und charmant. Ich weiß nicht, warum ich das alles nicht mehr gesehen habe.

»Ich habe nie den Glauben verloren«, sagt er. »In meinem Innern habe ich immer gehofft. Du kennst dieses Spiel, das die Leute im Auto spielen. Wenn man einen Wagen sieht, an dem nur ein Scheinwerfer brennt, dann wünscht man sich etwas, während …«

»… man gegen das Dach schnippt und ›Pididdle‹ sagt«, ergänze ich.

Er nickt. »Ich habe mir jedes Mal immer nur eines gewünscht.«

»Mich?«

»Uns.«

»Auch dieses ganze Jahr?«

»Jedes Mal.«

Wir brauchen einander. Was auch immer das heißt. Wir ergänzen einander. Wir haben die Fähigkeit, aneinander zu wachsen. Ich hatte die Kraft, ehrlich zu sagen, was mit uns los war. Ich hatte den Mut, das alles auseinanderzubrechen, in der Hoffnung, dass wir es wieder zusammensetzen können. Aber als ich den Glauben verloren hatte, war Ryan stark genug, für uns beide zu glauben.

Zum ersten Mal seit Stunden lässt Ryan meine Hand los. Er lehnt sich zurück und legt den Arm um mich, zieht mich an sich. Die Armlehnen der Stühle machen es etwas unbequem, und dennoch ist es äußerst angenehm. Ich lasse meinen Kopf in seine Armbeuge sinken. Seufzend atme ich ein. Er riecht. Er riecht wie Ryan. Ein Geruch, der mir in seiner Vertrautheit gefällt und dennoch abstoßend ist.

»Bäh«, sage ich, ohne mich von ihm zu lösen. »Du brauchst ein Deo. Hast du vergessen, ein Deo zu benutzen?«

»Riech an mir, Süße«, sagt er mit übertrieben männlicher Stimme. »Das ist der Geruch eines Mannes.«

»Der Geruch eines Mannes ist Old Spice«, erwidere ich. »Lass uns in eines investieren.«

Und in dem Moment stirbt meine Großmutter. Ich weiß es nicht ganz genau. In den nächsten zehn Minuten höre ich nichts. Aber als ich es erfahre, sagen sie, es sei vor zehn Minuten passiert. Deshalb bin ich mir ziemlich sicher, dass es passiert ist, als ich dort saß und an Ryans Achsel gerochen und ihm gesagt habe, er solle ein Deo benutzen.

Es sollte erst passieren, nachdem das Baby geboren war. Oder nachdem ich bei ihr gewesen war. Oder nachdem sie meine Hand gehalten und mir gesagt hatte, was der Sinn des Lebens ist. Es sollte nicht passieren, während ich mit Ryan über Old Spice lache.

Einige Leute lieben das Leben dafür, dass es unvorhersehbar und unberechenbar ist. Ich hasse das. Ich hasse es, dass das Leben nicht den Anstand hat, einen passenden Moment abzuwarten, wenn es einem schon etwas nimmt. Dem Leben ist es egal, dass man gern noch ein Bild von seiner Großmutter mit ihrem Urenkel im Arm gehabt hätte. Es ist ihm einfach egal.

Als ich Großmutters Zimmer betrete, weint meine Mutter. Fletcher hält sie im Arm. Rachel sitzt allein auf einem Stuhl und hat den Kopf in die Hände gestützt. Mom hat die Schwestern gebeten, Großmutters Leiche fortzubringen. Als ich komme, ist sie schon weg. Gott sei Dank. Das hätte ich nicht ertragen.

Das leere Bett ist schon schlimm genug. Wie kann man jemanden so sehr vermissen? Mir gehen jede Menge Dinge durch den Kopf, die ich ihr nicht gesagt habe. Egal, wie viel ich auch gesagt habe, es gäbe noch so viel mehr. Dass ich sie lieb habe. Dass ich immer an sie denken werde. Dass ich mich für sie freue. Dass ich glaube, dass sie meinen Großvater finden wird.

Meine Mutter berichtet, sie habe Großmutter erzählt, dass Ryan hier sei. »Ich habe ihr gesagt, dass er bei dir sei, dass er sich um dich kümmert. Um ehrlich zu sein, weiß ich nicht, ob sie mich gehört hat. Aber ich glaube schon.«

Wir sprechen darüber, wie es nun weitergeht, und liegen uns weinend in den Armen. Nach einer Weile, nachdem wir viele Tränen vergossen haben, erklärt meine Mutter, wir müssten uns »zusammenreißen«.

»Kopf hoch, Leute! Setzt ein fröhliches Gesicht auf! Das ist ein großer Tag für Charlie, okay? Ein großer Tag für uns alle. Oma würde nicht wollen, dass es ein Tag der Trauer ist. Ein Baby wird geboren.«

Rachel und ich nicken und trocknen unsere Tränen. Ryan hat uns beiden die Hände auf die Schultern gelegt.

»Fletch, bleibst du hier und kümmerst dich um die Details?«

Fletcher nickt. Er weint nicht vor uns, und ich habe das deutliche Gefühl, dass er sich darauf freut, allein zu sein, damit er endlich weinen kann.

»Komm zu mir in den fünften Stock, wenn du so weit bist.«

Meine Mutter klatscht in die Hände wie ein Football-Trainer vor dem Meisterschaftsspiel.

»Wir schaffen das!«, sagt sie. »Wir haben noch jede Menge Zeit, an Oma zu denken, aber jetzt müssen wir für Charlie da sein. Wir müssen das hier verdrängen und an das wunderschöne kleine Baby denken, das zur Welt kommt.«

Rachel und ich nicken erneut.

»Jawohl, Trainer!«, sagt Ryan und klatscht meine Mutter ab.

Einen Moment sieht sie ihn überrascht an, dann lacht sie. »Für Charlie!«, jubelt sie.

»Für Charlie!«, rufen wir drei, und Fletcher schließt sich im letzten Moment an.

»Ich sehe später nach dir«, sagt meine Mutter zu Fletcher, dann laufen wir zum Fahrstuhl. Als er kommt und wir einsteigen, als Rachel die fünfte Etage drückt und der Fahrstuhl nach unten fährt, kann ich nichts anderes denken, als dass meine Mutter heute ihre Mutter verloren hat und dass sie nicht weint. Sie kämpft darum, dies zu einem schönen Tag für ihren Sohn zu machen. Für ihr Enkelkind. Da sieht man, wozu Menschen aus Liebe in der Lage sind.

Jonathan Louis Spencer kommt am 2. Juni um 1:04 Uhr zur Welt. Er wiegt acht Pfund und einhundertsiebzig Gramm. Sein Kopf ist voll dunkler Haare. Er hat ein zerknautschtes Gesicht. Er sieht Natalie ähnlich. Wenn jemand ihr Gesicht zerknautschen würde.

Um neun Uhr morgens haben wir ihn alle einmal im Arm gehalten. Die Schwester hat ihn mitgenommen und zurückgebracht, und jetzt liegt Jonathan in den Armen meiner Mutter. Sie wiegt ihn hin und her. Natalie ist in ihrem Krankenhausbett eingeschlafen.

Charlie sieht mich an, ganz der stolze Papa. »Ich kenne ihn erst seit acht Stunden.« Er sitzt auf einem Stuhl und starrt auf seinen Sohn. »Aber ich könnte ihn nie verlassen.«

Ich fasse seine Hand.

»Ich verstehe das nicht.« Charlie schüttelt den Kopf. »Wie konnte unser Vater uns verlassen. Ich verstehe das nicht, Lauren.«

»Ich weiß.«

Charlie sieht mich an. »Nein, das tust du nicht.« Es klingt nicht anklagend. Nicht scharf. Er sagt mir nur, dass es eine

Erfahrung auf dieser Welt gibt, die er gemacht hat, ich jedoch noch nicht. Er teilt mir mit, dass es, sosehr ich auch meine, ihn zu verstehen, dort draußen eine Welt der Liebe gibt, eine Welt von tiefer, unendlicher, bedingungsloser Hingabe, die ich nicht kenne.

»Du hast recht«, gebe ich zu. »Noch nicht.«

»Ich habe noch nie jemanden so geliebt.« Er schüttelt erneut den Kopf. Er blickt zu Natalie und beginnt zu weinen. »Und Natalie«, sagt er. »Sie hat ihn mir geschenkt.«

Vielleicht war mein Bruder nicht in Natalie verliebt, als er sie gebeten hat, ihn zu heiraten, oder als er beschlossen hat, zurück nach Los Angeles zu ziehen. Vielleicht auch noch nicht, als er mit seinen Sachen bei ihr eingezogen ist und ihr gemeinsames Leben begonnen hat. Aber irgendwann auf dem Weg hat er sich in sie verliebt. Vielleicht ist es um 1:03 Uhr oder 1:04 Uhr oder 1:05 Uhr heute Morgen passiert. Aber es besteht kein Zweifel, dass es passiert ist. Man sieht es in seinen Augen. Er liebt diese Frau.

»Ich bin stolz auf dich, Charlie.« Ryan klopft ihm auf den Rücken. »Ich freu mich so für dich.«

Charlie schließt die Augen und hält die Tränen zurück, die über seine Wangen laufen wollen. »Ich schaffe das«, erklärt Charlie. Er öffnet die Augen. Er spricht nicht mit mir. Nicht mit Ryan. Er spricht nicht mit Rachel oder Natalie oder meiner Mutter. Er spricht mit Jonathan.

»Das wissen wir«, antwortet meine Mutter. Sie antwortet nicht nur für sich, sie antwortet für uns alle. Auch für Jonathan.

Ich blicke in Jonathans Gesicht. Wie kann etwas so Zerknautschtes so wunderschön sein?

Ich sehe zu Ryan, und ich weiß, was er denkt. Das können

wir eines Tages auch haben. Nicht jetzt. Wahrscheinlich auch nicht nächstes Jahr. Aber eines Tages. Ryan drückt meine Hand. Rachel sieht es und lächelt mir zu.

Es ist ein guter Tag. Meine Mutter, Charlie, Natalie, Jonathan, Rachel, Ryan und auch ich – wir haben es zu einem guten Tag gemacht.

»Warte«, sage ich. »Steht Louis für Lois?«

Natalie lacht. »Nein, aber jetzt schon!«

Charlie lacht, Mom auch. Wenn Charlie und meine Mutter lachen, dann habe ich recht. Es ist ein guter Tag.

Es gibt eine Beerdigung. Und eine Hochzeit. Und dazwischen eine Wiedervereinigung.

Bei der Beerdigung hält Ryan meine Hand. Bill hält die meiner Mutter, und Charlie die von Natalie. Rachel hält Jonathan. Fletcher liest die Grabrede.

Ich will nicht lügen, seine Grabrede ist etwas seltsam. Aber es gelingt ihm, Großmutters Seele zu erfassen. Er spricht davon, wie sehr sie Großvater geliebt hat. Wie glücklich er war, in einem Haus zu leben, in dem sich die Eltern liebten. Dass seine Eltern nun wieder zusammen seien und dass das ein großer Trost für ihn sei. Er spricht darüber, dass meine Großmutter immer die richtigen Dinge zur falschen Zeit gesagt hat. Dass wir alle darüber gelacht haben, als sie behauptete, sie habe Krebs. Und er sagt es auf die richtige Art – lustig und eigen anstatt traurig und reuevoll.

Meine Mutter schweigt. Sie versucht, ihre Tränen zurückzuhalten, was ihr beinahe gelingt. Ich bin überrascht, dass sie sich nicht so sehr auf Rachel, Charlie oder mich stützt. Als sie weint, dreht sie sich zu Bill.

Nachdem die Beerdigung vorüber ist, gehen wir alle zu

Fletcher zum Essen. Wir reden von Großmutter. Wir gurren Jonathan an. Wir laufen Natalie durchs Zimmer hinterher und fragen sie, ob sie etwas braucht. Sie ist jetzt der Star der Familie. Sie hat uns ein Kronjuwel geschenkt.

Als ich müde bin und gehen will, als ich genug geredet, genug geweint und genug dagesessen habe, blicke ich zu Charlie und Ryan hinüber, die sich in einer Ecke miteinander unterhalten, jeder mit einem Bier in der Hand.

Wie konnte ich vergessen, dass sie Brüder sind? Sie verstehen sich so gut.

Als Ryan und ich schließlich nach Los Angeles zurückkommen, fahren wir nicht zu unserem Haus oder zu seiner Wohnung. Wir fahren zu Mila.

Und dort erwartet uns ein aufgeregter Klopfer.

Ryan sagt nichts, als Klopfer auf ihn zuläuft. Er sagt nicht *Platz, Junge* oder *He, Kumpel* oder was man eben zu einem aufgeregten Hund sagt. Er drückt ihn einfach nur an sich. Und Klopfer, der normalerweise wild und ungestüm ist, bleibt ruhig und geduldig in seinen Armen.

Mila umarmt Ryan ebenfalls. »Du bist also zurück?«, fragt sie. Sie weiß, dass sie bald alle Einzelheiten erfahren wird, und freut sich einfach, dass er da ist. »Schön, dich zu sehen.« Sie lächelt mich an.

Ryan lacht. »Schön, hier zu sein.«

Wir bedanken uns bei Mila und Christina, dann steigen wir drei ins Auto. Wir fahren zu uns nach Hause. Wir klettern aus dem Wagen. Ich öffne die Eingangstür. Wir gehen hinein.

Da sind wir wieder. Unsere kleine Familie. Keiner fehlt.

Wir sind zu Hause.

In jener Nacht legt sich Ryan neben mich ins Bett. Er hält mich. Er küsst mich. Er lässt seine Hand über meinen Körper gleiten und sagt: »Zeig es mir. Zeig mir, was du gern hättest.«

Und das tue ich. Und es fühlt sich besser an als mit David. Weil ich wieder ich selbst bin und bei dem Mann, den ich liebe.

Wir hatten eine Weile vergessen, wie wir einander zuhören, wie wir einander berühren. Aber jetzt wissen wir es wieder.

Am nächsten Morgen wache ich auf und öffne den Schuhkarton im Schrank. Ich hole meinen Ehering hervor und stecke ihn wieder auf den Finger.

Einen Monat später findet die Hochzeit statt. Es ist ein heißer Julitag. Wir sind im Haus von Natalies Freundin in Malibu. Womit diese Freundin ihr Geld verdient, weiß ich nicht. Da das Haus direkt am Strand liegt und von jeder Etage einen Panoramablick aufs Meer bietet, nehme ich an, dass sie in der Unterhaltungsbranche ist. Später am Abend soll es ein Freudenfeuer geben, und nach der Trauung ist ein Hummer-Picknick geplant. Getrunken und getanzt wird auf der Dachterrasse. Ich nehme mir vor, mich mit Hollywoodproduzenten anzufreunden. So etwas möchte ich jetzt regelmäßig haben.

Die Trauung beginnt in wenigen Minuten. Natalie, Rachel und ich geben uns den letzten Schliff. Natalie ist in ein griechisch anmutendes Kleid gewickelt. Ihr Gesicht ist gerötet. Ihre Brüste sind riesig. Ihr Haar ist lang und gelockt. Sie trägt Ohrgehänge, die in ihren langen, dunklen Haaren verschwinden. Ihre Augen strahlen so viel Lebendigkeit aus.

»Ist das so richtig?«, fragt Rachel, als sie den Verschluss ihres »persimonfarbenen« Neckholderkleids im Nacken schließt. Ich bestätige es ihr. Ich weiß es, weil meins genauso aussieht.

Natalies Mutter hilft Natalie beim Anziehen der Schuhe. Ich dachte, Natalies Eltern wären geschmeidig und kraftvoll wie sie, aber sie wirken absolut normal. Ihre Mutter ist um die Mitte etwas rundlich, ihr Vater klein und stämmig. Ich bin mir nicht sicher, was an ihnen so deutlich darauf hinweist, dass sie aus Idaho stammen, aber man sieht ihnen jedenfalls an, dass sie nicht von hier sind. Vielleicht liegt es daran, dass sie zu den nettesten und aufrichtigsten Menschen gehören, die mir je begegnet sind.

Natalies Vater klopft an die Tür.

»Eine Minute, Harry!«, ruft Natalies Mutter. »Sie ist in einer Sekunde fertig!«

»Ich möchte ein Foto machen, Eileen!«

»Eine Sekunde, habe ich gesagt!«

Natalie blickt lachend zu Rachel und mir. »Ach!«, sagt sie, offenbar ist ihr gerade etwas eingefallen. »Die Sträuße! Ich habe sie im Kühlschrank gelassen.«

»Cool«, bemerke ich. »Ich gehe.« Ich verlasse das Zimmer durch das angeschlossene Bad und laufe die Treppe hinunter in die Küche, wo ich meinen Bruder zusammen mit Ryan und seinem Freund Wally vor den Glasschiebetüren stehen sehe.

Charlie sieht in seinem cremefarbenen Anzug aus wie aus dem Ei gepellt. Er ist elegant und gutaussehend und wirkt nicht nervös. Auch nicht schüchtern. Er sieht aus, als sei er bereit. Ryan und Wally tragen schwarze Anzüge mit schwarzen Fliegen. Unten am Strand sind mit Blick aufs hellblaue Meer weiße Stühle rechts und links von einem Gang aufgereiht. Die Gäste treffen nach und nach ein. Sie nehmen sich ein Programm und gehen zu ihren Plätzen. Der Pfarrer wartet. Meine Mutter sitzt in der ersten Reihe auf der rechten Seite. Sie trägt ein marineblaues Kleid und hält Jonathan auf dem Arm. Bill sitzt in einem grauen Anzug neben ihr. Ein paar Reihen dahinter entdecke ich Mila und Christina, in einem ihrer seltenen Momente ohne die Kinder. Ich sehe, wie Christina Mila auf die Schläfe küsst und sie anlächelt.

Ich nehme die drei Sträuße aus dem Kühlschrank und schüttele sie im Spülbecken aus.

»Noch irgendwelche Tipps?«, höre ich Charlie fragen. »Irgendwelche Ratschläge?«

Ich sollte wieder nach oben gehen, aber ich möchte Ryans Antwort hören.

»Du darfst einfach nie aufgeben«, sagt er.

»Das ist leicht«, entgegnet Charlie.

Ryan lacht. »Ja, eigentlich schon.«

Ich höre, wie jemandem auf den Rücken geklopft wird, und bin mir nicht sicher, wer wem auf den Rücken klopft, dann ertönt eine dritte Stimme, die vermutlich Wally gehört.

»Kumpel, ich habe gar keinen Rat für dich. Weil ich noch nie verheiratet war. Aber wenn das etwas hilft, ich finde sie toll.«

»Danke«, sagt Charlie.

»Bist du bereit?«, fragt Ryan.

Ich höre, wie sie weggehen, und linse hinaus. Ich sehe ihre Rücken, als sie zusammen nach unten gehen, um ihre Plätze einzunehmen.

Ich laufe zurück ins Schlafzimmer zu Natalie. Alle vier – Natalie, ihre Eltern und Rachel – sind bereit zum Aufbruch. Ich reiche Natalie ihren Strauß und Rachel einen der beiden kleineren. Den dritten behalte ich.

»Okay«, sagt Rachel. »Also los.«

Natalie holt tief Luft. Sie blickt zu ihrem Vater. »Bereit?«

Er nickt. »Wenn du so weit bist.«

Ihre Mutter macht ein Foto.

»Gut, ich gehe zuerst hinunter«, sagt ihre Mutter. »Bis gleich.« Sie küsst Natalie auf die Wange und geht, bevor sie anfängt zu weinen.

»Okay. Gehen wir«, meint Natalie. »Irgendwelche letzten Tipps?« Sie lacht. Erst denke ich, sie meint ihren Vater, doch sie spricht mit mir. Ich bin jetzt jemand, den man um eheliche Ratschläge bittet.

Ich sage ihr die einzige Sache, die es zu sagen gibt: »Du darfst einfach nie aufgeben.«

Natalies Vater lacht. »Hör auf sie. Sie hat vollkommen recht.«

Es ist zehn Uhr abends, und die Party ist noch in vollem Gange. Als Natalie mit ihrem Vater tanzte, verschwamm mein Blick. Als Charlie mit meiner Mutter tanzte, bin ich zusammengebrochen. Die Sonne ging gegen acht Uhr unter, aber es ist ein warmer Abend. Es weht ein kräftiger Wind vom Strand herüber und kühlt uns ab. Vor ein paar Stunden haben Charlie und Natalie das Baby ins Bett gebracht.

Rachel hat die Hochzeitstorte gebacken, und sie ist der Hit des Abends. Alle sprechen sie darauf an. Alle dachten, sie stamme aus einer sehr teuren Bäckerei irgendwo in Beverly Hills. Eine Person, die Rachel fragt, korrigiere ich: »Nein, sie stammt aus dieser tollen neuen Bäckerei. Sie heißt ›Batter‹, der Ort wird noch bekanntgegeben.«

»Sie befindet sich auf dem Larchmont Boulevard«, berichtigt Rachel. Als ich ihr einen strengen Blick zuwerfe, erklärt sie, die Bank habe ihren Kredit bewilligt.

»Wann wolltest du mir das erzählen?«

»Na ja, ich habe es eben erst erfahren und wollte Charlies Hochzeit nicht die Show stehlen«, sagt sie.

»Herzlichen Glückwunsch!«, flüstere ich.

»Danke«, flüstert sie zurück. »Du kannst so tun, als würdest du es zum ersten Mal hören, wenn ich es nächste Woche allen sage. Das kannst du ja gut.« Sie lächelt mich an, um mir zu zeigen, dass sie nur Spaß macht.

Mom und Bill tanzen den ganzen Abend. Später, als Bill auf der Dachterrasse einen Shrimps-Cocktail isst, deute ich auf ihn und sage zu Mom: »Die Romantik steht also noch in voller Blüte?«

Sie zuckt die Achseln. »Ich weiß nicht«, antwortet sie. »Vielleicht ist es okay, etwas länger zusammenzubleiben als nur in der Flitterwochenphase.«

»Wow«, sage ich. »Ich bin beeindruckt. Willst du ihn etwa bei dir einziehen lassen?«

Sie lacht. »Ich denke darüber nach. Ich denke nur nach. Hast du das übrigens gesehen?«

»Was?«, frage ich und drehe den Kopf, um in die Richtung zu blicken, in die sie zeigt. In der anderen Ecke der Tanzfläche tanzt Rachel jetzt mit Wally.

»Interessant, nicht?«

Ich überlege, welche Antwort Rachel wohl gern von mir hören würde. »Ja«, sage ich schulterzuckend. »Warten wir's ab.«

»Ja, das tun wir.«

Die Musik wechselt. Die Party erreicht ihren Höhepunkt, der DJ spielt »Shout«.

Ryan kommt zu mir. »Süße! Wir müssen tanzen!«

Ich stelle mein Glas ab und wende mich an meine Mutter. »Bitte entschuldige mich.«

»Natürlich.«

Wir laufen in die Menge. Wir umzingeln Charlie und Natalie. Wir begegnen Rachel und Wally. Wir singen uns die

Seele aus dem Leib. Und weil »Shout« zu den Songs gehört, die alle auf die Tanzfläche ziehen, kommen Mom und Bill genau in dem Moment hinzu, als auch Natalies Eltern den Weg in den Kreis finden. Bald schließen sich noch Mila und Christina an, und auch Onkel Fletcher kann nicht widerstehen. Wir tanzen zusammen, verbiegen uns Seite an Seite, gehen in die Hocke und springen in die Luft. Wir machen uns keine Gedanken, ob wir albern aussehen, wir vergessen, uns über irgendetwas Gedanken zu machen.

Ich blicke zu den Menschen, die mit mir im Kreis tanzen – meine Familie, meine Freunde, mein Mann –, und ich werde von Hoffnung auf die Zukunft überwältigt.

Ich weiß nicht, ob alle so dankbar für diesen Augenblick sind wie ich. Ob jeder hier versteht, wie zerbrechlich das Leben und die Liebe sein können. Ich weiß nicht, ob sie jetzt darüber nachdenken.

Ich weiß nur, dass ich das jetzt gelernt habe. Und dass ich es nie mehr vergessen werde.

An einem Mittwochabend ein paar Monate später, dem Abend, an dem ich bestimmen darf, was wir zu Abend essen. Ich entscheide mich, beim Vietnamesen unten in der Straße zu bestellen, und überlege es mir dann anders. Ryan hatte einen harten Tag bei der Arbeit. Ich werde uns eine Pizza bestellen.

Aber bevor ich das tue, winkt Ryan mich an seinen Computer.

»Äh … Lauren?«, sagt er.

»Ja?« Ich gehe zu ihm.

»Weißt du noch, dass du gesagt hast, du hättest dieser Frau geschrieben?«

»Welcher Frau?«

»Frag Allie?«

Ich setze mich neben ihn. Klopfer liegt zu seinen Füßen. »Ja«, antworte ich.

»Tja, sieht aus, als hätte sie dir zurückgeschrieben. Bist du ›Verwirrt in Los Angeles‹?«

Liebe Verwirrt in Los Angeles,
ich werde Ihnen ein kleines Geheimnis verraten. Es ist eine Lektion, die jene gelernt haben, die schreckliche Tragödien erlebt haben, und es ist ein Geheimnis, das Sie vermutlich schon für sich entdeckt haben: Die Sonne geht immer wieder auf. Immer.

Die Sonne geht auf, nachdem Mütter ihre Babys verloren haben, nachdem Männer ihre Frauen und Länder Kriege verloren haben. Die Sonne geht auf, egal, welchen Schmerz wir erleiden. Egal, wie sehr wir glauben, dass die Welt am Ende wäre, die Sonne geht immer wieder auf. Deshalb können Sie Ihre Liebe nicht danach bemessen, ob die Sonne noch aufgeht. Die Sonne interessiert sich nicht für die Liebe. Ihr einziges Interesse ist, immer wieder aufzugehen.

Und die andere kleine Information, die Sie vermutlich brauchen, ist, dass es in der Ehe keine Regeln gibt. Ich weiß, es wäre leichter, wenn es welche gäbe. Wir alle hoffen manchmal darauf, klare Ansagen würden uns Entscheidungen erleichtern. Schwarz-Weiß-Probleme wären einfacher zu lösen. Aber es gibt schlichtweg keine Regel, die auf jede Ehe zutrifft, auf jede Liebe, auf jede Familie, auf jede Beziehung.

Manche Leute brauchen mehr Grenzen, andere weniger. Manche Ehen brauchen mehr Platz, andere mehr Intimität. Manche Familien brauchen mehr Aufrichtigkeit, andere mehr Höflichkeit. Es gibt nicht die eine Antwort.

Also kann ich Ihnen nicht sagen, was Sie tun sollen. Ich kann Ihnen nicht sagen, ob Sie mit Ihrem Mann leben sollten oder nicht. Ich kann Ihnen nicht sagen, ob Sie ihn brauchen oder wollen. Brauchen und wollen sind Worte, die wir für uns selbst definieren.

Doch eins kann ich Ihnen sagen: Alles, was im Leben zählt, ist, dass Sie es versuchen. Dass Sie Ihr Herz öffnen und Ihr Bestes geben.

Sie und Ihr Mann haben in Ihrer Ehe einen Punkt erreicht, an dem die meisten Menschen aufgeben würden. Und das haben Sie nicht getan. Lassen Sie sich davon leiten.

Haben Sie Ihrer Ehe noch mehr zu geben? Wenn ja, geben Sie alles, was Sie haben.

Alles Liebe

Allie

Ich drucke den Brief aus und lege ihn in den Schuhkarton im Schrank. Wenn man ihn jetzt öffnet, ist es das Erste, was man sieht. Er liegt auf all den Andenken und Erinnerungen. Ich sehe darin den letzten Ratschlag, den meine Großmutter mir gegeben hat.

Uns allen.

Und ich nehme mir vor, diesen Ratschlag zu befolgen.

Ich weiß nicht, ob Rachels Bäckerei ein Erfolg wird.

Ich weiß nicht, ob Charlie und Natalie zusammenbleiben.

Ich weiß nicht, ob Mom mit Bill zusammenzieht.

Ich weiß nicht, ob Ryan und ich unseren fünfzigsten Hochzeitstag feiern werden.

Aber ich weiß, dass wir es versuchen werden.

Wir geben alle unser Bestes.

Dank

Dieses Buch ist meiner Mutter Mindy und meinem Bruder Jake gewidmet, weil ich ohne sie gar nicht in der Lage wäre, über Familie zu schreiben. Danke euch beiden für eure Unterstützung und Ermutigung. Dasselbe gilt für Linda Morris, eine außergewöhnlich ungewöhnliche Großmutter. Und vielen Dank an den Rest der Familien Jenkins und Morris.

Mein Dank gilt auch den Familien Reid und Hanes, insbesondere dem Encino Clan von Rose, Warren, Sally, Bernie, Niko und Zach. Ich kann euch gar nicht sagen, wie dankbar ich euch für eure unablässige aufrichtige Unterstützung bin. Ich hätte in keine liebevollere Familie einheiraten können.

Ich bin in der glücklichen Lage, zu viele hilfsbereite Freunde zu haben, als dass ich sie alle nennen könnte, und allein dafür bin ich an jedem Tag meines Lebens unendlich dankbar. Wie die wunderbaren Freunde, denen ich in meinem ersten Buch gedankt habe, verdienen auch die Erstleser dieses Buchs besondere Zuwendung: Erin Fricker, Colin Rodger, Andy Bauch, Julia Furlan und Tamara Hunter. Ich danke ebenso herzlich Zach Fricker, dass er jede meiner medizinischen Fragen mit brummigem Eifer beantwortet hat.

Carly Watters, mein Cheerleader und meine erste Verteidigungslinie, ohne dich wäre ich eine hungernde Künstlerin. Außerdem beweist du mir ständig, dass Kanadier die nettesten Menschen der Welt sind.

Greer Hendricks, du machst jedes Buch mit großen wie auch kleinen Mitteln so viel besser. Deine Expertise und deine Intuition sind unschätzbar wertvoll für mich. Sarah Cantin, mit dir ist es leicht, eine professionelle Autorin zu sein. Ich danke den Korrekturlesern, Titeldesignern und dem PR-Team bei Atria. Atria fühlt sich für mich an wie eine Familie, die ich nur im Internet sehe.

Ich bin mit Autorenkollegen gesegnet, die ihr Publikum und ihre Zeit mit mir geteilt haben: Sara Pekkanen, Amy Hatvany, Sarah Jio, Emma McLaughlin, Nicola Kraus und viele andere. Ich danke euch allen sehr. Ich bin überglücklich und dankbar für eure Freundlichkeit und eure Unterstützung.

Der Frau, die mir ihr Herz ausgeschüttet und mir die Geschichte ihrer eigenen schönen und zerbrechlichen Ehe anvertraut hat, kann ich nicht genug für ihre Zeit und ihr Vertrauen danken.

Ebenso danke ich Rabbit Reid, meinem Pit Bull, meinem Augapfel. Rabbit, du kannst nicht lesen und nicht Englisch sprechen, aber ich glaube, du weißt, wie wichtig du jeden Tag für mich bist. Ein großes Dankeschön schulde ich auch Owl Reid, einem so edlen und guten Hund, dass ich wirklich glaube, ein besserer Mensch geworden zu sein, weil ich ihn gekannt habe. Wenn jemand überlegt, sich einen Hund anzuschaffen, geben Sie Pit Bulls eine Chance. Es gibt keine vergleichbare Liebe.

Und last, but not least danke ich meinem Mann Alex Reid: Dieses Buch ist genauso deins wie meins. Jeder Satz, den ich schreibe, gehört dir so sehr wie mir.

LESEPROBE

DAS GLÜCK UND WIR DAZWISCHEN
von
Taylor Jenkins Reid

Aus dem Amerikanischen
von Babette Schröder

Was wäre wenn? Hannah trifft in einer Bar ihre Jugendliebe wieder. Was, wenn sie die Nacht mit Ethan verbringen würde? Ist er derjenige, nach dem sie sich schon immer sehnt? Oder sollte Hannahs Leben eigentlich ganz anders aussehen: Mit Henry an ihrer Seite, der ihr nach einem schweren Unfall zeigt, was wirklich wichtig ist? Hannah befindet sich plötzlich gleichzeitig in zwei unterschiedlichen Leben – aber wo wartet ihr Happy End?

Als ich in L.A. aus dem Gate trete, hält Gabby ein Schild mit der Aufschrift »Hannah Marie Martin« hoch, als ob ich sie nicht wiedererkennen würde oder nicht wüsste, dass sie mich abholt.

Ich gehe schnell auf sie zu, und als ich näherkomme, erkenne ich, dass sie neben meinen Namen ein Bild von mir gezeichnet hat.

Auch wenn ich Gabby seit ihrer Hochzeit vor zwei Jahren nicht mehr besucht habe, habe ich sie jeden Sonntagmorgen gesehen. Wir videochatten – egal, was wir an dem Tag sonst noch vorhaben, oder wie verkatert eine von uns auch sein mag. In gewisser Weise ist das die verlässlichste Sache in meinem Leben.

Gabby ist klein und zierlich, an ihr ist kein Gramm Fett zu viel. Ihre Haare sind zu einem kurzen Bob geschnitten. Als ich sie umarme, fällt mir wieder auf, wie seltsam es ist, jemanden zu umarmen, der so viel kleiner ist als ich, und wie unterschiedlich wir zwei aussehen: Ich bin groß, kurvig und weiß. Sie ist klein, dünn und schwarz.

Sie ist kein bisschen geschminkt und dennoch die hübscheste Frau unter allen Anwesenden. Ich kenne Gabby, seit wir vierzehn Jahre alt waren und am ersten Tag auf der Highschool im Erdkundeunterricht nebeneinander saßen. Schon bald waren wir unzertrennlich. Wir waren Gabby und Hannah, Hannah und Gabby, nur selten wurde der eine Name ohne den anderen genannt.

Als meine Familie nach London ging, zog ich bei ihr und ihren Eltern, Carl und Tina, ein. Sie behandelten mich wie ihre eigene Tochter.

»Lass mich raten«, sagt Gabby jetzt, während sie mir mit vollendeter Höflichkeit das Handgepäck abnimmt. »Wir brauchen einen Gepäckwagen für all dein Zeug.«

Ich lache. »Zu meiner Verteidigung muss ich sagen, dass ich gerade von der anderen Seite des Landes hierherziehe«, erwidere ich.

Ich habe schon vor einiger Zeit aufgehört, mir Möbel oder größere Gegenstände zu kaufen, stattdessen miete ich möblierte Wohnungen. Nach ein oder zwei Umzügen hat man begriffen, dass es Zeit- und Geldverschwendung ist, ein IKEA-Bett aufzubauen, um es sechs Monate später wieder auseinanderzubauen und für fünfzig Dollar zu verkaufen. Dennoch besitze ich noch ein paar Dinge, und einige davon haben schon diverse Umzüge überlebt. Ohne sie würde ich mich unvollständig fühlen.

Wir zerren meine Taschen vom Band, packen sie eine nach der anderen auf den Gepäckwagen und schieben ihn mit all unserer Kraft gemeinsam über das Flughafengelände ins Parkhaus. Dort verfrachten wir das Gepäck in Gabbys winzigem Auto und steigen ein.

Während sie den Wagen aus der Garage manövriert und

über die Straßen zum Freeway lenkt, plaudern wir ein bisschen. Sie fragt mich, wie mein Flug war, und wie es sich angefühlt hat, New York zu verlassen. Sie entschuldigt sich für ihr kleines Gästezimmer. Ich sage, sie solle nicht albern sein und bedanke mich noch mal, dass sie mich bei sich wohnen lässt.

Mir entgeht nicht, dass sich die Geschichte wiederholt. Mehr als ein Jahrzehnt später wohne ich erneut bei Gabby im Gästezimmer. Immer noch treibt es mich von einem Ort zum nächsten, und immer noch kann ich mich auf die Gastfreundschaft von Gabby und ihrer Familie verlassen. Diesmal sind es Gabby und ihr Mann Mark, die mich bei sich aufnehmen. Das unterstreicht den Unterschied zwischen uns beiden nur noch stärker: Gabbys Lebensumstände haben sich, seitdem wir uns kennen, stark verändert, meine überhaupt nicht. Gabby arbeitet als Entwicklungsbeauftragte in einer Non-Profit-Organisation, die sich um gefährdete Teenager kümmert. Ich bin Kellnerin. Und noch dazu keine besonders gute.

Als das Auto über den Freeway saust und das Fahren nicht länger Gabbys ganze Aufmerksamkeit erfordert – oder vielleicht auch, als sie so schnell fährt, dass ich nicht mehr aus dem Wagen springen kann –, fragt sie mich, was ihr seit unserer Begrüßung unter den Nägeln brennt: »Was ist denn eigentlich passiert? Hast du ihm gesagt, dass du weggehst?«

Ich seufze vernehmlich und blicke aus dem Fenster. »Ich habe ihm gesagt, dass ich keinen Kontakt mehr zu ihm will«, antworte ich. »Dass ich ihn nie mehr wiedersehen will. Daher finde ich, dass er nicht wissen muss, wo ich lebe.«

Gabby hält den Blick auf die Straße gerichtet, doch sie nickt. Sie ist zufrieden mit mir.

Ich brauche jetzt ihre Unterstützung. Vermutlich ist ihre Meinung über mich derzeit verlässlicher als meine eigene. Und obwohl ich weiß, dass Gabby mich immer lieben wird, ist mir klar, dass ich ihre bedingungslose Loyalität in letzter Zeit auf eine harte Probe gestellt habe.

Vor allem deshalb, weil ich mit einem verheirateten Mann geschlafen habe.

Anfangs wusste ich nicht, dass er verheiratet ist. Und aus irgendeinem Grund dachte ich, dann wäre es okay. Er hat mir nie gestanden, dass er verheiratet ist. Er hat nie einen Ehering getragen und hatte noch nicht einmal einen hellen Streifen am Ringfinger, wie das in Zeitschriften von verheirateten Männern behauptet wird. Er war ein Lügner. Und ein guter noch dazu. Obwohl ich die Wahrheit ahnte, dachte ich irgendwie, solange er es nicht zugibt, träfe mich auch keine Schuld.

Doch dann fand seine Frau heraus, dass wir eine Affäre hatten, und rief mich schreiend an.

Spielt es eine Rolle, dass ich mich anständig verhielt, sobald ich die Wahrheit wusste? Dass ich, nachdem ich die Stimme seiner Frau gehört hatte und die Namen seiner Kinder kannte, nie wieder mit ihm sprach?

Spielt es eine Rolle, dass ich meine Schuld einsehe und dass ich mein Handeln zutiefst bereue? Dass ich mich mit einem kleinen Teil meiner selbst dafür hasse, dass ich die Wahrheit bewusst ignoriert habe, um mich zu rechtfertigen?

Gabby findet schon, dass es eine Rolle spielt. Sie meint, dadurch hätte ich meinen Fehler wiedergutgemacht. Ich selbst bin mir allerdings nicht so sicher.

Nachdem Michael aus meinem Leben verschwunden war, realisierte ich, dass mich in New York sonst nicht viel hielt. Der Winter war hart und kalt und verstärkte mein Gefühl, dass ich in der Millionenstadt allein war. In der ersten Woche, nachdem ich mit Michael Schluss gemacht hatte, rief ich mehrfach bei meinen Eltern und meiner Schwester Sarah an. Nicht, um mit ihnen über meine Probleme zu sprechen, sondern um eine freundliche Stimme zu hören. Häufig landete ich auf der Mailbox, doch üblicherweise riefen sie dann zurück. Ich wusste nie genau, wann ich sie erreichen konnte. Und durch den Zeitunterschied blieb uns häufig nur eine kurze Zeitspanne, um miteinander zu sprechen.

Letzte Woche kam dann einiges zusammen. Das Mädchen, deren Wohnung ich gemietet hatte, teilte mir mit, sie brauche sie in zwei Wochen wieder selbst. Mein Chef baggerte mich an und deutete an, dass Frauen, die Dekolleté zeigten, bessere Schichten bekämen. Dann steckte ich eine Stunde und fünfundvierzig Minuten in der U-Bahn fest, weil in Bowling Green ein Zug liegengeblieben war. Und ständig rief Michael an und hinterließ Nachrichten auf meiner Mailbox. Er könne mir alles erklären und habe vor, seine Frau für mich zu verlassen. Peinlicherweise muss ich zugeben, dass es mir dadurch besser ging, auch wenn ich mich zugleich absolut schrecklich fühlte.

Schließlich rief ich Gabby an. Und weinte. Ich gestand ihr, dass es viel schwieriger war, in New York zu leben, als ich bislang immer behauptet hatte. Dass es nicht funktionierte, dass mein Leben sich nicht so fügte, wie ich es mir vorgestellt hatte. Und ich erklärte ihr, ich müsse umziehen.

Da sagte sie: »Komm doch nach Hause.«

Ich brauchte einen kurzen Moment, um zu begreifen, dass sie damit meinte, ich sollte zurück nach Los Angeles ziehen. Schon lange sah ich meine Heimatstadt nicht mehr als mein Zuhause an.

»Nach L.A.?«, fragte ich.

»Ja«, bestätigte sie. »Komm nach Hause.«

»Du weißt aber schon, dass Ethan auch dort wohnt?«, sagte ich. »Er ist vor ein paar Jahren zurückgekommen, glaube ich.«

»Dann triffst du dich eben mit ihm«, meinte Gabby. »Es wäre schließlich nicht das Schlimmste, was dir passieren könnte, wieder mit einem anständigen Typen zusammen zu sein.«

»Dort ist es wärmer«, überlegte ich und blickte aus meinem winzigen Fenster auf den schmutzigen Schnee unten auf der Straße.

»Neulich hatten wir zweiundzwanzig Grad«, bestätigte sie.

»Ein Umzug löst zwar nicht das eigentliche Problem«, erkannte ich womöglich zum ersten Mal in meinem Leben. »Aber ich brauche einfach eine Luftveränderung.«

»Ich weiß«, sagte sie. »Komm her, in die hiesige Luft.«

Zum ersten Mal seit langer Zeit kam mir etwas wirklich sinnvoll vor.

Und jetzt drückt Gabby einen Augenblick lang meine Hand, ohne den Blick von der Straße zu wenden. »Ich bin stolz auf dich, weil du dein Leben in die Hand nimmst. Dass du heute Morgen in dieses Flugzeug gestiegen bist, heißt, dass du dein Leben wieder in den Griff bekommst.«

»Meinst du?«, frage ich.

Sie nickt. »Ich glaube, Los Angeles wird dir guttun. Meinst du nicht? Zu deinen Wurzeln zurückzukehren. Es ist ein

Verbrechen, dass wir so lange so weit voneinander entfernt gelebt haben. Du machst dieser Schande ein Ende.«

Ich lache und bemühe mich, den Umzug als Sieg und nicht als Niederlage zu betrachten.

Schließlich biegen wir in eine steile Straße ein, und Gabby parkt den Wagen am Straßenrand vor einer Wohnanlage.

Gabby und Mark haben sich letztes Jahr ein Townhouse gekauft. Ich halte Ausschau nach der Hausnummer vier. Auch wenn ich noch nie hier war, habe ich in den letzten Monaten schon diverse Karten, Selbstgebackenes und Geschenke für Gabby hergeschickt. Von daher kenne ich die Adresse gut. Gerade, als ich im Abendlicht die richtige Tür entdecke, tritt Mark heraus.

Mark ist ein großer Mann mit einem kräftigen Körperbau, der auf konventionelle Weise gut und männlich aussieht. Ich hatte immer eine Schwäche für Typen mit hübschen Augen und einem Bartschatten, und ich dachte eigentlich, Gabby auch. Doch dann ist sie bei Mark gelandet, dem Idealbild eines ordentlichen, zuverlässigen Mannes. Er ist der Typ, der aus gesundheitlichen Gründen ins Fitnesscenter geht. Das habe ich noch nie getan.

Ich öffne die Autotür und hole eine meiner Taschen heraus. Gabby greift sich eine andere, während Mark zu uns tritt. »Hannah!«, sagt er und umarmt mich herzlich. »Wie schön, dich zu sehen.« Er greift sich die übrigen Taschen, dann gehen wir ins Haus. Ich blicke mich im Wohnzimmer um, es ist in Naturtönen gehalten und mit viel Holz ausgestattet. Brav, aber hübsch.

»Dein Zimmer ist oben«, erklärt Gabby, und zu dritt steigen wir eine schmale Treppe hinauf. Vom Flur führen Türen in ein großes und ein kleines Zimmer.

Gabby und Mark zeigen mir das Gästezimmer, und wir setzen die Taschen ab.

Das Zimmer ist klein, aber für mich groß genug. Neben einem Doppelbett mit einer dicken weißen Tagesdecke gibt es einen Schreibtisch und eine Kommode.

Es ist schon spät, bestimmt sind Gabby und Mark müde. Darum will ich sie nicht lange aufhalten.

»Geht ihr zwei nur ins Bett«, sage ich. »Ich finde mich schon allein zurecht.«

»Bist du dir sicher?«, fragt Gabby.

Ich beharre darauf.

Als Mark mich daraufhin umarmt und im Schlafzimmer verschwindet, meint Gabby, sie werde gleich nachkommen.

»Ich freue mich wirklich, dass du da bist«, sagt sie. »Immer, wenn du umgezogen bist, habe ich gehofft, dass du nach Hause zurückkommst. Zumindest für eine Weile. Ich hab dich gern in meiner Nähe.«

»Tja, da hast du mich.« Ich lächele. »Vielleicht näher, als du dir wünschst.«

»Sei nicht albern«, entgegnet sie. »Von mir aus kannst du in meinem Gästezimmer wohnen, bis wir beide neunzig sind.« Sie umarmt mich und geht ebenfalls ins Schlafzimmer. »Wenn du vor uns aufwachst, mach dir ruhig schon Kaffee.«

Nachdem die Schlafzimmertür zugegangen ist, nehme ich meinen Kulturbeutel und schlendere ins Bad.

Das Licht hier drin ist hell und unerbittlich; manche würden es auch als hart bezeichnen. Neben dem Waschbecken hängt ein Vergrößerungsspiegel. Als ich ihn zu mir heranziehe, stelle ich fest, dass ich mir die Brauen zupfen lassen muss. Insgesamt kann ich mich aber nicht beklagen. Doch als ich den Spiegel zurückschiebe, streift mein Blick von der Seite her mein linkes Auge.

Ich ziehe die Haut straff und versuche zu leugnen, was ich sehe. Dann lasse ich sie wieder los und untersuche die Stelle.

Ich bekomme die ersten Falten.

Ich habe weder eine Wohnung noch einen Job. Ich lebe nicht in einer festen Beziehung und kann noch nicht einmal eine Stadt als meine Heimat bezeichnen. Ich habe keine Ahnung, was ich mit meinem Leben anfangen will. Und trotzdem hat die Zeit mich eingeholt. Die Jahre, die ich mit diversen Jobs in verschiedenen Städten vertrödelt habe, zeichnen sich in meinem Gesicht ab.

Ich habe Falten.

Daraufhin schiebe ich den Spiegel fort, putze mir die Zähne, wasche mir das Gesicht und beschließe, mir eine Nachtcreme zuzulegen und künftig immer Sonnencreme zu benutzen. Dann schlage ich die Decke zurück und gehe ins Bett.

Mein Leben mag ein ziemliches Desaster sein. Vielleicht treffe ich auch nicht immer die besten Entscheidungen. Aber ich werde nicht hier herumliegen, an die Decke starren und die ganze Nacht lang grübeln.

Stattdessen werde ich tief und fest schlafen und daran glauben, dass ich es morgen besser machen werde. Ja, morgen wird alles besser. Morgen werde ich mich um alles kümmern.

Morgen ist ein brandneuer Tag. Als mich das Klingeln des Handys aufweckt, ist es hell und sonnig im Zimmer.

»Ethan!«, flüstere ich ins Telefon. »Wann sehen wir uns?«, fragt er.

Ethan habe ich in der zehnten Klasse auf der Highschool kennengelernt. Auf einer Schulfeier.

Damals wohnte ich noch zu Hause bei meinen Eltern. Gabby hatte an jenem Abend eine Anfrage als Babysitterin und wollte den Job lieber annehmen, als tanzen zu gehen. Schließlich ging ich allein. Nicht etwa, weil ich das wirklich wollte, sondern weil mein Dad mich geärgert hatte, als er sagte, ich würde nie etwas ohne Gabby unternehmen. Ich wollte ihm eigentlich nur beweisen, dass er unrecht hatte.

Den Großteil des Abends lehnte ich an der Wand und schlug die Zeit tot, bis ich wieder heimgehen konnte. Ich langweilte mich derart, dass ich überlegte, Gabby anzurufen und sie zu überreden, nach dem Babysitten noch nachzukommen. Aber Jesse Flint tanzte den ganzen Abend eng umschlungen mit Jessica Campos. Und Gabby war in Jesse Flint verliebt, sie verzehrte sich seit Beginn der Highschool nach ihm. Das konnte ich ihr nicht antun.

Etwas später am Abend, als die Paare anfingen, in der spärlich beleuchteten Turnhalle zu knutschen, blickte ich zu der einzigen anderen Person hinüber, die ebenfalls an der Wand lehnte. Er war groß und dünn, hatte zerzauste Haare und trug ein zerknittertes Hemd. Seine Krawatte hing ihm locker um den Hals. Er sah mir in die Augen. Dann trat er auf mich zu und stellte sich vor.

»Ethan Hanover«, sagte er und streckte die Hand aus.

»Hannah Martin«, antwortete ich und ergriff sie.

Er ging auf einer anderen Schule in die elfte Klasse. Wie er berichtete, war er nur als Begleiter mitgekommen, um seiner Nachbarin, Katie Franklin, einen Gefallen zu tun. Ich kannte Katie ganz gut und wusste, dass sie lesbisch war, sich jedoch nicht traute, das ihren Eltern zu gestehen. Die ganze Schule wusste, dass sie und Teresa Hawkins mehr als nur Freundinnen waren. Darum nahm ich an, dass ich niemandem schadete, wenn ich ein bisschen mit dem Jungen flirtete, den sie zur Tarnung mitgebracht hatte.

Doch schon bald vergaß ich sowieso alles um uns herum. Als Katie schließlich kam und zu Ethan sagte, es sei Zeit zu gehen, hatte ich das Gefühl, sie würde mir etwas wegnehmen. Ich verspürte den Impuls, ihn festzuhalten und für mich zu beanspruchen.

Am nächsten Wochenende gab Ethan eine Party im Haus seiner Eltern und lud mich dazu ein. Normalerweise gingen Gabby und ich nicht auf große Partys, aber ich überredete sie mitzukommen. Kaum war ich durch die Tür, kam Ethan auch schon auf mich zu. Er fasste meine Hand und stellte mich seinen Freunden vor. Irgendwo unterwegs verlor ich Gabby aus den Augen.

Schon bald hatten Ethan und ich uns nach oben verzogen. Hüfte an Hüfte saßen wir auf der obersten Treppenstufe und sprachen über unsere Lieblingsbands. Dort, in der Dunkelheit, küsste er mich, während unter uns eine wilde Party tobte.

»Ich habe diese Party nur geplant, damit ich dich anrufen und einladen konnte«, meinte er. »Ist das albern?«

Ich schüttelte den Kopf und küsste ihn erneut.

Als Gabby mich ungefähr eine Stunde später fand, fühlten sich meine Lippen geschwollen an, und ich hatte einen Knutschfleck.

Eineinhalb Jahre später verloren wir miteinander unsere Unschuld. Es passierte in seinem Zimmer, seine Eltern waren verreist. Als ich unter ihm lag, sagte er mir, dass er mich liebte, und ständig fragte er mich, ob alles okay sei.

Manche Leute beschreiben ihr erstes Mal als lustiges oder jämmerliches Erlebnis. Meins war anders. Ich habe es mit einem Jungen erlebt, den ich liebte und der genauso wenig wie ich wusste, was wir da taten. Das erste Mal, als ich Sex hatte, habe ich Liebe gemacht. Aus diesem Grund hat Ethan immer einen Platz in meinem Herzen behalten.

Und dann brach alles auseinander. Ethan erhielt einen Studienplatz an der Universität von Berkeley. Sarah wurde auf der Königlichen Ballettschule aufgenommen, und meine Eltern packten ihre Sachen und zogen nach London. Ich zog zu den Hudsons. Und dann, an einem milden Augustmorgen eine Woche, bevor mein letztes Jahr an der Highschool begann, stieg Ethan in den Wagen seiner Eltern und zog in den Norden von Kalifornien.

Bis Ende Oktober hielten wir durch, dann machten wir Schluss. Damals versicherten wir uns gegenseitig, es läge nur am falschen Timing und an der Entfernung. Wir redeten uns ein, dass wir im Sommer wieder zusammenkommen würden. Alles bliebe beim Alten; wir seien Seelenverwandte.

Doch es war genauso wie bei all den anderen Trennungen, die sich in jedem Herbst auf jedem College ereignen.

Ich überlegte, auf eine Uni in Boston oder New York zu gehen, weil ich von der Ostküste aus leichter nach London fliegen konnte. Als Ethan Weihnachten nach Hause kam, war ich mit einem Typen namens Chris Rodriguez zusammen. Als Ethan für die Sommerferien zurückkehrte, war er mit einer Alicia Foster zusammen.

Als ich schließlich zum Studium nach Boston ging, war unser Schicksal besiegelt.

Nun lagen mehr als dreitausend Meilen zwischen uns, und wir hatten nicht vor, daran etwas zu ändern.

Ethan und ich blieben locker in Kontakt – hier und da ein Telefonat, hin und wieder ein Tanz auf den Hochzeiten von gemeinsamen Freunden. Doch es bestand immer eine unausgesprochene Spannung zwischen uns. Ich wurde das Gefühl nicht los, dass wir miteinander noch nicht fertig waren.

Immer noch, nach all diesen Jahren, strahlt er für mich heller als andere Menschen. Obwohl ich irgendwann über ihn hinweg war, ist das Feuer nie ganz erloschen. Es ist, als würde immer eine kleine Kontrolllampe leuchten – nicht alarmierend, aber beständig.

»Nach meinen Berechnungen bist du seit zwölf Stunden in der Stadt«, stellte Ethan fest. »Und ich lasse nicht zu, dass du weitere zwölf Stunden hier verbringst, ohne dass wir uns treffen.«

Ich lache. »Na, dann machen wir es kurz«, erwidere ich. »Gabby meint, wir würden heute Abend in eine Bar in Hollywood gehen. Sie hat einen Haufen Leute eingeladen, von der Highschool und so. Sie nennt es eine Einzugsparty. Was keinen Sinn ergibt. Ich weiß auch nicht.«

Ethan lacht. »Schick mir eine SMS mit Zeit und Ort, und ich komme.«

»Toll. Das hört sich gut an.«

Ich will mich schon verabschieden, als erneut seine Stimme ertönt. »Hey, Hannah.«

»Ja?«

»Ich bin froh, dass du wieder da bist.«

Ich lache. »Tja, mir fiel keine neue Stadt mehr ein.«

»Ich weiß nicht«, erwidert er. »Ich denke eher, du bist endlich zur Vernunft gekommen.«

Als wir in die Bar kommen, ist es dort noch relativ ruhig. Gabby und Mark setzen sich, und ich hole uns etwas zu trinken – Bier für Mark und mich und ein Glas Chardonnay für Gabby.

Bald darauf trudeln die Freundinnen ein, mit denen Gabby und ich auf der Highschool zusammengegluckt haben: Brynn, Caitlin und Erica. Als ich sie entdecke, schreie ich mir die Lunge aus dem Hals. Es tut so gut, vertraute Gesichter zu sehen und zu erleben, dass es Leute gibt, die einen schon mit fünfzehn kannten und immer noch mögen. Brynn wirkt älter als früher, Caitlin dünner, nur Erica sieht noch genauso aus.

Dann tauchen ein paar Arbeitskollegen von Mark mit ihren Ehefrauen auf, und bald drängen wir uns um den Tisch, der langsam zu klein für alle wird.

Es werden Drinks geholt und Runden ausgegeben, und ich trinke ein Bier und ein paar Cola Light. Mit Michael in New York habe ich ziemlich viel getrunken. Das wird jetzt anders.

Als ich wieder mal wieder an der Theke stehe, sehe ich Ethan durch die Tür treten.

Lesen Sie weiter in:

DAS GLÜCK UND WIR
DAZWISCHEN
von
Taylor Jenkins Reid

ISBN 978-3-453-29177-5

Auch als E-Book erhältlich